文

景

Horizon

社 科 新 知　文 艺 新 潮

故事药丸

The Story Cure

An A-Z of Books to Keep Kids Happy, Healthy and Wise

Ella Berthoud & Susan Elderkin

［英］埃拉·伯绍德　苏珊·埃尔德金　著　李剑敏　译

上海人民出版社

献给我们奇怪又奇妙的小生物：

Morgan、Calypso、Harper、Kirin

目录

CONTENTS

A

B

D

E

F

J

T

Y

“故事……寓教于乐，帮助我们享受也忍受生活。故事是我们在这个世界上最需要的东西，仅次于食物、住所和友谊。”

——菲利普 · 普尔曼（Philip Pullman）

A

A

爱丢东西

《借东西的小人》(*The Borrowers*)，玛丽·诺顿（Mary Norton）

习惯丢掉重要东西——比如家庭作业或小弟弟小妹妹——的小孩很有可能是患了某种疾病，相比之下，爱丢东西只是某种不幸的副作用罢了。(参阅：做白日梦、不愿意做家庭作业、不得不照顾弟妹妹）如果丢的都是小东西，比如小摆设、卷笔刀、家门钥匙，他们或许会从《借东西的小人》一书中受益。

波德和妻子霍米莉、女儿阿莉埃蒂一起住在乡下一座大房子的木地板下，他每天晚上都跑出来“借东西”——顺走一些小东西重新装饰他们“下面”的小家。维多利亚女王的邮票变成了挂在墙上的肖像画。被丢弃的信件变成了有条纹的墙纸。打开的首饰盒变成了阿莉埃蒂的卧床。最令人难忘的是，国际象棋的马变成了马头雕塑（可想而知，这次他们借的东西“在地板上引起了不少麻烦”)。丢东西确实令人不爽，但不妨想象一下，如果被一个“借东西”的人找到了，会派上什么用场，恐怕也会让作为失主的小孩高兴吧。

● 也可参阅：**挫败感 · 丢失了心爱的玩具**

爱说俏皮话

● 参阅：**脏话**

A

阅读相关症状：爱走神

以不同大小的书取胜

用玩具一样有趣的书抓住孩子的注意力吧。小手掌一般大小的袖珍本，对小朋友有莫大吸引力；大得离谱的书，光是把它打开就很好玩。还有翻翻书和立体书，可以让他们的双手和眼睛闲不下来。

十佳迷你开本与超大开本故事书[1]

迷你开本

PB《比阿特丽克斯·波特的故事》（*The Tales of Beatrix Potter*），比阿特丽克斯·波特（Beatrix Potter）

PB《坚果图书馆》（*Nutshell Library*），莫里斯·桑达克（Maurice Sendak）

PB《根娃娃的故事》（*The Story of the Root Children*），辛茨·冯·奥尔弗斯（Sibylle Von Olfers）

ER《蚂蚁和蜜蜂》（以及同系列其他书籍）[*Ant and Bee*（and the Other Books in the Series）]，安吉拉·班纳（Angela Banner）

ER《奇先生妙小姐》（*Mr. Men and Little Miss*），罗杰·哈格里夫斯（Roger Hargreaves）

超大开本

PB《一只狮子在巴黎》（*A Lion in Paris*），贝娅特丽丝·阿勒玛尼娅（Beatrice Alemagna）

PB《365只企鹅》（*365 Penguins*），著/让-吕克·佛芒达（Jean-Luc Fromental）、绘/若埃勒·若利韦（Joelle Jolivet）

PB《时间线》（*Timeline: an Illustrated History of the World*），彼得·胡斯（Peter Goes）[2]

---

[1] 作者所指均是这些书英文版本的大小。——译注

[2] 非虚构，但绝对是每个孩子书架上的必需品，如果放得下的话。

PB《假期野营》（橙色斑猫奥兰多系列）[*A Camping Holiday*（*Orlando the Marmalade Cat*）]，凯瑟琳·黑尔（Kathleen Hale）

PB《冰雪公主》（*The Snow Princess*），埃米莉·霍金斯（Emily Hawkins）

十佳翻翻书和立体书

PB《树懒的丛林》（*In the Forest*），阿努克·博伊斯罗伯特（Anouck Boisrobert）& 刘易斯·里戈（Louis Rigaud）

PB《亲爱的动物园》（*Dear Zoo*），罗德·坎贝尔（Rod Campbell）

PB《一个红点》（*One Red Dot*），大卫·A. 卡特（David A. Carter）

PB《小玻在哪里？》（*Where's Spot?*），埃里克·希尔（Eric Hill）

PB《宝宝的肚脐眼在哪里？》（*Where is Baby's Belly Button?*），卡伦·卡茨（Karen Katz）

PB《车轮转啊转》（*The Wheels on the Bus*），保罗·欧·泽林斯基（Paul O Zelinsky）

CB《绿野仙踪》（*The Wizard of Oz*），著 /L. 弗兰克·鲍姆（L. Frank Baum），绘 / 保罗·赫斯（Paul Hess）

CB《恐怖屋》（*Haunted House*），简·佩考斯基（Jan Pieńkowski）

CB《汉赛尔与格莱特》（*Hansel and Gretel*），路易丝·罗（Louise Rowe）

CB《爱丽丝漫游奇境》（*Alice's Adventures in Wonderland*），罗伯特·萨布达（Robert Sabuda）

爱的人过世

不论年纪大小，[1] 没有什么比爱的人过世更令人痛苦。目睹虚拟人物经历类似伤痛——不论祖父母、父母、兄弟姐妹还是朋友——可以让我们安全地探究这一复杂、迷惑的情感体验，帮助孩子度过

[1] 或许，除非我们必须面对自己的死亡（参阅：害怕死亡、绝症）。

不同阶段的伤悲。当然，在跟遭遇爱的人过世之痛的小孩分享之前，你自己必须首先仔细阅读过，这一点非常重要。

十本帮助孩子应对爱的人过世之痛的书

PB《再见了，埃弗雷特·安德森》（*Everett Anderson's Goodbye*），著 / 露西尔·克利夫顿（Lucille Clifton）、绘 / 安·格里法尔科尼（Ann Grifalconi）

PB《纸偶》（*The Paper Dolls*），著 / 朱莉娅·唐纳森（Julia Donaldson）、绘 / 丽贝卡·科布（Rebecca Cobb）

PB《好好哭吧》（*Cry, Heart, But Never Break*），著 / 格伦·林特威德（Glenn Ringtved）、绘 / 夏洛特·帕蒂（Charlotte Pardi）

PB《你很伤心吗，小熊？》（*Are You Sad, Little Bear?*），著 / 雷切尔·里维特（Rachel Rivett）、绘 / 蒂娜·麦克诺顿（Tina Macnaughton）

CB《小河男孩》（*River Boy*），蒂姆·鲍勒（Tim Bowler）

CB《女孩的格力犬》（*A Greyhound of a Girl*），罗迪·道伊尔（Roddy Doyle）[1]

CB《与女王相处的两礼拜》（*Two Weeks with the Queen*），莫里斯·葛雷兹曼（Morris Gleitzman）

YA《听不见的声音》（*The Thing about Jellyfish*），阿里·本杰明（Ali Benjamin）

YA《姐姐住在壁炉台上》（*My Sister Lives on the Mantelpiece*），安娜贝尔·匹彻（Annabel Pitcher）

YA《蝙蝠侠：灭族之灾》（*Batman: A Death in the Family*），吉姆·斯塔林（Jim Starlin）、马弗·沃尔夫曼（Marv Wolfman）& 乔治·佩雷斯（George Pérez）

[1] 也可参阅：《她妈妈的脸》（*Her Mother's Face*），著 / 罗迪·道伊尔、绘 / 芙蕾雅·布雷克伍德（Freya Blackwood）。

成人药方

《瓶子里的心》(*TheHeartandtheBottle*)，奥利弗·杰夫斯（Oliver Jeffers）

《小乌龟波第奇》(*Pockety*)，著/弗洛伦斯·塞沃斯（Florence Seyvos）、绘/克劳德·蓬帝（Claude Ponti）

对一代人来说失去的是祖父母或父母亲，对另一代人来说却可能是父母亲或伴侣。对必须强忍悲伤照顾其他人的成年人，我们推荐奥利弗·杰夫斯关于从麻木到不麻木的感人故事。对失去人生伴侣的成年人，我们推荐《小乌龟波第奇》，关于一只小乌龟如何接受失去灵魂伴侣的事实。

也可参阅：**愤怒·父母患抑郁症·抑郁·悲伤**

矮个子

参阅：**个头小**

B

百无聊赖

B

📖《阿罗有支彩色笔》(*Harold and the Purple Crayon*),克罗格特·约翰逊(Crockett Johnson)

📖《不可思议的旅程》《彩虹国度》《回归之夜》(不可思议的旅程系列)[*Journey, Quest and Return*(*Journey*)],艾伦·贝克尔(Aaron Becker)

在电子设备恨不得填满你每一个无所事事时刻的当下,甚少看到百无聊赖的孩子忧郁地从一个房间踱到另一个房间,向任何愿意聆听的人抱怨“无事可做”,或偶尔闲极无聊踢踢猫。要是这么难得的机会被你撞上了,千万别错过,拿出“无中生有”的终极赞歌——《阿罗有支彩色笔》,重新吊起他们的胃口。

半个多世纪前,克罗格特·约翰逊笔下穿连体衣的小屁孩想在月色下漫步,突然意识到天上没有月亮,便即兴画了一个。他又画了漫步的小径以及任何兴之所至的东西,最终还画了卧室和睡床,在该睡觉的时候可以派上用场。阿罗伸手用他的蜡笔去够画纸远角的迷人样,让我们不由自主地被故事吸引,尽管他手里的只是普通蜡笔。碰到无所事事的小孩,不论年纪大小,用这个经典的绘本款待他们,再给他们几支笔和一叠白纸,或者一堵墙更好,鼓励他们想要什么就画什么。

大一点的孩子可以升级到艾伦·贝克尔更丰富的图像小说三部曲,第一部《不可思议的旅程》里也有类似创想。一个小女孩受够了坐在深褐色房子的台阶上。我们看到楼上的男人坐在电脑前,楼下的女人不知道在火炉上鼓捣什么,另一个小女孩躺在沙发上盯着——你猜得没错——屏幕。小女孩试图说服每个人出来一起玩，但一无所获，便折身回屋，瘫倒在床上。就在这时，她发现了一支深红色的粉笔……

经过画在墙上的那扇门，她进入一个迷人的小树林：灯笼在树枝上摇晃，一条小河从树林间蜿蜒穿过。她在码头画了一条粉红色的小船，顺流而下，到了一个满是尖顶和圆顶建筑的城市。制服整齐的守卫挥手迎她入城。我们跟着她穿过一条悬空的有水闸控制的运河，精巧复杂的建筑环绕四周，城里人坐在威尼斯风格的贡多拉上，遮阳伞为他们遮挡烈日。瀑布从高处倾泻而下。运河在空中流到了尽头，即将一脚踩空时她迅速画了一个热气球……没有文字让这本图像小说及其续作看起来不费什么脑力，但水彩画的奇幻景观又不乏细节，每一页都值得仔细推敲。贝克尔的作品除了是医治乏味的良药，也可以引导小朋友进入他们自己的内心风景。

搬家

PB《半个世界之遥》（*Half a World Away*），著 / 李贝·格拉森（Libby Gleeson）、绘 / 芙蕾雅·布雷克伍德（Freya Blackwood）

CB《怪天使斯凯力》（*Skellig*），大卫·阿尔蒙德（David Almond）

搬家会让小孩子不安，如果那是他们唯一熟识的家园情况将尤其严重。等到要跟邻居朋友说“再见”时，更是难上加难。在《半个世界之遥》里，我们遇到了艾米和路易，他们是只要对方叫上一声“咕——咿，艾——米”或“咕——咿，路——易”，就会从篱笆洞里爬过来的朋友。他们一起在沙坑里玩，穿对方的衣服，躺在地上看云朵的形状。可是在艾米搬到高楼林立的城里，相隔“半个世界之遥”后，路易独自住在绿草如茵的郊区。奶奶说只要他出门大喊，艾米就可能会听到，由此给了路易希望。当他看到龙形、海马形的云朵映在高楼大厦的窗玻璃上时，我们知道她一定听到了。柔和的水彩色调，以及从玩具细部特写到天空远景的转换，布莱克伍德的插画勾勒出两个小朋友之间的思念，同时表明他们依然心心相印。

读过了被留在原地的哀伤，不妨再看看搬家后等在未来的刺激。《怪天使斯凯力》讲述了一个搬到镇子另一头的小男孩的故事，气氛怪异恐怖。迈克尔的新家“本该令人赞叹”，但实际上却是东倒西歪的破房子，他巴不得早点回旧家住，挨着伙伴家和学校。早产的妹妹生死未卜，父母亲根本无暇照顾迈克尔。搬家后的第二天，迈克尔瞅了一眼半废弃的老车库，里面堆满了灰扑扑的家具，还有卷起来的地毯，他惊讶地发现一个怪物背靠墙坐在地上。苍白又肮脏、蛛丝遍布，那个人看上去快死了，但他还时不时从夹克里挑出一只死青蝇，放入嘴里。“你想干吗？”他的声音沙哑，好像很多年没开口说话了。

这时迈克尔认识了米娜（参阅：在家自学），住得离他家不远的一个奇异女孩，她可以把诗人威廉 · 布莱克的诗倒背如流，还告诉迈克尔，布莱克能在自家花园看到“天使”，这让迈克尔意识到他找到了一个能告诉他该怎么办的人。两个人一起照顾那个坏脾气的家伙，把钙化的他从条件不佳的车库移到能让他重新找到生之欲望的地方，三人慢慢结下了深厚的友谊。读过这个非同寻常的故事后，离开他们深爱的地方和朋友的小孩，会对新家正在等着他们的新发现和新朋友充满好奇。

● 也可参阅：**感觉没朋友 · 新生**

暴力

YA《杀死我的那把刀》(*The Knife That Killed Me*)，安东尼·麦高恩(Anthony McGowan)

PB《爱花的牛》(*The Story of Ferdinand*)，著/曼罗·里夫(Munro Leaf)、绘/罗伯特·劳森(Robert Lawson)

我们都希望认识的孩子永远见不到以伤人为目的的真刀真枪，但更有用的是让他们理解暴力的前因后果——与我们的孩子一起思考，一旦他们遭遇暴力，如何化解和消弭。虚构作品是探讨这一主题的理想媒介，可以找到很多对暴力背后的思维模式进行挖掘的佳作——从狄更斯《雾都孤儿》里的比尔·塞克斯到凯瑟琳·布鲁顿《暴乱在即》里躁动的青少年。有一些引人深思的青少年小说以武器为主题，聚焦于起初只是游乐场的小冲突如何迅速恶化为更严重的暴力事件，由此传达了明智的做法是远离武器的观念。在这些小说里，最有力、最有效的当数让人血脉偾张的《杀死我的那把刀》。

开篇是关于名义上的刀看起来应该是什么样子的遐想：镌刻着古代的如尼文，蕴藏着魔力，代代相传。当然，现实中的小刀在沃尔沃斯商店随意可购，刀刃松松垮垮地嵌在刀柄里。战斗开始时，我们的叙述者保罗就要被刺死——但我们被芝诺似的似是而非的悬念吊足了胃口，预感到自己要被刺死的保罗则带领我们回到了事件的起点。

故事似曾相识：学校里的孩子拉帮结派（“小恶霸”和“奇葩”），

老师不能掌控全局，家长鞭长莫及。保罗既不属于“小恶霸”也不属于“奇葩”，更倾向于做一个在操场边缘徘徊的“怪咖”，由罗斯挑头的坏帮派懒得搭理他，但其他人也是如此。他很聪明，但有点搞不清现实状况，当他无意中递送了一个装着狗头的包裹——外校敌对帮派小头目爱狗的脑袋——转而收到一把刀时，我们立刻知道他有麻烦了。眼看保罗拒绝了其他更明智的应对方式，我们的心里越来越悲伤。故事最后的转折令人难忘，也让读者痛彻心扉，并一举摧毁了熊孩子可能在打群架时感受到的最后一丝荣光。这本小说构思巧妙、直言不讳，青少年（不论性别）翻过最后一页时，心里一定会涌起远离任何暴力的念头。

经典的《爱花的牛》可以向任何年纪的孩子传达以和为贵的道理。费迪南对生活要求不高。他的兄弟姐妹一个个顾盼自雄、趾高气扬，撞来撞去，桀骜不驯，费迪南却在软木树的树荫下怡然自得，呼吸着夏日的微风和花香。直到有一天，“五个帽子古怪的家伙”跑来他们的牛场，要挑选一匹最凶悍的公牛，费迪南原本以为不可能是他。可是就在此时，他的屁股被蜜蜂蜇了一下。看到他痛得又撞又挠又跳，那五个家伙激动坏了。接下来他就被赶上车运到马德里，参加年度规模最大的斗牛表演。

当然，一到装饰着鲜花、挤满了观众的斗牛场，费迪南只想站在那里，深吸一口芳香的空气。不可一世、蓄着山羊胡的斗牛士在斗篷和长剑的衬托下光彩照人，但费迪南就是岿然不动。很快看台上的人类急得直跳脚。面对他们的血腥欲望，费迪南坚定的身姿传递给孩子们明确、响亮的信息：如果你不想，没有人可以强迫你施暴。鼓励孩子们记住费迪南，坚定地站在和平一方。

B

● 也可参阅：**虐童 · 遭遇霸凌 · 横行霸道 · 加入帮派 · 色情作品 · 不能维护自己的权益 · 创伤 · 为战争而焦虑**

悲伤

PB《伤心书》（*Michael Rosen's Sad Book*），著 / 迈克尔 · 罗森（Michael Rosen）、绘 / 昆廷 · 布莱克（Quentin Blake）

YA《冰宫》（*The Ice Palace*），塔尔杰依 · 维萨斯（Tarjei Vesaas）

有时候小朋友会因为事情不遂其所愿而伤心难过，这种情况请参阅：失望、需要加油鼓劲。或者想办法帮他们解决。有时候则是因为真正悲伤的事情发生了，我们爱莫能助。

深受读者喜爱的童书作家迈克尔 · 罗森非常明白这种感觉，他的儿子艾迪十八岁就去世了——《伤心书》就是他的回应。这个绘本探讨了悲伤的各种形态，让孩子知道悲伤天经地义，不用一门心思把它赶跑。借助昆廷 · 布莱克为迈克尔 · 罗森画的肖像画，书中展现了悲伤的不同表现方式：不刮胡子、眼睛像猫头鹰、肩膀绝望地耷拉下来，或是露出错乱、勉强的苦笑——这个表情布莱克的钢笔加水彩插画表现得最好。它还展现了我们悲伤时的疯狂举止：在浴室里大喊大叫、用勺子无意义地敲击桌面、对爱我们的人恶语相向。

由于伤心而举止失常的小孩会发现，这个名叫迈克尔 · 罗森的大人也是这般，于是心里就松了一口气。实际上，罗森甚至不愿吐露他到底干了哪些可怕的事情，除了向那只可怜的猫。从泡泡浴的喜悦到沙发上父与子的游戏，艾迪短促幸福的人生充满了爱意和失落，但希望和救赎也无处不在。布莱克笔下的不规则线条挥洒自如，在情感光谱的两端摆动，提醒我们即便最深沉的悲伤有时候也是快乐的，甚至悲伤和快乐并存。通过这个绘本，让家里人认可悲伤的存在。有人一起分担的悲伤总比独自封存的悲伤好一点。（参阅：无法表达感受）

青少年通常善于让他们的情感来去自如，《冰宫》是一个可以回应他们的悲伤、让他们心有戚戚的故事。故事发生在作者的祖国挪威，十一岁的西丝很讨人喜欢，想邀请乌恩到她的小组来。凭着小孩子对友谊的直觉，两个小女生一见面就知道她们彼此喜欢。但母亲去世后刚搬到这个偏僻的小山村与姨妈一起住的乌恩对邀请犹豫不决。（参阅：新生）最终她鼓起勇气邀请西丝到家里玩，虽然这次接触很短暂，两人却非常投缘，以至于乌恩第二天无心上学，而是独自一人跑去传说中每年都会在瀑布处生成的“冰宫”。

乌恩被冰封瀑布形成的一个个小洞穴吸引，越走越深，最后不得不脱下大衣，才能从钟乳石和石笋间的小缝隙穿过去。洞穴越来越漂亮神秘。最终她找到了一个喜欢的地方，蜷缩起来，阳光似乎有办法穿透轻声滴水的墙壁，照进来温暖她。第二天，乌恩又没去上学，这回轮到西丝在游乐场的边缘徘徊，迟迟不肯进入。这个阴郁、不安的故事再现和折射出读者的伤感，让他们觉得自己的情感被人看见和理解了。就像这本书说的，悲伤需要时间来疗愈，《冰宫》就是他们可以容身的平静、伤感的空间。

● 也可参阅：**需要加油鼓劲**

B　背叛

PB《莉莉的紫色小包》(*Lilly's Purple Plastic Purse*)，凯文·亨克斯(Kevin Henkes)

CB《狮子，女巫和魔衣柜》(*The Lion, the Witch and the Wardrobe*)，C.S.刘易斯(C.S. Lewis)

首先必须确认出问题的孩子是否真的遭遇了背叛，还是只是他们自以为如此。对凯文·亨克斯经典绘本里的老鼠莉莉来说，背叛她的人(或说老鼠)是她在世界上最崇拜的，或者说她自认为如此。莉莉对斯林格先生评价甚高：一个时髦讲究的老师，眼睛眨个不停，每天早上说"您好"。以至于她竭尽所能事事学他。有一天她戴了一副电影明星的墨镜——跟他一样，提着一个全新的一打开就会唱歌的紫色小包，高高兴兴上学去。她以为斯林格先生也会跟她一样爱死这些小饰物，但斯林格先生对每隔五分钟就在课堂上唱响的快乐小调毫无兴趣，还把墨镜和包包统统没收了。盛怒之下，莉莉把斯林格先生画成布告栏里的"通缉要犯"。后来老师漂亮地处理了这件事，而莉莉意识到自己才是需要道歉的那一个后，也完成了从愤怒到谦卑的转变，这一过程会让那些犯了同样错误的孩子受益匪浅。

作为迷人的"纳尼亚"系列的魔法入口，[1]《狮子，女巫和魔衣柜》

[1] 虽然《狮子，女巫和魔衣柜》是刘易斯最早动笔写的，但从时间先后顺序来说，却是"纳尼亚"系列的第二部。不过我们认为"纳尼亚"系列跟《星球大战》一样，以作者创作时间的先后顺序来阅读，才可以获得最好的体验。具体到"纳尼亚"系列来说就是：第一部《狮子，女巫和魔衣柜》，第二部《凯斯宾王子》，第三部《黎明踏浪号》，第四部《银椅》，第五部《能言马与男孩》，第六部《魔法师的外甥》，第七部《最后一战》。

的核心是一起真正令人震惊的背叛。“二战”期间，为了躲避纳粹德国对英国的闪电空袭，[1] 佩文西家的四个小孩被送入一座大宅子，年纪最小的露西第一个发现了通往冰雪覆盖的纳尼亚森林的魔法衣柜，并在那里结识了请她喝茶的“羊怪”图姆纳斯。但她的哥哥姐姐不相信她的奇遇——毕竟，根据他们的时间感，她只不过离开了几分钟而已。于是，当她第二次造访纳尼亚，发现爱德蒙跟了过来的时候，心里别提有多兴奋，也松了一口气。“既然我们俩都来了，现在其他人该相信纳尼亚的存在了吧。可好玩了！”她高兴得直嚷嚷。可是爱德蒙回去后，因为吃了太多白女巫的土耳其软糖很不舒服，也很内疚，竟然声称不知道露西在说什么。

有了第一次，此后一连串背叛接踵而来。彻底被土耳其软糖魅惑的爱德蒙，试图凌驾在他哥哥彼得之上，有朝一日能成为纳尼亚的国王，自甘堕落投靠白女巫，成了她的间谍。爱德蒙的变节与彼得可敬的忠诚形成鲜明反差。“我们还是要去找他，”彼得说，虽然他知道爱德蒙让他们身陷险境，“毕竟，他是我们的兄弟，就算他变成了一头小野兽，仍然如此。”在纳尼亚，就像在真实世界，排在第一位的也是家人和朋友。在彼得的激励下，曾经遭遇背叛的小朋友或许会学会“以德报怨”。

● 也可参阅：**伤心 · 无端生气**

[1] 如果你按照先后顺序阅读本书，就会发现闪电战对英国儿童文学的巨大影响。因此，从阅读疗法的角度来说，也对我们这些饱读英国儿童文学的人有巨大影响。没有这些发生在乡下大房子里、妙趣横生，而且不受父母羁绊的故事，谁知道我们会变成什么样？

B 被惩罚

PB《无敌小剑侠跳跳周》（*Skippyjon Jones*），朱迪·沙克纳（Judy Schachner）

CB《寻宝小子》（*Holes*），路易斯·撒察尔（Louis Sachar）

YA《灰烬路》（*Ash Road*），伊万·索夏尔（Ivan Southall）

不论小朋友是被送去顽皮楼梯罚站，被罚用剪刀修整草坪，还是一个礼拜不许上网，一个遭受了类似惩罚的虚拟良伴有助于他们认识并反思自己的不当行为。

当超级亢奋的暹罗猫跳跳周被送到他的房间“严肃反思”时，其实压根算不上什么惩罚。他在那里简直其乐无穷——尤其是在床上跳来跳去。然后他穿成蒙面剑侠的样子，化身跳跳利奥，跟着“卷饼帮”的吉娃娃们跑到沙漠里冒险。甚至在衣柜里找到他的生日糖罐，用剑撬开，提前享用了一大堆糖果，惹尽麻烦的他当然让妈妈怒不可遏。跳跳周会与类似级别的淘气鬼惺惺相惜，并且有助于让活泼暴躁的小朋友免于类似的荒唐举止。

那些必须在家里或院子里从事繁重家务劳动的孩子可以从《寻宝小子》的主人公叶那茨·斯坦利那里学到沉思和坚忍的艺术。他和其他被关在绿营湖基地的坏孩子每天都要在坚硬的荒漠上挖长宽深各五英尺的洞，一周七天，天气热得要命，饮水限量供应。但这至少让斯坦利有足够的时间思考，不久他就发现“大工头”强迫他们挖洞有不可告人的动机。尽力承受“品格重建”的苦役时，斯坦利像拼图一样拼出他——以及绿营湖基地——的过去。当他在地下挖出一支刻有 KB 字样的口红时，他决定宁肯死在荒漠里，也要逃离施虐成性的看守，他跟朋友泽罗一起踏上逃亡之路。希望给你干活的小孩会得出不同的结论，觉得他们所处的“荒漠”还算公正。

最有效的惩罚莫过于让肇事者感受到他们的越界行为造成的伤害。扣人心弦的《灰烬路》可以让青少年间接感受到令人震惊的罪责，作为强效预防药使用。澳大利亚少年格拉曼、华莱士和哈里志得意满地开始林区露营之旅，她不敢相信轻而易举就骗得了父母同意。当一个路过的司机看到他们在路边烤香肠，勒令他们“赶紧把火灭了！”时，他们膨胀的自尊受到了冒犯。当晚，格拉曼故意用以甲醇为燃料的野营炉烧水泡咖啡，以示反抗。只消一阵干燥的热风，易燃的野草就着火了。几个小男孩群起尖叫，光着脚又踩又跺，妄图把火灭了。当大火从野草蔓延到树林，枝叶像鞭子一样噼里啪啦熊熊燃烧时，空气很快就烫得令人难以呼吸。几个小伙子吓得抓起东西逃命。

灰烬路其实是一条死路，住在路尽头的几户人家起初不把林区大火放在心上。他们把孩子留给老迈的爷爷奶奶看管，开车到镇上帮忙灭火。但是火势的蔓延比他们料想的更快，我们发现被困在房子里的格拉曼、华莱士和哈里越来越紧张，犹豫要不要承认过错。火海越发逼近，酿就大错的三个男孩痛苦不安。他们的羞愧足以让读者下定决心，绝不惹祸上身。

● 也可参阅：**被冤枉 · 愤愤不平**

被斥责

● 参阅：**被惩罚**

B　被分手

YA《多样的凯瑟琳》（*An Abundance of Katherines*），约翰·格林（John Green）

被分手会让人失去信心，意志消沉。最坏的情况则是让人对恋爱永远避而远之。《多样的凯瑟琳》的男主角科林，一共被十九个女孩甩过——而且她们都叫凯瑟琳——简直倒霉透顶。更别说他一度曾是神童，是某个电视才艺秀的明星。最后一次被甩后，科林带着好友哈桑上路，希望以此治愈他的心碎和哈桑的惰性。

他们很快发现自己到了一个有趣的小镇，阴差阳错地被卫生棉条工厂（没错，你没看错）老板霍利斯雇用，又结识了老板的女儿林赛——她正在跟一个同样名叫科林的健美男子谈恋爱。当第一个科林决定设计一个数学方程式，以预测每一段关系的长短、谁是抛弃者、谁是被抛弃者时，漂亮的林赛不由对他另眼相看。问题是，科林可以打破不停被甩的循环吗？

为了完善所谓的“预测凯瑟琳基础原理”，科林和林赛苦思冥想凯瑟琳的特征，比如她们喜欢前任男友是不是像喜欢咖啡一样（苦涩），比如科林能不能跟不叫凯瑟琳的女人约会，读来妙趣横生。与异性关系相比，哥们情谊在小说里也很重要：哈桑和科林由始至终几乎形影不离。来自虔诚穆斯林家庭的哈桑，在小镇也收获一段短暂情感经历。这个故事从不同角度检讨了为何被分手，不仅可以起到情感宣泄的作用，也给被甩的一方带来新的希望、同伴情谊和欢笑。

● 也可参阅：**失望 · 尴尬 · 伤心**

被寄养

PB《墨菲的三个家》(*Murphy's Three Homes*)，著 / 简·列文森·吉尔曼(Jan Levinson Gilman)、绘 / 凯西·奥马利(Kathy O'Malley)

CB《墨菲家的宝贝》(*One for the Murphys*)，琳达·穆拉利·亨特(Lynda Mullaly Hunt)

被寄养的小孩子犹如坐上了情感的过山车，一些真实反映被寄养经历的故事有助于缓解他们的孤单。小狗墨菲换了三个家，才找到一个可以安身的地方。第一个寄养家庭——从狗的视角来看，到处是人腿、别的小动物、玩具和爬来爬去的婴儿——没人有时间搭理它。第二个家，两口子觉得它太闹了。第三个，当它用沾满泥巴的爪子扑到夫妻俩身上时，他们笑得合不拢嘴。后来它不小心弄翻了垃圾桶，没等主人把它踢出去，它自己就吓得逃之夭夭。心急如焚的夫妻俩四处找它，找到后高兴万分。终于，有了一个长期靠谱的主人……在这个故事里，墨菲的情感体验从孤单、羞耻、愤怒到不确定，走马灯般地变化，所有这些都在极具表现力的狗脸上一览无遗。但是因为这些体验是在狗身上轮换的，我们就可以较为中立地去探究，而不必把它们锁定在寄养体验上。这个故事强调了被接受的重要性，不论被寄养的孩子还是寄养家庭都可以从中受益。

《墨菲家的宝贝》里十二岁的卡莉·康诺斯复杂的情感体验，更容易被大一点的孩子认同。我们初识卡莉时，她总是忍不住发抖。在她身后的医院里躺着她的妈妈，因为跟卡莉的继父丹尼斯打架受伤，还在康复中。很快她就要被送到墨菲家寄养——对此卡莉很悲观。虽然此前从未被寄养过，但她觉得这肯定不是一件美事。

当卡莉发现面对她的是一个笑眯眯、很随和、已经有了三个孩子的妈妈，而且总是有时间坐下来听她畅所欲言时，与其说她松了一口气，不如说她被吓坏了。晚餐通常是就着一大盆汤，一家人其乐融融地围着桌子，等着墨菲太太分发意式千层面。至于穿的，她早就习惯了捐赠的衣物，墨菲太太却带她去大型商场购物。妈妈总是教训她，只有“笨蛋”才哭，墨菲太太却说哭出来没关系。而当她看到貌似强大的墨菲太太也会掉眼泪时，简直惊呆了。这一家子都是“怪胎”，她心里觉得，如果她被勒令睡在浴缸里，反倒没准会更有家的感觉——以前家里有朋友留宿的时候，妈妈就是这么干的。

但是卡莉逐渐找到被人理解的感觉，当她因为逃学而被禁足时，卡莉忍不住想笑——以前从来没有人因为关心而惩罚她（参阅：被惩罚）。而当她偷听到墨菲夫妇吵架，发现这个家庭不像她想象的那么和谐美好时，她开始觉得自己慢慢融入了。最后，当妈妈想让她回去的时候，卡莉迟迟下不了决心。这个故事为什么是充满爱意的家庭提供了一个栩栩如生的样板，[1]并让那些与卡莉有同感，觉得配不上这样一个家的读者放下心来。

● 也可参阅：**收养 · 孤独 · 家有父母 · 不得不照顾弟弟妹妹**

被冷落

● 参阅：**交不到朋友 · 不能维护自己的权益**

[1] 另外一个对充满爱意的寄养家庭的乐观描述，请参阅：做噩梦。

被欺负

● 参阅：**遭遇霸凌 · 不能维护自己的权益**

被人照顾

● 参阅：**被寄养**

被辱骂

● 参阅：**遭遇霸凌**

被误解

● 参阅：**不被理解**

被洗脑

《时间的折皱》（*A Wrinkle in Time*），马德琳 · 英格（Madeleine L'Engle）

数字媒体对年轻人的强大诱惑一直令人不安。尤其是对我们这个时代的青少年来说，如果他们想坚持自己的理想和个性，更要学会识破谋私利的蛊惑家。马德琳 · 英格的“邪典”可以助他们一臂之力。

当神秘的啥太太和她的朋友催促梅格和查尔斯 · 华莱士姐弟俩赶紧上路，寻找他们失踪的父亲，一个在“超立方体”工作的杰出物理学家，同样是科学家的母亲没有阻止他们。一场跨越时空的旅行把他们带到一个星球，控制星球的是一种高于生命的存在，一颗巨大、没有躯体、名为“IT”的大脑。IT 的催眠脉冲控制着包括他们父亲在内的所有人。这种脉冲可以免除一个人的所有责任感和不安感，但也会让他们丧失自主行动的能力。智商高得惊人以至于被除了家人之外的所有人认为是白痴的查尔斯·华莱士，深信他的大脑扛得住诱惑，但他跟他的父亲一样错了。只有指望梅格找到不受IT控制的方法，此中的关键不在于智商高低，而是内心。青少年应该谨记梅格的心灵启示。当他们身边的人都屈从于别人的意志时，这一新知可能会帮助他们扎稳脚跟。

● 也可参阅：**被引入歧途 · 同伴压力**

被引入歧途

ER《山姆和萤火虫》（*Sam and the Firefly*），P.D. 伊斯曼（P.D. Eastman）

CB《隐形女孩》（*The Invisible Girl*），凯特·马里昂（Kate Maryon）

让很多成年人发愁的事，莫过于在他们的监护下，一度天使般天真无邪的小孩子可能会被别人家的坏小孩或少年犯引入歧途。要是你早点介入，告诉小孩子有一天他们可能会被某个动机不良的朋友教坏——此时切记不能对他言听计从——你就可以少操点心。低幼读物《山姆和萤火虫》是此中佳作，一只名叫山姆的猫头鹰正在寻找玩伴，结识了热情洋溢的小萤火虫格斯。格斯可以用光芒画出各种形状的本领让山姆印象深刻，很快两个小伙伴就在深绿色的天空上乱涂乱画他们的名字。但格斯突然有了一个主意，想在交通信号灯上方写“向左转”或“向右转”。山姆知道格斯这样是错的，告诉小萤火虫别这么干，哪怕格斯为此叫他“扫兴者”他也坚守立场。（参阅：输不起）在如何坚决反对任性的朋友而又致友情破裂这一点上，山姆是一个好榜样。

大一点的孩子有时候更难抵御别人的影响。加布里埃尔是一个害羞的十一岁小女孩，她害羞到觉得自己是隐形的。当她失职的爸爸匆匆把她打发到曼城跟妈妈一起，却忘了把这一消息告诉她妈妈时，加布里埃尔正好有绝佳的借口消失。她宁肯在陌生的城市街道上挣扎求生，也不愿意面对毒舌的妈妈。

在曼城，她发现自己比以前更加孤单。就在她无奈睡在教堂门口时，认识了小女孩亨尼，后者对露宿街头略知一二——实际上是非常了解。很快，年纪更大的亨尼让加布里埃尔爬上排水管，闯入别人家的公寓，那时候，加布里埃尔似乎注定要走上犯罪的道路。但是，她对多年未见的哥哥贝克特的信赖，以及她发自内心认为自己是一个好女孩的信念，拯救了她。这个故事可以帮助年轻读者学会坚守他们内心的信念，而不是被身边更有诱惑力、更老于世故的人所左右。

成人药方

《汤姆·索亚历险记》（*The Adventures of Tom Sawyer*），马克·吐温（Mark Twain）

汤姆·索亚的个性非常具有吸引力，熟悉他这种类型对你有好处。表面上，这个极具个人魅力的流浪儿就是前文所述的不良少年，但实际上是一个好小伙子。虽然他和他的真爱贝姬·撒切尔一起在山洞里待了好几天，差一点饿死，但他们的冒险却是善意的，并且无意中还发现了真正的宝藏。学会分辨汤姆·索亚这样的淘气鬼，他顽皮、爱恶作剧，却能在遭遇灾祸以前带你的孩子逃过一劫。（参阅《小说药丸》：脱轨）如果你的孩子被汤姆·索亚这种类型的淘气鬼“带坏了”，不妨置身事外，让他们好好享受一番。

● 参阅：**结识了父母亲不喜欢的朋友 · 调皮捣蛋 · 同伴压力 · 绝对不服从**

被冤枉

CB《托马斯 · 肯普的鬼魂》（*The Ghost of Thomas Kempe*），佩内洛普 · 莱夫利（Penelope Lively）

被冤枉当然有苦说不出，身陷这一困境的小孩会在《托马斯 · 肯普的鬼魂》里十岁主人公詹姆斯的身上找到共鸣。跟家人搬到牛津郡乡下的村舍后，詹姆斯很快发觉诡异的事情层出不穷。他的狗无缘无故地吠叫，茶杯莫名其妙地摔到地上，而且他还找到了一张纸条，上面用他的红笔写着“我不喜欢这支笔”，字迹细长潦草，接着它还指点迷津，告诉詹姆斯如何解开他爸爸的烟斗丢失之谜。

詹姆斯本来就不是表现好的孩子，所以这些诡异事件的罪名最后都落到他头上就不奇怪了。当同样的老式字迹出现在学校的黑板上时（“我来过这个小镇，对它非常不爽……”），老师也把矛头指向了他。其实这个胡闹的鬼魂托马斯 · 肯普是个心愿未了的 17 世纪的药剂师，而当他开始在门廊涂写“女巫”，并放火烧房子时，詹姆斯知道他必须想办法彻底解决肯普这个麻烦。那些被不公正地当作替罪羊的小孩子能在这个故事中宣泄情感，这也会激发他们积极行动起来，证明自己的清白。

● 也可参阅：**愤愤不平 · 撒谎 · 被惩罚**

笨手笨脚

PB《大红狗克里弗》(*Clifford the Big Red Dog*)，诺尔曼·伯德韦尔(Norman Bridwell)

CB《红城勇士》(*Redwall*)，布赖恩·雅克(Brian Jacques)

小孩子一开始都是笨拙的——不相信的话，只要看看三岁的稚儿如何向早餐麦片倒牛奶。大红狗克里弗的笨拙以缺乏经验、貌似智力障碍的方式表现出来，其原因，部分在于他房子般的庞大身形，部分在于他的过度热心。温和可亲的克里弗眼睛大大的，活像卡通动画里的角色，压根没有捣乱搞怪之心。可是当他挖洞的时候，就是忍不住要把整棵树连根拔起；追逐小汽车的时候，总要把整辆车紧紧咬住，才肯跑回来。不经意间破坏性十足[1]的克里弗却深受主人艾米丽·伊丽莎白的宠爱，这正是此类绘本妙趣横生又让人宽慰的原因。

对年纪大一点但依然懵懂的小孩子，《红城勇士》(多达二十二本但令人欲罢不能的系列的第一本，以老修道院的老鼠为主角)里的小鼠侠马赛厄斯就似乎总是笨手笨脚。穿着大很多的凉鞋整天噼里啪啦，不是摔跟头就是说错话："哦，对不住，院长大人……踩到我的院长，神父大人。"但修道院院长看得出来貌似笨拙的小老鼠其实天赋异禀，当老鼠和他们忠实的獾友康斯坦斯不得不抵御邪恶的独眼老鼠"鞭子克鲁尼"和他的寄生虫大军的进犯时，最有资格领导他们的正是小鼠侠马赛厄斯。一直到故事快结束的时候，马赛厄斯的笨拙仍然挥之不去：他必须笨手笨脚地爬过树根，赶回去与克鲁尼决一死战。

[1] 此处仅以大人的标准而言。

但这也反映了他对战斗的渴望。被人称作笨小孩的小朋友或许可以谨记院长的教诲，让生活的步子慢一点。或者他们可以意识到，正是笨拙才让马赛厄斯显得可爱，转而以自己的笨拙为荣。

● 也可参阅：**青春期 · 爱丢东西**

扁桃体发炎

● 参阅：《小说药丸》

便秘

连环漫画总是特别有吸引力，因为人物惹眼的大面孔、对话泡泡、轻松的故事情节，以及与读者分享的私密旁白。在马桶边放一摞连环漫画，以打发便秘的缓慢时光。

十本如厕必备漫画书

《逍遥法外的加菲猫》（*Garfield at Large*），吉姆·戴维斯（Jim Davis）

《高卢英雄历险记》（*Asterix the Gaul*），勒内·戈西尼（René Goscinny）& 阿尔伯特·乌德佐（Albert Uderzo）

《丁丁历险记》（*The Adventures of Tintin*），埃尔热（Hergé）[1]

《花生漫画》（*The Complete Peanuts*），查尔斯·舒尔茨（Charles M Schulz）

[1] 我们尤其喜欢《丁丁在西藏》（*Tintin in Tibet*）、《太阳的囚徒》（*Prisoners of the Sun*）和《红色拉克姆的宝藏》（*Red Rackham's Treasure*）这三本。

CB《希尔达的故事》(*Hildafolk*)，卢克·皮尔森(Luke Pearson)

CB《一言难尽》(卡尔文与跳跳虎系列)[*Thereby Hangs a Tale*(Calvin and Hobbes)]，比尔·沃特森(Bill Watterson)

CB《托芙·扬松姆咪故事全集》(*Moomin: The Complete Tove Jansson Comic Strip*)，托芙·扬松(Tove Jansson)

YA《风之谷》(*Nausicaä of the Valley of the Wind*)，宫崎骏(Hayao Miyazaki)

YA《阿基拉》(*Akira*)，大友克洋(Katsuhiro Otomo)

YA《二十世纪少年》(*20th Century Boys*)，浦泽直树(Naoki Urasawa)

● 也可参阅：**肚子疼**

不爱喝汤

CB《浪漫鼠德佩罗》(*The Tale of Despereaux*)，著/凯特·迪卡米洛(Kate Dicamillo)、绘/蒂莫西·巴兹尔·埃林(Timothy Basil Ering)

很少有比汤更有营养但更勾不起小孩子食欲的食物。当然，婴儿别无选择，基本上以此为生。但是当他们迈过两岁的门槛后，似乎哪里不对劲了，导致他们对热腾腾、富含蔬菜的汤汁毫无兴致。迷人的《浪漫鼠佩德罗》或许会让他们改变。在一个童话国度里，国王禁止大家喝汤——因为他深爱的王后就是因喝汤猝死的。为了一了百了，他甚至禁用汤匙和水壶。一只勇敢的小老鼠佩德罗爱上了“豌豆”公主，决定把她从一个老鼠肆虐的地牢里救出来，虽然他的装备只有一根针和一团红色的毛线球。小老鼠认识了一个勇敢的厨娘，她不顾国王的禁令，烹制王后生前最爱的肉汤。“不管什么东西，老鼠还是人类，都可以从汤里获益，哪怕只有一小口。”她低声说，给了他一小碟可以救命的汤。只要喝上一口，佩德罗就充满了力量，以及信念和勇气以实现他的追求。哪个小孩可以对这种神奇的力量视而不见呢?

● 也可参阅：**挑食**

阅读相关症状：不爱看书

七个简单的步骤，让小朋友爱看书

在行贿或付费让小朋友看书，从而玷污了书籍（和你自己）的光芒前，不妨试试这些创意十足的方法。

布置一个诱人的读书处。舒适的僻静角落，豆袋坐垫、阅读灯、可以放一碗葡萄的搁板一应俱全。或是尖顶棚屋，柔软的椅罩、拖鞋、彩色小灯应有尽有。或是树枝间的吊床，靠枕、无酒精鸡尾酒也不可或缺。如此，谁不想跳进去呢?

停掉所有时钟，关掉手机，断开无线网络，宣布读书半个小时。家里每个人都要停下手头的活，拿一本实体书安静地坐下来。半个小时的阅读时间可以选在非周末的晚饭前，或是已经发泄完能量随时准备瘫倒的周日下午。根据我们的经验，一旦养成习惯，这会变成人人期待的半个小时。不知不觉，半个小时会变成四十五分钟，而且没有人会问晚饭吃什么。

下载一本有声书，给不爱看书的小朋友戴上耳机。如果书好、读得也好（不快不慢，以你喜欢的声音——先试听一小段），小朋友就会被故事感动，想要更多。同时还会训练他们在比较长的时间里安静地保持专注。先在车里播放有声书，因为干不了别的。然后让有声书进入日常生活，在点心时间，或是小朋友整理房间的时候。你会发现 www.audible.co.uk 上可以下载的内容越来越多，或是借当地图书馆的 CD。（参阅："十本适合全家人一起听的有声书"，465 页；"十本适合长途开车旅行听的有声书"，201 页）。

已被改编成电影的图书是可以即食的胡萝卜。书读完了，还可以看电影。[1] 千万别打破先书后电影的铁律。（参阅：想先看电影）

不论树上、干草堆里还是蹦床下，随处阅读意想不到的乐趣会让读书更有新奇感。我们最喜欢的是爬楼梯爬到一半的地方读书，当然戴一个头灯躲在楼梯下的壁橱里读也不错。

读无字书。从随后的"十佳无字故事书"书单里挑选。图画足以讲故事，哪怕是复杂的故事小孩子也可以轻松应对，不用费力去猜单词的意思，同时还可以提高他们对人物、叙事的理解力，以及增加对实体书的触感。无字小说也是鼓励他们接近小说的好手段。谁说只有作者才可以决定人物的名字或者对话的内容？

保持干净整洁。不爱看书的人碰到字体清晰的书更有感觉，那些背景模糊、有污渍的书就别拿出来了。书的纸张要够厚，别让背面的字透出来。插图和短章节会带来额外的好处。故事第一行就必须抓人，没有太多次要情节，没有太多描写或太多人物让人阅读停滞。当然，书仍必须读起来够有挑战性、够刺激，也吻合孩子的阅读层次。参阅之后的"十本适合不爱看书的读者的故事书"。

十佳无字故事书

PB《狐狸的花园》（*Fox's Garden*），普林珊·康康（Princesse Camcam）

[1] 已被移植到 App 的图书也是如此，比如"追击野兽"系列（*Beast Quest*）。

PB《弗洛拉和火烈鸟》（*Flora and the Flamingo*），莫莉·艾德尔（Molly Idle）

PB《男孩，狗和青蛙》（*A Boy, a Dog, and a Frog*），默瑟·梅尔（Mercer Mayer）

PB《梦的海洋》（*Sea of Dreams*），丹尼斯·诺兰（Dennis Nolan）

PB《神奇小白熊》（*Wonder Bear*），陶慕（Tao Nyeu）

PB《狮子和老鼠》（*The Lion and the Mouse*），杰里·平克尼（Jerry Pinkney）

PB《女孩和自行车》（*The Girl and the Bicycle*），马克·佩特（Mark Pett）

PB《伞》（*The Umbrella*），英格丽·舒伯特 & 迪特尔·舒伯特（Ingrid and Dieter Schubert）

PB《树屋》（*The Tree House*），马莱耶·托尔曼 & 罗纳德·托尔曼（Marije and Ronald Tolman）

PB《海底的秘密》（*Flotsam*），大卫·威斯纳（David Wiesner）

十本适合不爱看书的读者的故事书[1]

PB《我讨厌书》（*The Girl Who Hated Books*），著 / 玛秋莎·帕基（Manjusha Pawagi）、绘 / 琳妮·弗兰森（Leanne Franson）

PB《喷火巨龙费诺》（圣兽战士系列）[*Ferno the Fire Dragon*（Beast Quest）]，亚当·布雷德（Adam Blade）

PB《泰德统治世界》（*Ted Rules the World*），著 / 弗兰克·科特雷尔·博伊斯（Frank Cottrell Boyce）、绘 / 凯特·詹姆斯（Cate James）& 克里斯·里德尔（Chris Riddell）

PB《我不是猪》（芒果和班邦系列）[*The Not-a-Pig*（Mango & Bambang）]，著 / 波莉·法贝尔（Polly Faber）、绘 / 克拉拉·乌里亚米（Clara Vulliamy）

PB《红衣仙女鲁比》（魔幻彩虹系列）[*Ruby the Red Fairy*（Rainbow Magic）]，黛西·迈德斯（Daisy Meadows）

PB《老爸有一只鳄鱼》（*My Dad's Got an Alligator!*），杰里米·斯特朗（Jeremy Strong）

CB《獾》（*Brock*），安东尼·麦高恩（Anthony McGowan）

[1] 不用多说，J. K. 罗琳的《哈利·波特与魔法石》一定在十佳之列，虽然不在名单里。

CB《等待安雅》(*Waiting for Anya*)，麦克·莫波格(Michael Morpurgo)
YA《新兵》(小天使系列)[*The Recruit*(*Cherub*)]，罗伯特·马奇莫尔(Robert Muchamore)
YA《别的国家都没有》(*Tales from Outer Suburbia*)，陈志勇(Shaun Tan)

不爱清洁

参阅：**不想洗澡 · 体味 · 不想洗手**

不被理解

PB《懒猴》(*Slow Loris*)，亚历克西斯·迪肯(Alexis Deacon)
CB《幸福小姐和花朵小姐》(*Miss Happiness and Miss Flower*)，鲁莫·戈登(Rumer Godden)

对婴幼儿来说，这是字面所示的问题。等到大人学会了辨认他们的号啕大哭、咿呀之语和大惊小怪，[1]气急败坏的小婴儿早就放弃，学会用语言来表达了。但问题依然存在。就算把《牛津英语词典》里的单词都认全了的小孩，也会碰到不被人理解的困境。

亚历克西斯·迪肯的《懒猴》会让被人误解的小孩找到莫大安慰，那是一只吃一个蜜橘要花十分钟，挠屁股的痒痒要花一个小时的懒猴。丝毫不奇怪，动物园的游客一致觉得他缓慢、无趣，不愿在他的笼子前多做停留。

[1] 除非他们是《波特莱尔大冒险》里的小婴儿桑妮，她的只言片语可以被她的姐姐和哥哥(还有作者雷蒙尼·斯尼科特)轻易破译。比如当她说"Bax！"的时候，根据她姐姐奥薇特的说法，其实是想表达"见到新亲戚很紧张"的意思。但愿所有小婴儿都有她那样的姐姐和哥哥。

但懒猴并非无趣，也不迟缓。晚上，无人留意的时候，他就会现出原形——哦，他可真会玩！迪肯漂亮的水彩画，将懒猴深不可测的眼睛、灵活的身体，以最微妙的角度变化展现出来，完美地捕捉到了懒猴的夜间多动症和白昼的懒洋洋。这个故事的可爱之处在于，懒猴不在乎别人对他的误解如此之深——至少目前如此。反倒可以图个清静，开心做自己。由此鼓励你们家被误解的小孩依样行事，而你的任务就是更加努力，发现他们的与众不同之处。

大一点的孩子会从《幸福小姐和花朵小姐》中八岁小女孩诺娜那里得到安慰。当头发乌黑、皮肤白皙的诺娜从印度家里被送至英格兰，与脸色红润、浅色头发的表亲一起住时，一切都很陌生。天气冷得要命，诺娜也不喜欢吃麦片粥、布丁或香肠。她之前从未骑过自行车，滑过轮滑，打过乒乓球，玩过躲猫猫或“对儿”牌游戏——她的表亲因此而觉得很不可思议。当远方的姨妈寄来两个日本玩偶时，诺娜立刻觉得它们也不被理解，尤其是当表姐（妹）比琳达，漫不经心地把它们塞到已经满满当当的玩偶屋里时。它们穿着漂亮的和服，可以弯腰鞠躬，诺娜明白幸福小姐和花朵小姐需要的是坐垫而不是椅子，筷子而不是勺子，可以铺在地板上的被子和干净、整洁的家——并把为它们准备这样一个家视作她的使命。

这本书的主要篇幅就围绕这一使命展开，最后几页甚至有建筑平面图的说明以及日语的术语表。其他孩子渐渐明白她的行为，而且透过诺娜对幸福小姐和花朵小姐的理解，他们对诺娜的了解也加深了。一个充满禅意、平静、非凡的故事，这本书可以鼓励不被理解的小孩不要随波逐流，而是找到可以让自己与众不同的方式。

成人药方

C B《姆咪爸爸的回忆录》(*Moominpappa's Memoirs*), 托芙·扬松(*Tove Jansson*)

有些人终其一生都有被误解的感觉。《姆咪爸爸的回忆录》里的姆咪爸爸就是如此。现在看来，童年留给他的记忆实在悲惨，而且他一直觉得被人误解，以至于他撰写回忆录的努力经常被夺眶而出的眼泪打断。这些情感如影随形，一直到他成年后依然如此，总之“方方面面都很可怕”——虽然读者未必明了，因为他现在的生活充满诗情画意，有崇拜他的妻子，还有讨人喜欢的儿子姆咪。姆咪爸爸费尽心思，要是别人读了他的故事、知道他遭遇了这么多不幸后一定很不开心。由此让成年人意识到，专心体谅别人[1]往往比试图让别人理解你更有益——一般而言，这会反过来让别人理解你，从而形成皆大欢喜的循环效应。

● 也可参阅：**青春期 · 婴儿期 · 听力障碍 · 与众不同 · 无法表达感受 · 感觉没有人倾听 · 不得不学外语 · 不能与父母交流 · 语言障碍 · 不能维护自己的权益**

不得不穿别人的二手衣物

E R《旧帽子，新帽子》(*Old Hat New Hat*), 斯坦·博丹 & 简·博丹(*Stan and Jan Berenstain*)

Y A《鸳脚英语》(*Pigeon English*), 斯蒂芬·科尔曼(*Stephen Kelman*)

[1] 姆咪爸爸亲爱的妻子就是如此。

用《旧帽子，新帽子》培养孩子对二手衣物的喜爱，不论是膝盖松松垮垮的裤子、拉链破损的衣服，还是口袋里有隐秘可疑东西的外套。在这个故事里，我们熟悉和喜欢的贝贝熊把商店里每一顶古怪和漂亮的帽子都试了一遍，从头巾帽到上面有螺旋桨的帽子。后来他看到一顶老旧的软毡帽，打了一个补丁，上面还有一朵凋谢的雏菊，那正是他走进商店时戴的帽子。所以，东西还是老的好。

说服大孩子相信穿戴二手衣物很酷比较难，但也不是不可能。以佩克汉姆的政府廉租房住宅区为背景，《蹩脚英语》讲述了年轻加纳移民哈里的故事，他正试图融入当地的帮派文化。“你快乐吗？”他们问他。“是的！”“你快乐吗？”“是的！”等他终于明白咋回事，[1]他的名声已经毁了。可是当他母亲只能给他买慈善商店的二手运动鞋时，他又该如何往上爬呢？

但哈里慢慢明白，他真正应该关注的是运动鞋的“内里”：天生就是运动员的料，他跑得比任何同龄人都快。这个感人的故事向青少年阐述了很多主题，比如移民（参阅：不信任外人）、霸凌（参阅：遭遇霸凌）和同伴压力（参阅：同伴压力）。但说到底还是关于如何展望未来。有时候以得体的衣着示人确实很重要，向小朋友坦承你知道这一点，但更重要的还是放眼更大的未来。

● 也可参阅：**同伴压力 · 要这要那 · 杞人忧天**

[1] 他们实际上说的是“a-penis”（阴茎），被哈里听成了“happiness”（快乐）。

不得不戴眼镜

PB《温妮又飞起来了》(*Winnie Flies Again*)，著 / 瓦莱丽 · 托马斯(Valerie Thomas)、绘 / 科奇 · 保罗(Korky Paul)

CB《哈利 · 波特与魔法石》(*Harry Potter and the Philosopher's Stone*)，J. k. 罗琳(J. k. Rowling)

YA《如何让牙套和眼镜摇摆》(*How to Rock Braces and Glasses*)，梅格 · 哈斯顿(Meg Haston)

有一阵子戴眼镜的小孩子立刻会被人叫作“B 教授”——一个糊里糊涂、发明了时间旅行机器的发明家，前额高耸，足以同时架上五副眼镜[1]。多亏近年来儿童文学里近视的男女主人公大行其道，涌现出了许多积极的新榜样。

对小孩子来说，《温妮又飞起来了》表明如果视力正常，生活可以多么美好。科奇 · 保罗的跨页钢笔水彩画生气勃勃，勾勒出骑着长柄扫帚的温妮撞到直升机和悬挂式滑翔机，并试用了其他各种交通工具(自行车、滑板、马)，最终才意识到问题不在于此。你们家近视的孩子可能会冒空中大撞机的风险，但你也可以不失时机地向他们指出，如果不戴眼镜，就看不到这些精美插画绝妙的细微之处啦。

年纪大一点的孩子不用四处求索(本来视力就不好)，一个哈

[1] “一副眼镜用来阅读，一副用来写作，一副出门用，一副可以从眼镜上方盯着你，当这四副眼镜都找不到的时候，还有一副备用，而这种情况经常发生。”诺曼 · 亨特(Norman Hunter)创作的《B 教授的狂想之旅》(*The Incredible Adventures of Professor Branestawm*)至今仍是优秀的儿童读物。

利·波特就够了。他是自牛奶棒小子[1]以来，最广为人知的四眼仔。我们对哈利的样子了如指掌，仿佛他就是我们身边的朋友：桀骜不驯的头发，“用很多透明胶带”粘在一起的圆框小眼镜，当然，还有他额头上的闪电伤疤。哈利寄住在德思礼家的时候，这个伤疤一直是他姨妈佩妮·德思礼的心头大恨，而他的眼镜更是时常沦为他与表兄弟达德利打斗的牺牲品。可是一旦哈利到了霍格沃茨，开始意识到他不仅有魔法，而且是极有名的那一个时，他的相貌刹那间有了新意义。戴眼镜、有伤疤的小男孩貌似弱不禁风，却一下子成了所有小朋友喜闻乐见的偶像。

哈利在霍格沃茨的生活不全是魔法和奉承。从小由“麻瓜”抚养长大，相比大多数同龄人，他有很多魔法要学。学校里有一百四十二个楼梯（有的“在某个星期五会通向不同的地方”），每天晚上为了回卧室必须记住的复杂口令，最好退避三舍的鬼魂，以及由严厉的麦格教授领衔的吓人的变形课——坦白说，他发现这个课程对他来说太难了。还要忍受魔药学老师，斯内普教授的冷眼，刀刀戳在他的伤疤上。但是当哈利第一次玩魁地奇，扫帚吱溜一下飞到他的手里时，他知道这就是他的强项。有一次他表演了五十英尺的惊险俯冲后在离地一英尺处接住球的好戏（他的眼镜在鼻子上纹丝不动，堪称奇迹），麦格教授无话可说，赶紧把他推荐给格兰芬多队的队长，并确保他出任“找球手”。故事结尾，整个学校都在谈论哈利和他大无畏的运动才华。哈利·波特不仅屡次坏了伏地魔的好事，而且洗刷了戴眼镜不够酷的污名。

[1] 牛奶棒小子（Milkybar Kid）是雀巢公司牛奶棒产品的广告形象，金发、戴眼镜，经常穿成西部牛仔的样子，1961 年首次亮相。——译注

读过精彩纷呈的《如何让牙套和眼镜摇摆》之后，相信戴眼镜的女生和她们的朋友应该会对眼镜另眼相看。无可争议的校花凯西·西蒙，穿着打扮时髦得体，还是学校电视频道的主持。虽然她时不时话中带刺，但所有人还是争相跟她交朋友。一次眼部感染和牙齿问题后，她不得不戴上古怪的眼镜和金属牙套，人生一下子跌入谷底。幸运的是，她在谷底扪心自问、深刻反省，变成了一个更有同情心的人，同时也学会了如何让牙套和眼镜“摇摆”起来。

● 也可参阅：**身体形象 · 遭遇霸凌 · 缺乏自信 · 与众不同 · 尴尬 · 视觉障碍**

不得不练习乐器

ER《格斯、爷爷和钢琴课》（*Gus and Grandpa and the Piano Lesson*），著 / 克劳迪娅·米尔斯（Claudia Mills）、绘 / 凯瑟琳·斯托克（Catherine Stock）

PB《一只会开枪的狮子》（*Lafcadio, the Lion Who Shot Back*），谢尔·希尔弗斯坦（Shel Silverstein）

不论小号还是钢琴，对初学者来说，学习演奏一门乐器一开始可能会很痛苦。不仅需要按时练习，如果没练习每周就要羞愧地面对老师，并且不知道要在制造多少令人厌恶的噪音之后才能入门。换言之，我们通常要花费数年之功，才会发现学习一门乐器有所值或有意思。讨人喜欢的《格斯、爷爷和钢琴课》，是一本针对此一苦恼的低幼读物，涵盖了所有这些问题甚至更多。对格斯来说幸运的是，善解人意的外公不仅在他搞砸了第一场钢琴独奏会时安慰了他，还帮他找到了让音乐在手指间流动的方法，相当鼓舞人心。

学习乐器，练习当然是关键。《一只会开枪的狮子》——调皮的谢尔·希尔弗斯坦的处女作——以一种可爱的方式论证了只要全力以赴，你就是可以取得相应的成就。这本旨在让你大声读出来的图画书，讲述了一头狮子在其他同伴争相逃窜时，有礼貌地向一个头戴帽子、手拿滑稽长“手杖”的猎人打招呼的故事。这次相遇对猎人来说很不幸。首先，他承认他打算把狮子变成狮皮地毯，坐在上面，在壁炉前烤果汁软糖吃，由此激怒了狮子。此后他拒绝了狮子拉夫卡迪奥的建议：他活着回家，和狮子一起烤果汁软糖吃。拉夫卡迪奥没得选择，只好吃了猎人，试着开了一枪猎人的“手杖”。

起初他不会开枪，但他没有放弃。练习了一阵子后，他学会了用尾巴扣动扳机，此后每天下午，当其他狮子都在睡觉的时候，他就偷偷溜出去练习，学会用爪子扣扳机。下次再有猎人来，拉夫卡迪奥可以率先开枪——从此他和其他狮子安全无虞、自由自在地过着快乐的生活，他们的领地上散落着迷人的“猎人地毯”。教训显而易见：只要刻苦练习，没有你学不会的东西。

也可参阅：**轻言放弃 · 懒惰**

不得不亲吻老奶奶

CB《小乔治的神奇魔药》（*George's Marvellous Medicine*），著 / 罗尔德·达尔（Roald Dahl）、绘 / 昆廷·布莱克（Quentin Blake）

没有人喜欢亲吻本该柔滑但实际却扎人的脸颊。乔治的姥姥不仅满脸胡须，而且一口黄牙，小嘴噘起来像“狗屁股”。更糟的是，她是一个可怕的牢骚鬼，成天坐在窗户边的椅子里唠唠叨叨。当乔治决定调制他自己的可怕毒药，以替换姥姥的日常用药时，所有小朋友一定对他的配料清单[1]充满兴趣。当那个邪恶的老妪大口喝下毒药，然后立刻像火箭般冲破屋顶时（这个动作在昆廷·布莱克的插图里得到了淋漓尽致的表现），大肆庆祝一番必不可少。向你的孩子们严正指出，他们的姥姥可能也长满胡茬，但和故事里的并不相同。故事里的姥姥绝对是咎由自取，但他们的不是。

● 也可参阅：**大胡子恐惧症 · 烦人的亲戚**

不得不收纳整理

● 参阅：**不得不做家务**

不得不写感谢信

PB《快乐的邮递员》（*The Jolly Postman*），著 / 艾伦 · 阿尔伯格（Allan Ahlberg）、绘 / 珍妮特 · 阿尔伯格（Janet Ahlberg）

CB《长腿叔叔》（*Daddy Long-Legs*），简 · 韦伯斯特（Jean Webster）

对小孩来说，写感谢信是一件苦差事——圣诞节和生日埋下的

[1] 他的配料包括一瓶洗发水、一罐脱毛剂、一瓶香体露、液体石蜡、洗衣粉、地板蜡、狗用除虱粉、鞋油、一罐芥末粉、一瓶辣根酱、半品脱机油、羊用消毒液以及各种用于鸡、马和牛的治疗肠绞痛、瘸腿、疥癣、猪瘟和奶牛乳房肿痛的兽药。

祸根——为此他们宁愿不要任何礼物。对大人来说，却是一件好活：难看、细长的字母大摇大摆地跨到另一面，无奈由于空间不够，作者只得戛然而止。因此——同时这也是深思别人善意的机会——值得向你家里的孩子介绍老式书信写作工具的妙处，诸如纸、墨、信封和邮票，以及遣词用句的学问。

就从《快乐的邮递员》开始，这个绘本里满是可以抽出来的、贴了邮票、写好地址的信封，而且里面真的有信笺。故事把一系列熟悉的童话人物串联起来——金凤花姑娘、《杰克与仙豆》里的巨人、《小红帽》里的大灰狼——他们的信件都由一个穿制服、骑红色小单车的邮递员投递，有时候可以说服他停下来喝杯茶。阿尔伯格标志性的柔和淡色调人物，辅以漂亮的英国风光，加强了信件可以联结人类、带来片刻宁静愉悦和激动人心的好消息的感觉。

最好的信件应当体现写作者的个性，比如《长腿叔叔》里十七岁的孤儿杰鲁莎 · 阿伯特所写的。写给一个愿意资助她上大学，条件是每个月给他写一封信的神秘资助人，这些信件显示出她对“长腿叔叔”一无所知，除了他很有钱、不喜欢女孩子、腿很长——她有一次瞅见他在墙上的影子——之外。

或许正是因为茱蒂（如今她改成这个名字）知之甚少，写起信来才可以放开手脚。健谈、热情，充满了对学校生活的洞见，偶尔夹杂几幅小小的人物线条画，茱蒂在信里表达了她的谢意，让她有机会改变卑微的出身，而且仿佛自说自话一般，写起来无所顾忌。“为什么你不挑一个更有个性的名字呢？”得知他的名字是史密斯先生后，她问道，“我还不如写给……亲爱的晒衣杆呢。”书里尽是如此风格的信件，读过这些——以及下文的书信体书单所列的书目——之后，你身边那些不爱写信的小家伙或许会明白信件作为“加深了解”的方式之一，其实妙趣横生，不仅可以了解别人，也能了解自己。

十佳书信体故事书

PB《小蜡笔大罢工》（*The Day the Crayons Quit*），著 / 德鲁·戴沃特（Drew Daywalt）、绘 / 奥利弗·杰夫斯（Oliver Jeffers）

PB《亲爱的，绿色和平》（*Dear Greenpeace*），西蒙·詹姆斯（Simon James）

CB《来自帕丁顿的爱》（*Love from Paddington*），著 / 迈克尔·邦德（Michael Bond）、绘 / 佩姬·佛特南（Peggy Fortnum）&R.W. 阿利（R.W. Alley）

CB《亲爱的汉修先生》（*Dear Mr. Henshaw*），著 / 贝弗丽·克利里（Beverly Cleary）、绘 / 保罗·O. 泽林斯基（Paul O. Zelinsky）

CB《豌豆女孩》（*Ella Minnow Pea*），马克·邓恩（Mark Dunn）

CB《给利奥的信》（*Letters to Leo*），著 / 艾米·赫斯特（Amy Hest）、绘 / 朱丽娅·德诺斯（Julia Denos）

CB《西蒙妮的信》（*Simone's Letters*），著 / 海伦娜·皮丽查蒂（Helena Pielichaty）、绘 / 休·希普（Sue Heap）

YA《13 个蓝色小信封》（*13 Little Blue Envelopes*），莫琳·约翰逊（Maureen Johnson）

YA《凯西疯了》（*Finding Cassie Crazy*），贾克琳·莫里亚蒂（Jaclyn Moriarty）

YA《因为你永远见不着我》（*Because You'll Never Meet Me*），利厄·托马斯（Leah Thomas）

● 也可参阅：**失望 · 不得不亲吻老奶奶 · 没礼貌 · 礼物**

不得不洗碗

● 参阅：**不得不做家务**

不得不与别人分享你的卧室

● 参阅：**渴望独处 · 不愿意分享**

B 不得不学外语

《希特勒偷走了粉红兔》(*When Hitler Stole Pink Rabbit*),朱迪斯·克尔(Judith Kerr)

不论法语、西班牙语、汉语还是因纽特语，学习一门新外语的念头令人却步。实际上，大多数孩子都是天生的语言学家，一旦专心投入，掌握一门新外语的速度比大人快很多。《希特勒偷走了粉红兔》适合推荐给移居新国家的小孩，它表明学习一门新外语虽然一开始很难，但流利往往比你期盼的来得更快、更容易。

对九岁的安娜来说，生活即将发生巨变。那是 1938 年，柏林到处是希特勒的海报。意识到安全受到了巨大威胁，安娜的父亲——一个直言不讳的犹太知识分子，他的反纳粹著作被公开焚毁——安排了举家逃亡。安娜和她的弟弟迈克尔在巴黎苦苦适应(参阅：新生)。在那之前迈克尔是一个相当懒散的小男孩，这时却为了在数学和足球上赶上同学，下了相当大的功夫；而之前不用怎么努力成绩就很好的安娜，却越来越沉默寡言。在向老师表达之前，她必须先把德语的想法转换成法语，这让她疲惫不堪！在她的听写本里，几乎每个单词下面都画了红线，绝望之际，安娜甚至懒得说话交朋友。她的作业本上全是涂鸦，于是她得出结论：自己一定是那些“不善于”学习语言的人之一。

可是有一天，她在巴黎待了快一年的时候，一切都变了。跟朋友科莱特一起上学的路上，科莱特问她：“你上周日干吗了？”不用费尽心思先把问题转成德语，得到一个德语的回答，再把回答转成法语，她听到自己直接用法语回答了。之后一整天她都可以这么回答。从那个时刻开始，她仿佛突然发现自己可以飞了，病恹恹的苍白脸颊上有了快乐的红晕。

学习一门新语言通常有两个要求:全身心的投入和对自己的信心。这个故事可以鼓励你们家踌躇的语言学家不屈不挠。终有一天不知不觉间他们会听到自己像当地人一样说话。

● 也可参阅：**缺乏自信 · 与众不同 · 感觉没朋友 · 轻言放弃 · 感觉自己一无是处 · 搬家**

不得不照顾弟弟妹妹

《土巨人》（*The Earth Giant*），迈尔文 · 伯格斯（Melvin Burgess）

按照出生的先后顺序，大孩子（可靠、细心、明理）一般要负起照顾弟弟妹妹（自私、冲动、本能）的责任。在这种互动过程中，大孩子的恼怒和焦虑经在《土巨人》中一览无遗地被展现出来，不被人理解的大孩子可以感到莫大的安慰。

一棵老橡树在暴风雨中被吹倒后，彼得的妹妹艾米预感到有人或有什么东西需要她帮助。果真，在裸露的大树根部，艾米看到了一个女巨人，怪异却漂亮。"巨人"，艾米这么称呼她，不能交流，但艾米可以明白她的喜怒哀乐。她们一起在地里嬉戏，建立了亲密的关系。但艾米知道不能让别人获悉巨人存在的秘密，于是把她藏在一个不大可能被人发现的废弃剧院，晚上等家人入睡后带食物给她。

有一次彼得尾随而至，女巨人被这个不速之客吓得在黑乎乎的剧院里上蹿下跳，彼得则因妹妹做出这样的事而感到震惊。女巨人不得不逃之夭夭，顺带把艾米也拐走了。彼得左右为难，一边是勃然大怒、悲痛欲绝的父母，不理解为什么妹妹被一个傻瓜拐走时他无动于衷；一边他又怀疑这是妹妹蓄谋已久，只有读者明白他在精神上受到的折磨。大哥哥大姐姐恐怕都会对此感同身受，明白不是只有他们要对小弟弟小妹妹负责。而读过此书的大人则会用心琢磨哪个小孩更靠谱、更理智。

● 也可参阅：**不喜欢你的保姆 · 愤愤不平 · 想掌控一切**

不得不做家务

CB《汤姆·索亚历险记》（*The Adventures of Tom Sawyer*），马克·吐温（Mark Twain）

CB《匹克威克太太》（*Mrs. Piggle-Wiggle*），贝蒂·麦克唐纳（Betty MacDonald）

一提到做家务小朋友就兴味索然，尤其是当他们本来可以无所事事地闲逛，或者跑到树林里搭个小窝的时候。汤姆·索亚星期天一大早就被派了一个重活，要粉刷一大片围栏，简直让他痛不欲生。扮演一艘汽船的本·罗杰斯恰好这时候溜达过来，打算就汤姆的苦差事好好取笑他一番。汤姆突然灵机一动。不仅没有怨天尤人，反而让他的苦差事听起来颇有吸引力。“男孩子可以每天都刷围栏吗？”

很快本就苦苦哀求汤姆让他试一把，甚至愿意为此把苹果给他。眼看下午就要过去了，汤姆从其他迫切为他分担工作的小孩那里挣到了“十二个弹珠、一只破口琴、一块透明的蓝色玻璃瓶碎片、一尊线轴做的炮、一把打不开任何锁的钥匙……一个锡制玩具兵、一对蝌蚪、六个爆竹、一只独眼猫”（此处列举的只是一部分）。更惬意的是，他可以一整天看着其他人帮他干活。他意识到，所谓工作就是你不得不做的，而游戏就是你自己想做的。那些想让孩子帮忙干活的大人，都应该从汤姆那里汲取灵感。[1]

对年纪小一点的孩子，你们应该向匹克威克太太求助，这个灵感四溢的准女巫，从1940年代末以来，凭一己之力或多或少帮助美国小朋友长成善良、负责的公民。一个疯疯癫癫的驼背女人，长发及膝，匹克威克太太对付小孩有一套，当地父母都把孩子往她家里送，不论他们需要治愈的是吃饭慢吞吞还是顶嘴。关于家务活她采取的手法与汤姆·索亚类似，确保小朋友是出于自愿而不是觉得必须去做。“匹克威克太太”系列有好几本，《你好，匹克威克太太》（*Hello, Mrs. Piggle-Wiggle*）可以帮你治愈炫耀症，为本书作画的是伟大的希拉里·耐特（Hilary Knight），而《匹克威克太太的农场》（*Mrs. Piggle-Wiggle's Farm*）则由莫里斯·桑达克（Maurice Sendak）配图，是疏于照料宠物的小朋友的良药。不妨让小朋友读一读，或者你亲自读给他们听，再做做笔记。

● 也可参阅：**不愿意学做菜 · 周末想打工 · 懒惰 · 缺少零花钱 · 绝对不服从**

不敢吃蔬菜

● 参阅：**挑食**

[1] 对那些不想落入大人陷阱的小朋友，也可作为反面教材之用。

不高兴

● 参阅：**悲伤**

不合群

● 参阅：**与众不同**

不会游泳

PB《不敢游泳的男孩》（*The Boy Who Wouldn't Swim*），黛布·卢克（Deb Lucke）

CB《海蛋》（*The Sea Egg*），露西·M. 波士顿（Lucy M. Boston）

越早开始学游泳，大多数孩子对水的感觉就越像鱼。要是太晚开始，恐惧和理性就会占上风。《不敢游泳的男孩》取材于作者哥哥的真实经历。主角埃里克在游泳池边度过了担惊受怕的一个夏天，就是拒绝下水。而且那个夏天特别热，这也让他越发难受。卢克的丙烯酸颜料画描绘了整个小镇的人都躺在泳池边的折叠躺椅上，还有从高台跳板上俯瞰的动人场景。当埃里克的妹妹顶替他上了游泳课时，那种羞耻感让他无地自容。

最终，当没有人注意他时，埃里克终于下水了。把这个故事读给不爱学游泳的孩子听，然后故意转过身去，让他们自己试试。[1]

少有作者像露西·M. 波士顿，把游泳写得那么吸引人。她的《海蛋》充满了诗情画意，描写了两个在康沃尔郡度假的兄弟，在一

[1] 至于如何帮助孩子摆脱恐惧，请参阅：恐惧。

个神奇伙伴的帮助下，如何与水发生了亲密关系。有一天早上，退潮之后，碧海风平浪静，“仿佛全世界的秘密都不敢声张一样”，兄弟俩跑向海边，石头在他们脚下“打滑作响”，还发现一个抓龙虾的人正在收网。那个人给他们看了一块跑到龙虾桶里的蛋形奇石。兄弟俩立刻要了过来。虽然他们突然很紧张石头里到底是什么——海怪？或是即将把悬崖铲平的可怕暴风雨？他们把石头带到一个僻静的潮水潭，那里只有海水涨潮的时候才可以通过一条隧道抵达，耐心等待会有什么事情发生。

如果现在告诉你从海蛋里孵出了什么，这个节奏缓慢的故事就没什么意思了。不过正是由于大海送给他们的这个伙伴，兄弟俩学会了像海里的生物一样游泳，大大地吸一口气扎进水里，不用担心后面的潮水，在咸兮兮、冒泡的海水里睁开眼睛。他们的秘密——以及他们充分利用的知识——鼓励我们要让人生圆满，无所畏惧。大声读给全家人听，在水中畅游会成为他们的下一个人生目标。

● 也可参阅：**缺乏自信 · 恐惧**

不肯宽恕

YA《一个印第安少年的超真实日记》（*The Absolutely True Diary of a Part-Time Indian*），谢尔曼·阿莱克西（Sherman Alexie）

这个笑料十足、半自传体并满是漫画插图的故事清晰地表达了如下观念：宽恕具有的优雅和高贵足以让当事人双方得到升华。朱尼尔——因为不同寻常的大脑袋瓜而得名“地球仪”——瘦削、戴眼镜（参阅：不得不戴眼镜）、体弱多病，还比别人多了十颗牙——在他看来，这让他“超越了人类十颗牙齿的距离”。作为生活在保留地的美国印第安人，他对所谓的“标准印第安人待遇”已经安之若素，比如相比白人从牙医那里拿到的止痛药，他们只能拿到一半，理由是印第安人只能感受到“一半的痛苦”。他的印第安族人总是酩酊大醉，尤其是他的爸爸；他的姐姐自从高中毕业后就把自己锁在地下室；而在学校里，不论大人还是小孩都把他当作沙包（参阅：遭遇霸凌）。但朱尼尔那个大脑袋里充满了智慧和对保留地以外的未来的憧憬。于是当他决定到二十英里之外可以给他更好前程的白人学校上学时，他明白自己一定会受到族人和白人小子的新一轮折磨。

果不其然，白人小子嘲笑他的名字和种族。起初朱尼尔只懂得用他知道的方式——拳头——反击。但是在奶奶——保留地里罕见的滴酒不沾的人之一——的帮助下，他逐渐意识到宽恕会让他更强大。宽恕是种怎样的感觉，毕竟，如果不能原谅他的国家把印第安人禁锢在毫无希望的保留地，给他们提供三十年前的老教科书，他又怎么会从那里逃离呢？当爸爸因付不起兽医的费用，开枪打死他的狗时，朱尼尔哭了好几天，然后也就随它去了。同班同学踩他的头，朱尼尔跳了个部落的小鸡舞，也就不跟他们计较了。当最好的朋友罗迪因为他逃离保留地的背叛之举对他不理不睬时，朱尼尔不断往他门底下塞漫画书，直到罗迪有所回应。看到朱尼尔和他的奶奶可以原谅整个国家的青少年会有所触动，至少可以原谅身边那些烂人烂事吧。

⊖ 也可参阅：**背叛 · 伤心 · 生闷气 · 无端生气**

不公平

◆ 参阅：**愤愤不平**

不能处变不惊

📖《老虎来喝下午茶》（*The Tiger Who Came to Tea*），朱迪斯·克尔（**Judith Kerr**）

大多数小孩喜欢按部就班，但有些会拘泥于常规不能自拔，以至于稍有偏离就焦虑不安，甚至引发全方位的崩溃。一旦如此，参阅：使性子、焦虑、愤怒。同时，用绘本《老虎来喝下午茶》——一个妈妈和女儿面对意外泰然处之的故事——向他们温柔建言。

当一头斑纹大老虎出现在家门口，要求进屋喝茶时，索菲的妈妈临危不惧。“当然，来吧。”她说。当老虎一口吞掉一盘而不是一个三明治时，母女俩的确吓了一跳，虽然她们的惊讶主要事关礼仪而不是别的。（参阅：没礼貌）而当老虎把一壶茶而不是一杯茶一饮而尽时，妈妈的脸上的确泛起了红晕。索菲的爸爸回家后被告知没有晚饭吃，只是耸了耸肩，一家人若无其事地出门吃饭了。这个处变不惊的家庭让人过目不忘，足以在小朋友心里植下碰到意外切莫慌乱的种子。

◆ 参阅：**自闭症**

B　不能维护自己的权益

PB《艾美丽的小兔子》(*That Rabbit Belongs to Emily Brown*)，著／克莱茜达·考埃尔(Cressida Cowell)、绘／尼尔·莱顿(Neal Layton)

CB《埃米尔擒贼记》(*Emil and the Detectives*)，埃里希·凯斯特纳(Erich Kästner)

YA《希拉里的双重生活》(*What I Was*)，梅格·罗索夫(Meg Rosoff)

很多因素可以阻止小孩子维护自己的权益：害羞、担心别人不喜欢他们、担心别人觉得自己粗鲁、担心挑起事端（参阅：争吵）……而当他们要挑战的对象年纪更大，或者貌似更权威时，他们的这种无力感很可能更加强烈。论及对手，没有人比女王更强大了，但《艾美丽的小兔子》里的艾美丽·布朗就是敢于挑战，无畏决绝。

女王似乎看上了艾美丽的玩具兔子斯坦利，它屁股上有一块光秃秃的补丁、脸上用线缝的一针就是笑靥，十分惹人爱。但是当贪婪的女王派她的仆役长前去索要，愿意以一只全新的泰迪熊交换时，艾美丽瞟了一眼，发现这只令人不快、浑身僵硬的泰迪熊神情愕然，眼睛一动不动，有礼貌地回了一声“不”。女王当然不习惯被拒绝。于是双方的对峙不断升级，女王派来的手下越来越有权势，开出的条件也越来越高。

艾美丽·布朗毫不动摇，越发坚决地重复拒绝她。尼尔·莱顿的画笔勾勒出留着布丁碗短发、身穿花样围裙装的艾美丽·布朗指着门口，让那些高傲的军人赶紧走人的场景，真是令人愉悦。当女王黔驴技穷，派出她的特种兵，趁艾美丽睡觉时把斯坦利偷走时，艾美丽真的被激怒了，于是跑到王宫大闹了一场，跟那个“愚蠢的女王”好好说了一番道理。这个故事告诉那些被人欺负的小孩，没有人——即便是女王——有权利把他们推来搡去。

埃里希·凯斯特纳的《埃米尔擒贼记》给小孩子提供了如何让自己在这个世界上更有分量的好建议。埃米尔身上带了160马克[1]搭火车去柏林，跟他的表兄弟波尼住一个星期——好让他的美发师妈妈有机会加班。为了安全起见，他把这笔大钱别在口袋里，可是当他醒过来发现钱和那个可恶的同车旅客都不见了时，显然只有一个结论。

埃米尔意识到在他熟睡时有人对他动了手脚，但他很快从被人冒犯的情绪里走出来，然后导演了一次大规模的追捕行动，全柏林十二岁以下的小孩几乎都来帮他。他从受害者到法官到猎人的转变彰显了他的自信——而且拒绝让小偷逃之夭夭——也感染了他的帮手，其中一个是可爱的古斯塔夫，他有一个电动喇叭，时而随意时而故意弄响它。他们一起追捕倒倒霉的格伦戴斯先生，从电车到银行到旅馆——直到把他送进柏林的监狱。身陷困境的小孩读过这个故事后，在任何需要帮助的时刻，定能发动他们的同龄人，吹起他们的小喇叭。

总是被欺负的青少年需要一个帮助他们以自我为傲的故事。当《希拉里的双重生活》的叙述者转学到阴冷的诺福克海岸时（参阅：新生），他怯生生地不敢抬头见人，因为他以前有过被霸凌又背黑锅的历史（参阅：愤愤不平）。可是当他认识了独自住在附近海滩的男孩芬恩时，一下子就被迷住了。芬恩完全自给自足，自己捕鱼自己烧鱼，与四季和谐相处（参阅：独来独往），甚至盖了一个小屋。后来我们知道芬恩离群索居、自力更生不是没有理由。很明显，故事

[1] 他妈妈一个月的薪水。

一开始就埋下了悲剧的种子，但芬恩还是成为了不向循规蹈矩的世界屈服，哪怕为此受罚的榜样，相当鼓舞人心。

● 也可参阅：**缺乏自信 · 感觉没有人倾听 · 害羞 · 自觉渺小**

不能与父母交流

PB《抱抱我》（*Hug Me*），西蒙娜·奇劳洛（Simona Ciraolo）

CB《穿裙子的小男子汉》（*The Boy in the Dress*），著／大卫·威廉姆斯（David Walliams）、绘／昆汀·布莱克（Quentin Blake）

如果你习惯了沉默寡言，[1]你的孩子可能会理解这些书里的某个角色。《抱抱我》里的菲利普一家都是感情不外露的类型（要是你知道他们是仙人掌家族就不难理解了）。以蜡笔和水彩呈现沙漠的色调，这个故事讲述了年轻的菲利普如何想让外界理解他的拥抱需求。气球当然不愿意，但石头，没有父母亲的石头，很明白那种感受。利用这个故事展开讨论，家里谁是带刺的人，谁是柔软好捏的人——或许你就会发现你的孩子更希望自己能拥抱哪些人。

在精彩的《穿裙子的小男子汉》里，丹尼斯一家禁止拥抱，尽管丹尼斯开卡车的爸爸和他的哥哥约翰都没有明言。自从妈妈（附带一提，妈妈也不能在家里被提及）离开后，丹尼斯才发觉这一点，而家里此时已陷入情感的冰川期。压抑的父亲没事就在电视机前喝

[1] 如果你觉得自己不是沉默寡言而是冷静沉着——并且坦率地认为小孩子也应该如此——请参阅《小说药丸》中的词条“上唇紧绷”。

啤酒、吃薯片。约翰则以丹尼斯不够有男子气而百般嘲弄他。只有足球以及他的死党德尔维希（他的妈妈总是性情开朗到令人尴尬的地步），才让他有继续前行的动力。

有一天，丹尼斯的爸爸抓到他有一本《时尚》杂志。这“可不大好。”他说。没过多久，丹尼斯就故意穿上有亮片的衣服和高跟鞋，向爸爸展示男孩子不仅可以踢好足球，也可以喜欢女孩子的衣服。之后情感爆发的时刻就算最拘谨的家庭成员也会感到难以抑制。分享这个故事（还有一个出色的音频版，由作者威廉姆斯亲自朗诵），为一个没有思想包袱的家庭拥抱扫清障碍。

也可参阅：**父母患抑郁症 · 感觉没有人倾听 · 孤独 · 不被理解**

不确定自己是不是同性恋

有的小孩很早就知道自己是同性恋。有的过了很久才发现。有的一直糊里糊涂，又害怕又着迷——而且想深入了解。如下书单涉及所有可能性。

十本探索性倾向的读物

PB《国王与国王》（*King & King*），著 / 琳达 · 德汉（Linda De Haan）、绘 / 斯特恩 · 尼兰德（Stern Nijland）

YA《欢乐之家：一场家庭悲喜剧》（*Fun Home*），艾莉森 · 贝克德尔（Alison Bechdel）

YA《红果子丛林》（*Rubyfruit Jungle*），丽塔 · 梅 · 布朗（Rita Mae Brown）

YA《卡梅伦的错误教育》（*The Miseducation of Cameron Post*），艾米丽 · M. 丹弗斯（Emily M. Danforth）

- YA《阅我如书》(*Read Me Like a Book*)，莉兹·凯斯勒(Liz Kessler)
- YA《抬头问天》(*Ask the Passengers*)，A. S. 金(A. S. King)
- YA《男孩遇见男孩》(*Boy Meets Boy*)，大卫·利维森(David Levithan)
- YA《阿喀琉斯之歌》(*The Song of Achilles*)，玛德琳·米勒(Madeline Miller)
- YA《滑稽男孩》(*Funny Boy*)，希亚姆·塞尔瓦杜莱(Shyam Selvadurai)
- YA《男孩的故事》(*A Boy's Own Story*)，埃德蒙·怀特(Edmund White)

● 也可参阅：**约会 · 对性感到好奇 · 感觉自己是跨性别者**

不擅长体育

● 参阅：**感觉自己一无是处 · 不想上学**

不上学

● 参阅：**在家自学**

不是老大也不是老小

● 参阅：**手足之争**

不是学霸

● 参阅：**感觉自己一无是处**

阅读相关症状：不喜欢别人强加的书目

诱使他们相信这是他们自己挑的书

男孩：我不读那本书。

老爸:(瞅一眼手里那本书的封面)为啥?

男孩:这不是很明显吗?

老爸:(对着书眉头紧锁)太简单了?

男孩:不是。

老爸:太难了?

男孩:不是。

老爸:没有图?

男孩:不是。

老爸:(把书翻来覆去)作者性别不对?

男孩:(耸耸肩)

老爸:等一下,你以前读过了?

男孩:没有。

老爸:(稍有停顿)别人都读过了……?

男孩:(有点恼怒)它不是我的菜,老爸。

老爸:哦。(稍有停顿。)你要什么菜?

男孩:不知道。

老爸:好吧,你怎么知道它不是你的菜?

男孩:不知道。但我知道就是不是。

老爸:因为这是我让你读的书,所以不对劲?如果我随便乱扔,你只是偶然发现它,顺手捡起来就读了,会不会好点……?

男孩:(考虑了一会儿)没准。不知道。

老爸:……其实我尽可以把它扔在那张长凳上,然后晃晃悠悠走人。我们可以假装没见过面。

男孩:鬼扯。

老爸:我知道。好吧,我想你该看足球课节目了。(老爸把那本书扔到袋子里。裁判的哨子响了。老爸掏出另一本书，读了起来。小男孩的脚后跟在凳腿上磕来碰去。老爸翻动书页。）

男孩：那是啥书？

老爸：这本？哦，尽是胡说八道。

男孩：关于什么？

老爸：哦，你知道的……毛手毛脚的矮人。跑大老远去探险，对吃早饭有很多看法。这书真的很长，里面有很多巨魔和精灵，以及其他名字千奇百怪的小家伙。你不会喜欢的。他们总是在放声高歌。

男孩：（坐直了）他们去哪里？

老爸：去山里，把被巨龙偷走的黄金要回来。

男孩：不如这样吧。你读这本（把第一本书从袋子里拿出来），我读你这本。

老爸：可是这个黏液怪真的让我心里发毛——

男孩：（抢过老爸的书。翻开，开始读，旁若无人……）

（老爸捡起第一本书，翻过来读封底的简介，又把它扔到袋子里。裁判的哨子响了。老爸看了一眼把书翻个不停的熊孩子，窃笑不已。）

不喜欢老人家

P-B《熊猫师父和阿古》（*Zen Ties*），琼·穆特（Jon J. Muth）

C-B《奶奶当过工厂女工》（*Granny was a Buffer Girl*），伯莉·多尔蒂（Berlie Doherty）

理论上，老幼配是理想的组合。一个没心没肺、能量过剩，一个过于老练、精于世故——他们可以不慌不忙地开心交流。但有时候这行不通。尚未吃过人生苦头的小家伙觉得那些凋零的、没有牙齿的、暗地里不高兴的老家伙令人不安，而那些走路不太利索的老人觉得小屁孩不服管束、大吵大闹。《熊猫师父和阿古》可以化解这一窘境。卡尔、安迪和迈克尔是我们在穆特的其他“熊猫师父”系列绘本里见过的兄弟，当他们听说熊猫师父静水即将拜访邻居惠小姐时，感到困惑不解。“那个老妇人惠特克？”卡尔问道，就是那个说话时唾沫横飞、任何时候经过她家时都会怒斥他们的家伙。静水用那种“你们终将明白”的禅宗式的目光打量他们，终于三个小孩子同意一起去——他们跟我们一样，无法抗拒跟这位心如止水的熊猫师父共度一个下午的诱惑。

起初，坏脾气的惠小姐果然名副其实。“你干吗把这些小家伙带过来？”她大声抱怨。可是当静水深情地搭住她瘦骨嶙峋的肩膀，帮她熬汤，让他们打扫卫生，在她身边画画时，三兄弟开始明白就算是泼妇也有和蔼的心灵以及有趣的生活阅历。穆特的书都是如此，意义的涟漪自然抵达岸边，不会让人觉得他好为人师。

青少年一定要认识令人愉快的故事《奶奶当过工厂女工》里的杰丝。马上要离家到国外上学的杰丝在谢菲尔德的家里与亲密的家人吃告别饭。外公杰克谈起他死去的老伴布兰迪，爷爷阿尔伯特和奶奶多萝西也在场。杰丝一副若有所思的样子，每当（外）祖父母提起往事，她就像海绵一样把它们吸个精光。视角来回变换，我们得知已经去世的布兰迪是天主教教徒，年轻的时候爱上了新教教徒杰克——和他的摩托车，不顾双方父母的反对两人结婚。后来的故事关于更年轻的多萝西，亦即书名里的“女工”，她曾是当地钢制餐具工厂里抛光工人，本以为自己可以嫁给老板的儿子，结果却跟邻家男孩阿尔伯特好上了。杰丝还记得十来岁的时候，不得不跟“不好相处”的舅公吉尔伯特待在一起，这个舅公娶了布兰迪的姐妹，那时候快死了，不能说话，而她愣是找到法子听懂了他的话。老一辈人的生活与她息息相关，我们看到在杰丝准备把两段恋情抛在身后时，他们如何影响了她的决定。最重要的是，这个故事提醒年轻人记住，老家伙也有过春天。

也可参阅：**烦人的亲戚 · 不得不亲吻老奶奶 · 敌意**

不喜欢你的保姆

有时候坏保姆确实需要一两个老师来教教他们。在家里放一堆这样的故事书，要求保姆大声读给孩子听。孩子们会为此感谢你的。

十本与保姆有关的故事书

PB《本杰明 · 麦克法登和机器人保姆》（*Benjamin McFadden and the Robot Babysitter*），蒂莫西 · 布什（Timothy Bush）

PB《好狗，卡尔》（*Good Dog, Carl*），亚历山德拉 · 戴（Alexandra Day）

PB《乖，戈登》（*Be Good, Gordon*），著 / 安吉拉 · 麦卡利斯特（Angela McAllister）、绘 / 蒂姆 · 阿奇博尔德（Tim Archbold）

PB《如何照看外婆》（*How to Babysit a Grandma*），著 / 琼 · 里根（Jean Reagan）、绘 / 李 · 怀尔迪什（Lee Wildish）

PB《保姆靠边》（*No Babysitters Allowed*），著 / 安布尔 · 斯图尔特（Amber Stewart）、绘 / 劳拉 · 兰金（Laura Rankin）

CB《克里斯蒂的好主意》（*Kristy's Great Idea*），安 · M. 马丁（Ann M. Martin）

CB《面条女士》(*Mrs. Noodlekugel*),著 / 丹尼尔 · 平克沃特(Daniel Pinkwater,)、绘 / 亚当 · 斯托尔(Adam Stower)

CB《随风而来的玛丽 · 波平斯阿姨》(*Mary Poppins*),P.L. 特拉弗斯(P.L. Travers)

CB《神秘的号叫》(阿什顿 · 普莱斯家屡教不改的顽童系列)[*The Mysterious Howling*(*The Incorrigible Children of Ashton Place*)]

著 / 玛丽罗斯 · 伍德(Maryrose Wood)、绘 / 琼 · 克拉森(Jon Klassen)

YA《男保姆糗事录》(*The Manny Files*),克里斯蒂安 · 伯奇(Christian Burch)

不想长大

CB《彼得 · 潘》(*Peter Pan*),詹姆斯 · 巴里(J. M. Barrie)

要是反过来,你身边的孩子压根不想长大,不妨给他们介绍一些"反面"人物。当彼得 · 潘穿一身树叶第一次从达林太太家的窗户飞进来时,还是满嘴乳牙。后来,温迪发现彼得偷听到父母亲对他长大后会变成什么样的谈话后从家里逃走。他跟一些"迷失的男孩"住在梦幻岛,决心从今往后再不长大。

温迪和她的弟弟飞到梦幻岛后,发现了没有大人的世界的不便。迷失的男孩想念妈妈,温迪不得不假装是他们的母亲,由此发现了成熟的可贵之处。几年之后,当她自己也做了母亲,她的女儿简问她为什么不能飞了。"因为……人长大后就忘了,"她回答,"只有无忧无虑、天真无邪、没心没肺的家伙才能飞。"是的,长大后我们确实有所失,但也有所得。你的孩子碰到的大人里,有没有人希望自己没有学会如何去爱护、关心别人的?

成人药方

PB《阿文的小毯子》(*Owen*), 凯文 · 亨克斯(Kevin Henkes)

当小孩子拒绝丢弃婴儿期喜欢或依赖的东西，但又过了那个无忧无虑的年纪时，大人会发现自己左右为难。他们不想没收小孩子的安全毯、绒毛玩具，但也不想他们的孩子被嘲笑，或是陷入更尴尬的境地。小公鼠阿文拒绝与他毛茸茸的黄毯子分开，而毯子当然是脏得不成样子了。当隔壁邻居爱管闲事的阿姨开始唠唠叨叨时（“难道你们没有听说过毛毯小精灵的故事吗？”她直言不讳地问阿文的双亲），他们也不禁开始担心，觉得应该做点什么。好在阿文识破了“镊子”老太太的诡计，毯子安然无损。后来阿文的母亲想出了一个更好的主意，如何让马上要上小学的阿文用一种可以接受的合群方式，继续拥有他的毯子。知道大人站在他们一边，一定会为他们考虑，想出一些巧妙的鬼点子来扭曲规则的孩子，自然安全感十足，而那些善于为即将迈入野蛮大世界的孩子想方设法，让他们觉得舒适的父母，则是幸福的。

也可参阅：**不愿意自己穿衣服 · 挑食 · 因有一个假想的朋友而尴尬**

不想弄脏自己

PB《泥巴》(*Mud*), 著 / 玛丽 · 林 · 雷(Mary Lyn Ray)、绘 / 劳伦 · 斯特林格(Lauren Stringer)

CB《人猿泰山》(*Tarzan of the Apes*), 埃德加 · 赖斯 · 巴勒斯(Edgar Rice Burroughs)

小朋友对脏东西的反感让人吃惊，他们经常像麦克白夫人一样揉搓手上的小污垢，要是你让他们把小手伸到做饼干的面团里，他们会吓得直往后缩。给他们一些有时候脏兮兮真的可以很好玩的范例——就像著名的英国歌唱喜剧二人组弗兰德斯与斯旺唱的“泥巴，泥巴，好棒的泥巴”[1]一样好玩。通过涂满了颜料的跨页大画，绘本《泥巴》盛赞了黏糊糊、脏兮兮的泥巴的壮观。故事描绘了冬天结束积雪消融后一个孩子陷在泥巴里，双手用力挤压让泥巴从指缝间渗出的场景。是不是感觉好极了？而且他还光着脚丫子呢。

对那些不想弄脏匡威球鞋的大孩子，是时候开出泰山这粒药丸了——言简意赅的文字，应接不暇的情节，以及深藏在我们心里、通过一条藤蔓在树林里飞来飞去的欲望。[2]故事开始时，泰山降生在东非的丛林里。父母亲遭遇海难丧生后，一个大猩猩部落收养了泰山。母猩猩卡拉，对瘦巴巴、光溜溜小猩猩似的泰山甚是爱怜。我们看着小男孩一点点长大，越来越像猩猩，巴不得成为部落的一分子，但慢慢发现人猿殊途，我们也在这里看出巴勒斯对何谓野兽、何谓文明人的沉思。泰山与泥土的关系是此一物种重叠的核心。晚上毛茸茸的卡拉抱着他睡觉，白天他用“大象耳朵”那么大的树叶蔽体。当然，他的清洁方式也是丛林式的，由卡拉用舌头把他的伤口舔干净；如果他任何时候想看到自己身体的颜色，只要到河里游泳就可以了。青春期的泰山看到自己在河里的倒影时，瞬间萌发了羞耻心，被自己的小鼻子和甚少体毛

---

[1] 顺便说一下，你可以在简·约伦（Jane Yolen）和安德鲁·弗塞克·彼得斯（Andrew Fusek Peters）编辑的《送你一首小诗》(*Here's a Little Poem*) 里找到这首小曲。

[2] 泰山会讲英语，并通过他在父母亲的小屋里找到的书籍学会了阅读和写作，这或许会让现代读者觉得有点不可思议。这种有关种族的刻板印象也应该通过一剂良药加以救治，大人的解释和引导也不可或缺。

的特征吓坏了，为了看起来更像他的伙伴，就故意往自己身上抹泥巴。时间长了又觉得浑身发痒，但我们看得出来泥巴已是他的密友，会让他心里觉得好受。鼓励孩子在户外的干净泥巴里嬉戏，发掘他们内心的野性，只有当他们在丛林里玩累了，回家喝茶时，才去担心他们的指甲脏不脏。

不想去购物

PB《拉玛生妈妈的气》(*Llama Llama Mad at Mama*)，安娜·杜德尼(Anna Dewdney)

没有一个学步儿童喜欢被人在超市里推来推去——考虑到很多大人其实也不喜欢这么做，所以酿成灾难的概率相当高。(参阅：使性子)从你的孩子要发脾气的那一刻起，掏出绘本《拉玛生妈妈的气》。他们会很乐意看到受同样折磨的拉玛——杜德尼画笔下的羊驼拉玛简直惟妙惟肖，满是易懂的人类表情。不过最爽的莫过于小拉玛开始把泡芙扔出购物车。读到这里，你大概有十分钟的时间赶到收银台，以免你的孩子有样学样。[1]这不失为一个快速结束购物好方法。

● 也可参阅：**百无聊赖 · 不能处变不惊**

[1] 别买泡芙可能会更安全。

不想去散步 B

《月下看猫头鹰》（*Owl Moon*），著 / 简·约伦（Jane Yolen）、绘 / 约翰·秀能（John Schoenherr）

《一猫二狗三分亲》（*The Incredible Journey*），西拉·伯福德（Sheila Burnford）

《天使雕像》（*From the Mixed-Up Files of Mrs. Basil E. Frankweiler*），E. L. 柯尼斯伯格（E. L. Konigsburg）

小孩子对散步提不起兴致让许多精力充沛、喜欢新鲜空气的大人头疼不已。就算你把他们弄出家门，让他们穿上长筒雨靴，还是要努力让他们保持精神振奋，尽量转移他们的抱怨。在不寻常的时间点邀请他们去散步，为这一体验注入一些神秘性，就像《月下看猫头鹰》那样，一个关于父亲和孩子出门寻找猫头鹰的故事。作为故事叙述者的孩子（此处性别不详）和他或她的爸爸，戴上帽子和围巾，在早该上床睡觉的时候，深入冰天雪地，不同寻常的月光更让这次探险引人入胜："没有一点风。树木像巨大的雕像静止不动。"约翰·秀能的钢笔淡彩画描绘了父子（女）的身影长长地落在了身后的雪地上。竖起耳朵，他们听到雪在脚底下嘎吱作响，远方火车的汽笛声"忽高忽低，就像一首哀歌"，农场里的狗此起彼伏地吠叫。很快又高又黑的树林耸立在前头，他们进入林子，爸爸时不时伸手示意别说话。他斜着脸，借助拢成杯状的双手发出"咕咕咕"的声响（大角猫头鹰的叫声），一开始毫无回应。"我一点也不失望，"小孩赶紧告诉我们，"哥哥们说了，有时候有猫头鹰，有时候没有。"这也表明这次不寻常的散步是期待已久而且事先讨论过的事。终于有一只猫头鹰从枝丫上高高飞起的时候，似乎所有人都屏住了呼吸。如果你正在计划什么不同寻常的散步，不妨用这本书营造出一种郑重其事的感觉，从而让散步更有吸引力。

《一猫二狗三分亲》可以让孩子明白远路和近路的区别。三只家养宠物——一只拉布拉多，一只牛头梗，一只暹罗猫——被到英格兰旅行的主人留给了一个世交好友照管。可是在这个朋友出门钓鱼失踪了之后，拉布拉多决定步行去找他们的主人——其他两只宠物也表示愿意。他们凭直觉一路向西，穿过树林、河流和安大略省西北部的湖泊，不但要与熊和猞猁搏斗，还要经常以团队的形式寻找食物。他们一路走了 400 公里终于和主人团聚。家庭徒步前，让大家熟悉这个故事，有助于给每个孩子分配不同的任务——一个看地图、一个分发补给、一个跟路人交好。[1] 如果他们胆敢抱怨路途太远，《一猫二狗三分亲》可以提醒他们到底何谓漫漫长路。

对那些试图用脚步和孩子一起丈量城市的人，我们开出《天使雕像》。十一岁的克劳迪娅和她的弟弟杰米决定逃到纽约大都会艺术博物馆，并非生活不开心的缘故，只是为了冒险（参阅：探险的渴望）。他们成功地在博物馆里藏了一个星期，睡在一张 16 世纪的四柱床上，杰米的任务是掌管钱袋，他天生是一个守财奴，坚持步行去自动洗衣店或餐馆，而不是搭公交车或出租车。于是他们在周围的很多街区里晃来晃去，对附近的街道了如指掌。

他们在漫步中发现了各种各样好玩的事情，从中央公园的轮滑者到一份被人遗忘的《纽约时报》，并从这份报纸上知道了迷人的“天使雕像”的秘密。更要紧的是，他们在好利[2] 大楼外看到了一台

---

[1] 如果你只有一个孩子，就让他（她）一肩扛吧。

[2] 好利（Olivetti），一个打字机品牌。——译注

被固定住的打字机，并用它打了一封信，提醒博物馆主管天使雕像的出处。如果两个小朋友不是走路，就不会看到那台打字机，打出那封信，更不会碰到（英文书名里的）巴塞尔·易·弗兰克韦勒夫人——讲述他们冒险故事的关键人物。用脚步丈量到处是宝藏的城市街道吧，这本颂歌一般的书可以让不情愿的散步者相信最棒的冒险就在散步中。

● 也可参阅：**太宅 · 懒惰**

不想上床睡觉

如果房间外头依然灯火通明或者熊孩子的精力还没有发泄完，想让他们上床睡觉当然不容易，尤其是家里还有人活动的时候。给他们一个其他活蹦乱跳的生物如何慢慢平静下来的故事，或许可以让被褥变得更有吸引力。

十佳哄小孩子上床睡觉绘本

PB《上床睡觉书》（*The Going to Bed Book*），桑德拉·博因顿（Sandra Boynton）

PB《我不困，我不要睡觉》（查理和罗拉系列）[*I Am Not Sleepy and I Will Not Go to Bed*（*Charlie and Lola*）]，罗伦·乔尔德（Lauren Child）

PB《不想上床睡觉的小男孩》（*The Boy Who Wouldn't Go to Bed*），海伦·库柏（Helen Cooper）

PB《夜车》（*Night Cars*），著 / 泰迪·贾姆（Teddy Jam）、绘 / 埃里克·贝多斯（Eric Beddows）

PB《我喜欢你……》（*I Like It When...*），玛丽·墨菲（Mary Murphy）

PB《明天早上见》（*I'll See You in the Morning*），著／迈克·乔利（Mike Jolley）、绘／米克·莫里尤奇（Mique Moriuchi）

PB《该睡觉了宝贝》（*It's Time to Sleep, My Love*），著／埃里克·梅塔克萨斯（Eric Metaxas）、绘／南希·蒂尔曼（Nancy Tillman）

PB《晚安，大猩猩》（*Good Night, Gorilla*），佩吉·拉特曼（Peggy Rathmann）

PB《小鹿哥不想睡觉》（*I Don't Want to Go to Bed!*），著／朱莉·塞克斯（Julie Sykes）、绘／蒂姆·沃恩斯（Tim Warnes）

PB《好好睡吧，小小熊》（*Sleep Tight, Little Bear*），著／马丁·韦德尔（Martin Waddell）、绘／芭芭拉·弗斯（Barbara Firth）

● 也可参阅：**调皮捣蛋 · 做噩梦 · 过度疲劳 · 难以入睡 · 绝对不服从**

不想上学

对小孩子来说，学校是天堂还是地狱，很大程度上与他们的老师、朋友和态度有关。前面两种情况你可能无能为力，但至少可以帮助他们端正态度。分享一个描述类似感受的故事，最终发现学校让令人心动的地方。

为不想上学的孩子准备的十本书

PB《我讨厌上学》（*I Hate School*），著／珍妮·威利斯（Jeanne Willis）、绘／托尼·罗斯（Tony Ross）

ER《女巫老师惹麻烦》（*Ms Wiz Spells Trouble*），著／特伦斯·布莱克尔（Terence Blacker）、绘／托尼·罗斯（Tony Ross）

CB《阿瑟的麻烦老师》（*Arthur's Teacher Trouble*），马克·布朗（Marc Brown）

CB《八岁的蕾蒙娜·昆比》(*Ramona Quimby, Age 8*)，著 / 贝芙丽·克利里（Beverly Cleary）、绘 / 杰奎琳·罗杰斯（Jacqueline Rogers）

CB《小屁孩日记》(*Diary of a Wimpy Kid*)，杰夫·金尼（Jeff Kinney）

CB《天鹰座》(*Aquila*)，安德鲁·诺里斯（Andrew Norriss）

CB《歪歪路小学》(*Sideways Stories from Wayside School*)，路易斯·撒察尔（Louis Sachar）

YA《多亏了特拉普老师》(*Because of Mr. Terupt*)，罗伯·布埃（Rob Buyea）

YA《听见颜色的女孩》(*Out of My Mind*)，莎伦·M. 德蕾珀（Sharon M. Draper）

YA《女卫生间里有个男生》(*There's a Boy in the Girls' Bathroom*)，路易斯·撒察尔（Louis Sachar）

● 也可参阅：**被冤枉 · 做白日梦 · 与众不同 · 考试 · 感觉没朋友 · 交不到朋友 · 不愿意做家庭作业 · 独来独往 · 被惩罚**

不想洗手

PB《大狗医生》(*Dr. Dog*)，芭贝·柯尔（Babette Cole）

熊孩子可能不听你的话，但会听狗狗的话。尤其是一条身披白大褂、脖子上挂着一个听诊器的狗，屡教不改的甘家的宠物狗，在芭贝·柯尔的画笔下滑稽可笑。甘家人个个都很会生病。他们用手抓屁股，然后把拇指放到嘴巴里吮，下雨天不戴帽子出门，甚至躲在自行车棚后头抽烟。正在巴西巡回演讲的大狗医生不得不赶回来照顾这一家子，向他们每个人解释生病或被传染的原因，不论是共用一把发梳（参阅：虱子）还是不爱洗手。把它带入家门，它会把你们每个人舔得服服帖帖。

◒ 也可参阅：**不想洗澡 · 抠鼻子 · 绝对不服从**

不想洗澡

PB《小虎哥不想洗澡！》（*I Don't Want to Have a Bath!*），著／朱莉·塞克斯（Julie Sykes）、绘／蒂姆·沃恩斯（Tim Warnes）

PB《鸽子需要洗个澡！》（*The Pigeon Needs a Bath!*），莫·威廉斯（Mo Willems）

PB《洗澡水热了》（*Bathwater's Hot*），雪莉·休斯（Shirley Hughes）

每个爸爸妈妈都应该在洗手池下方保存几本赤裸裸提倡洗澡的绘本，因为当他们汗津津的宝宝被果酱、胶水、沙子、发光的小东西、橙汁和甜菜泥弄得乱七八糟时，必须说服他们相信洗澡是个好主意。最适合的是来自“小虎哥”系列，色彩鲜艳、引人入胜的《小虎哥不想洗澡!》。一只黄黑条纹的小老虎活泼调皮，与小伙伴嬉戏打闹，结果身上越来越脏。很显然，对小虎哥来说，脏就是好玩的同义词，谁愿意把身上的脏东西洗掉？谢天谢地，好在他碰上了一个除非他洗干净，否则不跟他玩的小动物……

邋遢鬼注意了！《鸽子需要洗个澡!》，就是《别让鸽子开巴士！》里那只能说会道的鸽子，他开列的不洗澡的理由，绝对比你家桀骜不驯的小屁孩自己能想到的多得多，这本书有效地让它们不能成为理由。《洗澡水热了》的迷人插画让洗完澡后，包裹在温暖、蓬松的浴巾里成为不可抗拒的诱惑。

成人药方

《女巫》(*The Witches*),著/罗尔德·达尔(Roald Dahl)、绘/昆廷·布莱克(Quentin Blake)

年纪可以阅读章节书的小孩,个个绝顶聪明,只要如下一个理由就足以拒绝洗澡:在挪威,干净的孩子比邋遢的孩子更容易被女巫闻到,所以经常洗澡会让自己处于被“干掉”的危险境地。(而且,如你所知,为了不让自己发脾气,女巫必须一个礼拜至少“干掉”一个小孩。)赶紧把这本可怕、精彩的故事书锁起来,以免被你的孩子训斥,只有当故事里的小男孩和他爱抽雪茄的姥姥把所有女巫都变成老鼠后才可以拿出来。

也可参阅:**体味·不想洗手·不会游泳·绝对不服从**

不信任外人

《岛》(*The Island*),亚明·格里德尔(Armin Greder)

《不被遗忘的大衣》(*The Unforgotten Coat*),弗兰克·科特雷尔·博伊斯(Frank Cottrell Boyce)

让小孩子全心全意欢迎新来的人并不容易,尤其是如果陌生人来自他们从未听说过的地方,说的语言他们听不懂,或者穿的衣服他们看不顺眼。用《岛》这个绘本鼓励小孩子对外来者敞开心扉吧,书中对无知和不信任如何变成恐惧,恐惧进而又变成残暴进行了发人深省的探究。虽然是绘本,但这本书更适合八岁以上的孩子,年纪太小的或胆子太小的就不推荐了。

拜“命运和海流之赐”，一个陌生人被冲到一个无名海岛的沙滩上，揭开了故事的序幕。他赤身裸体、没头发，和那些高大魁梧、挥舞鱼叉的岛民相比，几乎没有什么威胁性。无奈岛民第一反应就是怀疑他。一个建议把陌生人送回海上，说他可能“不会喜欢这里，离他同类那么远”。但另一个了解大海的渔夫直言这么干无异于杀了他。翻到下一页，是令人望而生畏、炭灰色的大海，其上是同样令人望而生畏、炭灰色的天空。于是他们决定把他关在畜栏里，仿佛他是野兽，扔给他一些稻草，然后继续他们邋遢、贪婪无度的日子。

但外来者也需要食物、衣服、取暖。有一天他出现在镇上，饥肠辘辘、走投无路。岛民义愤填膺。凭什么他们自己都填不饱肚子了，还要给他东西吃？那个善良的渔夫再次说，既然让他留下了，就有责任照顾他，不能对他的需求置之不理。但是岛民开始恐慌了，透过一系列方格漫画，我们看到他们开始胡思乱想，想象他裸体俯身在他们床上、握着凶器躲在黑暗的角落里……谣言四起，恐惧横行，陌生人在劫难逃。这本书告诉我们的是，失去控制的偏见，如果不加约束，会把你变成你自己害怕的东西。格里德尔的画作极具表现力，在你家中常备一本吧。

以不那么严肃但依然痛切的手法写移民话题，能让小读者产生共情，《不被遗忘的大衣》生动地刻画了两个被安顿在默西塞德郡布泰镇的蒙古难民兄弟的故事。夏季学期开学后才入学的成吉思和内尔吉一头雾水。穿着厚厚的皮大衣，他们对自己应该如何被对待固执己见，由此引起了同班同学的警觉。但小说的叙述者朱莉担起了“好向导”的角色。兄弟俩渐渐对朱莉敞开了心扉，分享他们老家野性、离奇的故事：老鹰戴上头罩被驯服，每个人都有自己的马，还有用竹子搭建的轻便宅邸。朱莉深信他们现在住的地方俨然行宫，决心一探究竟。当然，当她最终到了那里，发现那只不过是一栋靠近立交桥的十层塔楼廉租房，而他们老泪纵横的母亲，因害怕他们的非法居留身份被发现，当着她的面把门关上了。

《不被遗忘的大衣》在设计上模仿学校的作业本，横格纸、拍立得相片一应俱全。它是一个令人感伤的符号，一方面代表着朱莉想帮助成吉思和内尔吉融入新生活的天真希望，另一方面也代表着难民的美好未来之梦难寻。读到最后，我们会发现这个故事有其真实生活的维度，在讨论我们时代最重大的议题之一——移民时，这本书是一个特别好的起点。

● 也可参阅：**跟陌生人说话 · 过于轻信 · 敌意**

不愿意分享

PB《石头汤》（*Stone Soup*），马西娅·布朗（Marcia Brown）

CB《顽皮小伊》（*The Naughtiest Girl*），伊妮德·布莱顿（Enid Blyton）

碰到这种童年期重症，越老的故事越好。马西娅·布朗 1947 年对传统民间故事《石头汤》的再现，以其黑、白、铁锈黄色调的插画，让一个小山村栩栩如生，可谓常读常新的经典，可以让小孩子学到分享的好处。三个又累又饿的士兵在从战场回家的路上经过村子，希望有人能给他们一些东西吃，有个地方美美睡上一觉。但农民把他们本来就没多少的粮食藏了起来。“我们自己都不够吃。”他们说。把一桶桶牛奶藏在井里，把土豆塞到床底下。头脑聪明的士兵想出了一招。“好吧，我们只好喝石头汤了。”他们告诉村民。这句话激起了村民的好奇以及贪欲。士兵首先向他们要一锅水，架在火上烧——这个村民当然乐于施予。然后要石头。没问题！然后要了一两样可以吃的东西——但一次只要一样，所以村民压根没在意他们给出去了什么。当然，等他们意识到了，一大锅热气腾腾的肉汤已经炖好了——每个人都有得吃。结果变成了一场盛宴，大家都很乐意奉献。当然，这本书的主旨不是鼓励你欺骗别人，而是让他们觉得有趣，乐于分享。

《顽皮小伊》会让稍微大一点的孩子得到启发。伊丽莎白从小娇生惯养，我行我素。漂亮的蓝眼睛和天使般的卷发让人不忍拒绝。妈妈告诉她应该离家上学的时候，（参阅：寄宿学校）伊丽莎白打定主意要在学校里调皮捣蛋，好让自己被劝退。

她竭尽所能“作恶”，但维特利弗学园很会教导小朋友守规矩。其中一个办法就是，所有小孩必须把他们从家里带来的零食和零用钱集中起来，以便日后均分。“我不愿意分享。宁愿一个人都吃光了。”小伊说起她带来的零食，零用钱也被她偷偷藏了起来。可是当她的新室友贝琳达跟大家分享美味的巧克力蛋糕时，小伊一口也吃不到——因为她不跟别人分享。而当她开始意识到同班同学琼很不开心时——父母亲从来不来看她、期中假日不来接她、不给她写信或寄东西——不由得有一股想为别人而不是自己干点什么的冲动。把维特利弗的哲学也带入你们家中吧。

● 也可参阅：**身为独生子女 · 娇生惯养**

不愿意学做菜

B

PB《季拉妲和食人怪》(*Zeralda's Ogre*)，汤米·温格尔（Tomi Ungerer）

CB《喀山之星》(*The Star of Kazan*)，伊娃·伊博森（Eva Ibbotson）

把小朋友变成烹饪小能手本来就是养儿育女过程中的要事。但一个忙碌的大人以每周准备七顿晚饭为苦，很难为烹饪之乐代言。季拉妲是更理想的榜样。作为农夫之女，季拉妲酷爱烹饪，六岁的时候就对“烤、煨、蒸、炖”了如指掌。她和爸爸从未听说过以小朋友为食、让附近村镇闻风丧胆的食人怪。于是有一天当爸爸生病无法去集市卖东西时，就让季拉妲替他前去，季拉妲压根不知道她在路边发现的扭伤了脚踝的食人怪饥肠辘辘正对着她垂涎欲滴。好心肠的女孩煮了一顿美餐，[1]把她原来准备在集市上出售的所有配料都用上了。食人怪从未吃过如此美味，延请季拉妲上门做他的私人厨师，发誓从此再也不吃小孩。温格尔的大幅钢笔淡彩画，刻画了季拉妲盯着烹饪书的可爱样子，在给烤乳猪浇卤汁时伸出舌头，充分反映了本书的基调，而黑、白、灰褐和橙红的主色调虽然克制，却让本书就像季拉妲的美食一样，令人口水直流。如果有人可以让小朋友爱上烹饪，一定是季拉妲无疑。

可以阅读章节书的小朋友，如果除了烤面包和荷包蛋之外，对美食没有更高追求，或许可以从《喀山之星》受到启发。当三个古里古怪的教授同意抚养一个名叫安妮卡的弃儿时，提出的条件是她

[1] 饕餮鬼无疑想立刻知道菜单，告诉他们也无妨：水田芥汤、蒜茸黄油焗蜗牛、刺山柑烤火鸡和整头烤乳猪。

必须成为有用之人。她做到了，学会了烹饪、打扫以及照料家里的所有琐事，要知道，那是发生在1908年维也纳的一座大房子里的故事。十二岁的时候，她负责烹饪圣诞节的鲤鱼大餐——根据传到埃莉手上的食谱精心准备，埃莉就是当年发现她的女仆之一——光是填料就要花一整个早上准备。安妮卡忧心忡忡，两眼凹陷。她知道食谱里的配料既不能多，也不能少，但最后一刻她还是自作主张，添加了少量肉豆蔻。

她的三个教授“叔叔”（其中有一个实际上是阿姨，但那是另一个故事了）对圣诞鲤鱼赞不绝口。只有埃莉噘起了嘴巴。“你到底做了什么？”她大声说，“女院长在九泉之下也不会安宁的！”但在此后的沉寂中，埃莉意识到安妮卡实际上改进了食谱，噘起的嘴巴露出了笑意。安妮卡工整地在神圣的食谱里添上一句“少量肉豆蔻有助调味”——一个厨师就此诞生了。

● 也可参阅：**不得不做家务 · 挑食 · 认为父母亲的辛苦理所当然 · 娇生惯养**

不愿意做家庭作业

CB《阿特米斯之精灵的赎金》（*Artemis Fowl*），欧因·科弗（Eoin Colfer）

不愿意做家庭作业的孩子需要一个勤奋、专注的行为榜样。他们会在《阿特米斯之精灵的赎金》里找到所需。十二岁的阿特米斯的父亲一年前神秘失踪为了找寻线索并复兴家业，他开始了一个艰巨任务——破译精灵的古老文字。他确信从精灵那里骗来的书里藏着“精灵黄金”的线索，而且下定决心偷走黄金，同时找到父亲的下落。精灵文字——看起来有点像埃及的象形文字——的破译难于上青天，一两天之内大多数孩子都会放弃这个看似不可能的任务。但阿特米斯不是寻常孩子。作为正在成长中的罪犯首脑，阿特米斯为了完成这个可疑的任务，夜以继日埋头研究，放弃了电脑游戏、阳光以及玩伴，他最信任的哥们巴特勒除外。在学习上开小差的人会见识到如何专注搞定事情的各种手法。虽然精灵、魔法、科技和密码的大杂烩实在过瘾，可能会让小朋友暂时更想摆脱家庭作业，但经此历练，他们对何谓努力学习会有一番全新的认识。

也可参阅：**考试 · 懒惰 · 父母太严厉 · 不想上学**

不再相信魔法

CB《最后一只神奇的瓦多多》（*The Last of the Really Great Whangdoodles*），朱莉 · 安德鲁丝 · 爱德华兹（Julie Andrews Edwards）

YA《薇姿 · 巴特》（*Weetzie Bat*），弗朗西斯卡 · 莉亚 · 布洛克（Francesca Lia Block）

到了某个时候，小孩子就会开始质疑魔法的真实性。天真无邪、容易轻信的儿童期结束了，不免让人莫名伤心，也不仅仅只有小孩子如此。谁能比朱莉 · 安德鲁丝——她在电影版《随风而来的玛丽 · 波平斯阿姨》里扮演用一把雨伞飞到了天上的玛丽——更好地诠释了这一点？即尽管人类在科技上取得了巨大进步，但一些有价值的东西却在这个愤世嫉俗的时代丢失了。

在《最后一只神奇的瓦多多》里，本、汤姆和林迪兄妹三人结识了一个典型的疯教授。他眼睛炯炯有神，系着一条有紫色、黄色斑点的围巾，他们不知道这就是萨万特教授，著名的克隆科学家，刚刚获得了诺贝尔奖。他的科学造诣无疑为他的提议——他们应该跟他一起去瓦多多国，见识一下“最后一只瓦多多”——增加了分量。这些长着角并有点像驼鹿的聪明生物，由于没有人相信他们的存在，几乎要灭绝了，就像之前的独角兽和鹰头马身有翅怪兽一样。好在还有一只瓦多多存世，只要经过正确的心理训练，就有希望在魔法国度见到隐居于此的瓦多多。

为了到达瓦多多国，小孩子必须学会以全新的方式运用他们的感官——不是看到草就假定它们是绿色，而是要贴近地面真正观看。“对蚂蚁或蚯蚓而言，地球到底是什么样子？”教授问他们。“黏土块就像山脉，草叶就像森林，”他说，“这不就是全新的世界？”他们抵达瓦多多国的时候，确实发现了一个全新的世界，一个有五花八门的奇异生物居住的欣欣向荣、五彩缤纷的世界，有的仁慈、有的凶恶。即便疑心最重的小孩（更别提他们的父母）也会明白如果如此重新训练感官，将使生活更加奇妙。

“薇姿·巴特”系列的五本小说优美地混合了奇思异想和日常琐事——故事发生在1980年代的加州，但添加了魔法原素。薇姿是一个瘦女孩，金黄色的平头、粉红色的小丑太阳镜和糖霜般的眼影，讨厌中学以及学校里的所有人，因为“个个就像行尸走肉”。但是当她遇上有着鞋油般乌黑发亮的莫霍克头型和红色的1955年庞迪克小车的德克，两人开始形影不离。德克原来是同性恋，他们一起寻找男人，用德克的行话来说就是“猎鸭”。

德克的奶奶菲菲觉察到薇姿的悲伤，给了她一个古铜色的骨灰罐，一番擦拭后，一个裹着头巾的模糊轮廓出现了……这个精灵让薇姿许愿，最终以一种字面以及隐喻的方式实现了他们的愿望——于是德克找到了一个名为达克（Duck）的“鸭子”（duck），薇姿找到了“我的秘密特工情人”，与他们许愿的措辞完全一致。这是这个滑稽故事中最欢快的片段之一。但真实生活卷土重来：艾滋病赶走了达克，我的秘密特工情人因为这个世界的苦难不愿与薇姿生孩子。在这一系列快节奏的小说中，青少年将领会到如下令人信服的观念：只要有可能，就要坚信在世界边缘依然可以感知到的魔法。

成人药方

PB《沼泽娃娃》（*The Bog Baby*），著 / 珍妮·威利斯（Jeanne Willis）、绘 / 格温·米尔沃德（Gwen Millward）

对那些因为不相信魔法而伤心的大人，读读这个两姐妹在风铃草树林找到一个沼泽娃娃的故事吧。树林里到处是伸展的蕨叶和生命力旺盛的昆虫，在米尔沃德魔法般的画笔下一切如梦似幻。姐妹俩把他带回家，偷偷地养在桶里。当沼泽娃娃生起病来不吃不喝时，小女孩不得已告诉了妈妈，她的反应让所有人大吃一惊。或许治疗小孩不相信魔法的最好方式，就是让魔法在你心里活着。

也可参阅：**受够了大团圆结局 · 失去天真 · 求表扬 · 牙仙子不显灵**

C

超级英雄梦

有些梦想努力了就会实现。有些美梦，比如现在这个，只能间接得到满足。

十本超级英雄梦故事书

PB《超人的惊天秘密》（*The Astonishing Secret of Awesome Man*），著 / 迈克尔 · 夏邦（Michael Chabon）、绘 / 杰克 · 帕克（Jake Parker）

PB《午夜超级英雄埃利奥特》（*Eliot, Midnight Superhero*），著 / 安妮 · 柯廷杰（Anne Cottringer）、绘 / 阿莱克斯 · T. 史密斯（Alex T. Smith）

PB《马克斯》（*Max*），鲍伯 · 格拉厄姆（Bob Graham）

PB《超人黛西》（*Super Daisy*），著 / 凯斯 · 格雷（Kes Gray）、绘 / 尼克 · 沙拉特（Nick Sharratt）

ER《拯救全世界的内裤》（零号男英雄梦系列）[*The Petrifying Plot of the Plummoting Pants*（Boy Zero Wannabe Hero）]，彼得 · 米利特（Peter Millett）

CB《超人不给力》（*Powerless*），马斯 · 科迪（Matthew Cody）

CB《我哥哥是超级英雄》（*My Brother is a Superhero*），戴维 · 所罗门斯（David Solomons）

CB《影子侠》（*The Shadow Hero*），著 / 杨谨伦（Gene Luen Yang）、绘 / 刘敬贤（Sonny Liew）

YA《钢铁心》（审判者传奇系列）[*Steelheart*（Reckoners）]，布兰登 · 山德森（Brandon Sanderson）

YA《尼莫娜》（*Nimona*），诺埃尔 · 史蒂文森（Noelle Stevenson）

也可参阅：**想当名人 · 与众不同 · 求表扬**

C

仓鼠之死

参阅：**宠物之死**

超重

《冻结》（*Frozen In Time*），艾丽·斯帕克斯（Ali Sparkes）

超重已成为当今童年期的隐患，四分之一的英国儿童超重，其中又有一半过度肥胖。超重的原因众说纷纭，但广泛获得认同的解决之道是：多运动、少吃腌制食品对儿童有益。为此，向他们推荐令人精神焕发的《冻结》吧。

十二岁的本和姐姐雷切尔放假后被父母亲丢给舅舅杰罗姆，这使得他们不得不忍受一个百无聊赖的暑假。（参阅：暑假）太阳刚升起来十分钟，他们的电视就坏了，姐弟俩只好到花园去探险，这是几个星期以来的第一次。结果他们发现了一个密室，里面有两个正在酣睡的小孩和一条狗。他们自1956年以来就处于“冷冻悬置”的状态，也就是被冻结了。

波莉和弗雷迪醒过来后，四个孩子意识到他们实际上是表亲，这个房子就是波莉和弗雷迪的家，必须尽力找到他们的父亲——如果他还活着，现在一定垂垂老矣。姐弟俩还迅速发现，虽然他们四人相处融洽，但思想观念却有极大差异，例如关于女性的价值、如何渡过目前的难关、食物是当务之急的问题等等。两个活泼的表亲动不动就在乡间骑上二十英里的自行车，危急时刻轻松游过河，或是很快能鼓捣出一个“火锅”，与他们朝夕相处使本和雷切尔开始反思他们足不出户的生活——年轻读者也应如此。没准不知不觉，他们甚至会说起1950年代的英国土话，比如“super”（顶呱呱）、“jolly”（太好了）、“golly”（天哪）、“spiffing”（太棒了）。

● 也可参阅：**身体形象 · 抑郁 · 困境**

彻头彻尾的失败者

● 参阅：**输不起**

沉迷于社交媒体

还记得生活在真实世界的滋味吗？在那里可以闻嗅、品尝和触摸。如下图书将提醒你虚拟世界的危害，以及没有触摸屏当道的时候，生活可以多么美好。

十佳戒除社交媒体网瘾的读物

PB《小鸡上网》（*Chicken Clicking*），著 / 珍妮 · 威利斯（Jeanne Willis）、绘 / 托尼 · 罗斯（Tony Ross）

PB《IT点点通》（*Dot.*），著 / 兰迪 · 扎克伯格（Randi Zuckerberg）、绘 / 乔 · 伯格（Joe Berger）

CB《再见，陌生人》（*Goodbye Stranger*），丽贝卡 · 斯戴德（Rebecca Stead）

YA《信息流》（*Feed*），M. T. 安德森（M. T. Anderson）

YA《遇见未来》（*The Future of Us*），杰伊 · 亚瑟（Jay Asher）& 卡罗琳 · 麦克（Carolyn Mackler）

YA《需求》（*Need*），若埃勒 · 沙博诺（Joelle Charbonneau）

YA《小大哥》（*Little Brother*），克里 · 多克托罗（Cory Doctorow）

《社交小女王》（*Queen of Likes*），希拉里·霍姆齐（Hillary Homzie）

《尤尼森帝国》（*Unison Spark*），安迪·马里诺（Andy Marino）

《我死了，然后呢？》（*More Than This*），派崔克·奈斯（Patrick Ness）

● 也可参阅：**跟最好的朋友闹翻 · 太宅 · 与屏幕如胶似漆**

沉迷于游戏

《现实生活》（*In Real Life*），著 / 科利·多克托罗（Cory Doctorow）、绘 / 珍·王（Jen Wang）

如果不管不顾，很难指望小孩子能自觉适度游戏。图像小说《现实生活》对游戏何以让人欲罢不能进行了深刻的探索，至少可以让沉迷于游戏的人三思。

十多岁的安达一脚踏入了游戏的世界。在新学校里，她和其他玩家在临时老师莉莎的介绍下，兴奋地加入了"华氏组"，一个全女性的游戏群体。她们玩的在线游戏"粗粒金"发展很快，玩家超过一千万。安达给自己创建了一个化身——比真实的她更苗条、更安静——准备"大开杀戒"。

起初安达只是杀杀怪兽，很享受她的勇士身份。但后来有人教唆通过她狙杀"掘金者"挣钱。当现金真的打到她的银行账户时，她有点慌了，但在莉莎的怂恿下，她继续杀伐。有一天安达跟她准备狙杀的掘金者聊天，得知对方也在游戏里挣钱——可以让他在中国的现实生活里有吃有穿的真钱。她意识到如果在游戏里杀死他，就等于是断了他的生计。

不需要成为一个玩家，你也可以体会到这本小说的全面冲击。它对我们的娱乐消遣——以及我们容易视而不见的现象——提出了道德上的疑问，没准可以让游戏瘾君子醍醐灌顶。电子游戏如何影响现实世界的我们？游戏玩家对他人又有何影响？这本书可以让游戏玩家后撤几步，从外部打量自己，进而认识到游戏只可适度，不可沉迷的正念。

● 也可参阅：**与屏幕如胶似漆**

趁父母不在把家里弄得乱七八糟

ER《龙保姆》（*The Dragonsitter*），著 / 乔什·莱西（Josh Lacey）、绘 / 加里·帕森斯（Garry Parsons）

YA《做吧》（*Doing It*），迈尔文·伯格斯（Melvin Burgess）

趁孩子还小，还可以受到有趣的《龙保姆》的影响，赶紧让他们知道一回到家发现家里乱七八糟的震惊。不负责任的莫顿舅舅把已完全长大、会喷火的宠物龙留给艾迪照管，自己拍拍屁股坐飞机度假去了。可是他一走，那头龙就把小妹妹艾米丽的兔子吃掉了。热气腾腾的龙大便在地毯上堆积如山，窗帘着火了，冰箱门破了一个大洞——因为龙想拿出没吃完的芝士花菜，家里乱成了一锅粥。艾迪疯狂地给莫顿舅舅发电子邮件，求他赶紧回来收拾残局。加里·帕森斯动感十足的插画让一切栩栩如生，一个家庭在灾难边缘摇摇欲坠的刺激感会拉近亲子关系。只要和莫顿舅舅在一起，这头情绪化的大怪兽当真不会像他现在这样在沙发上游手好闲、口吐黑烟、恶毒地盯着每一个人？[1]好在莫顿舅舅一个字的提示挽救了这个家和艾迪的妈妈。善用艾迪和妈妈站在同一边的事实，以及一旦他们懂得如何赢得巨龙的心，就可以让他（或她，我们后来发现真是雌的）一夜之间变成温顺可爱的客人。

我们总是理所当然地觉得，在青春期的某个节点，大人会放手让可信赖的青少年自娱自乐（自生自灭），他们将乘飞机到某个城好好休息一下，而那个被信赖的青少年则会呼朋唤友在家里开一个大派对。十七岁的迪诺在《做吧》这本书里就是如此。试想如下场景：凌晨两点，父母亲的大床上满是呕吐物，小家伙们懒洋洋地瘫在浴缸里，烟灰掉到了地毯上，一个叫自己西沃恩（但真名是佐伊）的迷途少女忍不住从挂在门厅的大衣口袋里拿走现金后，正在帮迪诺失去童贞（参阅：失去童贞）。接着大家开始往窗外扔空酒瓶。

不论如何，总得有人收拾残局。让迪诺高兴的是，他的真女友（杰姬）在第二天下午两点出现了，并且用垃圾袋、吸尘器和清洁剂创造了奇迹，赶在他父母回来之前把一切搞定。他们隐约觉得有什么不对劲的时候——毕竟，家里实在太干净了——迪诺突然想到妈妈最近有外遇，他适时扔出来的（虽然有点粗暴）重磅炸弹确保了床上可疑的床单没有被他们发现……青少年可以从这个故事得到他们需要的一切提醒[2]，大开派对，把家里搞得乱七八糟，但又全身而退。如同他们本该如此。

● 也可参阅：**青春期 · 父母太严厉 · 绝对不服从**

---

[1] 其实这只龙像极了叛逆期的青少年。

[2] 其中有一些他们不应该使用。

痴迷精灵

● 参阅：**迷恋**

痴迷狼人

● 参阅：**迷恋**

痴迷外太空

● 参阅：**迷恋**

痴迷吸血鬼

● 参阅：**迷恋**

宠物之死

PB《再见，莫格》（*Goodbye Mog*），朱迪斯·克尔（Judith Kerr）

CB《全世界最懒的猫》（*Fred*），波西·西蒙兹（Posy Simmonds）

爱宠之死对小朋友可能是巨大打击。分享别人的类似经历有助于认识到发生了什么，给大家一个机会讨论已死的宠物和表达悲伤。我们喜欢《再见，莫格》，作家/插画家朱迪斯·克尔勇于让她最爱的虚构斑猫死去——这一举动在粉丝中引发了一连串悲伤。莫格接受了让她死亡的安排，但她很好奇被她丢在身后的那个家庭会怎么样，于是当她与世长辞的时候，“一小点灵魂”从她体内升腾而起，留在那里察看。

全家人恸哭不已（甚至包括托马斯夫妇），接着他们把她埋在花园里，说起她的可爱之处。此后，很长一段时间都风平浪静。黛比和妮基偶尔说起她，记得她如何在电视机前垂下尾巴，晚上钻进她们的被窝。莫格的灵魂满足地飘浮在她们上方，也想起了往事。然后有一天托马斯夫人带了一只小猫回家，怯生生、到处挠的小猫，大家都不怎么喜欢——莫格尤甚。但是之后莫格意识到也许应该帮他一把，哪怕是以灵魂的方式……沉浸在满满的爱意里，作者关于死去爱宠的灵魂会经久不散，帮助悲痛的家庭渡过难关的创想尤其令人宽慰。

大一点的孩子，可以向他们推荐《全世界最懒的猫》，一本离奇的连环漫画，同样以死去的猫为主题，但妙趣横生，不乏出乎意料之处。肥胖、懒散的睡觉大师——从熨衣板到冰箱顶皆可入睡，弗雷德在主人眼里再寻常不过了。可是在他死去的那个晚上，索菲和尼克被怪异的声响和屋外猫走路的动静惊醒。让他们惊讶的是，隔壁斯佩丁太太的黄猫头戴礼帽，身穿燕尾服。“你们是我们最爱的弗雷德的朋友吗？”他哼了一声。原来弗雷德不是寻常家猫，而是红遍社区，善于用歌舞娱乐他“猫”的明星。“他唱得可好了，哦，他的歌声！”他们念念不忘地喵喵叫。葬礼上，数百只恸哭的猫对着月亮引吭高歌，全是弗雷德的经典曲目，然后跑到垃圾桶，在葬礼宴会剩下的残羹冷炙中大快朵颐。

第二天，孩子起床后想知道这一切是不是他们的臆想，但他们在屋里看到数百个小猫的爪印……波西 · 西蒙兹的独特插画始终带着淘气的笔触，这本书会鼓励孩子们对已死宠物抱有自己的念想和畅想。

● 也可参阅：**需要加油鼓劲 · 孤独 · 悲伤**

抽烟

- 参阅：**同伴压力**

臭烘烘

- 参阅：**不想洗澡**

出柜

- 参阅：**不确定自己是不是同性恋**

初次性行为

- 参阅：**未成年怀孕 · 失去童贞**

初恋

YA《白雪如毯》（*Blankets*），克雷格 · 汤普森（Craig Thompson）

YA《无比美妙的痛苦》（*The Fault in Our Stars*），约翰 · 格林（John Green）

YA《安妮永存我心》（*Annie on My Mind*），南希 · 加登（Nancy Garden）

青少年初尝爱情的滋味，没有比这更美好的事情了。但从最好到最坏往往只有一线之隔，因为初恋往往给人永续长存的感觉，但很可能并非如此。合适的故事可以帮助小孩子在初恋还在的时候学会珍惜它，并尽量确保初恋留给他们最快乐的回忆。

对初次坠入情网的小男孩，我们推荐图像小说《白雪如毯》。克雷格——忧郁、瘦削、鼻子好看的小男孩——不论在家里还是学校里都被欺负（参阅：遭遇霸凌），总觉得自己与世界格格不入。于是当他在一个基督教夏令营撞见雷娜——两个人都忙不迭地把一缕长发收拢到耳朵后头——我们知道他一定会坠入爱河。他们的关系脆弱、随意、真诚，而天各一方最终毁了他们的初恋（这么说并不算剧透）。一路走来他们遭遇了不少难关，包括如何应对各自不好对付的家人等。汤普森的黑白插画，充满了动感、悲伤以及人心的孤寂，会在年轻读者的心头萦绕不去，就像两人关系破裂后克雷格始终忘不了雷娜一样。但他们对初恋的回忆绝不苦涩。作为一个爱情故事，《白雪如毯》为我们提供了一个初恋可以如何纯真、深刻的样板。

论及女孩眼里的初恋，《无比美妙的痛苦》最为揪心。十六岁的黑兹尔——野蛮、机敏，与父母亲像“好朋友”一样相处——完全知道自己的癌症到了晚期。于是当她在癌症互助组里认识了嗓声沙哑的奥古斯特·沃特斯时，我们知道他们的故事一定不会平淡。虽是初恋，但也是绝响。（至少对黑兹尔来说）

他们一开始的互动就坦诚风趣。“你是当真的吗？”当奥古斯特掏出一支烟时，黑兹尔不失时机地问。奥古斯特耸耸肩，解释说香烟不过是比喻，不点着它，意思是他拒绝赋予它力量。于是黑兹尔敲一敲妈妈的车窗，让她自己先回家。黑兹尔的肺可能“烂透了”，须臾离不开输氧管，奥古斯特则有一条假腿，但这些并不妨碍他们一起去阿姆斯特丹，与黑兹尔最喜欢的作家彼得·范豪敦见面。他们的关系之真诚——以及双方父母刻意保持尊重但支持的距离——会让所有青少年和他们的家长受益匪浅。

《安妮永存我心》中的爱情故事以其出人意料而尤显特别，同性恋人也可从中找到安慰。两个十七岁的女孩在纽约大都会美术馆一见钟情，丘比特之箭在那一刻射中她们。“我们彼此对视，真的注视，我第一次动心了，刹那间我觉得自己不可以告诉别人我的名字，更别说住所了。”丽莎一年后写信向安妮回忆。两人并没有马上发展关系，因为不确定这是不是对方想要的。但是有一天在科尼岛，丽莎双臂抱住安妮让她暖和，两人尚未意识到发生了什么，安妮“柔软温和的嘴唇”已经亲吻了丽莎。丽莎对同性恋情仍然抱有疑虑，觉得那是“罪恶的”，同时又觉得这么做没有什么不对。

我们只能推测一定有什么事情迫使她们分开，否则丽莎不会写那封信，而且我们必须知道，这是1980年代早期，她们一定觉得有必要不公开关系。但无意中被她们发现也是同性恋者的两位老师的睿智之言，却让她们内心强大。“千万别让无知取胜，而要让爱情取胜。”老师说。我们有理由相信，丽莎和安妮一定会遵从这一信条的。

● 也可参阅：**背叛 · 不确定自己是不是同性恋 · 失去天真 · 失去童贞 · 梦遗**

初吻

YA《青春爱欲吻》（*Angus, Thongs and Full-frontal Snogging*），路易斯 · 任尼森（Louise Rennison）

初吻令人尴尬。你不仅不知道何处安放舌头，还有你的手、鼻子和脚。《青春爱欲吻》，“乔治娅 · 尼科尔森的自白”系列第一部，应该成为所有青少年的标配。实际上，该系列十本都是初尝约会游戏的青少年的理想指南（参阅：约会）。十四岁的乔治娅被她三岁的妹妹莉比吻了很多次，但她很确定莉比“不是同性恋者”，所以

C

她的吻不算数。她最好的朋友贾丝跟一个小男孩接过吻，说感觉就像“暖果冻”，于是乔治娅越发心焦，担心自己是朋友里面唯一落后的人。这时贾丝提及十七岁的彼得·戴尔每天下午会在家里开设接吻课，以“先来先得”为原则。乔治娅起初觉得她宁肯把脑袋伸到鳗鱼袋里，但戴尔长得还不错，有点男孩地带合唱团的味道，结果，他们在半小时里狂吻多次。她不是唯一一个想接受指导的女孩，离开的时候，她发现朋友梅布斯在楼梯平台上急不可耐……乔治娅的青春期磨难——从男孩到胸罩到体毛——简单直白，是当今所有青少年的必修课。

● 也可参阅：**约会 · 尴尬 · 渴望长大 · 失去天真 · 害怕犯错误 · 恐惧 · 失去童贞 · 杞人忧天**

床底下有怪物

● 参阅：**害怕床底下有东西**

创伤

PB《可怕的事情发生了》（*A Terrible Thing Happened*），著 / 玛格丽特·福尔摩斯（Margaret M. Holmes）、绘 / 卡里·派罗（Cary Pillo）

CB《最后的荒野》（*The Last Wild*），皮尔斯·托迪（Piers Torday）

任何暴力或恐吓都可能使小孩子受到精神创伤——从车祸或自然灾害到自杀或身体虐待——不论是被直接卷入或被动目击。一旦怀疑或有明显的创伤迹象，专业救助不可或缺，但分享图书也有助于接近对此闭口不谈的小孩子。

我们无从得知谢尔曼·史密斯——一头小浣熊，玛格丽特·福尔摩斯专门针对此一主题创作的绘本形象——到底遭遇了什么可怕的事情，只见他头顶上有一团信手涂鸦而成的阴云。但透过他耷拉的双眼，脑袋枕在胳膊上，整个人趴在桌子上的样子，他的悲伤显而易见。不论发生了什么，肯定很糟糕，以至于他恨不得赶紧把它忘掉。谢尔曼很快表现出了其他创伤迹象：不想吃东西，做噩梦，莫名其妙觉得伤心，在学校里调皮捣蛋。他受到鼓励用绘画来再现他的情感，直到最终把那件可怕的事情画出来，这也代表着他迈出了康复的第一步。由于他受到的创伤没有具体明指，本书广泛适用于各类情景。我们建议把它作为专业治疗的有益补充。

对大一点的孩子，审慎周到的小说有助于打开他们的心扉。《最后的荒野》描述了十一岁的小男孩凯斯特·杰恩斯，自从他妈妈五年前去世后就一言不发。被告知已被父亲抛弃后，他住在表面上是“麻烦儿童”之家，实际上是监狱的光谱堂。他依然怀抱一线希望，父亲——一个动物爱好者和伟大的科学家，凯斯特相信他正在努力挽救动物免于被红眼病毒消灭——总有一天会来接他。如今病毒到处肆虐，大自然里只有昆虫还活着，虽然光谱堂严禁昆虫存在，凯斯特还是和来过他小房间的一只飞蛾和一只蟑螂交上了朋友。当凯斯特发现这些小家伙跟他说话，而且他还能回答时，他就在他们的帮助下逃离了光谱堂。动物似乎并非全然灭绝，一头雄鹿和一只鸽子加入了他们，这支杂牌军从凯斯特父亲手里接过了保护工作的接力棒。

凯斯特意外得来的新朋友，以及对自己超能力的逐步发现，慢慢撬开了他紧锁的心扉。受过创伤、自我封闭的小朋友和青少年会在书里找到良伴——以及，敞开心扉的鼓励。

● 也可参阅：**虐童 · 做噩梦 · 暴力 · 为战争而焦虑**

挫败感

《卖帽子》（*Caps for Sale*），艾丝菲·斯劳柏肯纳（Esphyr Slobodkina）

对年纪太小、尚未熟练掌握日常生活技能的小孩子，挫败感如同家常便饭。绘本《卖帽子》讲述了一个流动小贩端端正正叠在头顶上的帽子被一群猴子偷走后暴跳如雷的故事，生动地传达了一种挫败感。平素泰然自若的小贩（以他携带货物的方式，也不得不如此）只是背靠树干打个盹，头顶上的帽子就被讨厌的猴子偷光了。这些猴子戴着偷来的帽子，溜到树枝上，更可恨的是，跟平常一样，模仿小贩的每一个动作。小贩摇手指，它们也摇手指；小贩对着它们挥舞拳头，它们也挥舞拳头；小贩跺脚，它们也跺脚。最终，小贩的愤怒战胜了他的理智，气得他把头上的帽子扔到地上。那些笨猴子当然有样学样——问题就这么解决了。以貌似单调的褐色、红色和白色为主调的插画，恰与这个历久弥新的民间故事相映成趣。有时候稍有表现力的身体语言——只要不伤及他人或他物——就足以发泄挫败感，并获得意想不到的效果。

● 也可参阅：**愤怒 · 一切乱了套**

错失挚友

● 参阅：**跟最好的朋友闹翻**

D

大高个

《长脚利亚姆的成长》(*Cosmic*)，弗兰克·科特雷尔·博伊斯（Frank Cottrell Boyce）

个子比同龄小朋友高出一大截可谓苦乐参半。好的一面，你能摸到糖果罐，观看音乐会，更有可能入选篮球队；坏的一面，干坏事容易被人发现，跟同龄人相比略显笨拙，外人会想当然地以为你比实际年龄更大（然后奇怪为什么你的能力没有更强、表现没有更好、脑子没有更聪明）。

有过类似境遇的小孩会很高兴认识《长脚利亚姆的成长》的主人公，年轻的利亚姆，这本书是博伊斯的章节书力作，背景设置在曼彻斯特、中国和太空。只有十二岁，却高达一米八，利亚姆很享受他已长大成人的幻觉。尤其是他过于早熟地留起了人胡子。有天，一个把他误认为教职员工的家伙要他给学校的一个班级上课，很快他又获得了试驾崭新保时捷的机会……人生乐事接踵而至，直至他发现自己到了太空，有四个需要照顾的孩子，全然一副爸爸的样子，才意识到已陷得太深。只是单靠他的身高能让他安然返回地球吗?

我们不是在怂恿个子高的小朋友带没有大人陪同的小小朋友逃到太空，但我们的确赞赏利亚姆直面挑战的气势。大团圆的结局不仅需要高度，更需要胆量。你家一米八三的少年读过之后，就会知道他们有哪些优势了。

● 也可参阅：**与众不同 · 个头小**

大胡子恐惧症

PB《胡子逃亡记》（*The Runaway Beard*），著 / 大卫 · 席勒（David Schiller）、绘 / 马克 · 罗森塔尔（Marc Rosenthal）

除非从小就跟大胡子亲密接触，否则小朋友通常会见“须”色变。剃须刀是处理胡须的方式之一，再有就是拿出这本荒诞的纸板书，里面甚至还附有假胡子，足以反过来吓跑那些多毛的入侵者。

故事里的胡须茂盛、浓密、乌黑，好多年里一直快乐地驻扎在爸爸的下巴上。可是有一天爸爸心血来潮——显然是被大力水手卜派的风度所折服——决定把胡子剃光。胡须夺路而逃，从爸爸的脸上跳下来，却恰巧落在了小宝宝的脸上。被妈妈用扫帚赶跑后，胡须徒劳地寻找新的家园，有一度甚至跑到了《蒙娜丽莎》仿作的脸上。小宝宝的秃头叔叔此时恰好进门……荒诞可笑又危机四伏，尽在《胡子逃亡记》。

● 也可参阅：**不得不亲吻老奶奶 · 做噩梦**

大小便训练

对各种“我就是来不及”的意外，轻描淡写地“哎哟”一声就够了。关于身体机能，以及如何更好地从尿布过渡到厕所，这些绘本提供了小朋友所需的全部信息。

十佳大小便训练绘本

- 《圣诞老人要尿尿！》（*Father Christmas Needs a Wee!*），尼古拉斯·艾伦（Nicholas Allan）
- 《王子和便盆》（*The Prince and the Potty*），尼古拉斯·艾伦（Nicholas Allan）
- 《公主和便盆》（*The Princess and the Potty*），著/温迪·切耶特·刘易森（Wendy Cheyette Lewison）、绘/里克·布朗（Rick Brown）
- 《我的小马桶》（女孩）[*Once Upon A Potty*（*Girl*）]、《我的小马桶》（男孩）[*Once Upon A Potty*（*Boy*）]，爱罗娜·法兰蔻（Alona Frankel）
- 《大家来大便》（*Everybody Poos*），五味太郎（Taro Gomi）
- 《山姆的便盆》（*Sam's Potty*），著/巴尔布罗·林德格伦（Barbro Lindgren）、绘/伊娃·埃里克松（Eva Eriksson）
- 《蹦蹦跳跳找马桶》（*Skip to the Loo, My Darling!*），著/萨莉·劳埃德-琼斯（Sally Lloyd-Jones）、绘/安妮塔·婕朗（Anita Jeram）
- 《我要小马桶》（顽皮小公主系列）[*I Want My Potty*（Little Princess）]，托尼·罗斯（Tony Ross）
- 《男生便便书》（*The Potty Book for Boys*）、《女生便便书》（*The Potty Book for Girls*），著/阿莉莎·萨丁·卡普奇丽（*Alyssa Satin Capucilli*）、绘/多萝西·斯科特（Dorothy Stott）
- 《谁在厕所里？》（*Who's in the Loo?*），著/珍妮·威利斯（Jeanne Willis）、绘/阿德里安·雷诺兹（Adrian Reynolds）

● 也可参阅：**不想长大 · 着迷屎尿屁话题**

打破砂锅问到底

● 参阅：**十万个为什么**

D 单亲家庭

成人药方

《世界冠军丹尼》(*Danny the Champion of the World*),

著 / 罗尔德·达尔(Roald Dahl)、绘 / 昆廷·布莱克(Quentin Blake)

独自肩挑抚养孩子的经济、日常和情感重任，要求你必须是多任务处理高手，富于创造力和适应力，尤其在你需要全天工作又经济拮据，没有人帮你照看孩子，附近也没有亲朋好友，甚至连一个烤箱也没有的时候。《世界冠军丹尼》的爸爸就是如此。让人懊恼的是，他似乎游刃有余。这是因为威廉，那个家伙的名字，与儿子的关系让人嫉妒：互相尊重、有趣，而且儿子百分之百崇拜他。好吧，他是小说虚构的人物，我们从未听说他要付什么账单……但我们不是那种只见树木不见森林的人。所以，他是如何做到的?

首先，把生活开销降到最低。丹尼和爸爸住在一辆吉卜赛小拖车里。晚上点个气灯照明。饿了在双圈煤气炉上热一罐烘豆，做一个三明治(尤其是在午夜时分)，或者从树上摘一个苹果。真是美味！大部分时候他们以烘豆为生。[1]

其次，威廉在家里工作，还让儿子搭把手。丹尼一长大就让他操作加油站的汽油泵，收钱找钱。[2]威廉还在小作坊——同时兼作丹尼的游戏室[3]——修车。七岁的时候，丹尼已经可以把一个小发动机拆成一个个小零件，然后再把它们装回去。[4]

第三，威廉创造力十足。听起来有点病态，也可能真的如此，但丹尼

---

[1] 一旦存够了钱，他们就买一个烤箱，做点面裹烤香肠，连同约克郡布丁一起烤得又香又脆，“像泡沫山一样隆起”。当人的期望值很低的时候，一切皆是美味佳肴。

[2] 还可以让丹尼学会基础算术、社交技巧和责任心，可谓一石多鸟。

[3] 想想透过排气管你可以看到的美景，还有各种螺母和螺栓可以放入嘴里！再想想，千万别这么干。

[4] 实际上，丹尼的父亲决定不让他上学，除非他学会了拆装发动机，相当于提前进行了职业培训，将来很有可能不用让他去上大学。

从不邀请学校朋友来家里玩——不是没朋友，而是没必要。拥有这么一个心灵手巧、跟十岁小孩一样容易激动的爸爸，还有这个必要吗？丹尼最近一次生日，威廉用四个自行车轮子、一个刹车踏板、一个方向盘、几个木箱子、一个座椅和一个坚固的前保险杠，[1]给他做了一辆微型赛车。一旦在谋划什么好玩的事情，威廉的漂亮蓝眼睛总是闪烁着“小小的金光”。

第四，他愿意给丹尼时间。除了外出偷猎野鸡，[2]掉入陷阱摔断了踝骨的日子，丹尼的父亲每天走路陪他上学，下午又去接他。丹尼很享受一天两次跟父亲一起漫步的时光，因为父亲知道很多关于路边的灌木丛、鸟类，甚至大而言之整个大自然的有趣事情。

第五，他愿意倾听。实际上，威廉不仅倾听丹尼的主意，而且视如己出，严肃对待它们，甚至实现它们——即便那意味着要切开两百颗葡萄干，在里面装满安眠药粉，再用针线缝好，[3]而且还允许丹尼旷课一天干这事。晚上，丹尼躺在上铺，幸福地知道父亲很快就会睡在下铺，给他讲故事——绝妙的故事，有些主人公最终出现在罗尔德·达尔的其他作品里。[4]

丹尼知道，没有丝毫疑虑，他拥有“有史以来最了不起最让人激动的爸爸”。作为单身父（母）亲——或为人父母——的榜样，威廉真是无可挑剔。[5]

---

[1] 好吧，并非所有家长都是汽修工人。但是，在微型赛车之前，威廉还自制了风筝、弓和箭、高跷、树屋和回力镖。你上 YouTube，自个儿去找视频学习吧。

[2] 嗯，是的，你没看错。或许我们应该承认，对于哈泽尔先生地里的野鸡，丹尼的父亲有点过于轻率了。哈泽尔是当地地主，“趾高气昂的势利鬼”，开着一辆巨大的银色劳斯莱斯到处兜风，有一次威胁丹尼如果胆敢把他“肮脏的小手”放在漆面上，准用短马鞭抽他一顿。威廉可咽不下这口气。风驰电掣般冲出作坊，双手搁在摇下的车窗上，探进脑袋，小声但颇具威慑力地说：“我不喜欢你这么跟我儿子说话。”抱歉，有点跑题了。

[3] 顺便说说，这是丹尼想出来的妙计，即如何在哈泽尔先生一年一度的射鸡派对前夜把所有野鸡一网打尽。是的，威廉有时候会教丹尼一些诡计。

[4] 我们一直很好奇达尔的灵感究竟从何而来。

[5] 罗尔德·达尔也这么认为。他在结尾处给小朋友的一则信息里说，等他们长大后有了自己的孩子，切记“枯燥乏味的父母”万万要不得。他说，所有人要的是“生气勃勃”的父母。如果你觉得自己缺少这方面的素质，不妨翻一翻《小说药丸》（尤其是如下词条：筋疲力尽、天生扫兴、心力交瘁、兴味索然）。

也可参阅：**父母患抑郁症 · 要这要那**

担心地球的未来

十本关于拯救地球的故事书

PB 《喂！下车》（*Oi! Get Off Our Train*），约翰·伯宁罕（John Burningham）

PB 《一个世界》（*One World*），迈克尔·福尔曼（Michael Foreman）

PB 《仅仅是个梦》（*Just a Dream*），克里斯·范·奥尔斯伯格（Chris Van Allsburg）

ER 《绒毛树》（*The Lorax*），苏斯博士（Dr. Seuss）

ER 《遇见大鲸鱼》（*This Morning I Met a Whale*），著 / 麦克·莫波格（Michael Morpurgo）、绘 / 克里斯汀·伯明翰（Christian Birmingham）

ER 《爱心树》（*The Giving Tree*），谢尔·希尔弗斯坦（Shel Silverstein）

ER 《蓝色星球的故事》（*The Story of the Blue Planet*），著 / 安德里·赛恩内尔·马纳松（Andri Snaer Magnason）、绘 / 阿斯劳格·约斯多蒂尔（Aslaug Jonsdottir）

ER 《银海豚》（*Silver Dolphins*），萨默·沃特斯（Summer Waters）

YA 《猴子歪帮》（*The Monkey Wrench Gang*），爱德华·艾比（Edward Abbey）

YA 《夺命狂奔》（*Exodus*），朱莉·伯塔纳（Julie Bertagna）

也可参阅：**害怕世界末日**

胆怯

参阅：**探险的渴望 · 需要加油鼓劲**

等待接送

D

PB《小猫头鹰》(*Owl Babies*)，著 / 马丁·韦德尔（Martin Waddell）、绘 / 派克·宾森（Patrick Benson）

PB《等妈妈》(Waiting for Mama)，著 / 李泰俊（Lee Tae-Jun）、绘 / 金东成（Kim Dong-Seong）

生儿育女后不幸的副作用之一，是发现自己沦为无比崇高、不领报酬的接送司机——单调乏味、吃力不讨好，要是迟到了还压力山大。但那些苦苦等待的小孩其实更难受，尤其如果他们是想象力无限丰富的类型，总会担心姗姗来迟的大人会遭遇什么不测。（参阅：杞人忧天）用如下适龄读物应对这种可能会出现的精神创伤的体验。

《小猫头鹰》中猫头鹰妈妈终于回家的跨页大图具有强烈的情感冲击力，这在文学作品里也是不多见的。半夜醒来发现妈妈不见了，小猫头鹰秀秀、皮皮和比比知道她可能出去狩猎了，但他们等啊等，就是忍不住担心。很快小脑袋瓜里充满了所有小朋友常有的可怕想法——妈妈迷路了，被狐狸抓走了。就这样他们紧闭眼睛，盼着妈妈赶紧回家。当"她回来了"的时刻终于到了——宽阔、舒适的羽翼在黑暗中穿过对开页——恐怕连读者也禁不住要高声叫好。同时，拂过你孩子的那种安全感也会让你很享受。

如果你真的迟到很久了，《等妈妈》可能会帮你摆脱困境。这本轻柔、平静的最早于韩国出版的绘本，主人公是一个裹着传统韩国服饰、挺胸收腹地站在站台上等人的小男童。比其他旅人小了那么多，他看着好几辆火车过去了，就是见不到他想见的人。但他没有放弃，即便他询问的人不是个个都很友善，即便他等了那么久，天空飘起了雪花，他的鼻子由于受冷红彤彤的。等待没关系，就像这本书说的，耐心也是一门艺术。记得仔细看最后一个对开页，以免你和你的孩子永远放心不下。

● 也可参阅：**孤独 · 恐惧**

敌意

PB《小小外星人》(*Beegu*)，亚历克西斯·迪肯（Alexis Deacon）

CB《通往特雷比西亚的桥》(*Bridge to Terabithia*)，凯瑟琳·佩特森（Katherine Paterson）

如果你养成了以微笑和热情待人的习惯，你的孩子估计用不着这个药方。但如果你是那种内敛、不善于结交新朋友、向他们伸出欢迎之手的类型，你可能想要囤积一些在与人交好上比你更到位的故事。对力图友好待人的小朋友来说，《小小外星人》不会让他们失望。航天器在地球上坠毁后，毕格——一只可爱的黄色兔类生物，长长的耳朵极具表现力，有三只眼睛——成了唯一的幸存者，地球上两只眼的兔子见了她都两眼发直。虽然她犹豫地对一个手拿公文包的路人伸出了柔软的耳朵，但对方对她视若无睹。最终她到了一个人山人海的游乐场，小朋友巴不得跟她一起玩——她又长又灵活的耳朵转起圈来真是很有一手。可是这时候杀出了一个不友善的大人，把小朋友都吓跑了……（参阅：不信任外人）

幸运的是，毕格在同类的帮助下最终逃离了不友善的地球，而我们也激动地看到她在救援飞船上被两只更大的三眼兔紧紧拥抱。当她回头眺望越来越小的地球时，不禁想起“那些对她好的小家伙”。优美的黑色调，不时跳出来的罂粟红和青绿色特写，这个绘本告诉我们，只要一点点鼓励，友善对小朋友来说是自然而然的事情。

孩子年纪越大，与不受欢迎的小孩交好需要的勇气也越大。当十岁的杰西在《通往特雷比西亚的桥》里与新邻居成为好朋友时，我们意识到了他要承受的风险。虽然众所皆知杰西是一个喜欢画画的“细腻男孩”，但他一整个夏天都在苦练短跑，希望以此赢得小朋友们的青睐。于是当新来的女孩莱斯莉搬到隔壁的农场住，然后又出现在他的班级上，吓了他一大跳时。杰西尽量不理睬她。开学第一天她穿的衣服就不对（褪色的破烂牛仔裤，不穿袜子光脚穿运动鞋，而这是在一个大家习惯了笔挺正装的地方），而且她似乎毫不在意。在校车上，杰西故意让妹妹美宝坐在他旁边，为的就是不让莱斯莉坐在那里。可是有一大，沉浸在与他最喜欢的老师埃德蒙兹女士合唱的喜悦里，杰西情不自禁望了莱斯莉一眼。“什么鬼？”他心里想，笑了出来。从那时候起，两个人形影不离，在杰西家隔壁的树林里凭空创造了一个名叫“特雷比西亚”的神秘地点——在那里学校里的霸凌不会发生在他们身上。

但悲剧还是很快发生了，此处我们提前预警，故事里有人死亡。但杰西知道如果当初他没有冒着名誉败坏的风险去结识新朋友，就永远不会找到“另一个更让人激动的自我”。小朋友由此或许可以明白，友善待人不仅无可指摘，而且可以让你的生活更妙趣横生。

● 也可参阅：**专横跋扈 · 遭遇霸凌 · 横行霸道 · 感觉没朋友 · 交不到朋友**

D

丢失了心爱的玩具

几乎每个小孩子都经历过这一灾难——未雨绸缪并不过分。这些故事可能不会让玩具失而复得，但至少可以减轻打击。

丢失心爱玩具后读的十佳绘本[1]

PB《手套》(*The Mitten*)，简·布雷特（Jan Brett）

PB《小兔子拉里拉查》(*Tatty Ratty*)，海伦·库柏（Helen Cooper）

PB《小熊可可的口袋》(*A Pocket for Corduroy*)，唐·弗里曼（Don Freeman）

PB《玩具上太空》(*Toys in Space*)，米妮·格雷（Mini Grey）

PB《戴夫的玩具》(*Dogger*)，雪莉·休斯（Shirley Hughes）

PB《皮特猫：我的无敌大纽扣》(*Pete the Cat and His Four Groovy Buttons*)，著/艾瑞克·利温（Eric Litwin）、绘/詹姆斯·迪安（James Dean）

PB《艾玛找回绒毛熊》(*Elmer and the Lost Teddy*)，大卫·麦基（David McKee）

PB《绒毛兔》(*The Velveteen Rabbit*)，著/玛格丽·威廉姆斯（Margery Williams）、绘/威廉·尼科尔森（William Nicholson）

PB《海底的秘密》(*Flotsam*)，大卫·威斯纳（David Wiesner）

东西洒了一地

● 参阅：**笨手笨脚**

[1] 我们真的找到了十本，只可惜丢了一本。一开始我们悲痛欲绝，但又读了一遍书单里的九本后，我们的心情好了一点。

痘痘

YA《怪咖女》(*Geek Girl*)，霍莉·斯梅尔(Holly Smale)

不用与青春痘搏斗的青少年实在是撞了大运。它们总是在最坏的时候冒出来，涂再多的去死皮磨砂膏、护肤霜和遮瑕膏也不管用。下次家里的孩子再抱怨青春痘时，塞给他们一本《怪咖女》。说到长痘痘，没有人比从怪咖到超模的哈丽特·曼纳斯更惨了。

大长腿、红头发，十五岁的哈丽特从未想过有朝一日会变身超模。她去时装秀的唯一理由是给好朋友纳特加油，谁知却是哈丽特吸引了星探的注意。如今她已站在克里姆林宫前，与全世界最红的男模尼克手握手，身上的外套勉强遮住屁股，一双高跟鞋高得无法走路，需要借助轮椅才能从宾馆来到这里。哦，还有额头中间那颗巨大无比的青春痘。

她爸爸压根帮不上忙。他对着她的青春痘说话，好像它有想法似的，还叫它喝饮料，他自己喝得很开心。与尼克靠得那么近也没有让哈丽特意乱神迷。可是尽管她脸有青春痘、脚有高跟鞋，哈丽特还是在时尚界掀起一阵风潮——而她依靠的并非容貌而是善意。用这本书提醒青少年，青春痘来了会走，但大方、诚恳和好友会长伴左右。

● 也可参阅：**粉刺 · 青春期 · 身体形象 · 缺乏自信**

D

毒品

YA《嗑药》(*Junk*)，迈尔文·伯格斯（Melvin Burgess）

除非与世隔绝，否则青少年都会受到毒品的诱惑。用这本让人大开眼界的《嗑药》，给你认识的人一个远离或熟悉毒品世界的机会。如果再加上伯格斯后来的作品《致命药丸》(*The Hit*)，二者将会以令人难以忘怀的方式，生动地向读者传达出毒品的危害。

塔尔离家出走的理由相当充分——父母从小到大的体罚和疏忽。（参阅：虐童）十五岁时他终于解脱了，跟一些好脾气的无政府主义者跑到布里斯托尔，偷偷住在别人家的房子里。塔尔十四岁的女朋友嘉玛以寻找“真实的生活体验”为由离家追随他，嘉玛任性冲动的天性使他们很快跟极有魅力、嗑药成瘾的莉莉混在了一起。莉莉让他们染上了海洛因，首先是吸食，然后是注射。不知不觉中，塔尔成了毒贩，嘉玛成了瘾君子。

伯格斯的天才之处在于为所有角色提供了可以为人接受的动机，并逐一激发起我们对他们的同情。虽然小说主要以塔尔和嘉玛的视角为主，但我们也可以透过同情塔尔离家出走遭遇的烟草商斯科里、莉莉的男朋友罗伯、嘉玛的妈妈，甚至塔尔父亲的视角来审视这一问题。然而，场面再大、再言之有理，结局仍是不可逆的阴郁。《嗑药》清晰、令人震惊地向我们表明，吸食海洛因注定是死路一条的人生选择。

● 也可参阅：**青春期 · 被引入歧途 · 父母太严厉 · 同伴压力**

阅读相关症状：读起书来废寝忘食

巧妙地转入对故事的讨论

没有偶尔躲在被窝里挑灯夜读的童年是不完整的——一手拿着手电筒，一手拿着书本，脑袋顶着被子。老实说，我们并不想剥夺你的孩子由此导致的睡眠不足的“违禁”愉悦。但如果你认定睡觉比故事更重要，让小孩子从书里脱身的办法就是问他们各种问题。书里的角色是不是正处于危机边缘？他们觉得之后的情节会如何发展？他们最认同哪个角色？如果这本书的作者此刻就坐在床边，他们会问他/她什么问题？

如果这些分散注意力的企图未能奏效，孩子的目光还是紧盯着书页，显然他们已经被这本书控制了，那就长叹一声随他去吧。离开的时候，记得在床边的桌子上放一把更亮的手电筒。

读写障碍

参阅：**阅读困难**

独来独往

PB《热心肠的刺猬》（*The Very Helpful Hedgehog*），罗西·韦尔斯利（Rosie Wellesley）

独来独往并没有什么错。但太多时候喜欢形单影只的小孩可能没有意识到朋友的好处，尤其是当他们需要援手的时候。面对这个话题的时候，这本书有助于增强你的说服力。

D

刺猬艾萨克缩在秋天的落叶里顾影自怜，一个苹果落到他的后背上，径直叉在他的尖刺上。他翻了个身，在围栏上蹭来蹭去，为了甩掉那个苹果简直要疯了。就在他为再也不能自由走动而绝望的时候，一头驴子恰好路过，高兴地看到一个苹果滚到他的围场里，嘎吱嘎吱地嚼了个精光。一开始艾萨克对驴子不以为意，继续形单影只。又有一个苹果落到他身边的时候，他有了一个主意。他和驴子可以以了不起的共生方式互惠互利，只要他们愿意互相照顾，而不是不理不睬。

成人药方

《山居岁月》(*My Side of the Mountain*)，珍·克雷赫德·乔治(Jean Craighead George)

一贯不与人接触，甚至在对方表现出诚恳、友好时也一味回绝，这可能是有什么不对劲的征兆。如果你身边就有独来独往的人，除了上学、吃饭、上厕所外一连几个星期甚至几个月不离开房间，我们建议你寻求专家帮助。不过有时候，就像《山居岁月》里的男主角，一个小孩喜欢独来独往只是坚定的个人主义的表现，我们应该保护而不是与之斗争。山姆·格里布雷讨厌与父母亲和七个兄弟姐妹住在纽约的小公寓里。年仅十二岁时，他就宣布离家的计划，他的父母也知道无可挽回。在当地图书馆研读了如何在荒野生存的书籍后，五月的一天，他带上一把小折刀、一捆绳索、一把斧子、一块用来生火的打火石和一根钢棒，就向卡茨基尔山区进发了。

露营的第一个晚上简直是一场灾难。但他学得很快，到九月份的时候，已经在铁杉树里做了一个舒适的小窝，相当心满意足。他烹煮鱼肉、洋葱汤和橡子煎饼，朋友则有黄鼠狼巴伦、浣熊杰西以及最重要的、经过他训练用来打猎的猎鹰“惊风”。他与这三个动物的滑稽对话妙趣横生，当我们看着山姆从自以为是的小男孩长成成熟、真正自立的小伙子时，我们知道他当初逃离的直觉没错。

但最终让我们对山姆放心的，则是他怀念人类的陪伴。他一度与一个迷路的老师成为了朋友，亲昵地叫他“班多”，后者则叫他“梭罗”。班多难以忘记山姆，在圣诞节的时候跑来跟山姆住在树里，山姆的父亲也露面了。这些短暂的陪伴时刻向我们显示出山姆并没有与世隔绝，他只是喜欢与动物和自然建立的亲密关系，对人类并不排斥。形单影只不一定就是不对——也不一定就是孤独的。

● 也可参阅：**人生大哉问 · 渴望独处 · 抑郁 · 太宅 · 懒惰 · 与屏幕如胶似漆**

妒忌

PB《小小人》（*The Man*），雷蒙德·布里格斯（Raymond Briggs）

有时候小朋友会觉得别人什么都比他好，继而陷入妒忌的海洋不能自拔。布里格斯精彩的图像小说《小小人》则表明，被妒忌的人实际上未必更开心。

这个故事说的是一个名叫约翰的小男孩，有一天早上醒来，发现一个长胡子的小小人朝他脸上扔东西。小小人一丝不挂、走投无路，执意让约翰给他一只袜子当衣服穿，还要把脚趾的部位剪掉，让他的脑袋能伸出来，再挖几个洞，让他的胳膊能自如伸展。这个奇怪的小小人不停抱怨自己个头小，妒忌约翰的大房子、小玩意儿以及各种好玩的东西。

约翰尽力帮他，甚至用自己的零花钱给他买他喜欢的特殊牌子的橘子酱，但小小人——虽然个头小，却像一个暴君[1]——一味索求。只有当他准备离开的时候，似乎才睁大眼睛，发现约翰对他有多好。（“你是我迄今为止碰到的对我最好的人。”他在告别信里写道。）小朋友自会明白，如果小小人不是被妒忌冲昏了头脑，他们的相处可能会更愉快。

● 也可参阅：**没礼貌 · 情绪化**

肚子疼

ER《儿童侦探马克斯·阿彻：肚子痛事件》（*Max Archer, Kid Detective: The Case of the Recurring Stomachaches*），著 / 霍华德·J. 博尼特（Howard J. Bennett）、绘 / 斯派克·格尔雷尔（Spike Gerrell）

根据小侦探马克斯·阿彻——儿科专家霍华德·J. 博尼特创作的绘本形象——的说法，肚子疼有三大原因：乳糖不耐症、便秘和压力。让你的孩子跟马克斯一起玩侦探游戏，找出让他们肚子疼的原因，以及如何对症下药。没错，这是医学自助书，没有什么虚构的色彩。但整体构想很出色，斯派克·格尔雷尔的漫画举重若轻，让这本书显得更好接受。

● 也可参阅：**便秘 · 挑食**

[1] 布里格斯的小小人表达的观点有时候很老套，甚至带有种族歧视的色彩。跟小朋友共读的时候，别忘了拎出来讨论一番。

对参观博物馆没兴趣

《寂静中的惊奇》（*Wonderstruck*），布莱恩·塞兹尼克（Brian Selznick）

博物馆是魔幻、神秘、启发、奇迹之地，但也辽阔无边，让人筋疲力竭。有些博物馆努力吸引小朋友，有些则把这事留给大人，让他们充当导游，激发小朋友的兴趣。如果你正在计划下次的博物馆之旅，不妨先备好《寂静中的惊奇》。

那是 1977 年，本的图书馆员妈妈去世了。他找到妈妈的一个笔记本，其中的内容暗示他有一个身份不明的爸爸，他决定去找躲在纽约自然历史博物馆[1]的爸爸。他无意中碰到了冈弗林特湖——他长大的地方——狼群的立体模型，这让他觉得如归故里。实际上，他也是一个小小博物馆长，家里的收藏包括一个鸟的头盖骨、叠层化石和陨石碎片。

与此同时，时间回到 1927 年，我们遇到了罗斯，另一个离家出走、善于用纸制作城市模型的孩子。这两个人物的故事相互交织，1977 年，当本在皇后区艺术博物馆[2]发现了一个壮观的、占了一整间房子的纽约市微缩模型时，我们很快明白谁做了这个模型。本和如今老迈的罗斯像巨人一样在这个微型都市的大街小巷行走——发现他们有共同的爱好且并非巧合。以塞兹尼克典型的图（纤毫毕现的铅笔画）文混合的方式来讲述，这个故事能让小孩子爱上博物馆及

[1] 就像在柯尼斯伯格的《天使雕像》里躲在大都会艺术博物馆的克劳迪娅和杰米一样，塞兹尼克显然是向柯尼斯伯格的作品致敬。

[2] 现在名为皇后区博物馆。

其象征——不仅是工艺品，而是工艺品或制造发现这些工艺品的人背后的故事。让小朋友阅读这个故事，然后放飞这些初出茅庐的博物馆长，让他们与在你家附近的博物馆发现的宝藏建立联结。

● 也可参阅：**百无聊赖 · 懒惰**

对性说要或不要

● 参阅：**不能维护自己的权益 · 失去童贞**

对性感到好奇

PB《妈妈下了一个蛋》（*Mommy Laid an Egg*），芭贝 · 柯尔（Babette Cole）

YA《永远》（*Forever*），朱迪 · 布鲁姆（Judy Blume）

对那些不敢直面这一问题的父母，或孩子认为你讲得太过离奇需要有人帮你自圆其说时，芭贝 · 柯尔就是你需要的人。首先每个人都会被她创造的这对带着 1950 年代风格的父母逗笑，他们可以给我们“甜蜜、芬芳以及一切美好的东西”。（后来的现代版本则风格大变，比如从牙膏管里挤出婴儿来。）芭贝 · 柯尔笔下的父母亲直言不讳：这是洞洞，那是管子，有几种方式可以让它们合在一起。芭贝 · 柯尔标志性的钢笔画加薄涂颜料冲淡了这个话题的尴尬感，是普通人也容易接受的尺度。我们建议孩子一有疑问就读这本书给他们听。

抽象地了解性行为的结构机制是一回事，真正为第一次性行为做好准备则是另一回事。说到性，尤其是（但并非仅是）涉及女孩子，布鲁姆迄今仍是最重要的青少年小说作家。过去的小说家对性议题扭扭捏捏，[1] 许多当代作家则过于关注两性关系的浪漫面向，布鲁姆就事论事的写作风格让性通俗易懂，诸多疑问皆有论及，比如什么时候时间恰当、什么时候说不、你可能会有什么感受，以及在心理或生理上可能出现什么意外。就此而言布鲁姆最好的作品当数《永远》，以略显平淡的语言探讨了女孩子从幻想有一个男孩子到男女关系怒放的一系列转变。

凯瑟琳十八岁的时候认识了迈克尔，并认为自己已经准备好了来一次性的大冒险。她开诚布公，跟各色人等讨论，第一个就从迈克尔开始——他相当尴尬地把凯瑟琳介绍给了“拉尔夫”认识，这是他给自己的阴茎取的名字，一切从此开始。妈妈的意见很中肯：“性是一种承诺……一旦开始了，就不能像以前那样只是握握手了。”外婆——算她们那一代人里的佼佼者了——写信告诉她注意避孕，而她的好闺密埃里卡相信性只是肉体的接触，鼓励她大胆继续。“上大学前就跟人滚床单，未必是一件坏事。”她建议。

当凯瑟琳和迈克尔在他姐姐卧室的地板上发生了性关系时，他们一致认为这是爱情的浪漫封缄，一定会永远持续下去。可是由于

[1] 这么说还算客气了。纵观历史，小说家对性议题的退避三舍、剑走偏锋，让很多初夜新手一脸懵。还记得这些吗？“勃起的大马哈鱼，插进去产卵”[温迪·佩里安（Wendy Perriam）《梦，恶魔，欲望》(*Dreams, Demons and Desire*)]；“他的手沿着她的后背滑了下去，不能自主地用一种盲目的抚慰的动作，直到她弯曲的腰际”[劳伦斯（D. H. Lawrence）《查太莱夫人的情人》(*Lady Chatterley's Lover*)]？情侣不外乎“摔个跤，虽然有点焦躁和肉感……”[伊恩·麦克尤恩（Ian McEwan）《赎罪》(*Atonement*)，这本书不算太久远]；幸运的话，可能会有“一朵花把花粉排到一只蜂鸟的额头上”[纳迪姆·阿斯拉姆（Nadeem Aslam）的《迷失情人的地图》(*Maps for Lost Lovers*)，这本书也出版没多久，或许是因为是成长小说才写得这么委婉？]；而最终会导致“钟楼上的那个驼背纵身一跳，发疯似的攀着敲钟的绳索摆动”[应该是杰弗里·尤金尼德斯（Jeffrey Eugenides）的《中性》(*Middlesex*)]。

工作的原因，暑假他们不得不分开过时，凯瑟琳开始意识到两性关系的局限，并且发现自己喜欢上了别人。也许她对“执子之手，与子偕老”尚未做好准备。《永远》的文字描写虽然不如同时期的青少年小说那样栩栩如生，但它却能让读者走入其中，探索少男少女们理应关心的各种问题。[1]

● 也可参阅：**初吻 · 初恋 · 不确定自己是不是同性恋 · 难为情的自慰 · 感觉自己是跨性别者**

对着干

PB《皮埃尔》（*Pierre*），莫里斯·桑达克（Maurice Sendak）

《皮埃尔》的口袋书开本虽然便于小手翻阅——桑达克“坚果壳图书馆”四本之一[2]——但与它的巨大影响力相比，实在很不相称。不管父母亲说什么，皮埃尔的回答总是“无所谓！”，所以不难理解，为何他们最后决定不带这个喜欢对着干的小男孩进城。于是当随后来了一头狮子，问皮埃尔如果被吃掉有什么感觉，也得到了同

[1] 大人必须意识到，虽然凯瑟琳确实吃了避孕药，以确保她不会怀孕，但现代青少年必须更了解性传播疾病的危害——布鲁姆创作本书的时间是在艾滋病流行之前。可以的话，最好买这本书的最新版，里面有一篇布鲁姆的序言，强调了使用避孕套预防疾病与避孕一样重要。

[2] 其余三本是《有一个是约翰尼》（*One Was Johnny*）、《到处都是短吻鳄》（*Alligators All Around*）和《鸡汤配饭》（*Chicken Soup With Rice*）。

样的回复时，那就谁也帮不了他啦。[1]我们不是说小孩子会信服这个警世故事的道德寓意，永远不再说“无所谓”[2]，而是说它可能会说服他们相信，如果想搞出与他们的身形不相称的动静，最好的方式不是对着干，而是插科打诨，就像这本书一样。

● 也可参阅：**争吵 · 熊孩子**

多动症

● 参阅：**坐立不安 · 爱走神**

[1] 关心结局的人注意：虽然这个警世故事与海因里希 · 霍夫曼的《蓬头彼得》、希莱尔 · 贝洛克的《儿童警世故事》一脉相承，但结局并非狮子吃掉了皮埃尔。后面还有一个转折。桑达克因现代人脆弱的神经而换了个形式。研究此类后遗症，精神病专家可以盯紧《蓬头彼得》的读者。

[2] 实际上这本书应该把这个词语列入词汇表。对此我们深表歉意。

E

恶心

《吐一吐身体好》(*Sometimes You Barf*)，南希·卡尔森（Nancy Carlson）

美国作家南希·卡尔森的绘本填补了一个长期以来一直被视作禁忌的缺口。恶心没有什么错，她说：大家都会恶心——包括非洲食蚁兽。她的绘本可以帮我们排解在别人面前呕吐的尴尬。（书里有个小孩直接吐在她的数学卷子上，真是惊心动魄）书中引人不适的程度恰到好处，足以让小朋友沉迷其中，而不会觉得想吐。（令人愉悦的插画让恶心看上去不那么恶心，可谓奇迹）所有似曾相识的呕吐阶段一览无遗：从轻微不适和想吐，到非常不舒服和不得不吐，然后生龙活虎地爬起来，觉得世界又清静了。用这个绘本告诉孩子，有些东西——比如小碎片、鼻屎、活动的牙、肿胀的阑尾、毛团以及微小但厉害的蛔虫——在体外比在体内好。

● 也可参阅：**卧床不起 · 驾车出游**

F

发脾气

● 参阅：**愤怒**

发现有人偷看你的日记

● 参阅：**渴望独处 · 背叛**

发育

● 参阅：**粉刺 · 青春期 · 体毛 · 体味 · 荷尔蒙过剩 · 失去天真 · 月经 · 梦遗**

烦人的亲戚

● 参阅：**百无聊赖 · 不得不亲吻老奶奶**

成人约方

《哈利和老亲戚》（*Harry and the Wrinklies*），艾伦 · 坦珀利（**Alan Temperley**）

如果你实在无聊透顶，不妨帮大家一个忙，欣赏一下这出滑稽的闹剧。当哈利在火车站月台瞅见他的两个“老”姨妈时，他心里想的是“千万别是她们！”。一个又高又瘦，头戴一顶大草帽，看起来像是落地灯；一个又矮又胖，看起来像是粉红色的蛋白酥饼。但是好戏还在后头，布丽奇特和弗洛丽阿姨——哈利如今要跟她们一起生活——建议立刻经由机场开车“飞”回家。“系好安全带了吗？”弗洛丽阿姨问，啪的一声打开了老梅赛德斯仪表板下方的一个开关。发动机猛烈咆哮，老破车在废弃的跑道上不断加速，速度计从 90、95……到 130……一直往上跳。强风扑面而来，哈利感觉座椅的皮革紧紧贴住后背，周围的乡间景色一片模糊。“太爽了！让他清醒清醒！”布丽奇特阿姨直嚷嚷。

到家后，两个阿姨让哈利喝了一大杯雪利酒（他才十岁），带他去拉格府邸的塔楼房间，她们与其他各式各样的“史前”家伙分享这个大宅子。哈利极其享受这里的空间、树林和狗，但他很快发觉这两个老太太可不简单，而且绝对不会乏味。赶紧读一读吧，保证让你血脉偾张。

分居

参阅：**父母即将分开**

粉刺

YA《大家来找碴》（*Spot the Difference*），朱诺·道森（JUNO DAWSON）

虽然粉刺实际上是由病毒引起的，但大家却普遍以为这是缺乏清洁的恶果，这种误解只会加剧它带来的痛苦。直到现在，粉刺出现在小说里，也只是为了表现人物内心的丑陋。谢天谢地，朱诺·道森如今给我们带来了一个可爱的女主角，并且一举洗刷了粉刺的耻辱。

十六岁的艾弗丽在学校里又被叫作“比萨脸”。她之前最好的闺蜜露西，为了混入“校花团”，不惜与她断交。校花团里的女孩都热衷打理自己的头发、皮肤和指甲，在泡影中沾沾自喜。现在她最好的朋友是洛伊斯，塌鼻子，留着跟泰勒·斯威夫特一样的短发，若不是因为一只胳膊瘦小，差点也可以进入校花团。洛伊斯还有个“霸王龙”的外号。

这时候有人给了艾弗丽一种新药，彻底祛除了她的粉刺。所有人突然之间发现她是个大美人。校花团很快就来巴结，她抛弃了洛伊斯，收获了男朋友赛斯，而且觉得自己势不可挡，决定竞选头号校花。就在选美大战即将到达高潮之际，艾弗丽被告知立刻停止服药，因为直到现在才发现它有严重的副作用。她把一个纸袋子套在头上发表竞选演说，她的皮肤“虽不完美，但心满意足”。她站在这里不是因为长相，而是因为她的真我和信念。我们永远无法知道投票结果最终如何——小说读者恐怕也不会在意，但作者的立意已经一目了然。

● 也可参阅：**青春期 · 缺乏自信 · 痘痘**

粉色控

● 参阅：**想当公主**

愤愤不平

PB《请对路易斯多加关照》（*Looking After Louis*），著 / 莱斯利 · 伊利（Lesley Ely）、绘 / 波莉 · 邓巴（Polly Dunbar）

YA《是时候逃亡了》（*Now Is the Time for Running*），迈克尔 · 威廉姆斯（Michael Williams）

公平对小孩子很重要，但对人生——或者决定公平与否的人——未必如此。必须对此微妙话题进行解释的成年人，如果手上有一本《请对路易斯多加关照》，应该会心怀感激。该绘本对有时候特殊照顾、区别对待的必要性进行了说明。新来的小男孩路易斯

（参阅：新生），跟班上其他小孩“不太一样”，但老师从来不指责他。对叙述这个故事的小女孩来说，路易斯可以用奇怪的方式顶嘴、可以在课上到一半的时候跑出去踢足球，这当然很不公平——而且她对此直言不讳。她的老师奥莉小姐则指出，如果她可以凡事支持路易斯，满足他的特殊需要，那她自己也会变得不同寻常。波莉·邓巴的插图极具表现力，以她一贯的举重若轻，展现了一个虽然不公平，但让人心悦诚服的世界。

对《是时候逃亡了》的男主角、十四岁的德奥来说，要照顾比他大十岁的哥哥伊诺森，当然很不公平。伊诺森生下来就因一种名字不明的病变得疯疯癫癫，无法跟人打交道。于是，当穆加贝总统的士兵杀了津巴布韦民主变革运动党的支持者，导致德奥的家人不幸遇害时，德奥明白他必须接手，带伊诺森逃到安全的南非。

为了逃到南非，他们首先必须穿越到处是鳄鱼的林波波河——也就是大象得到长鼻子的那条河[1]——惊险至极，可谓儿童文学中最扣人心弦的场景之一。此外，他们还要避开以难民为目标的窃贼。然后他们还要在鄙视“什么都敢干的外国人”的南非找到一条活路。在逃亡的过程中，德奥必须随机应变，时时刻刻诱哄、保护脆弱的伊诺森。有一次，他不得不给哥哥唱一首古老的“灵歌”，故意让他发病，伊诺森气得眼珠子直往后翻，以此分散津巴布韦政府军的注意力，让他们逃过一劫。

德奥的生活全无公平可言，但他并未受到影响。他从讨人喜欢的伊诺森那里习得的随遇而安的能力，让他的内心保持强大。通过这本书让小孩子明白专注于什么是良善，而不是一味抱怨不公。

---

[1] 参阅吉卜林《原来如此的故事》（*Just So Stories*）故事集里的《小幼象》。

● 也可参阅：**失望 · 输不起 · 手足之争 · 生闷气 · 无端生气**

愤怒

PB《菲菲生气了——非常，非常生气》（*When Sophie Gets Angry—Really, Really Angry...*），莫莉·班（Molly Bang）

PB《神犬天狼星》（*Dogsbody*），戴安娜·温尼·琼斯（Diana Wynne Jones）

YA《水下呼吸》（*Breathing Underwater*），亚历克斯·弗林（Alex Flinn）

假以时日，我们可以学会控制叫喊、尖叫或打人的原始冲动，但这一技能不是与生俱来的。如果一个小孩子的身边都是不能恰当地表达愤怒的同龄人、哥哥姐姐或成年人，或者这些人压根不会表达愤怒，这时候一个好故事会把好榜样带入你的家门。《菲菲生气了》描绘出勃然大怒的情形，以及如何让自己平静下来。

乍看起来，《菲菲生气了》的简单插图就像小朋友用大画笔和广告颜料信手涂鸦的作品：喏，这就是菲菲和她的妹妹，扁扁的圆脸，小圆点是眼睛，红色的一抹是嘴巴。但其中的艺术机巧很快就显现出来。玩具大猩猩被妹妹夺走，菲菲非常生气，她的脸拉长变大，占据了整个页面。而且菲菲的全身轮廓也变成锯齿状，冒出红光，仿佛在嗞嗞作响。当她跑到房子外头时，其他一切——被撞上的房门、树木、松鼠——也在嗞嗞作响，仿佛吸收了从她身上投射出来的不快。等她怒火渐消，身体轮廓也变成暗淡的橘黄色。但是直到她看到老山毛榉树时怒气才完全消散，那棵树扭曲的枝条扶摇直上，散发出冷静的蓝色气息。等她回到屋里时，她的轮廓变成更暗淡的黄色，与其他家里人的颜色相仿，他们都静静地忙着别的事情，很高兴看到她回来。这个故事告诉我们愤怒是正常的，而且你完全有可能自己处理而不伤到别人的感情。

风格魔幻、构思缜密的《神犬天狼星》会让那些容易发脾气的大小孩找到共鸣。西里亚斯，天狼星的不朽领主，经常动不动就暴跳如雷。如今他被控犯有谋杀罪，被天国的法官流放到地球。他在地球上必须寄居在狗的身体里，只有找到一种球状的武器“佐伊”，才能重返超光速的故国。

西里亚斯受尽了耻辱。首先他必须忍受没人要的恐惧，后来又成了一个虐待动物和孩子的不良家庭的宠物。好在凯瑟琳救了他，而且全心全意喜欢他，叫他利奥（意思“狮子座”），西里亚斯勉强接受了这个名字。生活依然不易：凯瑟琳跟虐待成性的姨妈一起生活，而且西里亚斯狗性难移，一路上对各种新鲜事物嗅来嗅去，妨碍了他对“佐伊”的寻找。虽然变成了狗的样子，西里亚斯还是会生气，眼睛发出绿光，但他的怒气通常很快就消了，而且主要是为凯瑟琳而不是为自己打抱不平。当他最终重返绿星闪烁的生命形态时，他不像以前那样容易生气和咆哮，而是慢慢学会了接受逆耳忠言。

《水下呼吸》用令人大开眼界的方式探讨了不恰当的暴怒。表面上，尼克·安德里亚斯拥有一切：一个有钱的老爸，据说是有钱老爸买给他的炫酷跑车，英俊的相貌，优秀的学业，还有女朋友凯特琳。故事以尼克的视角来叙述，开头就是他遵照法庭的命令，每周写五百个字的反省日记，而且要跟其他有暴力倾向的青少年一起参加愤怒情绪管理课程——此前他曾大发脾气，把凯特琳打得鼻青脸肿。一开始尼克似乎惹人同情，但我们逐渐看清他和凯特琳之间到底发生了什么。当时凯特琳想参加一个歌唱才艺比赛，但尼克不让。

凯特琳偷偷参赛，满以为当尼克在观众席上看到她梦想成真的时候，一定会激动不已。可是当表演结束的时候，尼克却把她带到外面，打得她不省人事。

我们憎恶尼克的暴行，但这时候我们也知道了父亲对他的恶劣行径，经常批评他，让他觉得自己一无是处。（参阅：虐童）当尼克渐渐明白他的行为不可接受，必须改过自新成为一个好男友以及一个好人时，我们不禁为他喝彩。这个故事让习惯用拳头或恶语来表达愤怒的青少年看到愤怒因何而来，以及得到帮助就仿佛最终浮出水面呼吸一样。

成人药方

PB《那天利奥说我恨你》（*The Day Leo Said I Hate You!*），著 / 罗比·H. 哈里斯（Robie H. Harris）、绘 / 莫莉·班（Molly Bang）

小孩子让我们知道他们不高兴的方式经常直接而又简单，比如恨恨地对你甩出一句“我恨你！”。碰到这种情况的时候，即便心思最敏捷的成年人也会哑口无言。即便他们知道这是由于转瞬即逝的情感而激发的轻率情绪，但他们也会觉得受到了伤害。如何应对，这本书里有一些好想法。

也可参阅：**争吵 · 背叛 · 生闷气 · 暴力**

父母患抑郁症

YA《底片的真相》（*Broken Soup*），珍妮·瓦伦堤（Jenny Valentine）

YA《无头蟑螂的狗日子》（*15 Days Without a Head*），戴夫·卡曾斯（Dave Cousins）

身处此一困境的孩子很可能对他们父母的疏忽和不负责任感到困惑。阅读类似主题的故事——详细描述病症和病例——没准会打开他们心中的死结。

在《底片的真相》里，十五岁罗恩的哥哥不幸溺毙，饱受打击的父母反应不一：父亲逃离家庭，母亲卧床不起。罗恩一人扛起了照顾八岁妹妹的责任，还要维持一切正常的假象。她尽其所能，为母亲端茶送水，尽量不去打扰她——因为母亲一露面，总是一副生不如死、情绪化的样子。当罗恩认识了驾驶着一辆改装过的救护车环游世界的美国男孩哈珀后，心里产生了离开母亲的想法。与此同时，罗恩的父亲还是对家中一切不闻不问，尽量不与这个残破的家庭接触，以免感情上继续受创。（参阅：不能与父母交流）可是当他们的妈妈自杀未遂后，父亲终于认识到这个家庭需要他，主动回归。罗恩发现他们一家子看似复杂，其实相当了不起。读过这本书的青少年会发现，即便像罗恩这么能干的小女孩，也不能独自撑起一个家庭。

另一个在《无头蟑螂的狗日子》里挽救危局的——这回是一个小男孩——是十五岁的劳伦斯。他的单身妈妈为了维持生计，不得不同时打两份工，一份在路边的炸鱼薯条小吃店，另一份是当清洁工。她每天早上五点就要上工，劳伦斯负责把六岁的弟弟杰伊送到学校，然后自己才能去上学。有时候他妈妈压根起不来——或者夜不归宿直到两天后才回来——劳伦斯还要替她上班，帮忙清洗衣物，根本上不了学。对此劳伦斯早已适应。

但是如果这种事情接二连三地发生，就会让人绝望。肚子饿得咕咕叫，蟑螂在厨房里肆无忌惮，老师开始批评劳伦斯经常趴在课桌上打瞌睡（参阅：做白日梦、过度疲劳）。最终着急用钱的劳伦斯套上妈妈的衣服，穿上妈妈的鞋子，戴上假发，步履蹒跚地走到邮局，想从她的账户取钱。兄弟俩如何让逃离的妈妈回归家庭，这里我们就不剧透了，但这个让人悲欣交集的故事表明，假装一切安好固然可敬可佩，但抑郁这么大的问题绝对不是一个人可以自己解决的。

● 也可参阅：**家有父母 · 父母太忙碌 · 父母即将分开 · 不得不照顾弟弟妹妹 · 父母生病**

父母即将分开

PB《两个家》（*Two Homes*），著 / 克莱尔 · 马苏雷尔（Claire Masurel）、绘 / 卡迪 · 麦克唐纳 · 丹顿（Kady MacDonald Denton）

PB《跟妈妈过，跟爸爸过》（*Living with Mum and Living with Dad*），梅勒妮 · 沃尔什（Melanie Walsh）

PB《两个巢》（*Two Nests*），著 / 劳伦斯 · 安霍尔特（Laurence Anholt）、绘 / 吉姆 · 科波尔斯顿（Jim Coplestone）

PB《不是你的错，可可熊》（*It's Not Your Fault, Koko Bear*），著 / 维姬 · 兰斯基（Vicky Lansky）、绘 / 简 · 普林斯（Jane Prince）

PB《爸妈牌胶水》（*Mum and Dad Glue*），著 / 凯斯 · 格雷（Kes Gray）、绘 / 李 · 怀尔迪什（Lee Wildish）

PB《好事成双》（*The Un-Wedding*），芭贝 · 柯尔（Babette Cole）[1]

CB《并非世界末日》（*It's Not the End of the World*），朱迪 · 布鲁姆（Judy Blume）

分居和离婚害苦了小孩子。让他们尽可能多阅读一些可以反映此种状况的故事，有助于向他们解释，让他们安心。以小男孩为主

[1] 曾以书名《坏事不成双》（*Two of Everything*）出版。

角的《两个家》和以小女孩为主角的《跟妈妈过，跟爸爸过》，描绘了父母即将分开造成的情感伤害，也同时描绘了拥有两个家、两个卧室，以及两个一如既往爱他们的父母的积极一面。故事角色性别不甚明显的《两个巢》也很棒。《不是你的错，可可熊》和《爸妈牌胶水》则适合跟那些认为是自己造成了父母即将分开的小孩共读。[1] 如果想读讨喜乐观的故事，我们推荐芭贝·柯尔的《好事成双》，在此主题中这是难以取代的佳作。德米特里厄斯和保拉·奥格尔巴特两个小朋友烦透了问题重重、不能就任何事达成一致的父母，建议他们干脆变成"未婚"好了。这种做法虽然有点不妥——他们请求当初为父母主持婚礼的牧师解除两人的婚姻关系——但是看到两个离了婚的人高高兴兴搭飞机各自去度不是蜜月的蜜月（一个去热带岛屿，一个去滑雪胜地），或者兄妹俩在故事结尾将家里的所有东西都准备两套时，所有人都会忍俊不禁，即便他们有点过于一厢情愿了。

年纪大一点的小孩会从朱迪·布鲁姆的故事中得到慰藉，她以现实主义的笔法描绘出婚姻的结束及其对不同年龄段子女的影响。1970 年代初，布鲁姆在自己的婚姻触礁时创作了《并非世界末日》，这是第一本直面离婚议题的童书。十二岁的卡伦决定一辈子不结婚——因为婚姻显然只会带来痛苦。她父母亲的小吵小闹也会升级成打碎的餐盘、泼洒的牛奶和号啕大哭，而且她不记得最近一次开心的日子是什么时候。她的哥哥泰德索性逃避到青春期里，整天和女友甜言蜜语讲电话，小妹妹艾米当作什么都没发生，继续混日子，

[1] 如果不是因为他们，你可能想赶紧澄清。没有人希望小朋友有这种念头。但是坦白说，很多小孩子会因此责怪自己，即便他们没有大声表达出来。

只有卡伦一个人试着想解决问题。只要她能让父母在同一个房间待上几分钟，一切就会回到从前。

在典型的布鲁姆式现实主义描写中，卡伦的努力不仅没有奏效，父亲反倒搬出去住了。但她在新形势下得到了补偿。在父亲的新家，她认识了瓦尔，一个年纪跟她差不多、父母也分居的女孩——在这方面堪称行家。瓦尔从《男孩女孩的离婚指南》这本书里引经据典，坚定地把卡伦带入这个未知的领域，让她明白把自己照顾好、一切不要强求的重要性。故事结尾，卡伦开始明白离婚并非世界末日，不如说是他们太深爱对方了，只不过是换了一种新方式。如果她最好的朋友可以让她发笑，如果她的小妹妹又开始说谜语了，还有什么不可能？没准她的生活还会再开心起来。对遭遇巨变的人来说，这本令人振奋的书可谓良伴。

也可参阅：**焦虑 · 争吵 · 失望 · 家庭出游 · 伤心 · 孤独 · 搬家 · 做噩梦 · 悲伤 · 单亲家庭 · 难以入睡 · 家有继父（母）**

父母生病

PB《勇敢的艾琳》（*Brave Irene*），威廉 · 史代格（William Steig）

让一个小屁孩去照顾生病的大人，似乎有悖于自然秩序，但有时候世事就是如此令人无奈。威廉 · 史代格——从不吝于让他的角色陷入绝望的境地——在《勇敢的艾琳》里对这一主题的处理让人耳目一新。艾琳的裁缝妈妈身体不适，不能把她缝制的礼服送到公爵夫人家里，但舞会当天晚上就要举行，于是勇敢的艾琳主动请缨。

给妈妈倒好茶，把她在床上安顿好之后，艾琳冒着大雪出门了。

可怜的艾琳提着又大又笨的箱子，很快被强烈的暴风雪困住了。史代格酣畅淋漓的钢笔淡彩画描绘了艾琳的身体被鹅毛大雪从左到右吹来吹去的样子。事情越来越糟，箱子从她手里滑落，礼服被吹到高处，精致的衣裙张开粉色和灰色的袖子，迎风飞舞。接着她扭伤了脚踝，迷了路，一脸苍白。有一阵子她甚至被埋在雪堆里，只露出双手和帽子。

不知为何，史代格控制住了自己，没有过早把可怜的艾琳送入坟墓，最后也是皆大欢喜的结局。但听你读这个故事的孩子在震惊之余会明白，与艾琳的大无畏精神相比，对生病的大人稍微好点，甚至给他们读一两个有营养的故事（参阅：需要加油鼓劲），也许不是过分的要求。

● 也可参阅：**不得不做家务 · 父母患抑郁症**

父母太忙碌

PB《冬冬，等一下》（*Not Now, Bernard*），大卫 · 麦基（David McKee）

CB《鬼妈妈》（*Coraline*），著 / 尼尔 · 盖曼（Neil Gaiman）、绘 / 克里斯 · 里德尔（Chris Riddell）

并非我们一味要勾起大人的愧疚感。养家糊口、料理家务、保持健康和追剧已经让人疲于应对。但重要的是别让孩子觉得由于太忙，他们已经被降格到任务清单的底部，或是完全被忽视。《冬冬，等一下》就是明证。

冬冬的父母脑子里总有忙不完的事，已经没有多余的空间给他了。冬冬只是溜到房间里以一种友好的方式说一声“喂，爸爸”，爸爸也无暇应对。“我现在没空，冬冬。”他不耐烦地回答。不爱抱怨（他已经习以为常了）的冬冬不气馁，降低期望，又在妈妈身上试了一下。但“喂，妈妈”也没有得到妈妈的回应。他可能已经放弃了，这时出现了新的转折。一只怪兽出现在花园里，想吃掉他。当他把此事告诉妈妈，后者也同样不理不睬时，他自个儿从后门溜出去，准备听从命运的安排。麦基以令人过目不忘的极简主义风格，对冬冬被忽视和父母令人恼火的漫不经心的刻画相当成功。任何被告知“等一下”的孩子都会爱上这本书——其程度可能会让他们的大人有点不喜欢……

大一点的孩子可能会与卡洛琳惺惺相惜，她的双亲在家工作，但总是“在电脑前忙个不停”。他们刚搬进去的合住公寓楼又大又旧，（参阅：搬家）没人有空搭理卡洛琳。“自个儿在公寓里转一转，”她的父亲头也不回地建议，“数一数门窗。把蓝色的东西列出来……让我自个儿好好工作。”她听话地在楼里数门窗，在离起居室最远的角落她发现了那扇棕色大门。

穿过这扇门，她发现了一个几乎一模一样的公寓。公寓里有一个几乎一模一样的妈妈。这更瘦削、更苍白、眼睛是黑色的大纽扣的“另一个妈妈”有时间制作令人垂涎欲滴的金黄色烤鸡，跟另一个几乎一模一样的爸爸住在一起，这个爸爸在卡洛琳进屋时从电脑前回头打量她。“我们会爱你，跟你一起玩，给你东西吃，让你的生活乐趣无边。”另一个妈妈说。“这还差不多。”卡洛琳不由得对自己说。

但他们确实很吓人，想拥有卡洛琳的程度很反常。当她打算回到真实的家时，却发现她真实的父母亲不见了……那些父母亲只顾工作的小孩估计会对这个令人毛骨悚然的小故事感同身受，但卡洛琳急于回家拯救父母亲的迫切程度也显示出她深爱着他们，尽管他们总是不在她身边。最终，她愉快地跟她“真实、了不起、令人沮丧、让人窝火、迷人的母亲”重逢了。而这回当她进入父亲的书房时，他也回过头来，用他“慈祥的灰眼睛”对她微笑，并合上电脑。把这个故事读给你的孩子听，然后读给你自己听。只要愿意多陪伴，孩子马上就会原谅你们。

成人药方

PB《如果你想看鲸鱼》（*If You Want to See a Whale*），著 / 朱莉·福利亚诺（Julie Fogliano）、绘 / 埃琳·E. 斯蒂德（Erin E. Stead）

小朋友与工作忙碌的大人在生活节奏上很不一致。如果你的任务清单上有大量未完成事宜，就难以优先在沙发后面与小朋友躲猫猫，或者帮他们弄掉粘在头发上的橡皮泥。为了帮你慢下来，不妨读一读这本迷人的绘本。它会告诉你如果你想看鲸鱼应该怎么做，它奉劝读者凡事要专注，哪怕是已经住在海边的人。画面不事渲染，耐心观望和等待的小男孩、他的狗以及决定加入的友善的鸟，有纹理的油毡版画精妙地呈现出这一切，由此散发出心灵的平静感。这是关于专注力的积极训练，善用本书调整你的生物钟，为亲子陪伴抽出点时间。

也可参阅：**百无聊赖 · 孤独 · 与屏幕如胶似漆**

父母太强势

PB《Ok 啦》（*The Ok Book*），著 / 艾米·克劳斯·罗森塔尔（Amy Krouse Rosenthal）、绘 / 汤姆·利希滕黑尔德（Tom Lichtenheld）

站在一边为孩子加油鼓劲是一回事，像催命鬼一样对懈怠的孩子咄咄逼人、捏他们屁股是另一回事。对完全有能力自我管理的孩子来说，强势的父母简直是灾星，榨干了本来应该享受的乐趣，而且容易让孩子养成经常自责的习惯。如果你身边的小孩正被逼成这样的话，用《OK 啦》鼓励他们看到自身的优点。由字母“O”作为脑袋、斜着的“K”作为身体的小火柴人知道自己会很多事情，例如爬树、游泳、分享，但没有一个是他擅长的。可是有什么关系？“总有一天，我长大了，一定会有我真正擅长的东西。”他说。他想象自己站在画架边，想象自己在花园里挖来挖去，或者坐着火箭飞向太空。直到结尾我们才意识到火柴人原来就是侧过来的 OK。在完美主义占上风的时候，不妨拿一支铅笔，在人生之路上画个火柴人 OK 吧。

成人药方

《如何调教你的父母亲》(*How to Train Your Parents*) 皮特·约翰逊 (**Pete Johnson**)

如果成人药方这几个字让你坐立不安，我们推荐你一本滑稽的《如何调教你的父母亲》。它讲述了十二岁小男孩路易斯的困境，他的理想是成为一个喜剧演员，却受困于家里两个“老古董”的古怪行为，比如为他选的新学校。为什么送他去一个小班制的学校？为什么那里每个人对考试成绩都很在意？他交到的新朋友马蒂倒是搞定了一切。只要你鼓励父母亲多干一些他们喜欢的事情（比如跳萨尔萨舞），他们就没有时间咄咄逼人。当然也有适得其反的时候。马蒂把父母亲调教得那么好，以至于她有一天旷课陪路易斯去伦敦参加喜剧比赛，他们竟然没有发现。实际上他们似乎忘记了还有个女儿存在……以后再想像老鹰一样盯紧你的孩子时，[1] 这本欢乐的读物会让你三思而后行。

[1] 这也是他们也给你报名去跳萨尔萨舞的原因。

● 也可参阅：**焦虑 · 考试 · 不愿意做家庭作业 · 不得不练习乐器 · 求表扬**

父母太严厉

📖《我的妈妈很糟糕》（*Crummy Mummy and Me*），安妮 · 范恩（Anne Fine）

如果孩子抱怨你比别人家的父母亲更严厉，不妨在家中某处放一本《我的妈妈很糟糕》。如果有观点认为不父母太严厉比父母太严厉更让人难受，这本书就是证据。

明娜的妈妈并不坚持明娜非要去上学不可。实际上，如果明娜对自己一个人去上学不是那么焦虑的话，她会更高兴。每天早上，明娜都必须大喊大叫催促妈妈。等她妈妈终于出现了，也还总是穿着不得体的衣服，比如大冬天穿无袖连衣裙和网眼裤袜，明娜不得不叫她换一件套头毛衣。糟糕妈妈的懒散迫使明娜担起了责任，冰箱里没有茶点了，也需要明娜跑去便利店买。一旦目睹了有个糟糕妈妈的现实生活，任何小孩恐怕都会松一口气，至少在家里，他们现在才是最叛逆的那一个。

● 也可参阅：**不得不做家务 · 结识了父母亲不喜欢的朋友 · 害怕犯错误 · 令人尴尬的父母 · 不能处变不惊**

G

YA《这不是告别》(*Eleanor and Park*), 蓝波 · 罗威 (Rainbow Rowell)

尴尬，以及随之而来的脸红，是很多青少年的心病。没有别的故事比《这不是告别》——现代版的《罗密欧与朱丽叶》——更赞同这一点。帕克，内布拉斯加州奥马哈市的十六岁韩裔少年，早就明白在学校的生存之道是“低调行事”。相反，一头红发、身材丰满的埃莉诺一上校车，就吸引了所有人的眼球，更别说她螺旋状的卷发、不合身的衣服。并非出于骑士风度，而只是由于不堪忍受她受到的关注，帕克让出他身边那个总是空着的座位，但一路上他都戴着耳机不说话。后来，当他意识到这个引人注目的女孩正越过肩膀看他的漫画书时，不禁把书打得更开，翻得更慢……日复一日，两个人坠入了情网。

他们的故事充满了很多会让害羞的青少年心有戚戚的细节——从一开始的犹豫，到初次接触的战栗，到担心被别人知道以及别人会说什么。埃莉诺想向父母承认自己是去了帕克家而非蒂娜家的想法，也让事态更加复杂。此外本书还触及许多别的议题，比如身体形象（参阅：身体形象）和种族歧视（参阅：种族歧视）。但是当埃莉诺在学校里被欺负（参阅：遭遇霸凌）时，他们的爱情才最讨我们喜欢。埃莉诺因为红色体操服太小而很不好意思穿上它，学校里的小坏蛋们却故意把她的外衣扔到马桶里。可怜的埃莉诺只好穿上那件勉强遮住屁股的体操服，在走廊上丢人现眼，脸红得像火一样。这时候，从走廊那头走过来的，除了帕克，还能有谁？

当然，看到紧身连体衣下雕塑般的曲线，帕克对她的欲望和爱恋只会有增无减，而此后埃莉诺跟他在一起也不会害羞了。“跟帕克在一起，没有什么是肮脏的，也没有什么好羞耻的——因为帕克就是太阳。”她如是说。读过这个故事的青少年将学会聆听爱人说话，而不是在意那些不爱他们的人。

● 也可参阅：**伤心** · **无法表达感受** · **害羞** · **梦遗**

感觉没朋友

PB《小小的 1》（*Little 1*），著 / 安 · 兰德（Ann Rand）、绘 / 保罗 · 兰德（Paul Rand）

CB《柳林风声》（*The Wind in the Willows*），著 / 肯尼思 · 格雷厄姆（Kenneth Grahame）、绘 /E. H. 谢帕德（E. H. Shepard）

YA《牛仔裤少女》（*The Sisterhood of the Travelling Pants*），安妮 · 布拉谢尔斯（Ann Brashares）

对小孩子来说，没有朋友的感觉最令人沮丧。如果你们家的小孩也受此病症困扰，迅速拿出那些讲述“朋友往往会在你不抱任何指望的时候突然出现”的故事。《小小的 1》以本来就茕茕孑立的数字“1”来象征那些急需朋友的人，这个 1 长着一个尖鼻子，身穿绿色条纹罩衫，头上还有一顶三角形小红帽。尽管一开始就被果盘上两个粗鲁的梨子拒绝——谢谢你的好意，人家早已出双入对了——小小的 1 表现出坚韧的性格，坚持不懈地一一接近其他数字，冒出各种如果有他加入会有什么好处的想法。对八本看上去“气呼呼、腰板挺直”的书，他提议“如果我也加入，我们就可以变成九了”。翻到下一页，当九条活蹦乱跳的鱼也对他视而不见的时候，小小的1才开始担心自己是不是有什么不对劲。幸运的是，紧要关头滚来了一个鲜红的塑料环——我们都知道1和0在一起的时候能变成什么……1962年初版、由20世纪最有影响力的平面设计师之一保罗·兰德创作的这本优美绘本，一直被视作数字启蒙以及理解数字交互作用可以产生什么变化的首选入门书。就此而言它当然很优秀，但它也生动展现了结交新朋友的过程中揪心的一面，以及最重要的，千万不要轻易放弃。小小的1勇气可嘉，最终也有了圆满的结局，由此传达出来的坚持不懈终有所获的观念鼓舞人心，而且还得到了数学必然性的加持。

对感觉没朋友的小孩子来说，索性自娱自乐算了，也是一种不错的权宜之计（参阅：渴望独处）。另外一种方式就是结交一些虚拟好友，尤其是那些善于结交新朋友的虚拟好友。在具有不朽吸引力的《柳林风声》里，鼹鼠一开始也是光杆司令一个，但他对此并没有不开心。不过当他感受到“神圣的不满和对春天的渴望”时，就离开了地洞探险（参阅：探险的渴望）。不知不觉，他就和河鼠打成一片，见识了一江春水的活力。

他知道河鼠跟大河一样，也是闹腾、爱交际的主：“这只光光滑滑、蜿蜿蜒蜒、身躯庞大的动物，不停地追逐，轻轻地欢笑。他每抓住什么，就咯咯低笑，把它们扔掉时，又哈哈大笑”，只是为了“转过来又扑向新的玩伴。它们挣扎着甩开了他，可到底还是被他逮住，抓牢了”。你很容易明白为什么鼹鼠如此彻头彻尾地忠于河鼠，很快他们就和河鼠的朋友蟾蜍一起去度假，坐在蟾蜍那辆淡黄色的吉卜赛大篷车里。经由探险，鼹鼠的本事越来越全面，适应性越来越强，等到他受召保卫蟾宫不被鼬鼠侵犯时，已经蜕变成人见人爱、勇敢高贵的朋友了，懂得爱人也被人爱。《柳林风声》最好地诠释了何谓友谊，以及应该结交什么样的朋友：忠实、善良、乐于分享、展现纯粹的生命喜悦（“噗噗！”）。毕竟，认识合适的好朋友也是人生不可或缺的技能之一。

不知道如何结交“狐朋狗友”的青少年，如果读过《牛仔裤少女》——“姊妹淘的夏天”系列第一本，一定会对此了然于心。卡门、莉娜、蒂比和布丽奇特总是说她们尚未出生就是好朋友了，因为她们的妈妈都在同一个产前健身班。暑假总是一起过的她们在十五岁这年要分开过一次了。莉娜和她的姐妹要去希腊跟爷爷奶奶一起住；布丽奇特要去墨西哥参加足球夏令营；卡门要和她最想念的爸爸在南加州生活；蒂比中了安慰奖，只能待在马里兰州贝塞斯达的家里，在沃尔曼超市打工。各奔东西前，她们在旧货店找到了一条谁都可以穿的牛仔裤，决定在这个夏天一起分享，每个人穿一个礼拜，然后寄给别人，不用洗，再附上一封详细描述穿上它发生了什么事的信件，以此来保持联系。

这几个星期见证了四个女孩的成长。莉娜喜欢上了一个帅气但不幸的希腊男孩；布丽奇特跟比她大很多的足球教练调情；卡门与老爸的二人世界化为泡影，她发现爸爸已经跟一个有两个孩子的女人订婚了；蒂比拍摄了沃尔曼超市恐怖行状的纪录片，还认识了一个患有白血病的十二岁女孩。青少年会被故事中有关初恋、父母引发的失落感等话题吸引，并在这些虚拟狐朋狗友的陪伴下不那么孤独。没准，“结交死党”的种子会由此生根发芽。

● 也可参阅：**因有一个假想的朋友而尴尬 · 孤独 · 身为独生子女**

感觉没有人倾听

CB《高飞》(*The Tiger Rising*)，凯特·迪卡米洛（Kate Dicamillo）

不管是因为没人在听，还是没听明白，或是因为他们从未说出口，感觉不到自己被倾听的小孩子容易受挫、愤怒和疏离。《高飞》里的小男孩罗伯自从母亲去世后，就把思绪和情感封存起来（参阅：爱的人过世）。他的父亲也觉得谈论此事毫无意义——她已经死了，于事无补（参阅：不能与父母交流）——于是罗伯成了“不说”和“不想”的专业人士。在学校里遭遇霸凌，他的腿上长出了又红又痒的皮疹。当校长建议他待在家里直到皮疹消退后，罗伯如释重负。他知道皮疹永远不会消失，就像被他塞到脑袋里那个假想、满得溢出来的手提箱里的那些情感。但至少他不用再面对那些小恶霸了。

这时他在树林出口处的一个笼子里发现了一头走来走去的老虎。只有他知道这头老虎的秘密似乎给了他一些神力。帮他把情感的手提箱牢牢关住，仿佛老虎就坐在箱子上一般。但他没料到学校里新来的小女生——有一个响亮的名字西斯廷——那么据理力争，非要他“说点什么”不可。威利·梅——他住的汽车旅馆的清洁工——说的话也让他大吃一惊，她看了看他的皮疹就宣称：“我可以教你如何治愈。”突然之间罗伯再也忍不住了，想把老虎的秘密告诉别人——真正愿意倾听、“相信老虎存在”的人。

这个故事紧凑、抒情，每一种情绪都很到位，而被关在笼子里的老虎则是需要被释放的情感的有力象征。当罗伯的父亲终于听到儿子开口说话，不掉眼泪的读者简直没有人性。对那些感觉自己不被倾听的小孩子，这个故事具有强烈的情感宣泄作用。

● 也可参阅：**虐童 · 愤怒 · 焦虑 · 无法表达感受 · 挫败感 · 孤独 · 不能维护自己的权益 · 困境 · 不被理解 · 杞人忧天**

感觉像个失败者

CB《涂鸦男》（*Scribbleboy*），著 / 菲利普 · 里德利（Philip Ridley）、绘 / 克里斯 · 里德尔（Chris Riddell）

YA《牛化》（*Going Bovine*），利巴 · 布雷（Libba Bray）

在崇尚成功的文化里，容易觉得自己是一个失败者。一旦小孩子由于缺乏成就感而自我“鞭笞”，就会演变成自我应验的预言。《涂鸦男》里的小贝利 · 西尔克有充分的理由觉得自己是一个失败者。自从妈妈离开后（精确地说是在六十四天十小时二十二分钟前），一切都每况愈下。他和哥哥蒙蒂、爸爸斯基普刚搬入的住宅区阴沉得近乎无情：阴沉的混凝土建筑、阴沉的混凝土墙壁和阴沉的混凝土人行道。斯基普似乎觉得自己生活在战区，把贝利叫作“二号骑兵”，即便节假日也让他穿着校服；蒙蒂则搁置了上大学的雄心壮志，在比萨店打工。这时贝利收到一封神秘的信件，力促他赶快去“涂鸦男粉丝俱乐部”，不久，他偶然看到一面涂鸦墙，色彩浓烈到让他失去知觉。此后一切事情开始有所改观。虽然不明就里，但他开始发现自己远非失败者，而是与“涂鸦男”有着至关重要的联结。

很快他就跟蒂法尼 · 斯宾格尔一起厮混，后者会根据本日心情告诉你该吃什么口味不同的冰激凌[1]；还有齐格，当他的轮椅上不了台阶时需要贝利的帮助（参阅：面对身心障碍者）；马·格兰洛克，坚持一碰到问题就让他们跳布吉舞；以及了不起的利维和他的月下舞伴——贝利的生活因此充满了色彩、音乐和活力。看着他查明到底谁才是最早的涂鸦男（或者也有可能是涂鸦女？），对那些感觉乏味、不敢释放内心激情的小孩将是一大鼓舞。

在荒诞的《牛化》里，十六岁的卡梅隆是那种典型的问题少年，躲在厕所里抽大麻，不求上进。他的双胞胎姐妹珍娜在各方面近乎完美的事实对他也没有什么触动。他的父母只好对他放任自流——可能双方都是如此吧——所有家庭沟通只通过冰箱上的便笺进行。

于是，当他把一托盘的饮料打翻，由此丢了汉堡快餐店的周末零工时，似乎这个失败者连一份零工也守不住。随后他因为行为不端被停课，父母打发他去见戒毒辅导员和心理医生。但是当他们发现他在厨房地板上痛苦地滚来滚去，无法控制四肢的抽搐时，就赶紧送他去医院做核磁共振。诊断结果让所有人大吃一惊：克雅氏病，亦即疯牛病，正缓缓把卡梅隆的脑子变成海绵。

随后发生了青少年小说中有史以来最荒诞的一次公路旅行，在粉红色头发、穿着网眼裤袜的朋克天使达尔西（谁知道她是真人还是幻象）的鼓励下，卡梅隆出发去找物理学家X博士，一个虫洞和暗物质领域的专家（能不能治好卡梅隆他也没谱）。这是确有其事抑或只是他“海绵状大脑”的臆想，这个问题让我们猜测不已，但是一路走来，卡梅隆意识到不论你还有多少时间，关键在于你想要

---

[1] 以自己的心意为重的另类执业者。

什么样的人生。对那些在故事开头就认同卡梅隆的散漫青少年来说，这不啻是警世钟。

● 也可参阅：**轻言放弃 · 需要一个积极的榜样 · 感觉自己一无是处 · 一切乱了套**

感觉像是局外人

● 参阅：**与众不同**

感觉自己百无一用

● 参阅：**感觉自己一无是处**

感觉自己是跨性别者

CB《乔治》（*George*），阿莱克斯·基诺（Alex Gino）

YA《对不起，我不正常》（*The Art of Being Normal*），丽莎·威廉姆森（Lisa Williamson）

对跨性别者来说，困在错误性别身体里的感觉很早就有。（参阅：困境）如若没有合适的字眼去解释，以及善解人意的受众愿意聆听，很容易产生被孤立的感觉。这个艰难阶段在《乔治》这本书里得到了简洁但有力的阐释。单就外表而论，十岁的乔治只是斯科特的弟弟，但乔治内心里一直明白“她”是一个女孩——故事一开始就以女性代词来叙述。

当老师宣布他们准备排演舞台剧《夏洛的网》时，乔治立刻有了一股强烈的冲动，要饰演（雌）蜘蛛——不仅是为了饰演女性角色的体验，更想让她妈妈明白她的底细。但是呢，班上女生实在太多，大惑不解的老师很难同意，但是在好朋友凯莉的帮助下，乔治实现了她的梦想。乔治的妈妈最后明白“女儿”心意的那一刻（参阅：感觉没有人倾听）相当感人。与乔治年纪相仿、觉得自己可能是跨性别者的小孩（或大人），可以从这个发人深省、发自内心的故事中得到共鸣和宽慰。

那些内心苦苦挣扎，要不要把此事告知大人的青少年想必会与《对不起，我不正常》里十四岁的大卫惺惺相惜，后者一直知道自己是一个女孩。他的父母亲觉得他是同性恋——努力表现出支持的样子。但大卫只在自己的剪贴簿里分享真情实感，在里面记下了他身体的变化，贴满了奥黛丽·赫本、伊丽莎白·泰勒以及一切他觉得美好的东西（孔雀羽毛、糖纸、口红印的纸巾）的照片。当这本剪贴簿落入坏人之手时，残忍的迫害开始了，（参阅：遭遇霸凌）这时“男孩”利奥的反击，改变了一切。

以大卫和利奥的视角轮流叙述，两个小男孩的友谊演变成动人的故事。原来利奥一直想让自己变成男生，不惜用布条紧紧缚住自己的胸部，以此把乳房压扁。当他们俩共度周末时，大卫勇敢地认同了他的性别身份。对遭遇类似考验的跨性别者，他的坦然和自我接受会让他们的信心为之一振。

◒ 也可参阅：**不确定自己是不是同性恋**

G 感觉自己一无是处

PB《点》(*The Dot*)，彼得·H. 雷诺兹 (Peter H. Reynolds)

CB《普通人杰克》(*Ordinary Jack*)，海伦·克雷斯韦尔 (Helen Cresswell)

YA《破晓开战》(*Tomorrow, When the War Began*)，约翰·马斯登 (John Marsden)

在这个高绩效的时代，过度自我批评似乎不可避免。如果你身边的孩子稍有受挫，就倾向于高举双手自我鄙薄，《点》可以助你一臂之力。瓦实提上完一堂艺术课后，面前的白纸还是空空如也，不禁对自己大发雷霆。好在她的老师明白小朋友必须自我感觉良好才会有创造力的事实。她要求瓦实提画一样她肯定会画的东西——一个点——并用画框装裱起来。看到她的点装饰在漂亮的镀金画框里，瓦实提当然士气大振。看到她此后乐此不疲地画各种不同大小、不同形状、不同颜色的点，也让读者感到愉悦。整堵墙上全是她的点，这场面也颇为壮观了。把这个故事读给容易自我批评的孩子听，然后在他们的下一个活动中找到与此相似的“点”。

尚未发现自己天分的大孩子，会与《普通人杰克》中的小杰克惺惺相惜，这是以巴格索普一家和他们乱七八糟的亲戚为主角的系列作品的第一部。杰克是四个孩子当中唯一没有找到明显专长的一个，不论打网球、画全家福还是阅读伏尔泰的原著。而有的兄弟姐妹已经找到第二，甚至第三、第四个专长了——用他的话来说，专长在他们家“遍地皆是”。当她的小妹妹罗茜一口气在游泳池里游了十个来回，让他丢人现眼的时候，他的怨恨简直到了极点。好在他的舅舅帕克——老一辈人当中的叛逆者——了解到外甥的痛苦，答应帮他找到自己的“特长”。

他想出来的鬼点子——杰克应该成为一个“预言家”——是帕克舅舅恶作剧幽默感的典型体现。“从今儿起，”帕克舅舅坚定地告诉他，“你将拥有‘神示’的本领。经常性地。”于是杰克养成了盯着所有人的左耳朵往前看、所见的东西只有他一个人看得到，并且做出各式古怪预言的尴尬习惯，而这些预言在帕克舅舅不失时机的援助下，似乎都一一应验了。杰克一时成为众人的焦点所在（暂时的），但我们明白真正让他发生变化的是帕克舅舅对他的关注。如果你身边也有这么一个普通人杰克，被那些高成就的人遮蔽，这个故事可能会让他们向富有同情心的亲朋好友吐露心声，并让后者起到相似的作用[1]。如果那个亲朋好友可以像帕克舅舅那样带来幽默和想象力，大家的日子就都好过了。

大多数后进生实际上是大器晚成。当埃莉，《破晓开战》——扣人心弦的“明日”系列第一部——的叙述者，邀请霍默跟她和几个朋友一起去野营时，埃莉把霍默描述成“煽动者”。从小比邻而居，一起长大，埃莉喜欢霍默。但他最近在马路上点着了一排溶剂，然后静待车辆经过，惹了大麻烦。学校里的女生没一个把他当回事。

埃莉、霍默和其他人远足到了一个又偏远、又炎热的地方，被当地人称作“地狱”。他们在那里晃荡了几天，像寻常青少年那样吵架和好。只是当他们回家后发现家人都失踪了才意识到，有一个晚上从他们头顶上飞过、没有一丝亮光的神秘飞机，实际上是来隐形入侵的。一夜之间他们揭竿而起，身边既没有武器也没有大人帮

[1] 尤其是如果你对那个亲朋好友旁敲侧击，给他一本《普通人杰克》，为他指明方向的话。

得上忙。

当他们尽可能多掌握了家人被关押军营的情况，首次向敌境发动可怕的突袭时，霍默日益成为天生的领导者。总是快人一步，处变不惊，他让他们免于绝望，所思所想颇有大局观。“真是难以置信，”埃莉事无巨细都记录在日记里，“那个脑筋转得飞快，刚刚花了十五分钟，让我们有说有笑，所有烦恼一扫而空的小子，以前在学校里连分发课本都不被信任。”有时候后进生之所以如此，不是因为没有能力，而是因为有太多的天分找不到出口。对那些尚未找到一技之长的小朋友，霍默是一个很好的榜样。

● 也可参阅：**失望 · 挫败感 · 害怕犯错误 · 需要一个积极的榜样 · 手足之争 · 为战争而焦虑 · 一切乱了套**

割伤和擦伤

PB《小护士克莱曼婷》（*Nurse Clementine*），西蒙 · 詹姆斯（Simon James）

放一本《小护士克莱曼婷》在药柜里，跟创可贴、消毒软膏和防蜂药一起。这是关于大人给小女孩买了一套护士装备和一个急救箱作为生日礼物的可爱故事。（“从今天起你们可以叫我小护士克莱曼婷啦！”）这个故事可以在你清洗和消毒伤口时作为分心之用。克莱曼婷的护理手法是用大量绷带包裹受伤部位，再严格要求伤者一个星期不许拆。当家里没有人需要她护理时，她不禁琢磨要不要对自己干点什么。谢天谢地，这时候她弟弟被困在了树上……以淡黄色、粉色和最柔和的苹果绿为主色的钢笔淡彩画，想必跟文末小护士克莱曼婷眼里从头到脚被包得严严实实的小弟弟一样，舒心养眼。

● 也可参阅：**需要加油鼓劲 · 痛苦**

格格不入

● 参阅：**与众不同**

个人卫生

● 参阅：**体味 · 不想洗手 · 有一个臭烘烘的朋友**

个头小

PB《咕噜牛》（*The Gruffalo*），著 / 朱莉娅 · 唐纳森（Julia Donaldson）、绘 / 阿克塞尔 · 舍夫勒（Axel Scheffler）

ER《小不点和女巫》（*Teeny-Tiny and the Witch-Woman*），著 / 芭芭拉 · 沃克（Barbara Walker）、绘 / 迈克尔 · 福尔曼（Michael Foreman）

个头小不仅好玩，很多小孩还知道它的好处——诸如可以在桌子底下窥伺大人、不用提杂货、玩捉人游戏时只充当救助者的角色，这仅是一小部分。可是当他们的同龄人嗖嗖嗖长高，而他们经常无缘入选各种球队（参阅：愤愤不平），或者与同龄人相比被过分宠爱和对待时（参阅：不得不亲吻老奶奶），小不点的日子就不好过了。儿童文学里不乏身高受限，但其他素质出众的范例，身高不利的孩子大可找到最适合自己的榜样。

论及机智，《咕噜牛》里的小老鼠可谓无敌，加上唐纳森吸引人的悦耳押韵对句，小老鼠从猎物到捕食者的转变堪称文学作品中最戏剧化的角色突变过程之一。“一只小老鼠，叽布叽布，在密林深处溜达。一只狐狸看到他，馋得口水直嘀嗒。”[1]故事就这么开始了，舍夫勒画了许多又高又直的棕色树木，貌似令人安心，但小老鼠却在其间遇到了一系列想把他吃掉的动物。好在他脑筋转得飞快，逐一让他们相信他正要去拜访一头恐怖的咕噜牛，因为害怕被吃掉，那些心怀不轨的动物一溜烟没影了。小老鼠面对貌似无法制胜的对手而大获全胜，连我们也忍不住为他高兴，尤其是当咕噜牛突然从森林里冒出来，对着他张牙舞爪，炫耀身上的肉瘤和可怕的黑舌头的时候。不论多大年纪，鼓励你的孩子头脑活络，为自己增加额外的分量。

在吓人的《小不点和女巫》里，被女巫劫持的三兄弟最后依靠最小的那个逃过一劫。机智胜过块头的又一次明证。当两个哥哥在女巫家里狼吞虎咽时——让人隐约觉得不对劲，为什么她有一个跟他们一样大小的笼子——小不点想出了一系列花招吸引她的注意力，同时计划如何逃脱。“睡觉前我妈妈总是煮一个蛋给我吃！”他如泣如诉。“我妈妈给我爆米花和葡萄干！”最后一个请求，他让女巫用滤网从井里捞水给他喝……你们家的小不点一定很喜欢这个“小不点”，大脑和身体一样机敏，在入睡仪式上花招百出。大孩子也会喜欢，但我们建议你大声读给他们听，以免让他们独自面对迈克尔·福尔曼的可怕插画。

● 也可参阅：**焦虑** · **与众不同** · **大高个**

---

[1]此处引自任溶溶的译文。——译注

跟陌生人说话

G

《戴帽子的猫》(*The Cat in the Hat*)，苏斯博士（Dr. Seuss）

我们都告诫小孩子别跟陌生人说话。但你可曾在没有发生以下状况的前提下解释过原因：一、把他们的魂儿吓没了；二、不经意间激起他们的好奇心；三、鼓励他们对遇见的所有人冷漠粗暴。苏斯博士不朽的《戴帽子的猫》及其同样令人愉悦的续集[1]，或许可以让他们明白有一类陌生人真的需要警惕。

每当小男孩（我们的叙述者）和他的妹妹萨莉需要消遣的时候——比如无事可做的雨天（参阅：下雨天）或者不情不愿地为妈妈铲雪时，那只猫总会适时出现。“我知道，天下雨 / 太阳不出来 / 但是我们可以 / 照样玩个痛快！”那只猫说，并以各种各样的戏法把两个小孩子迷住了。他还向他们保证他们的妈妈“压根不会介意”——心怀恶意的陌生人都是这样骗开受害者的心扉和家门的。

虽然戴帽子的猫有点吓人，眼睛亮晶晶的，而且说话的时候总是闭着眼睛，但并非坏家伙。我们反倒有些喜欢他，红白条纹的帽子，戴着白手套的手极具表现力，不论干点什么最后总是一团糟。他真的只是想“玩个痛快”而已。可是这会儿猫已进门，说起话来抑扬顿挫、节奏分明，要把他赶出去已经不可能。很快，在两个共犯小不点一号和小不点二号的推波助澜下，戴帽子的猫毁了一块好蛋糕、弄弯了一把新耙子，把家里弄得“乱七八糟”，在妈妈回来前，单靠兄妹两个绝对无法收拾干净。

[1]《戴高帽子的猫又来了》(*The Cat in the Hat Comes Back*)。

作为读者，我们乐于见到戴帽子的猫以这种方式进门——显而易见，故事里的小朋友也是如此。但并非所有陌生猫，不管戴没戴帽子，都是好猫。告诉你的孩子，别让陌生人上车或进屋，尤其是不请自来的——即便他嘴里说爸爸妈妈不会介意。

● 也可参阅：**过于轻信**

跟最好的朋友闹翻

PB《小鹅戈西和歌蒂》（*Gossie & Gertie*），奥利维尔·邓瑞尔（Olivier Dunrea）

PB《我最好最好的朋友》（查理和罗拉系列）[*My Best, Best Friend* (*Charlie and Lola*)]，罗伦·乔尔德（Lauren Child）

CB《轮滑女孩》（*Roller Girl*），维多利亚·贾米森（Victoria Jamieson）

有一个好朋友其实是高风险的博弈。友情常在乐不可支，友情破裂则伤心难受。向小朋友介绍《小鹅戈西和歌蒂》的故事，让他们为友情的沉浮做好准备。这两只黄色的小鹅几乎形影不离，一起在雨中戏水，一起在水塘扑腾，一起在雏菊花丛捉迷藏，甚至穿一样的靴子（戈西是红色的，歌蒂是蓝色的。）但是有一天其中一个突然决定不再追随对方，而是渐行渐远……一本可爱的小纸板书[1]，可以让小朋友安心接受如下事实：即便你的好朋友想结交新的朋友，也并不意味着你们的友情就结束了。

《我最好最好的朋友》一开始，罗拉和洛塔也是形影不离。她们

[1] 这本书也有低幼读物版。

在午饭时互换水果，当汉森太太说“成双结对”时，想都不用想就知道要选谁。可是突然来了一个新女孩埃维，汉森太太要求洛塔多照顾她。罗拉低垂的眼神生动地传达出一时被冷落的滋味。令人高兴的是，后来她和洛塔重新建立了特殊的联结，而埃维也找到了新的好朋友。

从小学升到中学的过程也伴随着朋友圈的大洗牌。该追随哪个小团体让人难以抉择，对女孩子尤其如此。到底是要做美少女、书呆子，还是运动狂？或者像很多男生那样，尽量保持中立和独立？对那些因为旧友纷纷离去而陷入困境的人来说，图像小说《轮滑少女》尽可一读。

故事开始的时候，尼科尔和阿斯特丽德“还是好朋友”，后者能干的妈妈养成了在每周五为她俩组织“文化启蒙之夜”的习惯——但往往是她们不感兴趣或力不能及的主题。于是我们看到她们在听歌剧时打盹，面对抽象艺术作品一脸茫然，诗歌朗诵时在错误的地方发笑。可是有一个特别的晚上她带她们见识了意想不到的东西：轮滑大赛。选手的朋克发型、文身和装扮，以及他们仿佛来自另一个世界、充满街头智慧的外号（好斗者运气好、飞鹰、乌烟瘴气），一下子使阿斯特丽德折服，于是她当场决定参加轮滑营。她想当然地以为尼科尔也会参加，可是当尼科尔说她参加的是芭蕾舞营时，阿斯特丽德郁闷至极。

真的学起来，轮滑可不像看上去那么轻松，一开始那几天阿斯特丽德总摔在地上。此外，她必须独自走路回家，因为不想让她妈妈知道尼科尔没有参加轮滑营。有一天，她狠下心来，决定一路滑回家，于是改变也慢慢开始了：阿斯特丽德从一个除了是尼科尔的好朋友之外似乎乏善可陈的女孩，变成名实相符、无所畏惧的“小行星”[1]。她和新朋友佐伊每天在街道上滑行。有时候，好朋友这种事顺其自然就好了。

● 也可参阅：**争吵 · 背叛 · 伤心 · 不肯宽恕 · 感觉没朋友 · 交不到朋友 · 孤独 · 不能维护自己的权益 · 无端生气**

更喜欢自己玩

● 参阅：**渴望独处 · 独来独往**

孤独

CB《北极光》（*Northern Lights*），菲利普 · 普尔曼（Philip Pullman）

要是你觉得你认识的小孩很孤独，给他们一本《北极光》，“黑暗物质三部曲”的第一本。它不仅会完全吸引他们的注意力，而且会向他们介绍每个人都有一个“动物精灵”的观念。故事发生在一个平行宇宙里，十二岁的女孩莱拉发现小伙伴接二连三地失踪，展开了前往遥远北方的探寻之旅。

动物精灵与你须臾不离。它是你的另一半，失去了它你就不完整。动物精灵也不能独立于人类而苟活——当动物精灵和它们的主人分开时，彼此相隔不能超过一定距离，否则双方都会受苦。动物精灵会说话，而且通常说的是主人不爱理会的真相。随着小孩不断长大，动物精灵也会拥有不同形态——从蝴蝶到狗、猫头鹰、老鼠等，几乎

[1] 小行星的英语 asteroid，与她的名字 Astrid 发音近似。——译注

每分钟变化一次——只有等宿主进入青少年时期，动物精灵的形态才会固定下来。作为切实、可触摸的生物，动物精灵可以被搂抱、玩弄、拥有和隐藏。更厉害的是动物精灵感受得到人类的痛苦——就像人类也感受得到它们的痛苦一样。因此，当莱拉的动物精灵潘特莱蒙（还拥有变形的能力，但开始把形态固定为一只松貂）撞上库尔特太太（一个有权有势的神秘女人，一心想把莱拉收入家门）的金猴子，猴子扑到潘特莱蒙身上时，痛得弯下腰的是莱拉。

随着莱拉为了查明失踪儿童下落的危险旅程一路向北，我们得以见识每一种动物精灵及其所属的宿主。热气球冒险家李·斯格斯比的动物精灵是长耳朵的野兔，名叫赫斯特，它的温文尔雅和斯格斯比的热情洋溢恰成鲜明的反差。有权有势、野心勃勃的阿斯瑞尔勋爵在地球的疆域之外有所企图，他的动物精灵是一头雄健美丽的雪豹。我们还遇到以蛇、老鼠、蜥蜴和各种鸟类——从海鸟到红隼——为动物精灵的各式人等。所有人都面对着“内切”的威胁，亦即动物精灵与宿主的受迫分离，这是比死亡还糟糕的命运。当你们家的孩子阅读这个故事的时候，不妨问问他们的动物精灵是什么。精灵在手永不孤独，而且会让你更有力量。

● 也可参阅：**与众不同 · 交不到朋友 · 身为独生子女 · 新生**

骨折

● 参阅：**卧床不起 · 痛苦**

G　固执

📖《小魔怪黏巴达》(*The Very Persistent Gappers of Frip*)，著 / 乔治·桑德斯 (George Saunders)、绘 / 莱恩·史密斯 (Lane Smith)

小朋友一头栽进什么事物的时候，意志之坚定往往令大人钦佩，不过稍有一点理智的成年人都会竭尽全力隐藏这种钦佩。对那些特别固执的，《小魔怪黏巴达》这个适合所有人特别是青少年的童话，不仅可资镜鉴，而且书里的精美插画也令人过目不忘。

只有三座歪歪斜斜的海边棚屋的小镇弗利普黏巴达肆虐——所谓黏巴达，是一种亮橙色的生物，眼睛很多，就像土豆上的芽眼。黏巴达很喜欢山羊，每看到一只，就会发出高兴的尖叫。不幸的是，他们的爱意带来了祸害。尖叫声让山羊衰弱，无法入睡或产奶。以羊奶为生的弗利普人因此饱受困扰。小孩子的任务就是不让黏巴达靠近，用一种特制的刷子把他们从羊身上赶走，再把他们装进麻袋倒入海里。黏巴达一开始会沉入海底，但是三个小时后又会回到镇子上，继续骚扰山羊。

离海最近的棚屋里住着小女孩巧巧，她决定想办法打破这个死循环。但她不仅要与死不悔改的黏巴达斗争，还要说服固执的父亲。当她建议离黏巴达远一点，或者干脆另谋生计时，父亲根本不听她的。邻居们也很头痛。最终，巧巧想出了让父亲、邻居、山羊，尤其是黏巴达都很开心的妙招。此处我们就不剧透了，言明灵活变通这项经常被低估和忽视的素质实则很重要就足够了。让这个想法慢慢渗入你们家孩子的脑海吧。

● 也可参阅：专横跋扈 · 万事通 · 不能处变不惊 · 困境

过度疲劳

一旦小孩子陷入没有退路的境地，崩溃就不可避免。在收拾残局的时候，喝一杯金汤力鸡尾酒🗣，同时从以下书单中选一本怡人的小书，开启他的恢复模式。

十佳安慰读物

PB《雪人》（*The Snowman*），雷蒙德·布里格斯（Raymond Briggs）

PB《宝儿》（*Borka*），约翰·伯宁罕（John Burningham）

ER《小熊》（*Little Bear*），著 / 埃尔斯·霍尔梅兰德·米纳里克（Else Holmelund Minarik）、绘 / 莫里斯·桑达克（Maurice Sendak）

ER《青蛙和蟾蜍——好朋友》（*Frog and Toad Are Friends*），阿诺·洛贝尔（Arnold Lobel）

CB《秘密岛》（*The Secret Island*），伊妮德·布莱顿（Enid Blyton）

CB《永不绝望的奥布里》（*Aubrey and the Terrible Yoot*），著 / 霍雷肖·克莱尔（Horatio Clare）、绘 / 简·马修（Jane Matthews）

CB《银椅》（*The Silver Chair*），C. S. 刘易斯（C. S. Lewis）

CB《海狸的记号》（*The Sign of the Beaver*），伊丽莎白·乔治·斯皮尔（Elizabeth George Speare）

YA《决不，总是，有时候》（*Never Always Sometimes*），阿迪·阿尔赛（Adi Alsaid）

YA《东方快车谋杀案》（*Murder on the Orient Express*），阿加莎·克里斯蒂（Agatha Christie）

成人药方

PB《宝贝老板》(*The Boss Baby*)，玛拉·弗雷齐(Marla Frazee)

如果家里的小孩子让过度疲劳的你大动肝火，别忘了《宝贝老板》。通过对现代育儿术的无情戏仿，它讲述了一个乘豪华房车降临这个世界的小婴儿，手里拿着公文包，看上去完全是商业大亨的派头(连脑袋都是秃的)，他安排的日程让爸爸妈妈"一刻不得闲"。等你们家的小孩子安然度过崩溃期，你大可对着宝贝老板的铁腕统治傻笑一番，以更好的心情投入舒适的亲子共读。

过敏

PB《花生公主》(*The Princess and the Peanut*)，著/休·甘兹-施密特(Sue Ganz-Schmitt)、绘/迈卡·钱伯斯-戈尔德贝格(Micah Chambers-Goldberg)

YA《影子飞人》(*Shadow Jumper*)，J. M. 福斯特(J. M. Forster)

小孩子过敏可不是一件好玩的事情。他们不仅要确保不与过敏源发生接触——不论是花粉、贵宾犬还是花生(参阅:杞人忧天)——还要处理过敏对他们的社交生活和亲密关系产生的影响。严重过敏的小孩可能会陷入了无生趣、比别人都要脆弱的困境。(参阅：与众不同、交不到朋友)。休·甘兹-施密特对经典童话《豌豆公主》进行了改编，故事因轻松诙谐的笔调而大受欢迎，并且表明过敏确实可以让你与众不同。一个淋成落汤鸡的流浪儿出现在皇宫门口，声称自己是"真正的公主"，王后决定像以往那样考验她。但皇宫里的豌豆凑巧用完了，于是她就在床垫下放了一颗花生。第二天一早，可怜的公主哭着要一剂治疗过敏的肾上腺素。国王和王后的反应也无可挑剔，他们把皇宫餐柜里所有被花生污染的食物统统扔掉，坠入爱河的王子甚至发誓如果公主愿意与他结婚，他将再也不吃花生酱三明治。让我们为促成两人在一起的过敏高呼三声!

大孩子可能会更喜欢《影子飞人》，十四岁杰克的故事，他生来就对太阳光过敏。严重到如果不用衣服把每一寸皮肤遮得严严实实或涂上防晒霜，他是绝对不能出门的。他大部分时间只能待在室内，像吸血鬼一样苍白孤独。在学校里，他不能参加体育活动，课间休息也没得玩，这意味着他很难交到朋友。但是就像这个年纪的其他孩子，他也想开开心心，想离家探险。

于是他在黄昏时分爬上屋顶，勇敢地在阴影之间跳跃。他知道他在拿性命开玩笑——不仅仅是从高空掉落的危险。即便是黄昏的时候，只要与暮光有一丝接触，就会让他身上冒出嘶嘶作响的发炎皮疹。

他在屋顶上结识了另外一个焦虑不安的小伙子贝斯，白色的妆容、黑色的眼线，看上去也是怪胎，两个人不禁惺惺相惜。他们一起坐夜间巴士，寻找杰克失踪的父亲。他们闯入了他工作的实验室，慢慢知道了一些他们都不得不与之抗争的事情。越来越明显的是，只要碰到压力，杰克的身体状况就会恶化，但是如果平静快乐，情况就会好转。随着他对人生中的重要人物敞开心扉，他的皮肤竟然开始愈合了。这个故事鼓励青少年要勇于跟别人分享他们面对的挑战。毕竟，如果别人不知道你要什么，你的需求又怎么能得到有效的满足呢?

● 也可参阅：**与众不同 · 挑食 · 杞人忧天**

G

过于轻信

《威洛比城堡斗狼记》(*The Wolves of Willoughby Chase*)，琼·艾肯(Joan Aiken)

虽然我们都希望这是一个太平世界，但一个负责任的成年人必须打消世界上其他成年人都会以孩子的利益为重的天真念头。两个表姐妹邦妮和西尔维娅的故事或许有帮助。

知道西尔维娅要来跟她一起住的消息后，邦妮激动坏了。白天，城堡外白雪皑皑，骏马成群，小溪冰封，还有一个牧鹅少年西蒙。但一到晚上，城堡就变成荒凉、可怕的所在，饿狼的嚎叫声不绝于耳，红眼珠在树林里闪烁。邦妮的父母，格林夫人和威洛比爵士，准备远赴海外，两个小女孩将由可怕的家庭女教师斯莱卡普小姐照料。

斯莱卡普小姐刚到城堡就露出了真面目，她用梳子击打邦妮最爱的女仆帕顿的脑袋。勇敢的邦妮立刻出来维护帕顿，把一盆水泼在女教师身上，弄掉了她的假发。邦妮的父母素来相信“疑罪从无”，笑一笑事情就过去了。当西尔维娅在火车上结识的狼人被自己的行李箱砸晕后，也被带到威洛比城堡时，两个孩子愉快地同意他留下。威洛比夫妇刚走，斯莱卡普小姐和她的同伙就把家里的文件翻了个底朝天，穿上邦妮父母的衣服，把邦妮锁进教室的壁橱。

幸运的是，两个女孩有西蒙和帕顿驰援，但在此之前她们受了一次过于轻信他人的教训。并非所有大人都一心行善，这个故事告诉我们学会分辨谁值得信任、谁应该立刻被送到狼群里的重要性。

也可参阅：**背叛 · 跟陌生人说话**

H

害怕暴风雨

《雷公糕》（*Thunder Cake*），帕特丽夏·波拉蔻（Patricia Polacco）

如果你正和一个害怕雷电的小孩一起躲避暴风雨，请遵循《雷公糕》里描述的方法。首先，让他们从床底下出来。然后，让他们数一数闪电和雷声之间间隔几秒，大致就能算出暴风雨还有多远啦。接着让他们捡几个鸡蛋，挤一些牛奶（或者通过别的什么来源），从食物橱柜里拿一份“秘密配料”[1]。把这些原料混在一起。烘烤。赶巧的话，等雷在你头顶炸响、闪电亮彻厨房的时候，你们的雷公糕也应该新鲜出炉了——而你的孩子则会意识到他们多么勇敢，没有浪费时间躲避。千万别忘了“秘密配料”[2]，它虽然古怪，但真的管用。

● 也可参阅：**焦虑 · 恐惧 · 难以入睡**

害怕床底下有东西

《晚安怪兽》（*Bedtime for Monsters*），埃德·维尔（Ed Vere）

难以名状的嘎吱声、微微敞开的衣柜门，当然还有黑不可测的床底……《晚安怪兽》可以让恐惧逆转，虽然它一开始就在吓唬人（“想一想真的有怪兽……”），然后与怪兽撞个正着（“他朝你的方向

[1] 详见后文。

[2] 好吧，实际上是番茄酱。

去了，就是现在！”)。后来呢……好吧，哪怕他又大又绿，可谁会怕一头骑着自行车、铃声叮当响的怪兽呢？

也可参阅：**焦虑 · 怕黑 · 恐惧**

害怕动物

《我的家人和其他动物》（*My Family and Other Animals*），杰拉尔德·杜瑞尔（Gerald Durrell）

在日益原子化和都市化的世界里，人类与食物链起点的距离越来越远，动物在我们的日常生活里派不上什么用场，小孩子害怕绒毛、爪子、翅膀和胡须的心情不足为怪。如果他们首先在书本里与这些小动物相遇，爱上它们就会更加容易。

《我的家人和其他动物》——一本读起来像小说的回忆录[1]——是我们目前所知关于与动物一起生活的最迷人故事。它讲述了在阳光普照的科孚岛，小家伙杰拉尔德·杜瑞尔——大家也叫他格里——发现自己性喜动物，从最低端的昆虫到鹈鹕、褐鼠和狗他都喜欢。他每天在岛上晃荡，搜寻动物标本，家里还专门辟出一个房间供他保存这些标本。我们越过他的肩膀，观察着与周边环境一起变色的蟹蛛、实际上是小瓢虫的黑毛虫。我们看到他养的乌龟（阿喀琉斯）和鸽子（卡西莫多），经常陪他一起出行。一只小猫头鹰（尤利西斯）在他的口袋里住了好几个月。格里对这些动物的保护欲相当感

[1] 我们确实说过这本书开列的药方基本上是“虚构作品”，但不全是。

人：有一天他发现一窝蠼螋的卵，便立刻竖起一块牌子，上面用他拼不准的英语写着："小心——蠼螋卵——请安静"（BEWAR—EARWIG NEST—QUIAT PLESE）。在这个一派田园风光的失落世界里，说起月色下的鼠海豚就像说起夜晚发生的寻常事一样司空见惯，读过这本书的人无一不会因大自然的奇迹而叹为观止。在它的书页之外，或许会诞生很多植物学家、动物学家和生态保护战士。

● 也可参阅：**恐惧**

害怕犯错误

PB《美好的哎哟！》（*Beautiful Oops!*），巴尼·萨尔茨伯格（Barney Saltzberg）

如果小孩子觉得犯错误是软弱或失败的表现，许多有趣的活动（例如信手涂鸦、烘焙巧克力蛋糕）都会变得让人担惊受怕，因为这其间大有搞砸的可能。《美好的哎哟！》传递了如下信息：犯错误没关系，错误其实是快乐的意外，开启了各种始料不及的可能性。互动式的页面、翻折的书角以及厚厚纸页上的小洞，这本小小的纸板书告诉孩子纸上的裂缝可以变成鳄鱼的微笑、洒落的喷漆可以变成一头大象、热巧克力的污渍可以变成一只青蛙。要是下次你身边的小朋友惊呼一声"哎哟"，不妨找个机会向他们推荐这本书。

● 也可参阅：**感觉自己一无是处 · 父母太强势 · 父母太严厉 · 需要一个积极的榜样**

害怕恐怖的小爬虫

参阅：**害怕动物**

害怕老鼠

参阅：**害怕动物**

害怕奶牛

参阅：**害怕动物**

害怕女巫

PB《女巫麦格和小猫莫格》（*Meg and Mog*），著 / 海伦 · 尼科尔（Helen Nicoll）、绘 / 简 · 平克斯基（Jan Pieńkowski）

ER《魔法小女巫》（*The Worst Witch*），吉尔 · 墨菲（Jill Murphy）

害怕女巫的小孩必须结交几个比较有人味的女巫。没有比女巫麦格更好的开始了，那个被海伦 · 尼科尔和简 · 平克斯基的色块和鲜明线条在“女巫麦格和小猫莫格”系列里表现得栩栩如生的女巫。该系列的第一本描绘了麦格半夜醒来，看起来毫无恶意，穿着邋里邋遢的白色睡衣。渐渐地，她露出了女巫的本色——黑袜子、大黑鞋、长长的黑斗篷和高高的黑帽子，但仍然没有什么威胁。下楼时她踩到可怜的小猫莫格的尾巴，以及把一些怪异混合物（三个鸡蛋、面包、可可粉、果酱和鲱鱼干）扔到早餐锅里的事实，甚至让她显得有点平易近人。她骑上长柄扫帚去见朋友，在山顶上第一次施法。哎哟！结果意外地把朋友变成了……没有比麦格更不吓人的女巫了吧。

“魔法小女巫”系列是合适的低幼读物。正在卡琪女巫学院受训的小女巫米尔德·哈勃与麦格颇为相似。一样不善于掌控长柄扫帚和施展魔法，经常受到威胁要被开除，连她的虎斑猫也不愿坐上她的扫帚。米尔德不得不把猫装在袋子里，这让她的老师们苦恼不已。该系列共有六册，每本书的故事都在一个学期里发生，而每个学期，米尔德都在朋友伊尼德和莫德的伴随下，陷入一个个窘境。墨菲热情洋溢、女生风格的幽默极具感染力，她对屡败屡战的女巫的刻画，她们毫无女孩子气的制服（铆钉靴、带领结的无袖制服、标准制式的女巫帽子和斗篷），足以驱散任何残留的对女巫的畏惧。

● 也可参阅：**害怕床底下有东西 · 做噩梦 · 难以入睡**

害怕上数学课

● 参阅：**不想上学**

害怕世界末日

担心文明生活终结的青少年可以在《鲁滨孙漂流记》[1] 里找到慰藉，以及如何生存的好榜样。世界末日也许很久之后才会到来，在一本出色的反乌托邦小说的帮助下，想象所有尽可能坏的情况，会让他们在等待的时候保持警惕，同时鼓励他们学会感恩现在（仍）拥有的一切。

[1] 作者丹尼尔·笛福。

十本反乌托邦读物

CB《记忆传授人》（*The Giver*），洛伊斯·劳里（Lois Lowry）

CB《小狐狸派克斯》（*Pax*），著/莎拉·潘尼培克（Sara Pennypacker）、绘/乔恩·克拉森（Jon Klassen）

CB《泽国》（*Floodland*），马库斯·塞奇威克（Marcus Sedgwick）

YA《使女的故事》（*The Handmaid's Tale*），玛格丽特·阿特伍德（Margaret Atwood）

YA《草之死》（*The Death of Grass*），约翰·克里斯多夫（John Christopher）

YA《饥饿游戏》（*The Hunger Games*），苏珊·柯林斯（Suzanne Collins）

YA《末日逼近》（*The Stand*），斯蒂芬·金（Stephen King）

YA《第十一站》（*Station Eleven*），艾米丽·圣约翰·曼德尔（Emily St. John Mandel）

YA《丑人心》（*Uglies*），斯科特·威斯特菲尔德（Scott Westerfeld）

YA《三尖树时代》（*The Day of the Triffids*），约翰·温德姆（John Wyndham）

● 也可参阅：**焦虑 · 担心地球的未来 · 杞人忧天**

害怕死亡

PB《精彩过一生》（*Drop Dead*），芭贝·柯尔（Babette Cole）

PB《獾的礼物》（*Badger's Parting Gifts*），苏珊·华莱（Susan Varley）

CB《不老泉》（*Tuck Everlasting*），纳塔利·巴比特（Natalie Babbitt）

YA《长生不老术》（*Ways to Live Forever*），萨莉·尼科尔斯（Sally Nicholls）

对某些人来说，死亡就像温水煮青蛙；对另一些人来说，却会在某天突然明白人皆有一死的道理。大人经常对死亡的余悸避而不谈，但是当小孩子纠结于此类问题——人死后去哪了？谁会先死，他们还是你？人在变老前会死吗？——的时候，如果你可以多多陪伴开导，他们就可以更好地认同死亡的不可避免，不会过上被死亡的恐惧过多遮蔽的生活。

举重若轻自然很受欢迎，只消看看芭贝·柯尔，绘本界无畏的女前辈，敢于涉足别人不敢碰触的话题。[1]一对兄妹在《精彩过一生》里问爷爷奶奶，为什么他们“又老又秃还有那么多皱纹”。幽默的祖父母解释说，他们不是一直这样的，然后浮光掠影地带兄妹俩领略了一番他们的人生——不管以谁的标准来衡量，都不会乏味。柯尔的插画活泼生动，重现了老俩口还是小孩的时候躺在婴儿车里从山上急速滑下的惊险，十六岁时飙摩托车，十八岁时偷偷抽烟，二十一岁时在屋顶上跳舞，分别作为替身和电影明星在马背上后空翻的迷人演艺生涯（谁让他们作为科学家都找不到稳定的工作呢）。人到暮年他们开始萎缩，忘东忘西，戴错假牙，但时不时还是会心血来潮老来疯（比如，带着他们的金属助行架跳伞）。而且即便他们好几次大难不死，最终还是会灰飞烟灭。所有人最后都会会心一笑。

探究如何在我们的爱人死后继续感知他们的存在，是缓解死亡冲击的另一种方式。《獾的礼物》即关于这一话题。可信赖、慈祥的獾死后深受朋友怀念。他们逐一回想獾的不同寻常之处。鼹鼠记得獾给他做过彩纸链。青蛙记得獾教他如何溜冰。精致的水彩画让他们的回忆栩栩如生，让哀悼者以及读者，对这个睿智、大方的朋友充满好感。不论你是跟小朋友说死者总在我们身边徘徊不去，继续

---

[1] 关于芭贝·柯尔其他无所畏惧的绘本，参阅如下症状：体毛、不想洗手、父母即将分开、对性感到好奇。

为我们祝福，还是因为他们留给我们的礼物而不死，这本绘本都会让你们的对话充满温暖和乐观。

对年纪稍大的孩子，《不老泉》虽略显深奥，但也会让死亡成为我们生活的正能量。十岁的温尼撞到坐在树底下容光焕发的男孩杰西·塔克，就问他多大了。“一百零四岁了。”他的回答出人意料。温尼对此不以为意，杰西让她千万别喝树底下的泉水，否则必有“可怕的事情”发生，也被她置之脑后。可是当杰西的哥哥迈尔斯和妈妈梅突然出现，把温尼劫走扔到马背上，带回他们家里时，她才开始把他们的故事当回事。她发现树底下的泉水真的有魔力，塔克全家喝了之后都不会死，永远停留在那个年纪。虽然如今不让温尼喝泉水难如上青天，他们还是决定说服她，而且必须在日出之前。只有杰西，迫切想要一个可以跟他共度不死人生的朋友，对此持反对态度。

反对不朽的理由以直白、易懂的方式呈现，很容易让小朋友领会：生命的存在依赖于死亡的形状和意义，他们说，永生实际上很无趣。杰西爸爸剪出来的人形孤独、悲伤，最有说服力。“如果我知道时间倒流的方法，我立刻就会回到过去，改变那个决定。”他说，“没有死怎么有生……”温尼是否会在十七岁喝下不老河的水，变成杰西永恒的伴侣，还是会像其他凡夫俗子一样衰老死亡，让人充满好奇。虽然短促但是圆满的人生，与不朽、不变的人生相比，到底哪个更好？读者永远不会忘记她的决定。

很多青少年不喜欢论及死亡，因为这于事无补。但身边发生的事情迫使他们不得不面对这个话题。十一岁的山姆——令人揪心的《长生不老术》的男主人公——患有白血病，知道自己时日无多。对死亡的好奇让他列出数不清的清单：问题清单如“你怎么知道自己死了？”；长生不老术清单如“变成吸血鬼”“跟希腊女神结婚”。他甚至列出了想在死后实现的愿望，比如让妹妹睡他的床、让爸爸妈妈别太悲伤。

任何人读到这个故事不哭个稀里哗啦，都很不够意思。山姆比他的父母或妹妹更勇敢，他的幽默感——留存在他留下来的纸条里——足以超越肉身而不朽。他希望家里人有一点点伤心，但又不能太伤心，以免想念他的时候寻死觅活。明知我们和我们所爱的人都会死但又要快乐的艺术正是这个故事想要青少年领会的。

● 也可参阅：**人生大哉问 · 焦虑 · 爱的人过世 · 宠物之死 · 绝症 · 杞人忧天**

害怕阴影

● 参阅：**怕黑**

害怕蜘蛛

● 参阅：**害怕动物**

害羞

PB《小诗人法兹》（*Fuzz McFlops*），伊娃 · 弗娜里（Eva Furnari）

成天躲在大人屁股后头，稍被挑衅就满脸通红的孩子，可以从如今火遍全球的小诗人法兹——一只从来不离开地洞的兔子——那里受益匪浅。遁世的法兹有空就写忧郁的诗歌，比如《枯萎的胡萝卜》《主次不分的公主》。他的诗歌结尾一般都很凄凉，无疑受到了童年重创的影响：他天生一只耳朵长一只耳朵短，不得不在头上套一个笨拙的装置，名为“兔子完美耳朵矫正器”，而这只能让他对自己的不协调更加不安。有一天，他收到一封粉丝来信，这个夏洛特·帕斯·帕朵曾经定期劝他写一些高兴的结尾，信上说“亲爱的法兹，快来救我，不小心吞下了钢琴”。法兹顾不上修剪胡子，毫不犹豫冲去帮她，结果到了夏洛特家里，却发现她一头染发剂，一边弹钢琴，一边开心地吃巧克力球。但法兹不介意——很快夏洛特也不介意了。从今往后，两个害羞的人会一起面对他们的恐惧。小朋友也会明白，缺乏自信没关系，懂你的人依然会爱你。

● 也可参阅：**与众不同 · 尴尬 · 交不到朋友 · 身为独生子女 · 自觉渺小**

好奇神是否存在

PB《老龟》（*Old Turtle*），著 / 道格拉斯·伍德（Douglas Wood）、绘 / 徐请沂（Cheng-Khee Chee）

CB《上帝是什么？》（*What Is God?*），著 / 伊坦·波瑞泽尔（Etan Boritzer）、绘 / 罗比·马兰茨（Robbie Marantz）

YA《这儿没狗》（*There Is No Dog*），梅格·罗索夫（Meg Rosoff）

很小的时候我们就有这个疑问，而且很多人终其一生都在追问。书籍是探索这个问题的良好入口，可以让小孩子就此得出自己的答案。

在绘本《老龟》里，大自然的每一种元素都声称上帝以它们的形象而存在。对微风来说，上帝是“永不止息的风”。对山脉来说，上帝是“白雪皑皑的高峰”。对羚羊来说，上帝是“快如闪电、无拘无束的奔跑者”。当老龟宣布一个新物种即将到来，提醒大家到底“何谓上帝”时，这种泛神论发生了有趣的转折。突然之间，跨页的水彩风景画上，涌现了不同肤色的人类。一开始他们都很规矩，但很快忘了自己圣洁的本性。接着，动物、山脉和树木又开始描述上帝，但这回它们的观点更加一致。这本书里的插画和文本一样触动人心，不论是含蓄的生态学信息——保护地球，还是鼓励我们在大自然里寻找上帝，都很值得思考。

《上帝是什么？》以偏人类学的视角，纵览全世界各地不同人心目中的上帝。在有些地方，上帝是留着白色长胡子的老头，而在其他地方，人们觉得任何时候只要他们仰望星辰，就会与上帝同在。在这门比较宗教学的速成课程里，伊坦·波瑞泽尔勾勒出了全世界的主要宗教、他们的圣书和他们的主要导师——以及信奉不同宗教的人互相杀伐的倾向。[1]这本书回答了不同信仰的许多问题，为兼收并蓄的宗教取向打下了基础。

那些好奇神——如果存在的话——怎么会让那么多坏事情在这个世界上发生的青少年，会喜欢梅格·罗索夫玩世不恭的讽刺。在这个故事里，上帝是一个名叫鲍伯的男孩，他花了六天的时间创造世界，到了第七天就躺下了，因为实在是一个大工程（参阅：轻言放弃）。他的“女神”母亲莫娜在一场星际牌局中赢得了地球，上帝的重任就落到她傲慢、被宠坏的儿子身上。鲍伯也有才华横溢的时刻——比如当他创造了蝴蝶的时候——但他的言行举止跟寻常熊孩

[1] 然后作者不失时机地指出，这在如今的时代当然值得激赏，不同宗教的党同伐异实在荒谬，因为它们都主张相同的基本教义“对别人好，就像你也想别人对你好一样”。

子没有两样，每次发脾气就会触发地震和海啸。好在鲍伯有一个很好的助手B先生，东奔西跑拼命为鲍伯——还有高高在上的人类——收拾残局，同时还要兼顾让祈祷应验的公务。对此他非常严肃认真。"汝之蜜糖，彼之砒霜"的事实让他彻夜不眠，对那些他帮不上忙的人则毫不吝惜地挥洒热泪。

与此同时，鲍伯爱上了一个凡人女子——后来证明这种事经常发生（书里有天鹅和金雨的暗黑指涉）——由此导致了突如其来的毁灭性的台风、洪水和海啸。接着鲍伯的忠实好友艾克——一种"类似企鹅的生物"——在另一场牌局中被不负责任的母亲当作赌注输掉了。可怜的艾克不禁想知道，为什么鲍伯这么残忍，创造出了可以预见自己死亡的生物——你们家的熊孩子可能也会问这个问题。幸亏上帝的左膀右臂B先生，想出了解救艾克的大计划，皆大欢喜的结局让人对神迹的希望和信仰满怀憧憬。这会让青少年觉得，原来人类也可以做出慷慨激昂、伟大崇高，甚至是神一般的事业。

● 也可参阅：**人生大哉问**

荷尔蒙过剩

YA《蚂蚱丛林》（*Grasshopper Jungle*），安德鲁·史密斯（Andrew Smith）

对透过荷尔蒙迷雾打量一切的青少年来说，这个世界看上去有点……不同。知道他们并非唯一有此感受的人则会让他们安心。《蚂蚱丛林》赤裸裸的性展示，虽然荒诞但又离奇地感人，描述了十六岁的奥斯丁和他的朋友罗比发现他们可以让艾奥瓦州伊灵镇的所有居民都变成（别慌）巨大的螳螂的故事。眼睁睁地看着从小一起长大的人纷纷蜕去人类的皮囊，变成狼吞虎咽、挥舞大颚的昆虫，那真是让人六神无主。

六英尺高的螳螂只对两件事感兴趣：尽可能多地吃，尽可能多地做（爱）。这两样恰好也是所有小男孩最感同身受的。故事的有趣之处在于，当奥斯丁意识到是他和罗比引发了这末日般的噩梦时，他依然欲火中烧，一心盘算着他到底更想跟谁做爱——女朋友香农还是好友罗比（参阅：不确定自己是不是同性恋）。在欲望的海啸里激荡，睾丸素和雌激素泛滥的青少年恐怕会很享受。这不禁让人想到库尔特·冯内古特，同时还有一点点斯蒂芬·金的调调。

● 也可参阅：**体毛 · 体味 · 初吻 · 初恋 · 失去天真 · 失去童贞 · 梦遗**

横行霸道

很多原因可以把小孩子变成霸凌者，但只有两样东西可以真正药到病除：使他们学会从受害者的角度看待霸凌，理解他们为何有霸凌的冲动。故事是培养同理心和灌输自我认识的有效手段。以以下书单找到你需要的书。

十本了解霸凌的读物

CB《游乐场》（*Playground*），50美分（50 Cent）

CB《暴风雨》（*Cloud Busting*），玛洛莉·布莱克曼（Malorie Blackman）

CB《赘肉女》（*Blubber*），朱迪·布鲁姆（Judy Blume）

CB《茱迪·穆迪不开心》(*Judy Moody Was in a Mood*)，著/梅根·麦克唐纳(Megan McDonald)、绘/彼得·H. 雷诺兹(Peter H. Reynolds)

CB《我，一个失败者》(失败者巴里系列)[*I Am Sort of a Loser* (Barry Loser)]，吉姆·史密斯(Jim Smith)

CB《蚁穴》(*The Ant Colony*)，珍妮·瓦伦提(Jenny Valentine)

CB《蝴蝶俱乐部》(*The Butterfly Club*)，著/杰奎琳·威尔逊(Jacqueline Wilson)、绘/尼克·沙拉特(Nick Sharratt)

CB《曲奇》(*Cookie*)，著/杰奎琳·威尔逊(Jacqueline Wilson)、绘/尼克·沙拉特(Nick Sharratt)

YA《等你阅后我已死》(*By the Time You Read This, I'll be Dead*)，朱莉·安妮·彼得斯(Julie Anne Peters)

YA《莽汉库根》(*Crash*)，杰瑞·斯皮内利(Jerry Spinelli)

● 也可参阅：**想掌控一切·手足之争·暴力**

后进生

● 参阅：**感觉自己一无是处**

话痨

ER《话痨小姐》(*Little Miss Chatterbox*)，罗杰·哈格里夫斯(Roger Hargreaves)

许多富有挑战性的人格特质可以通过哈格里夫斯的人物角色，[1]渗入你与小孩子的日常交流。从邋遢到走神，从懒惰到淘气——只要

[1] 如果迄今为止你还不知道哈格里夫斯先生的“奇先生妙小姐”系列，这么突然向你介绍，我们应该深表歉意。

你想得出来，就有一个相应的奇先生（或者就像现在这样，一个妙小姐）存在，目的就是为了引发讨论，让小孩子引以为戒。其中我们最喜欢的一个就是话痨小姐，话痨先生的妹妹。如果说话痨先生只是爱唠叨，那么话痨小姐简直可以说断蜈蚣的四十二条腿[1]。在这个故事里，她连续从四份工作中被辞退——银行柜员、服务生、帽子店导购和秘书——就因为话太多，而且先后导致高兴先生、贪吃先生、爱漂亮小姐和傲慢先生陷入犹如被炮弹击中的沉默休克中。她最后找到的工作（这里我们就不剧透了）恰好就是我们希望的，是种让她大脑变麻木的惩罚——除非她压根不明白那是一种惩罚。你身边的话痨很快就会发现，这个故事里的其他角色有多么不爽，运气好的话，嗯，他们也许不会发现当他们闭上嘴，开始读这个故事时，你看上去有多么如释重负。

● 也可参阅：**十万个为什么**

换牙

PB《玛德琳卡》（*Madlenka*），彼得·西斯（Peter Sís）

“宇宙，地球，某个大洲，某个国家，某个城市，某个街区……”一个名叫玛德琳卡的小女孩首次发现她的牙齿松了，此一事态的严重性足以以如此恢宏、隆重的方式周知天下。彼得·西斯

[1] 我们还将提到蜈蚣。如果你不知道我们在说什么，或者如果附近的小孩真的扯断了蜈蚣的腿，不论是通过唠唠叨叨还是别的方式，请参阅：虐待动物。

的线条画，辅以华丽的色彩，拉近到玛德琳卡在曼哈顿下东区的公寓，然后在玛德琳卡把这个大新闻告诉朋友时，带着我们逛了一圈多元文化的街区。首先是加斯顿先生，一个法国面包师（“你好，加斯顿先生，我的牙齿松了！我现在是一个大女孩了。”单词在书页边缘避开羊角面包和玛德琳蛋糕）然后是包头巾的锡克教教徒辛格先生、卖冰激淋的恰奥先生、知道很多德国童话的格林女士。抓住每一颗乳牙松动的机会，让读这本书变成一个仪式，带你的孩子周游世界一番。

● 也可参阅：**渴望长大 · 不想长大 · 牙仙子不显灵**

J

寄宿学校

J

在有些人眼里，寄宿学校就等同于夜不归宿和捉弄老师，不然就是洗不了热水澡、没有拥抱。用如下第一个书单振奋你们家不情愿的寄宿生，同时用第二个书单让那些想趁机在夜里嬉闹的家伙清醒过来。

五本提醒你读寄宿学校有多好的书

CB《第一学期》（马洛里·桃尔斯系列）[*First Term*（*Malory Towers*）]，伊妮德·布莱顿（Enid Blyton）

CB《凯蒂在学校干什么》（*What Katy Did at School*），苏珊·柯立芝（Susan Coolidge）[1]

CB《哈利·波特与魔法石》（*Harry Potter and the Philosopher's Stone*），J. K. 罗琳（J. K. Rowling）

YA《善恶魔法学校》（*The School for Good and Evil*），索曼·夏纳尼（Soman Chainani）

YA《马铃薯》（*Spud*），约翰·范·德瑞特（John Van de Ruit）

五本让你打消去寄宿学校念头的书

CB《汤姆求学记》（*Tom Brown's Schooldays*），托马斯·休斯（Thomas Hughes）

CB《归家》（*Back Home*），米歇尔·麦格里安（Michelle Magorian）

CB《查理的魔法记事：午夜大冒险》（*Midnight for Charlie Bone*），珍妮·尼莫（Jenny Nimmo）

YA《希拉里的双重生活》（*What I Was*），梅格·罗索夫（Meg Rosoff）

---

[1] 读过凯蒂系列第一部《凯蒂干什么》（*What Katy Did*）后再读本书体验最好。

《巫师周》（克雷斯托曼琪世界传奇系列）[*Witch Week*（*Chrestomanci*）]，戴安娜·温尼·琼斯（Diana Wynne Jones）[1]

● 也可参阅：**总比别人先犯困 · 想家 · 孤独**

加入帮派

《局外人》（*The Outsiders*），S. E. 辛顿（S. E. Hinton）

加入某个帮派或团体可能是小朋友一心向往的“圣杯”，因为这样可以获得家庭之外的独有身份、集体的安全感，而共同的使命以及秘密的口令也很吸引人。儿童文学里的帮派一开始往往没有恶意，比如埃里希·凯斯特纳的《埃米尔擒贼记》、戈西尼和桑贝的《小淘气尼古拉》里的即兴结党，有的甚至有益身心健康，比如伊妮德·布莱顿的“世界第一少年侦探团”和“秘密七人团”，或者是亚瑟·兰塞姆的“燕子号与亚马孙号”（*Swallows and Amazons*）系列里的帮派。但随着角色的年纪越来越大，帮派的性质也越来越邪恶，比如大卫·威尔克森的《十字架与弹簧刀》（*The Cross and the Switchblade*），以及晚近的，马洛里·布莱克曼的《圈和叉》、史蒂芬·科尔曼的《蹩脚英语》和西蒙妮·埃尔克莱斯的《完美的默契》（*Perfect Chemistry*）。在为都市帮派文化发声的小说家中，辛顿是最好的一个。她在十五岁写就的小长篇《局外人》，对那些受到帮派引诱的青少年可谓祛魅良药。

[1] 读过该系列的前两部《魔法生活》（*Charmed Life*）和《天使的魔咒》（*The Magicians of Caprona*）后再读此书体验最好。

前二十页里就有人丧命。城南帮的波尼博伊卷入了与城北帮的一场打斗。城北帮的一个家伙后背中刀后，波尼和他的朋友约翰尼落荒而逃。他们躲在一个废弃的教堂里，随身带了一本《飘》，如痴如醉地阅读。原来波尼是一个敏感细腻的小男孩，对帅气的老大哥索达崇拜得五体投地，并且一有时间就阅读诗歌和经典。

与此同时，城南城北帮的积怨越来越深，最后只能以一场大械斗来化解，我们知道很多年轻人即将死于非命（参阅：暴力）。辛顿的高明之处在于引发我们对敌对双方的同情，甚至在他们以骇人的暴力互相伤害的时候。显然，死的人越多，波尼的人生就越阴暗。最后，波尼英雄般地从一个熊熊燃烧的教堂里救出了一个班的小学生，人也变得懂事、周到，可谓是一个光明的尾巴，但我们知道他实属幸运。那些读过《局外人》的青少年也想这样吧。

也可参阅：**被引入歧途 · 遭遇霸凌 · 横行霸道 · 想掌控一切 · 不信任外人 · 同伴压力 · 暴力**

家里添新生弟妹

对那些什么事都逃不过他们法眼的大孩子，家里新添了一个小弟弟或小妹妹真是令人五味杂陈：先是激动和着迷，然后忌妒、失望、恼怒。让他们知道，他们并不孤单——而且一旦习惯了，弟弟妹妹还有莫大的好处。

为家里添新生弟妹准备的十本书

PB《彼得的椅子》（*Peter's Chair*），艾兹拉·杰克·季兹（Ezra Jack Keats）

PB《妈妈肚子里有座房子》(*There's a House Inside My Mummy*)，著/吉尔斯·安德烈(Giles Andreae)、绘/瓦尼萨·凯班(Vanessa Cabban)

PB《芙蓉妈妈的双重烦恼》(*Double Trouble for Anna Hibiscus!*)，著/阿蒂努克(Atinuke)、绘/劳伦·托比亚(Lauren Tobia)

PB《宝宝从哪来》(*There's Going to Be a Baby*)，约翰·伯宁罕(John Burningham)& 海伦·奥克森伯里(Helen Oxenbury)

PB《使命：新宝宝》(*Mission: New Baby*)，著/苏珊·胡德(Susan Hood)、绘/玛丽·伦德奎斯特(Mary Lundquist)

PB《姐姐读给弟弟听》(*Lulu Reads to Zeki*)，安娜·麦奎因(Anna McQuinn)& 罗莎琳德·比尔肖(Rosalind Beardshaw)

PB《夜晚的冰山》(*The Night Iceberg*)，海伦·史蒂芬斯(Helen Stephens)

ER《微笑》(*The Smile*)，著/米歇尔·麦格里安(Michelle Magorian)、绘/山姆·厄舍(Sam Usher)

CB《拉蒙娜和姐姐》(*Beezus and Ramona*)，贝弗丽·克利里(Beverly Cleary)

CB《阿纳斯塔西亚·克鲁布尼克》(*Anastasia Krupnik*)，洛伊斯·劳里(Lois Lowry)

⊖ 也可参阅：**不得不照顾弟弟妹妹 · 手足之争**

家庭出游

PB《动物园的一天》(*Zoo*)，安东尼·布朗(Anthony Browne)

也许是因为不切实际的过高期望，也许是让全家人按时出门的后果，也许是紧张的家庭关系在人群和有组织的玩乐中不可避免地失衡，总之，家庭出游经常并不如意。

《动物园的一天》里面的兄弟俩，留着布丁碗一样的发型，招风耳，因这一天的到来激动坏了。但是还没到动物园，事情就开始出错。首先他们被堵在路上，兄弟俩在后座发生口角。然后爸爸把路怒发泄在售票员身上。花了好长时间才找到他们最想看的动物，导致还没怎么玩就又累又饿。还有别的真相隐而不彰，比如封面的家庭合影里，身穿橄榄球运动衫、下巴肥嘟嘟的爸爸占了画面的三分之二还多，几乎要把焦虑不安的妈妈挤出合影之外……布朗的大胆插画得以把拼图补全。对那些怀疑是不是只有自己家出游才会闹别扭的孩子，这个故事告诉他们显然并非如此。而对那些试图苦中作乐的家长，这个故事提醒他们有问题时最好别装作若无其事。

● 也可参阅：**驾车出游** · **失望** · **对参观博物馆没兴趣** · **过度疲劳** · **令人尴尬的父母** · **手足之争** · **使性子**

家有父母

CB《父母中介》（*The Parent Agency*），著 / 大卫 · 巴蒂尔（David Baddiel）、绘 / 吉姆 · 菲尔德（Jim Field）

有父有母一般而言是种福分，但并非总是如此（参阅：令人尴尬的父母、父母太强势、父母太严厉）。对那些开始怀疑自己是不是抽到了下下签的小孩子，《父母中介》非读不可。这个故事先把为人父母之道连根拔起，再以正能量的积极因素一番重建。

巴里 · 贝内特嫌弃父母亲的地方很多，而且这个清单里的条目还在不断增加。包括但不限于：无趣（老爸在宜家家居工作，老妈成天装卸洗碗机），给他取名巴里（而他的朋友们名字都很酷，比如杰克、卢卡斯和泰姬），更喜欢双胞胎姐妹而不是他，总是疲惫不堪，总是对他很严厉，不让他打游戏。他最不爽的是他们不能给他举办他想要的生日派对，而他的朋友都有过，比如开卡丁车、一整个下午坐豪华房车兜风。许多小朋友估计对此深有同感。当他有一天大喊“我希望有更好的爸爸妈妈！”时，接下来发生的事情让他瞠目结舌。首先房间开始剧烈晃动，接着他发现自己到了一个陌生城市，耀眼的霓虹灯显示屏指示这里是“联合孩子国”——一个小朋友可以自己挑选父母亲的地方。

在一座大型市政建筑里，两个手拿写字板的女孩问他喜欢什么类型的父母。在最后决定前，他还可以试用不同配置的父母，就像买车一样，巴里觉得判断什么是好父母的最好方式是要求他们为自己举办一个派对。首先出场的是雷德 - 维洛夫斯勋爵和夫人，从他们的名字可见，夫妇俩无比富有，住的是大洋房，家里还有一只被拴住的松鸡可以任巴里射击。接着是艾略特和酷妈妈，他们住在帐篷里，可以让巴里为所欲为。然后是明星夫妇维拉索莉娜（他们把名字合在一起），不论干什么都在“鸟声”（类似推特的社交媒体）上分享。最后是超级健康的德雷克和艾米丽，没完没了的运动健身把巴里折腾得够呛。在试用父母带来的混乱中，巴里经常会回想从前。我们则不难发现联合孩子国的很多角色与家里某些人有惊人的相似……当他终于尝到成为最受宠的孩子的滋味，第一个吃到生日蛋糕，自己选择看什么电影时，他不禁为新的兄弟姐妹难过。在潜意识里，他总觉得其实外面有两个人，是他心目中理想的父母，虽然影影绰绰，但他们的形状越来越清晰了……

所以，故事的结局不难猜——但这是一次愉悦的旅程。对父母有类似挑剔和抱怨的孩子会爱上由自己挑选双亲的奇思异想，可是一旦父母亲真的不在那里，他们又会忍不住失落不已。

成人药方

《杏仁蛋白糖猪》（*The Marzipan Pig*），拉塞尔·赫班（Russell Hoban）

如果孩子对为人父母的你表示失望，就把鞋子脱下来，像胎儿一样缩成一团，读一读《杏仁蛋白糖猪》吧。这是一本伪装成绘本，但实际上是关于心碎和失落的存在主义小杰作，适于被年纪更大、更悲伤的灵魂消化吸收。一只杏仁蛋白糖猪掉到沙发后面，“一点办法都没有”。他知道这种感觉，读者也知道，如果你敢读给你的孩子听，他们也会知道。“救命！”他无力地呼救，但没人听得到，一段时间之后他变得又硬又苦。真是浪费了这一身糖啊！在小老鼠吃掉他之前，他是这么想的。是的，没错。可是之后情况更糟了。糖猪的悲伤和渴望传到了小老鼠的心里，这突如其来的情感让他不知道如何是好，只觉得突然莫名其妙地渴望得到那座老式大摆钟的爱。后来这种情感又转移给了猫头鹰……就这么绵绵不绝传递下去。有时候很多大情感就是如此，无法解释、没有回应、毫无道理。你无法告诉你的孩子爱带给人的苦楚，他们的失望又令你多么心痛。不过没关系。再喝一杯金汤力，让眼泪挥洒到纸页上，让你的杏仁蛋白糖皮肤硬起来。

也可参阅：**愤怒 · 失望 · 希望自己是孤儿 · 手足之争**

家有继父（母）

《又丑又高的莎拉》（*Sarah, Plain and Tall*），帕特里夏·麦克拉克伦（Patricia MacLachlan）

《半个魔法》（*Half Magic*），爱德华·伊格（Edward Eager）

接受新的父母进门对小孩来说很难，所以在继父母进门前提前介绍一些积极的虚拟榜样不失为一个好主意。说到继母这个角色，说起来总比做起来容易，经典童话塑造的可恶继母形象如此根深蒂固，任何有望成为继母的人恐怕都会忍不住要把这些童书扔出家门，首先就从灰姑娘、白雪公主、韩塞尔和葛雷特扔起。谢天谢地，还有《又丑又高的莎拉》。这本薄薄的小书讲述了一个鳏夫含蓄地在报纸上登了征婚广告的故事，他的妻子在孩子年幼时就去世了。“问她会不会唱歌。”安娜给她父亲出主意。莎拉来了后，不仅会唱歌，还会梳辫子、烤面包，甚至够胆在暴风雨前爬到屋顶上把松垮的木板钉牢——当你在大草原上艰难度日时，这可是莫大的财富。孩子们也意识到了这一点，但最让他们欢喜的莫过于她让他们的父亲在时隔多年后重新开口唱歌了。“她会留下来吗？”变成凯莱布最焦虑的口头禅。孩子们依然想念他们的妈妈，但他们知道只要莎拉在，他们的生活就会更快乐更美满。

慈爱继父的故事更容易找。顾虑到了继父可能会让生父蒙羞的《半个魔法》就是其中之一。四个孩子中有三个知道，小个子、留胡子的史密斯先生是他们生活中受欢迎的补充。跟一般成年人不一样，史密斯彬彬有礼地听他们说话，对他们可以被“半个魔法”的硬币传送到其他时代和国家的故事真的很感兴趣。“这可是我第一次知道真的有魔法，虽然我期待已久。”他小声评论，连我们读者也忍不住喜欢他了。史密斯先生开着汽车——对这些家里没有车的小孩来说，这真是魔法般的存在——带他们兜风，还是一个玩牌高手。肚子里装满了他在“最黑暗的澳大利亚”旅行的迷人故事。可是年纪最大、对生父念念不忘的简，始终不能接受继父的存在。“难道家里人都疯了吗？”当其他孩子透露下次魔法硬币旅行将把史密斯带上的计划时，她伤心得大叫。“难道你们看不到他和母亲互相打量的方式？你们真想让一个老继父搬进来，让一切天翻地覆吗？”她敦促他们别忘了摩德斯通先生——《大卫·科波菲尔》[1]里那个邪恶的继父。她一怒之下，说出恨不得生活在别人家。突然之间，她的愿望实现了，因为说这话的时候她手里正拿着那枚硬币。把她救回来的正是史密斯先生，并因此获得了她的接纳。

也可参阅：**争吵 · 家有父母 · 单亲家庭**

家有姐妹

参阅：**不得不照顾弟弟妹妹 · 手足之争**

家有兄弟

参阅：**不得不照顾弟弟妹妹 · 手足之争**

驾车出游

CB《飞天万能车》（*Chitty Chitty Bang Bang*），伊恩·弗莱明（Ian Fleming）

一边长途开车，一边又要不断插科打诨逗后座乘客开心以分散他们的注意力，这可真需要有圣人般的耐心，尤其是当这些乘客不停抛出烦人的问题骚扰司机的时候，比如“我们什么时候到？”“我

[1] 顺带提及，《大卫·科波菲尔》也是优秀的儿童读物，更是狄更斯作品的理想入门。我们建议把狄更斯的所有作品视作儿童章节书来读，因为它们大多轻松愉快。不过你可能更想等到继父母已经在家中待了足够长的时间，再一起因摩德斯通的可怕而战栗吧。

烦死了！”“我们非去那里不可吗？”这时候有声读物可以派上用场。参阅随后的“十本适合长途开车旅行听的有声书”书单以及465页的“十本适合全家人一起听的有声书”书单。

仍旧想做圣人的家长不妨在旅行前组织全家一起读一读《飞天万能车》，为出游作准备。作者弗莱明除了创造出“007系列”中会发射尖钉与导弹的高端座驾外，也为小朋友提供了类似的玩物。《飞天万能车》就是那种可以让小朋友联想到汽缸、活塞、飞驰和喇叭，而且几乎无所不能的改装车。

卡拉克塔库斯·波特司令是一个古怪的发明家，也是八岁双胞胎杰里米和杰迈玛的父亲，他发明的疯狂口哨糖果（一种可以巧妙变身成口哨的糖果）大卖后，终于有钱给家里买辆车了。这辆拥有十二个汽缸的老赛车曾经辉煌过，波特司令在车库里捣鼓了几个星期，就为了让家人大吃一惊。杰里米和杰迈玛立刻爱上了圆圆的大前灯，它的喇叭可以发出“深沉、礼貌”和“吓人”的咆哮。奇怪的是，仪表板上有些东西似乎会自己出现……不过没有关系，引擎回火两次后，老赛车全速上了高速公路。

这里可是英国，很快他们就被堵在路上动弹不得，赛车和乘客都开始变得过热。就在此时，仪表板上出现了“拉”字。波特司令犹豫不决，不知道如何是好，接着又出现了“拉，白痴！”几个字。波特这回听从了。瞧！挡泥板竟然转了起来，后面的事嘛……我想你们都知道了。老练的弗莱明果然不同凡响，《飞天万能车》可以激发小乘客的想象力——手工制作的按钮、操纵杆和飞翼——让他一路快马加鞭。从今往后，你的驾驶体验一定焕然一新。[1]

[1]好吧，祝贺你得到了光环。

十本适合长途开车旅行听的有声书

CB《世界第一少年侦探团》(*The Famous Five*),著 / 伊妮德·布莱顿(Enid Blyton)、朗读 / 简·弗朗西斯(Jan Francis)

CB《驯龙高手》(*How to Train Your Dragon*),著 / 克莱茜达·考埃尔(Cressida Cowell)、朗读 / 大卫·坦南特(David Tennant)

CB《骷髅侦探》(*Skulduggery Pleasant*),著 / 德雷克·兰迪(Derek Landy)、朗读 / 鲁珀特·德加斯(Rupert Degas)

CB《远古黑暗传说》(*Chronicles of Ancient Darkness*),著 / 米雪儿·佩弗(Michelle Paver)、朗读 / 伊恩·麦克莱恩(Sir Ian McKellen)

CB《黑暗物质》(*His Dark Materials*),著 / 菲利普·普尔曼(Philip Pullman)、朗读 / 菲利普·普尔曼

CB《哈利·波特》(*Harry Potter*),著 /J.k. 罗琳(J.k. Rowling)、朗读 / 史蒂芬·弗莱(Stephen Fry)

CB《波特莱尔大冒险》(*A Series of Unfortunate Events*),著 / 雷蒙尼·斯尼科特(Lemony Snicket)、朗读 / 蒂姆·库里(Tim Curry)

YA《霍比特人》《魔戒》,著 / 托尔金(J. R. R. Tolkein)、朗读 / 罗伯·英格利斯(Rob Inglis)

YA《银河系漫游指南》(*The Hitchhiker's Guide to the Galaxy*),著 / 道格拉斯·亚当斯(Douglas Adams)、朗读 / 斯蒂芬·弗莱(Stephen Fry)

YA《移动迷宫》(*The Maze Runner*),著 / 詹姆斯·达什纳(James Dashner)、朗读 / 马克·迪金斯(Mark Deakins)

● 也可参阅:**百无聊赖 · 恶心**

J　交不到朋友

PB《朋友》（*Friends*），罗伯·刘易斯（Rob Lewis）

CB《小巫婆求仙记》（*Jennifer, Hecate, Macbeth, William McKinley and Me, Elizabeth*），E. L. 柯尼斯伯格（E. L. Konigsburg）

YA《我们为什么上那辆车》（*Why We Took the Car*），沃尔夫冈·霍恩多夫（Wolfgang Herrndorf）

告诉小孩子出门找朋友当然好，但如果他们不知道怎么找呢？精彩、平实的绘本《朋友》阐明了一个容易犯的错误。奥斯卡和妈妈搬家后，身穿粗布工装裤的小兔子到处寻找喜欢游泳的新朋友。首先碰到了欧尼，但欧尼只喜欢在垃圾场玩。接着碰到了佐伊，但佐伊只喜欢摔跤。如此一个又一个，附近的小兔子都没能成为奥斯卡的新朋友，直到妈妈建议说，至少一开始可以试着先加入，跟他们一起玩，这样效果可能会更好——把这个教训谨记在心，会让我们很多人受益无穷。

有时候小孩子会在校外而不是校内认识新朋友，或者相反，但让他们从熟悉的环境换到另一个总会有点难。有此困惑的小朋友不妨以《小巫婆求仙记》的伊丽莎白为鉴，她不仅是学校也是镇上的新人。没有朋友，不得不每天自个儿上下学——直到有一天，她看到树上伸出了一条腿。“你的鞋子会掉下来的！”她忍不住大声提醒。“女巫从来不会丢东西。”树上传来出人意料的回答。

由此开始了一段不同寻常的友谊，伊丽莎白周末跟着詹妮弗学巫术，练习施展法术、制作药水、未卜先知。平日在学校，她们装作互不相识。直到差点因一只蟾蜍而分手，两个人才觉得已做好在学校里手牵手的准备。有时不在众目睽睽之下更容易结交朋友。

有些小孩子会做出一副冷漠的样子，别人很难靠近他。《我们为什么上那辆车》的主角就是如此。十四岁的麦克被同班同学一致认为无趣至极——对此他第一个表示赞同。有一次他写了一篇作文，说他爱喝酒的妈妈拿着切肉刀在厨房里走来走去，顿时引起大家兴趣，他甚至因此赢得了“疯子”的外号，但他与这个名字其实并不相称，很快就没什么人关注他了。与此同时他暗恋的塔蒂阿娜（参阅:初恋）邀请所有人参加她的派对——除了他之外，让他痛不欲生。当妈妈参加戒酒治疗（没错，他的作文并不是瞎编），而爸爸又以出差为由撒手不管后，他独自待在阔气、有空调的家里，没有一个朋友，只好疯狂地画塔蒂阿娜来打发时间。

实际上，早就有人注意到麦克了。契克，新来的俄罗斯小子，觉得麦克那件有一条白龙的廉价中国夹克“酷毙了”。当契克开着一辆怪车到麦克家，建议联手毁了塔蒂阿娜的派对并送她一张画像再一路开到罗马尼亚时，麦克简直惊呆了。把他的画送给画中人，实在太尴尬了。但契克一针见血地指出:“在偷来的车里没有什么好尴尬的。”麦克觉得也有几分道理。

于是他们开着车，镇定地把画送给了塔蒂阿娜，并且当着目瞪口呆的同班同学的面，来了一个完美的180度大转弯。然后，依靠直觉而不是地图，开车去了罗马尼亚。成年前的胡闹妙趣横生，让他俩成了英雄，虽然是麻烦缠身的英雄。这个故事告诉我们，当你身处低谷时，往往会有意想不到的朋友出现。你只要让盔甲露出一条缝——或者一件廉价的中国夹克——就可以让他们乘虚而入。

● 也可参阅: **与众不同 · 尴尬 · 感觉没朋友 · 害羞**

娇生惯养

CB《查理和巧克力工厂》(*Charlie and the Chocolate Factory*)，著/罗尔德·达尔(Roald Dahl)、绘/昆廷·布莱克(Quentin Blake)

在读过罗尔德·达尔这个最著名的故事后，被惯坏的孩子一定会有所触动。不管是惹人厌的小男孩奥古斯特斯·格卢普，“身上的脂肪层层叠叠”，索要巧克力棒的要求从未被拒绝过；还是可鄙的薇露卡·索尔特，躺在地板上又踢又叫，直到爸爸满足她的任何要求；或是可恶、爱嚼口香糖的薇尔莉特·博雷加德，乐此不疲地把嚼过的口香糖粘在电梯按钮上；抑或喜欢玩枪的迈克·蒂维，终其一生离不开电视机，谁敢打扰他就对其大喊大叫。你将不愿意像他们任何一个那样一无是处。他们的一个共同点就是，拥有过度娇惯他们的父母亲，像口香糖一样缠在他们孩子黏糊糊的手指上。下回如果你拒绝给孩子他们不需要、你负担不起或者他们不应得的东西时，让罗尔德·达尔替你讲道理吧。

● 也可参阅：**熊孩子 · 身为独生子女 · 不愿意分享 · 要这要那**

焦虑

PB《看不见的心弦》(*The Invisible String*)，著/帕特里斯·卡斯特(Patrice Karst)、绘/吉奥夫·史蒂文斯(Geoff Stevenson)

CB《泡泡纸男孩》(*The Bubble Wrap Boy*)，菲尔·厄尔(Phil Earle)

CB《兔子共和国》(*Watership Down*)，理查德·亚当斯(Richard Adams)

完全离不开人的小宝宝自然有理由焦虑，那些我们熟知的故事，比如《猜猜我有多爱你》《逃家小兔》《小火车托马斯》《青蛙和蟾蜍》总会在每一天临睡前让他们感觉安全和舒适。如果焦虑的是学步期或更大年纪的小孩，扔给他们一本《看不见的心弦》。这本简单的绘本旨在阐述，一根看不见的心弦把我们和爱我们的人联结在一起，每当小朋友想念家里的大人时，大人就会觉得心被揪了一下。

经常性的小焦虑让人虚弱，白白浪费机会，阻碍我们实现生活的圆满，而且具有传染性。《泡泡纸男孩》里十四岁的查理·韩就被他妈妈的焦虑所累。她在楼梯顶还加装了防护栏，不让查理去电影院，担心他被爆米花噎着了。所以当查理发现自己有玩滑板的惊人天赋时，这个被过度保护的小男孩内心的惊喜可想而知。而他妈妈却像噩梦临头，这么说恐怕并不为过。

突然之间，此前由于个头矮小以及与“大鼻子”舍特来交好而在学校里饱受嘲笑的查理，发现自己的新奇天赋让他变得炙手可热。他可以飞，可以在天上拐弯，这让他觉得自己简直就是世界之王。不料后来被妈妈撞见，她当着同学的面狠狠训斥了查理，这件事也成为了查理最糟的噩梦。更丢脸的还在后头。妈妈使他降格为笑料后，一群小男孩用泡泡纸把他包了起来，活像一具木乃伊，并让他自个儿走路回家。

只有消除妈妈的焦虑根源，查理才能获得解脱。最终，泡泡纸男孩成了一代涂鸦大师。这个励志的故事——对成年人也是如此——最适合那些身上“泡泡纸”啪啪响的小孩子。

《兔子共和国》是一个可以经受时间考验的好故事，书里头那些长耳朵、爱抽鼻子的居民，一有风吹草动就焦虑不安，与同样容易焦虑的青少年一定心心相印。一听到乌鸦唱歌，这些兔子就知道可以放心出去吃草。但只要乌鸫的歌声稍稍露出紧张的腔调，警觉的兔子就会嗅嗅空气，像闪电一样朝相反的方向逃窜。

有一天地里竖起一块告示牌，宣布一个新的建筑项目马上就要开工，小多子预感大难就要临头，便立刻告诉他兄弟榛子。榛子知道小多子有未卜先知的本事，当天晚上就跟野兔洞的头目分道扬镳，率领愿意寻找安全新家园的其他兔子出走。一路上，小多子的第六感一次次拯救了兔群，最终把他们带到了安全的瓦特希普荒原，在这个干燥的高原上方圆数英里都能尽收眼底。

很多兔子容易恐慌，但他们也把造物主弗里萨很久以前赋予他们的力量用到了极致。“挖掘者、聆听者、善跑者”，咒语就是这么说的，一旦遭遇“千种敌人”之一，他们的本领就会派上用场，挖洞，聆听是否有危险，然后跑到安全之处。把这个故事说给容易紧张的孩子听，鼓励他们发挥自己的长处。他们也许不会马上停止焦虑，但他们的力量会帮助他们更好地适应。

也可参阅：**抑郁 · 杞人忧天**

结识了父母亲不喜欢的朋友

当孩子把一些你不乐意的朋友带回家时，未必是他们的问题。

成人药方

PB《铃木·比恩的奇妙冒险》（*The Wonderful Adventures of Suzuki Beane*），著 / 桑德拉·斯科比托恩（Sandra Scoppettone）、绘 / 路易斯·菲茨休（Louise Fitzhugh）

这么说来你不喜欢孩子的朋友？哭求、找人借或者说服某人再版这本1960年代的珍宝吧——虽说也有点冒犯人，但它证明了成年人的先入之见如何妨碍了童年的纯真友谊。说来有趣，来自格林尼治村的一对开明父母——女儿不叫他们妈妈和爸爸而是直呼“休”和“马西娅”）——怎么都无法“破坏”他们的女儿与亨利（一个来自曼哈顿上东区、衣着整洁的小男孩）的友谊。我们喜欢这本书，因为路易斯·菲茨休画的铃木爸爸的形象（硕大的身形、留着胡子、总是宿醉未醒）；因为他的金斯伯格式的诗句（“开始/即是结束”，他的女儿最爱引用这一句）；还因为马西娅对女儿的简笔画毫不留情的批评（“过于写实了”）。如果你在了解孩子的朋友前就草率地表示反对，并为此心里有愧，休和马西娅不加思索就认定可怜的亨利不够上进的做法，一定会让你心有戚戚焉。让孩子保持他们的友谊，把你的偏见扔到九霄云外去。

● 也可参阅：**被引入歧途 · 同伴压力**

节假日

● 参阅：**暑假**

金鱼之死

● 参阅：**宠物之死**

近视眼

● 参阅：**不得不戴眼镜**

酒精

● 参阅：**毒品 · 同伴压力**

局促不安

● 参阅：**害羞 · 大高个**

拒绝自己穿衣服

ER《巴巴的故事》（*The Story of Babar*），让 · 德 · 布吕诺夫（Jean de Brunhoff）

小朋友可以分成两类：一类巴不得什么事情都自己干；一类实在想不出有什么理由，不让家里人抱他、喂他、给他穿衣服、帮他洗澡。如果你觉得是时候让家里的小屁孩学会自己挑衣服、穿衣服，不妨让他们认识一下精于此道的小象巴巴。

妈妈被猎人射杀后，吓破了胆的巴巴逃到一个人来人往、车水马龙的镇子上。看到一个戴礼帽、穿条纹西装的绅士，巴巴决定自己也要来一套，显示出他入乡随俗的惊人适应力。凑巧他认识了一个有钱的老妇人，愿意为他的新装备买单。巴巴试穿了醒目的粉红色衬衫、鲜绿色西装、常礼帽和高筒靴，得意扬扬的样子显而易见。所谓“好马配好鞍”，何况是拥有高雅鉴赏力的巴巴。如果你受得了手提猎枪的猎人、娶自己的表妹为妻等古怪行径（毕竟这本书创作于 1933 年），不妨在书架上放一套“小象巴巴”系列，然后看着你的小孩子天天进化吧。

● 也可参阅：**对着干 · 认为父母亲的辛苦理所当然 · 懒惰 · 娇生惯养**

拒绝吃萝卜和青菜

● 参阅：**挑食**

绝对服从

PB《布蕾迪小姐要了一把铲子》（*Miss Bridie Chose a Shovel*），著 / 莱斯利·康纳（Leslie Connor）、绘 / 玛丽·阿扎里安（Mary Azarian）

CB《拉腊的礼物》（*Lara's Gift*），安玛丽·奥布莱恩（Annemarie O'Brien）

超级听话的小孩固然好照顾，但绝对服从未必是全然积极的好品质。一直等着别人告诉他 / 她怎么做的小孩，长大后没准会丧失独立思考的能力。《布蕾迪小姐要了一把铲子》传达了自发主动的重要性，这是一个 19 世纪末年轻美国移民的故事。在报时钟、瓷质玩偶或一把铲子这三样东西里，布蕾迪小姐只能在旅途中携带一样，结果她明智地选了铲子。玛丽·阿扎里安迷人的木版画精准地描绘了那一时期的美国，而那把铲子用起来也极为顺手。不仅让布蕾迪挣到了足够多的钱，过上她想要的生活，也为她将来嫁给如意郎君扫清了障碍。这个故事告诉孩子一个道理：如果他们学会独立思考，更有可能取得对他们的生活来说至关重要的东西。

已到章节书阅读年纪的小孩会喜欢拉腊，这个在《拉腊的礼物》里会质疑权威的农家女。拉腊对俄罗斯狼犬——她父亲在沃龙佐夫伯爵的农庄里饲养的大猎狗——很有一套，大家对此心知肚明，但她绝无指望继承父亲首席养狗人的职位。出任这个位置的人总是男性，而当她母亲又生下一个小弟弟时，父亲提醒她说除了沃龙佐夫伯爵的狗，她抚养的小萨尔将来不会参与捕狼。

可是当拉腊看到萨尔弄死了一头狼，周围的雪地都染上了鲜血时，她意识到必须打破父亲立下的规矩，方可拯救大家。在暴风雪、狼群和孤寂的猎角声中，我们看到拉腊对家人的忠心耿耿，宛如萨尔对她一样，即便她公然违背了父亲的规矩。好女孩有时候也不必言听计从。

● 也可参阅：**不能维护自己的权益**

绝对不服从

PB《和甘伯伯去游河》（*Mr. Gumpy's Outing*），约翰·伯宁罕（John Burningham）

另一方面，[1] 自作主张的孩子也不在少数。不说别的，小孩子对与他们的安全相关的叮嘱一定要谨记在心。论及“不听老人言”的谆谆教诲，镇定自若的甘伯伯算是一个。撑着船悠闲地顺流而下时，对河边每一个要求上船的小孩和小动物，甘伯伯都说“好”——只要他们不吵（小孩子）、不跳（兔子）或不追兔子（猫）。

伯宁罕的交叉影线和梦幻般的色块，完美地诠释了何谓平静。只是好景不长。很快大家伙纷纷干起不让他们干的事情，结局如何不用说你们也知道。绝妙之处莫过于，虽然突然落到冰凉的河水里让甘伯伯有点吃惊，但他从未在名字里加上一个“R”[2]——不论对暴跳如雷

[1] 如果你不明白“一方面”是什么，参阅前述病症。

[2] 甘伯伯英文名为 Gumpy，加上一个“R”变成 Grumpy，意为“坏脾气”。——译注

的大人还是惹祸上身、微微被斥责的小孩，都是一剂解毒良药。

● 也可参阅：**争吵 · 没礼貌 · 调皮捣蛋 · 脏话**

绝症

PB《吉姆的狮子》（*Jim's Lion*），著 / 拉塞尔 · 霍本（Russell Hoban）、绘 / 亚历克西斯 · 迪肯（Alexis Deacon）

面临绝症或危险手术的小孩需要一本非常特别的书——既可以提供让他们坚持下去的力量，又有帮他们渡过难关的愿景。《吉姆的狮子》正是这样一本好书，用文字和栩栩如生、如梦似幻的插画对心理治疗进行了出色的探索。

这本书一开始就用一个令人难忘的梦境定下了隐喻的基调，在梦里，吉姆的病床被一头狮子吃掉了，吉姆则成了拼图的一片。等他醒来时，我们发现，吉姆马上要做一个大手术，他害怕永远迷失在噩梦里（参阅：做噩梦）。虽然书里没有言明他得了什么病，但我们明白应该不是每个人都有机会痊愈的。

在吉姆最需要的时候，一个和蔼又务实的护士出现在他身边。巴米护士告诉他必须找到他的"守护者"。为此，他必须去一个想象中让他感觉良好的地方，也就是他将与守护者相遇的地方，一旦有所需要，守护者就会在那里找到他。第二次在脑海中"造访"海边的时候，从海浪中出现了一头与袭击他病床的那头一样凶猛强壮的狮子。我们跟吉姆一样诧异，一样被感动。在他身边的是怎样一头狮子啊！

吉姆动手术的时候到了，插画取代文字成为主角，当一头血红、无形的野兽与他的守护者苦苦相搏时，我们意识到吉姆与死亡几乎是擦肩而过。狮子的力量占了上风，但战斗异常激烈。故事以吉姆在圣诞节早上下楼与父母亲见面作结，这应该是他们一辈子“最好的礼物”了。

直接与潜意识——那是恐惧潜伏的地方——对话，这本书以强烈的原型意象反映和侵入梦境，进行了深层次的探究。这也是一本需要一起分享、讨论的书。让你孩子感觉舒服的地方在哪里？他们的守护者会以什么面目出现？

● 也可参阅：**人生大哉问 · 卧床不起 · 害怕死亡 · 无法表达感受 · 好奇神是否存在 · 悲伤 · 恐惧**

K

开学

从拥有自己的衣帽钩到排队行进……用讲述上学乐事的故事让你的孩子为小学（或学前班）做好准备。

为开始上学准备的十本书

PB《托普西和蒂姆开学啦》（*Topsy and Tim Start School*），琼·亚当森 & 加雷斯·亚当森（Jean and Gareth Adamson）

PB《我还小，我不能上学》（查理和罗拉系列）[*I Am Too Absolutely Small for School*（Charlie and Lola）]，罗伦·乔尔德（Lauren Child）

PB《小鼠波波上幼儿园》（*Maisy Goes to Nursery*），露西·卡曾斯（Lucy Cousins）

PB《学校里的惊喜》（*Chu's First Day of School*），著 / 尼尔·盖曼（Neil Gaiman）、绘 / 亚当·雷克斯（Adam Rex）

PB《幼儿园星球》（*Planet Kindergarten*），著 / 休·冈兹－施密特（Sue Ganz-Schmitt）、绘 / 肖恩·普利格莫（Shane Prigmore）

PB《小臭臭威尔逊：一只不肯上学的狼》（*Whiffy Wilson: The Wolf Who Wouldn't Go to School*），著 / 卡里尔·哈特（Caryl Hart）、绘 / 莱奥尼·洛德（Leonie Lord）

PB《我好担心》（*Wemberly Worried*），凯文·亨克斯（Kevin Henkes）

PB《阿尔菲和大男孩》（*Alfie and the Big Boys*），雪莉·休斯（Shirley Hughes）

ER《捣蛋鬼拉蒙娜》（*Ramona the Pest*），贝弗丽·克利里（Beverly Cleary）

ER《小女生桃子》（*Just Peachy*），琼·乌尔（Jean Ure）

成人药方

PB《如果我可以不让你长大》（*If I Could Keep You Little...*），玛丽安·里奇蒙德（Marianne Richmond）

好吧，上学第一天一般是这么度过的：你的孩子说一声再见，冲进他或她的教室，兴高采烈地说一声“你好！”，甚至不回头看你一眼；反倒是你孤零零愣在那里，紧张地想说又说不出什么。没错吧？孩子第一天上学是大人必须迈过去的一关，标志着每周七天、每天二十四小时被人需要的时光结束了，以及回到家里独自与镜中人（不管镜子里那个家伙到底是谁）对视的日子开始了。让自己和《如果我可以不让你长大》一起度过多愁善感的一天。它会提醒你分离只是暂时的，看着孩子长大可能有点难以接受，但不是没有回报。然后捡起《小说药丸》，参阅如下词条：家人不在身边、身份认同危机、被炒鱿鱼、被冷落、寂寞、无回报的爱、人生无意义、心力交瘁。

● 也可参阅：**家有父母 · 恐惧 · 新生 · 害羞**

考试

ER《蒂凡多夫学校日，万岁》（*Hooray for Diffendoofer Day!*），苏斯博士（Dr. Seuss）、杰克 · 普鲁斯基（Jack Prelutsky）、莱恩 · 史密斯（Lane Smith）

YA《风歌塔》（*The Wind Singer*），威廉 · 尼科尔森（William Nicholson）

小小年纪就要参加考试——不仅关乎你自己的成绩，也可能关乎整个学校——对今天的小孩子来说已是严酷的现实。向苏斯博士致敬的《蒂凡多夫学校日，万岁》可以帮你戳破这个焦虑的泡泡。这本书由诗人杰克 · 普鲁斯基、插画家莱恩 · 史密斯以及苏斯博士在纽约的老编辑联袂打造，不论语言还是插画都受苏斯博士的启发。

在蒂凡多夫学校，至少教学风格是新式的。没有英语和数学，小朋友学的是听、嗅、笑和喊，如何打结，以及河马为什么不会飞。不足为怪，每一个老师都很了不起，而且深受小朋友喜爱。当浓眉大眼的校长劳先生宣布，所有人都要接受测验，“以考察大家的学习所得，以及帮助评判哪一所学校最好”时（想一想 SAT），小朋友们的焦虑不难理解。如果他们的学校不是最好的，就会被拆掉，然后他们都会被送到乏味的软趴趴镇学校。幸运的是，这些小朋友学会了如何开动脑筋，而不是一味死记硬背，结果拿到了最高分。给正在准备考试的小朋友读这个故事，准保他们有 98.75% 的概率会成功。

论及考试对孩子造成的压力，以《风歌塔》（威廉·尼科尔森“风火之舞”系列的第一部）最具代表性。小孩子从两岁开始就要参加各种考试，你可以享受的特权、衣物和住所都由考试成绩决定。幸运的是，双胞胎鲍曼和凯斯特的父母都不是随大流的人，相信诗意和想象力，胜过体制的规则。凯斯特在考试过程中突然顿悟，由此引发一系列连锁反应，最终导致了整个系统的崩溃。这个激励人心的故事有助于读者正确地看待考试，同时鼓励他们做好应对考试挑战的准备——这么做不仅是为了考得好，更是为了超越考试。

● 也可参阅：**焦虑 · 缺乏自信 · 感觉自己一无是处 · 害怕犯错误 · 父母太强势 · 不想上学 · 难以入睡 · 杞人忧天**

渴望长大

PB《莫莉去购物》（*Molly Goes Shopping*），伊娃·埃里克松（Eva Eriksson）

CB《一只叫吉克的狗》（*A Dog Called Grk*），乔什·莱西（Josh Lacey）

YA《消失》（*Gone*），迈克尔·格兰特（Michael Grant）

见到这一常见的童年期微恙对成年人来说尤为痛苦，因为他们明白年轻和老年的优劣是相对的。我们充其量只能让不耐烦的小屁孩做一些让他们觉得长大了的事情，同时竭尽所能让他们安度童年。给他们读一些其他不安分的小屁孩如何渴望长大的故事，让他们知道他们并不孤单——又能让他们间接感受到刺激。

《莫莉去购物》就是你想要的合意故事。奶奶给了小猪莫莉一张上面只有一样东西的购物清单——一袋豆子，打发她去购物。得意扬扬的莫莉手里握着钱包走在大街上，好让大家一眼就能明白她在干吗。关乎自尊的第一次难免忙中出错，这时瑞典作家和插画家伊娃·埃里克松柔和的彩色蜡笔画满是温暖和善解人意。对那些首次迈出家门融入世界的人来说，这个故事提供了慰藉和鼓舞。

品尝独立的冲动可以在章节书里得到极好的满足，成年人被消灭个精光，或者至少被打发到天涯海角，让小孩子自生自灭。这也是小孩子开始对眼前的对错不以为意，而专注于更大世界的年纪。首次涉猎带有全球化背景的故事，我们最爱乔什·莱西精彩的“吉克”系列，第一部是《一只叫吉克的狗》。十二岁的蒂姆是家里的独子，父母不是忙个不停（参阅：父母太忙碌），就是心烦意乱，或者二者兼而有之，闲暇时都把时间打发在直升机模拟游戏上。有一天在放学回家的路上，他被一条带黑斑的小白狗绊倒，不可救药地想把这条狗留下来（参阅：想养宠物）。但他的父母不想让狗爪子弄脏他们的汽车皮座椅。在给吉克寻找合适主人的过程中，他们敲开了肯辛顿的一座外交官住宅——娜塔莎和马克斯·拉菲菲的家，斯坦尼斯拉维亚驻伦敦大使的孩子。他们被卷入了一场阴谋之中，牵涉“东欧的一个多山小国”，凶残的部队总司令辛凡德上校发动军事政变后，囚禁了拉菲菲一家。此后我们得知蒂姆在他老爸的电脑上买了一张前往斯坦尼斯拉维亚的机票，留下一张纸条说可以用他以后183个星期的零用钱抵扣。

蒂姆和忠诚的吉克如何解救拉菲菲家两个小孩的故事，与约翰·勒卡雷的小说一样扣人心弦，而逍遥法外的残酷独裁者和他们残暴的鹰犬，则会让很多小孩子首次遭遇活生生的现实世界。但是小说的叙述轻盈而幽默，展现出蒂姆和吉克共有的品质，我们也明白了吉克名字的由来（在斯坦尼斯拉维亚语里，“吉克”是“勇敢、宽厚同时傻乎乎”的意思）。蒂姆的拯救行动发展到最后，不得不操控一架真实的直升机，可谓可爱的转折。处于阅读章节书阶段，渴望更多独立、勇敢，有时候傻里傻气的小孩子恐怕会喜欢跟蒂姆和吉克来这么一场小冒险。

那些渴望早点摆脱青春期的大孩子读过《消失》后，没准会三思而后行，这是一个任何人只要过了十五岁就会神秘消失的世界。起初，这种人类生活周期的奇异中断表现为人口的大规模失踪。十四岁的男主人公山姆·坦普尔正在亚拉巴马州帕迪多海滩的学校里，这时老师连同他的同桌乔什活生生在他眼前消失了。接着“天才”阿斯特丽德从数学课堂冲进来，那里除了她之外其他人都消失了。很快大家明白十五岁是一个神奇的界限。只要过了十五岁，任何人都会成为历史。

突如其来的自由——不用上学、没有规矩、没有大人——一开始让他们兴奋不已。但是当他们冒险走出去，看到大街上的撞车残骸——车里空无一人，但车门仍然从里面反锁了——才逐渐意识到他们失去了父母亲，兴奋感荡然无存。不仅如此，他们还要照顾小弟弟小妹妹，寻找、烹饪食物，同时不让大家的行为失控。一个男孩任命自己为麦当劳的主管，严格按照员工手册的指导，保证汉堡和薯条的供应源源不断。接着一些青少年开始拥有奇异的超能力，比如只要动一动念头就可以移动重物，用眼睛就可以让东西着火……关键是，他们似乎被一堵看不见的墙困在镇上。很快他们巴不得钟表停摆。对那些以为长大成人就可以开车、就可以在酒吧里买酒的家伙来说，这个故事可谓发人深省。

● 也可参阅：**结识了父母亲不喜欢的朋友 · 加入帮派**

渴望独处

PB《小黑云》（*The Cloud*），汉娜 · 卡明（Hannah Cumming）
PB《独自一人》（*All Alone*），凯文 · 亨克斯（Kevin Henkes）
YA《永不放手的小刀》（*The Knife of Never Letting Go*），派崔克 · 奈斯（Patrick Ness）

有时候一个人待着确实有益。远离吵闹争斗，孩子就可以感受到他们自己的情绪，不必假装一切都好。不过有时候小孩子期望有人能将他从恐惧中拯救出来，如果有人能注意到就好了。《小黑云》里面，那个头顶上罩着一朵愤怒的小黑云的小女孩就是如此。

美术课上，其他小朋友都在信笔涂鸦，用宇宙飞船和大黄鸡填满他们的画布，头顶上有小黑云的小女孩却迟迟不动笔。没有人敢接近她。这时候，另一个小女孩带着她画的一幅高兴地斜着眼睛的肖像画勇敢地穿过那片小黑云，跟那个小女孩说话。她试了好几次，终于引起了对方的兴趣，很快她们就联手作画。画得越多，小黑云就变得越小，直到“噗”的一声小黑云不见了，愤怒的小女孩乐不可支。不妨让容易生气的小孩看看这本理解他处境的书，如果他的伙伴也愿意看，那就更理想了。它传达出来的耐心、坚持和忍受最终可能会让每个人敞开心扉。

有时候小孩子希望一个人待着，因为他们认识到唯有如此，才可以拥有更真实的存在感。在《独自一人》里，凯文·亨克斯用令人过目不忘的极简主义手法，让一个小男孩的人物轮廓与半抽象的水彩风景相映成趣，生动地向我们介绍了渴望独处的观念。“有时候我喜欢独自生活，只有我一个。”开门见山——请注意作者用的动词是“生活”，而不是“生存”，一下子把我们带入诗的意境。小男孩独自在树林里漫步，他可以“听到更多，看到更多”。他注意到树木在风里叹息的方式。他感受到皮肤上阳光的热量。很多成年人永远学不会像他那样独处。借助这个绘本，把独处当作积极的观念来介绍，你就会给小孩子一把钥匙，一把如何在生活中怡然自得的钥匙。

对大一点的孩子来说，想要独处多半与荷尔蒙有关，对此成年人通常难以理解，甚至连青少年自己也说不清道不明。（参阅：青春期、荷尔蒙过剩）。他们可能一连几个钟头紧闭卧室门，或百般推脱不参加家庭活动。但是托德，《永不放手的小刀》（派崔克·奈斯出色的“混沌漫步”三部曲的第一部）的男主角想自个儿待着的必要性比任何人都充足，因为他生活在一个每个人都可以听到别人内心想法的星球上。“所有人内心倾泻而出的噪音，喧闹嘈杂”，日日夜夜被这些噪音包围，它们不停地“向你向你向你”扑来。所以托德带着他的狗曼奇，在荒凉的沼泽地长久漫步，试图平静一些，就不奇怪了。即便如此，他还要与曼奇的想法搏斗，虽然其想法不论内容还是表达都无可指摘，例如“托德，我要大便”“托德，我饿了”。

就在他尽量不让自己暴露在噪音中，尽量不受长辈为他存储的东西影响，也就在他眼看要“长大成人”时，他有了意外的发现，若隐若现的威胁也尾随而至。这个星球上没有女性存在，据说是被病毒消灭光了。然而，就在沼泽地，托德找到了可以质疑这一假定的理由……对托德想要的隐私权，青少年感同身受，当他们发现有一天可以跟托德分享这一内心想法时，恐怕也会满心喜悦吧。

● 也可参阅：**与众不同 · 感觉没朋友 · 交不到朋友 · 感觉没有人倾听 · 独来独往 · 情绪化 · 创伤**

课后被留校

● 参阅：**被惩罚**

恳求

● 参阅：**无休止地讨价还价**

恐高症

CB《屋顶客》(*Rooftoppers*)，凯瑟琳·朗德尔（Katherine Rundell）

从高处往下看就紧张的小孩子经由《屋顶客》会得到全新的视角。当当局决定古怪、未婚的查尔斯不再是十二岁的索菲合适的唯一监护人时，他们俩决定去查明索菲的母亲是否尚在人世。在“玛丽皇后”号沉没的那一年，查尔斯在英吉利海峡发现了漂浮在大提琴琴盒里的索菲，便把她抱回摇摇欲坠满是书的伦敦公寓里抚养。充当橡皮艇的琴盒上有一个巴黎乐器制造商的名字，于是他们赶在索菲被夺走前，一起逃到巴黎。

一天晚上，索菲从顶层的窗户爬出来，发现自己到了公寓大楼的屋顶上，并且认识了马泰奥，一群旨在逃脱当局追捕的“少年犯”之一。这些孩子的策略就是生活在屋顶上，完全不下到街道上。瘦小、衣衫褴褛、赤脚，马泰奥以难以置信的敏捷从一个屋顶跳到另一个，在平坦的屋顶上奔跑，在倾斜的屋顶上平衡，像青蛙一样飞檐走壁，把索菲看得目瞪口呆。很快她就时时跟着他，当巴黎在他们脚底下沉睡时，马泰奥和索菲一起寻找她的母亲。

马泰奥教索菲如何在屋顶上求生：如何认出松垮、易碎的瓦片，以及会发出太大声音、暴露他们行踪的瓦片。有一阵子，他帮她克服恐惧，叫她闭上眼睛，跳过“像猪那么长的”缝隙。“可是猪有多长呢？”她人在天上的时候心里嘀咕。让你们家的小孩子读这个故事，看看他们是否能跳到彼岸，然后给他们找一棵靠谱的树攀爬吧[1]。在马泰奥的激励下，没准他们会重新找回自信。

● 也可参阅：**恐惧** · **恶心**

恐惧

PB 《小黑鱼》（*Swimmy*），李欧 · 李奥尼（Leo Lionni）

CB 《蓝猫瓦杰克》（*Varjak Paw*），S. F. 赛义德（S. F. Said）

CB 《风暴突击者》（*Stormbreaker*），安东尼 · 霍洛维兹（Anthony Horowitz）

YA 《力挽狂澜》（*Game Changer*），蒂姆 · 鲍勒（Tim Bowler）

[1] 放过巴黎或任何地方的屋顶吧。

小孩子害怕不需要理由，个头比别人小或不如别人能干都会使他们害怕。（参阅：个头小）🗣让他们勇敢起来的窍门之一是以《小黑鱼》里的小黑鱼为榜样。李欧·李奥尼在他标志性的拼贴画里添加了质朴的土豆样图案，为我们刻画了独自生活在深海世界的小黑鱼。色彩鲜艳的海洋生物让他惊叹不已，包括一只彩虹“水母”（紫色、绿色和红色）和热带水草的森林。小黑鱼好不容易碰到一群小红鱼，但他们胆子太小，不敢离开岩石一起去探险。小黑鱼有了一个主意：如果他们成群结队游泳，可以让自己看上去像是海里个头最大的鱼。把这个故事分享给没有大人陪伴就不敢出门闯世界的小孩：一群叽叽喳喳的朋友凑一起，会让人感到前所未有的强大。

稍微大一点的孩子如果畏惧家门外的世界，精通武功、狡猾可爱的蓝猫瓦杰克会是他们喜欢的导师。瓦杰克是一只美索不达米亚的小蓝猫，一辈子生活在室内，牛奶和猫粮定期出现，所以他不愿到猫洞之外冒险就很好理解了。可是当一群眼神死气沉沉的黑猫入侵了女伯爵家时，作为家里个头最小的一员，瓦杰克决定是时候出去看看了。虽然压根不知道狗的样子，他还是想找一条狗——在他想象中最可怕的动物——帮忙，求他把入侵者赶跑。

幸好瓦杰克天赋异禀，可以穿越时代跟他的祖先贾拉勒——唯一见过世面的猫——交流，听他传“道”。通过贾拉勒，瓦杰克学会了“开放心灵”“延缓时间”和“幽灵步法”的本领，所有这些帮助他克服了恐惧，让对手猝不及防。跟随瓦杰克一路走来，读者会找到自己的“道”，不仅会让同龄人对他们刮目相看，恐怕连自己也难以置信。

《风暴突击者》是“亚历克斯·莱德”系列的第一部，从这个少年 007 身上小朋友也将受益良多。当舅舅伊恩离奇死亡时，从小由伊恩抚养长大的十四岁的亚历克斯决定查明他的死因。虽然险些被垃圾场的破碎机压扁，但他还是成功找到了舅舅满是弹孔的宝马车，随后受邀与舅舅的老板在“银行”讨论他的未来。利用短暂被留在舅舅的办公室隔壁房间的机会，亚历克斯想闯入隔壁查看舅舅的文件，他爬到窗外，那里离地面有十五层楼之高。

舅舅是个间谍的结果并不令人意外，而且他还准备让亚历克斯接班。身体壮得像运动员，亚历克斯已经学会了滑雪、攀岩和几门外语，但让舅舅的老板对他刮目相看的，却是他对恐惧的态度。从窗台上溜到隔壁房间时，亚历克斯心里只有两个想法：第一，如果这是一个儿童攀爬架，他压根不会多虑；第二，他不应该浪费时间担心，开干就是了。

结果就是这样。“要我说，”在另一个房间通过闭路电视目睹了整个过程的军情六处老大阿伦·布兰特大叫，“这个小男孩太棒了。”军情六处当场要了他。故事结尾，亚历克斯好几次险些丢了性命，但每次都克服了恐惧绝处逢生。小朋友自会明白，有时候阻止你成事的，不是那件事或那东西本身，而是你对它们的想法。

《力挽狂澜》里十五岁的迈克·莫利纽克斯也会帮助大一点的孩子克服恐惧。被同班同学叫作鼹鼠的迈克不敢出门，成天拿着一本他最喜欢的避世读物《金银岛》（参阅：十佳安慰读物）缩在衣柜里。他讨厌自己不敢做一些平常的事，比如乘车旅行，但在小妹妹梅吉的鼓励和帮助下，他努力走出阴影。当梅吉的生命受到威胁，需要“鼹鼠”挺身而出时，他的恐惧最终被克服。读过这本书的人都会对“鼹鼠”的经历感同身受，并在不经意间受到鼓舞。

成人药方

PB《大黑狗》（*Black Dog*），李维·宾福德（Levi Pinfold）

让大人害怕的东西不多，但也不是没有。当一条淌着口水跟霍普家的房子一样大的黑狗出现在霍普家门口时，书里的父母亲惊恐万分。关灯，拉上窗帘，躲在自制的防御工事后面。但家里年纪最小的斯莫尔有不同的反应。她走出家门与大黑狗面对面。很快发现恐惧可以让某些东西变得更大。插画混合了博斯[1]、格林兄弟和美国哥特小说的风格，栩栩如生地刻画了作为抑郁象征的大黑狗，极具感染力。这不禁让我们想到有时候吓人的东西实际上只是我们的焦虑或抑郁在作祟。读这个绘本以提醒你自己，恐惧很可能只是出于习惯。即使你感到害怕，也请装出勇敢的样子，你的孩子也会被你的勇敢所鼓舞。

● 也可参阅：**害怕动物 · 焦虑 · 怕黑 · 个头小 · 自觉渺小 · 杞人忧天**

恐蝇症

● 参阅：**害怕动物**

抠鼻子

PB《不许抠鼻子！》（*Don't Do That!*），托尼·罗斯（Tony Ross）

大部分警世故事适得其反，它们最不想让小孩子干的事情，往往小孩子最喜欢的。这一本不是。当一个名叫奈莉的小女孩用手指抠鼻子，却发现手指再也拔不出来的时候，由此引发的恶心真的让我们心烦意乱，但也让人忍不住想弄明白到底是怎么回事。每个人都想方设法要把奈莉的手指拔出来，但无一成功——就算那个把奈

[1] 希罗尼穆斯·博斯（Hieronymus Bosch，1450—1516），荷兰画家，其大量的宗教题材作品以糅人造型怪诞、富于想象力的怪物而独树一帜。——译注

莉的胳膊系在火箭上，腿绑在公园长凳上，然后让火箭发射升空的科学家也不行。（他把奈莉、公园长凳以及在长凳上打瞌睡的老头都带上了天。）没人认真听奈莉的兄弟亨利说话，他翻来覆去说知道怎么把她的手指弄出来——部分是因为每次他这么说的时候，手里头总有一些吓人的工具，比如锯子、干草叉。实际上，最终拯救了这一天的正是亨利，而且他的办法一点也不可怕。但我们忍不住注意到，一番闹剧后，令奈莉扬扬得意的漂亮鼻子已不像原来那么小巧了，也不是纽扣的形状了。

口吃

● 参阅：**语言障碍**

裤子里有只蚂蚁

● 参阅：**坐不住**

困境

CB《世界上跑得最快的男孩》（*The Fastest Boy in the World*），伊丽莎白·莱尔德（Elizabeth Laird）

YA《胖小子游泳》（*Fat Boy Swim*），凯瑟琳·福德（Catherine Forde）

不论是被困在树上，或困在什么里面，还是被特别棘手的家庭作业缠住了（参阅：不愿意做家庭作业），感觉都差不多：挫败以及不会有任何改观。窍门在于教会小孩子随机应变。可能没有明显的出路，但不那么明显的出路还是有的。

可以向适合阅读章节书的孩子推荐《世界上跑得最快的男孩》。住在埃塞俄比亚农村的十一岁小男孩所罗门，怀抱参加奥运会长跑比赛的梦想。但为了达到入选受训的标准，首先他必须去一个坐公交车要半天才能到的学校上学。父亲也不支持他的梦想，家里需要他帮忙干农活。

有一天，他陪爷爷步行二十英里去亚的斯亚贝巴看一个朋友。恰好见到刚参加完奥运会回国的运动员。但爷爷突然发病，被送到医院后，所罗门知道他必须尽快赶回家。如此，他的父亲才能尽快赶到亚的斯亚贝巴，见爷爷最后一面。所罗门没得选，只有跑二十英里回家。

这一艰苦卓绝的长跑——相当于一个马拉松——成为他一生的转折点。爷爷的声音不停在脑子里提醒他保持稳健的步伐，他明白了跑步不只是胳膊和大腿的运动，更是头脑的运动。他及时跑到家送信，父亲才得以及时赶到首都。很快大家都在谈论他这次非凡的长跑，选苗子的人闻风而至，给了他需要的专业帮助。这个故事充满了希望和激励，会让那些觉得梦想遥不可及的孩子振作起来。

另一种不同的困境——被困在你不喜欢的身体里——常在青春期爆发。《胖小子游泳》里十四岁的吉米就是明证。暴食暴饮，尤其喜欢薯片、汽水和巧克力，吉米对他的体重毫不在意，他的妈妈和姨妈波尔也不上心。有一次他一口气干掉了十五根巧克力棒和三瓶汽水，稍一动弹就气喘吁吁。直到一个星期五的晚上，他妈妈从宾果游戏厅带了学校里严厉的体育教练“大兵”乔回来。乔听说过吉米喜欢烹饪——这是他每周五和姨妈波尔的例行享受——于是两个人达成了一个协议，如果吉米愿意为即将到来的学校募捐活动烹饪，他就帮吉米减肥。

听到别人怎么谈论他的身体，吉米一开始被吓坏了，儿时的游泳梦想一直在潜意识里激励他。从跳进泳池的那一刻起，他就发现他对游泳的爱跟烹饪不相上下。原来满身赘肉的他，现在是优雅和力量兼而有之。很快，他就摆脱了家庭装的巧克力棒，以及随之而来的一身肥肉。这个激励人心、鼓舞士气的故事足以帮你的孩子摆脱困境。

也可参阅：**缺乏自信 · 愤愤不平 · 超重 · 自觉渺小**

L

阑尾炎

● 参阅:《小说药丸》(*The Novel Cure*)

L

懒惰

《太阳的赠礼》(*Gift of the Sun*), 著/黛安娜·斯图尔特(Dianne Stewart)、绘/朱迪·戴利(Jude Daly)

小孩子上学累了或运动乏了，让他们懒洋洋地好好休息当然有好处。但是当一个小孩既不是运动累了，也不是探险累了，更不是做家务累了，但仍然没有干劲，他们就可能需要一次故事治疗了。《太阳的赠礼》，一个南非的传说，阐明了努力的价值。

图拉尼喜欢晒太阳。唯一需要他干的是挤牛奶，但就算这样他还觉得累，决定卖掉奶牛买一头山羊。山羊把他老婆辛苦种下的种子吃光了，他又换了一头绵羊。嫌剪羊毛麻烦，又换了三只鹅。当图拉尼的老婆（顺便说一下，她一直忙于耕种、收获、做饭，让生活得以延续）说他们需要播种一些种子来年才能有收成时，图拉尼终于动了起来，用三只鹅换了一些种子，并且亲自播种。

种子长成了壮观的向日葵，带来了更多的种子，可以用来喂鸡，小鸡越生越多，图拉尼可以拿去换更多的家禽。很快他就忙着交易家禽，甚至养了一头奶牛，并且用全新的方式感受到了快乐。“挤牛奶的时候我的脑子最好使。”图拉尼说。夫妻俩哈哈大笑，仿佛压根没有经历过挫折。散落在环衬上的种子象征着只要我们有所尝试必有所得，以及心甘情愿卖力的喜悦（立即参阅：不得不做家务）。

成人药方

《田鼠阿佛》(*Frederick*),李欧·李奥尼(Leo Lionni)

注意,那个看起来像懒骨头的小孩很可能实际上是不同寻常的勤奋儿。在李奥尼标志性的粗犷拼贴画里栩栩如生的小田鼠阿佛,在其他田鼠看来就是不愿分担、好吃懒做的主儿。他们忙着搜集玉米、坚果、小麦和稻草准备过冬的时候,阿佛光坐在那里晒太阳、看风景。小田鼠个个都很不忿。可是到了深冬,食物储备渐渐空了,他们想方设法让自己饱暖的时候,阿佛唤起记忆中夏天的美景、春天的味道和颜色,温暖他们的心窝。当你指责身边的懒骨头时不妨三思,没准他或她其实是一个小诗人。

也可参阅:**做白日梦 · 不愿意做家庭作业 · 太宅 · 不想去散步**

离婚

参阅:**父母即将分开**

离家出走的冲动

小朋友或早或晚都会产生离家出走的念头。鼓励他们间接体会这一快感——同时耗尽他们想让它真实发生的需要。

十本关于离家出走的故事书

《妈妈,你爱我吗?》(*Mama, Do You Love Me?*),著/芭芭拉·M. 宙斯(Barbara M. Joosse)、绘/芭芭拉·拉瓦雷(Barbara Lavallee)

《再也不想待在家里》(*We Were Tired of Living in a House*),著/莉泽尔·莫克·斯科本(Liesel Moak Skorpen)、绘/乔·塞佩达(Joe Cepeda)

PB《逃家小兔》(*The Runaway Bunny*)，著 / 玛格丽特 · 怀兹 · 布朗(Margaret Wise Brown)、绘 / 克雷门 · 赫德(Clement Hurd)

CB《布兰登森林》(*Brendon Chase*)，B. B.

CB《我叫巴德，不叫巴弟》(*Bud, Not Buddy*)，克里斯托弗 · 保罗 · 柯蒂斯(Christopher Paul Curtis)

CB《小男孩和狗》(*One Dog and His Boy*)，伊娃 · 伊博森(Eva Ibbotson)

CB《天使雕像》(*From the Mixed-Up Files of Mrs. Basil E. Frankweiler*)，E.I. 柯尼斯伯格(E.I. Konigsburg)

CB《尼姆的老鼠》(*Mrs. Frisby and the Rats of Nimh*)，罗伯特 · 奥布莱恩(Robert C. O'Brien)

CB《跑路》(*The Runaways*)，鲁斯 · 托马斯(Ruth Thomas)

YA《纸镇》(*Paper Towns*)，约翰 · 格林(John Green)

● 也可参阅：**需要加油鼓劲 · 挫败感 · 独来独往 · 不想上学 · 自杀的念头**

两岁的孩子狗都嫌

● 参阅：**熊孩子 · 不想上床睡觉 · 过度疲劳 · 十万个为什么 · 使性子**

礼物

CB《小公主》(*The Little Princess*)，弗朗西斯 · 霍奇森 · 伯内特(Frances Hodgson Burnett)

不论不够、太多、压根没有，还是不合适，礼物的迎来送往总是复杂又令人焦虑。家门之外，那可能是一个装满了蠕虫的罐头。

孩子收到朋友亲戚的礼物时，若是碰到如下情况，他们该如何应对：不喜欢[1]、已经有了[2]、如果预先知道是什么礼物就可能会喜欢[3]、喜欢但非常不喜欢送礼的人[4]、非常不喜欢但喜欢送礼的人[5]，以及如果收到礼物就要写感谢信，谁还会想要呢？[6] 如何优雅地应对这些问题，有一个文学形象可资借鉴：萨拉·克鲁，《小公主》的女主角。

当初为了发大财（或者说为了更加有钱）出海远航，把萨拉留在明钦太太的寄宿女校时，克鲁船长特意叮嘱，萨拉只要高兴，要什么都满足她。但他刚一转身，明钦太太就明确表示，她不赞成任何“令萨拉高兴之物”，包括行李箱里昂贵、带褶边的内衣，或是那个珍贵的洋娃娃艾米丽。很快大家都在说萨拉的闲话，有的忌妒，有的诋毁。

待人不厚道通常只会招来同样不厚道的回应，但萨拉不是这样。不管明钦太太和其他女生多么刻薄，萨拉总是优雅动人、彬彬有礼地对待她们。父亲倾家荡产后，明钦太太让她搬到阁楼跟女帮厨一起睡。萨拉的同龄人幸灾乐祸。以为如今小公主一定会颜面扫地了！但萨拉不以为然。“如果我穿金戴银，做个公主当然容易，但是一直做个公主，即便别人不知道，那才了不起。”她告诉自己。诋毁者见她即便挨饿受冻、没鞋子穿也不愿屈服，简直要被逼疯了。确实，连读者都气急败坏了。但是当她时来运转，却还跟以前一样时，真的很难不佩服她。向你的孩子介绍萨拉·克鲁，下次他们准备回赠礼物

---

[1] 别参阅：撒谎。

[2] 参阅：娇生惯养。

[3] 对不起，我们也不知道应该怎么办。

[4] 参阅：要这要那。

[5] 参阅：伤了别人的心。

[6] 参阅：不得不写感谢信。

时，不妨让他们先问问自己，如果萨拉在他们的位置上，她会怎么做。

● 也可参阅：**失望 · 没礼貌 · 不得不写感谢信**

令人尴尬的父母

YA《只有袜子怎么够》（*SocksAreNotEnough*），马克·洛厄里（MarkLowery）

父母亲让孩子难为情的方式简直不胜枚举，这里有一个短清单：衣着太考究或装酷的时候用力过猛；舔舔手指头，然后擦掉小孩子脸上的污渍；看到孩子跟同学闲逛时，在马路对面发出奇怪的叫声（更糟的是也想加入一起厮混）；舞姿太难看。如果你认识的小孩为此顽疾而受苦，趁他们父母不注意的时候，偷偷从门缝底下塞进这本书。

十四岁的迈克尔回家时发现父母正在喝茶，身上除了一双袜子外一丝不挂，他的世界开始崩溃了。他在欧玛莉女士要求他写的日记里称之为“我人生中最糟糕的时刻”，欧玛莉是每天一次的“情绪处理”课上他要面见的心理咨询师。不仅父母亲裸体生活的决定让他想不通，驴子、香草味面糊做的双层饼干和一般而言的裸体也令他难受。而上述种种归根结底又与露西这个“普雷斯顿最漂亮的女生”有关。他一一克服障碍的过程由于他诙谐的口才而更加有趣。（他告诉我们他的心理咨询师的手大得足以“压死一只小猫”，而相比之下，她那种特有的爱尔兰人口音“轻得就像门缝底下的穿堂风”。）在这个过程中我们也了解到几年前在德文郡的一次海滨度假其实是一切问题的开始。最后，迈克尔变得更加宽容，与父母亲的关系极大改善，足以让他原谅他们的怪癖，而他和露西的关系也有了乐观的新转折。读完这本书，你的孩子会发现他们的境况实际上不算太糟。

- 也可参阅：**尴尬**

流感

- 参阅：**卧床不起**

M

M

PB《大象和坏小子》(*The Elephant and the Bad Baby*)，著 / 艾尔弗丽达 · 维庞特（Elfrida Vipont）、绘 / 雷蒙德 · 布里格斯（Raymond Briggs）

PB《玛德琳说谢谢》(*Madeline Says Merci*)，约翰 · 贝梅尔曼斯 · 马西亚诺（John Bemelmans Marciano）

CB《小熊帕丁顿》(*A Bear Called Paddington*)，著 / 迈克尔 · 邦德（Michael Bond）、绘 / 佩姬 · 佛特南（Peggy Fortnum）

PB《恐龙是怎样吃饭的？》(*How Do Dinosaurs Eat Their Food?*)，著 / 简 · 约伦（Jane Yolen）、绘 / 马克 · 提格（Mark Teague）

以《大象和坏小子》开始，展示何谓没礼貌。书里一头大象遇见了一个小孩，愉快地带着他在镇上兜风。“喜欢兜风吗？”大象问。“喜欢！”“喜欢冰激凌吗？”“喜欢！”小孩坐在大象硕大的双耳间笑得合不拢嘴，他们走街串巷，大象偷偷伸出他灰色的长鼻子（雷蒙德 · 布里格斯以柔和的水彩灰呈现），在蛋糕摊、肉铺、糖果摊和水果摊顺手牵羊，毫不客气大吃特吃，别提付钱了。很快好几个愤怒的店主追着他们跑，手里挥舞着砍肉刀大喊大叫：“你们连一声谢谢也不说！”当他们回到坏小子家里，他的妈妈邀请所有人吃薄煎饼。“好的，谢谢！！”大家大声说，由此表明不能因为别人对你粗鲁，你就可以没礼貌。

如果小孩子是玛德琳的粉丝（谁不是呢？），《玛德琳说谢谢》可以收拾他们。路德维希 · 贝梅尔曼斯，玛德琳的创造者，1962 年病逝，但他的精神和绘画在他从未见过面的孙子的书里投胎转世。玛德琳住在巴黎“覆盖着葡萄藤”的老房子里，跟她收养的孤儿

“排成直直的两行”出门。约翰 · 贝梅尔曼斯 · 马西亚诺在书中对社交礼节进行了明晰又温和的指导，比如恰当地跟你认识的人在大街上打招呼（如果只有一个就挥挥手，如果是一群人，挨个跟他们说“你好”，微笑地看着他们的眼睛，可能的话跟每个人握手）；如果女王跑来跟你喝茶怎么办（当然是屈膝礼了）；如果某人送的礼物你不想要怎么办（跟你想要的礼物一模一样。如果你有疑问，参阅：礼物）。[1]就像排成两行的十二个小女孩偶尔也会精力充沛地发动枕头大战，有礼貌并不意味着无趣——而且，有礼貌的人通常会有更快乐的人生。

想要证据的话，《帕丁顿熊》可以帮你。当帕丁顿从“最黑暗的秘鲁”抵达伦敦时，他跟首先见到的陌生人——布朗夫妇——打招呼，礼貌地脱帽致意，恰当地来了句“下午好”。当布朗夫妇呆呆地瞪着他时，他又说了一句“有什么可以效劳的”。而当布朗夫妇带他去车站咖啡厅吃黏黏的小圆蛋糕时，他刻意不第一个走进去。“你先来，布朗先生。”他说。对小家伙来说，这真是令人钦佩的举止，更别说是刚从丛林里出来的人了。帕丁顿喝茶时出了点乱子，毕竟他从未用过茶杯和茶托，而且对黏黏的小圆蛋糕还有点小激动，但他还是被请回温莎花园 32 号住下来。“我猜是因为他脱帽致敬，”朱迪对她的弟弟说，“留下了好印象。”我们不建议年轻一代戴软毡帽（或脱帽致意），[2]但这个故事表明无可挑剔的举止令人难以抗拒。

说到餐桌礼仪，如今似乎有点老套，但没有人喜欢跟有如下举止的人一起吃饭：打嗝、激动、烦躁、挑三拣四、把食物扔到地上、

[1] 如果你对上述回答都有疑问，不妨（礼貌地）问你们家的孩子，等他们读完了，能不能借你一阅。如果你不明白为什么要有礼貌地问，就别指望你的孩子会有礼貌了。

[2] 虽然这也很迷人。

玩弄食物、当你把食物放在他面前时他对食物怒目而视、吐出嚼了一半的食物（而且吐在餐盘边，吸引所有人的注意）或者让食物粘在鼻子上。在《恐龙是怎样吃饭的？》里，我们看到一串恐龙以详细、滑稽的方式示范这样或那样的举止。书的下半部分，同样这些恐龙说“请”或“谢谢”，把盘子里的东西吃光，把掉到地上的东西捡起来——甚至在轮到他们发言时，竖起一根小指头，先把嘴里的东西吃完。这些有礼貌的恐龙显然比粗鲁的更有趣，你们家的孩子可能会高兴地模仿这些细节。运气好的话，这些模仿的礼貌可能会固化下来。

➡ 也可参阅：**不得不亲吻老奶奶 · 礼物 · 不得不写感谢信**

没有运动员风度

➡ 参阅：**输不起**

梦遗

CB《再来一次，也许我不会》（*Then Again, Maybe I Won't*），朱迪·布鲁姆（Judy Blume）

梦遗发生在很多青春期刚开始的男孩身上（有时候早到九岁），[1] 还会在第二天一早留下奇怪的污渍。这个现象令人好奇和尴尬，第

[1] 进入青春期的女生也会在睡梦里体会到高潮。我们鼓励大人也可以给女生看这本书，有助于她们理解这一现象，同时也让她们知道男生的脑子里或其他部位发生了什么。

一次有此经历的男孩可以从朱迪·布鲁姆的书中找到慰藉和建议。

在《再来一次，也许我不会》里，十三岁的托尼·米格里奥尼刚搬到新家，与过于彬彬有礼的乔成了邻居。乔的后院有一个游泳池，不仅如此，托尼很快发现，乔的姐姐丽莎“曲线毕露”，这个邻居真没白当。托尼发现自己经常勃起得不是时候：在家读哥哥的成人小说，旁边还有家人时；或者是当着全班同学的面，在上数学课时（好在被他用一本书掩饰过去了）。当他第一次醒来，发现床单湿漉漉的时候，他不知道哪里出了毛病。但他很快意识到这再自然不过了，体育老师跟他说过“夜间遗精”的事，于是他的担心转移到如何处理床单上，因为他不想跟家人讨论此事。[1] 当他发现透过卧室窗户可以看到丽莎光溜溜的样子时，梦遗发生得越发频繁了，不愿错失良机的他以观鸟的名义说服父母亲给他买了一个双筒望远镜……这本书可谓男生版的《上帝，你在吗？我是玛格丽特》，托尼直白的第一人称叙述对减轻梦遗的焦虑很有帮助——如何发生、因何而起以及如何避免尴尬。如果到时候了，不妨放一本在男生的床头。

● 也可参阅：**青春期 · 焦虑 · 不确定自己是不是同性恋 · 难为情的自慰**

迷恋

用以下书单继续助长狂热。

[1] 他把床单和湿毛巾一起塞进洗衣篮，造成所有东西都湿漉漉的假象。值得一试！

十佳芭蕾主题故事书

PB《小芭蕾舞女安吉丽娜》(*Angelina Ballerina*)，著 / 凯瑟琳·霍拉伯德(Katharine Holabird)、绘 / 海伦·克雷格(Helen Craig)

PB《谁说狗狗不会跳芭蕾》(*Dogs Don't Do Ballet*)，著 / 安娜·坎普(Anna Kemp)、绘 / 莎拉·奥格尔维(Sara Ogilvie)

PB《舞蹈老师》(*The Dance Teacher*)，著 / 西蒙·米尔恩(Simon Milne)、绘 / 尚塔尔·斯图尔特(Chantal Stewart)

ER《艾拉·贝拉和胡桃夹子》(*Ella Bella Ballerina and the Nutcracker*)，詹姆斯·马修(James Mayhew)

CB《仲夏夜之梦》(巧克力盒女孩系列)[*Summer's Dream*(The Chocolate Box Girls)]，凯茜·卡西迪(Cathy Cassidy)

CB《跳吧》(*To Dance*)，著 / 锡耶纳·切松·西格尔(Siena Cherson Siegel)、绘 / 马克·西格尔(Mark Siegel)

CB《芭蕾舞鞋》(*Ballet Shoes*)，诺埃尔·斯翠特菲尔德(Noel Streatfeild)

CB《芭蕾舞的故事》(*Tales from the Ballet*)，著 / 路易斯·昂特迈耶(Louis Untermeyer)、绘 / 爱丽丝·普罗文森 & 马丁·普罗文森(Alice and Martin Provensen)

YA《跳出我天地》(*Billy Elliot*)，迈尔文·伯格斯(Melvin Burgess)[1]

YA《心舞》(*Bunheads*)，索菲·弗拉克(Sophie Flack)

十佳恐龙主题故事书

PB《弗林队长和恐龙海盗》(*Captain Flinn and the Pirate Dinosaurs*)，著 / 吉尔斯·安德烈(Giles Andreae)、绘 / 拉塞尔·艾托(Russell Ayto)

PB《汤姆和恐龙岛》(*Tom and the Island of Dinosaurs*)，伊恩·贝克(Ian Beck)

[1] 根据李·霍尔的剧本改编。

PB《约汉斯和恐龙》（*Yohance and the Dinosaurs*），著 / 亚历克西斯·奥比（Alexis Obi）、绘 / 琳恩·威利（Lynne Willey）

PB《哈利和一桶恐龙》（*Harry and the Bucketful of Dinosaurs*），著 / 伊恩·怀布罗（Ian Whybrow）、绘 / 阿德里安·雷诺兹（Adrian Reynolds）

CB《院子里的怪蛋》（*The Enormous Egg*），著 / 奥利弗·巴特沃斯（Oliver Butterworth）、绘 / 路易斯·达林（Louis Darling）

CB《恐龙帝国：脱离时间的大陆》（*Dinotopia: A Land Apart from Time*），詹姆斯·格尔尼（James Gurney）

YA《失落的世界》（*The Lost World*），阿瑟·柯南·道尔（Sir Arthur Conan Doyle）

YA《侏罗纪公园》（*Jurassic Park*），迈克尔·克莱顿（Michael Crichton）

YA《时间遗忘的大陆》（*The Land that Time Forgot*），埃德加·赖斯·巴勒斯（Edgar Rice Burroughs）

YA《地心游记》（*A Journey to the Centre of the Earth*），儒勒·凡尔纳（Jules Verne）

十佳狗狗主题故事书

PB《坏狗狗马利》（*Bad Dog, Marley!*），著 / 约翰·格罗根（John Grogan）、绘 / 理查德·考德里（Richard Cowdrey）

PB《好脏的哈利》（*Harry the Dirty Dog*），著 / 吉恩·蔡恩（Gene Zion）、绘 / 玛格丽特·布罗伊·格雷厄姆（Margaret Bloy Graham）

ER《狗狗向前冲》（*Go, Dog. Go!*），P. D. 伊斯曼（P. D. Eastman）

ER《会隐身的狗》（*The Invisible Dog*），迪克·金－史密斯（Dick King-Smith）

ER《亨利和玛奇》（*Henry and Mudge*），辛西娅·赖蓝特（Cynthia Rylant）& 苏西·史蒂文森（Sucie Stevenson）

CB《傻狗温迪克》（*Because of Winn-Dixie*），凯特·迪卡米洛（Kate Dicamillo）

CB《野性的呼唤》（*The Call of the Wild*），杰克·伦敦（Jack London）

CB《夏伊洛》（*Shiloh*），菲利斯·雷诺兹·内勒（Phyllis Reynolds Naylor）

CB《红色羊齿草的故乡》(*Where the Red Fern Grows*)，威尔逊·罗尔斯(Wilson Rawls)

YA《神与狗的赌注》(*Fifteen Dogs*)，安德烈·亚历克西斯(André Alexis)

十佳精灵主题故事书

PB《花仙子全集》(*The Complete Book of Flower Fairies*)，西塞莉·玛丽·巴克(Cicely Mary Barker)

PB《小手杖》(*The Teeny-Weeny Walking Stick*)，著/凯伦·霍奇森(Karen Hodgson)、绘/萨莉·安妮·兰伯特(Sally Anne Lambert)

CB《野外指南》(奇幻精灵事件簿系列)[*The Field Guide*(The Spiderwick Chronicles)]，著/霍莉·布莱克(Holly Black)、绘/托尼·迪特里奇(Toni Diterlizzi)

CB《小妖精集市》(*Goblin Market*)，著/克里斯蒂娜·罗塞蒂(Christina Rossetti)、绘/亚瑟·拉克姆(Arthur Rackham)

CB《夜仙子》(*The Night Fairy*)，著/劳拉·埃米·施利茨(Laura Amy Schlitz)、绘/安吉拉·巴雷特(Angela Barrett)

CB《环游精灵国度的女孩》(*The Girl Who Circumnavigated Fairyland in a Ship of Her Own Making*)，凯瑟琳·瓦伦特(Catherynne M Valente)

YA《微光之窗》(阿瓦隆系列)[*Glimmerglass*(Faeriewalker)]，珍娜·布莱克(Jenna Black)

YA《傻瓜和消隐者之谜》(*The Mystery of the Fool and the Vanisher*)，大卫·埃尔万&露丝·埃尔万(David and Ruth Ellwand)

YA《星尘》(*Stardust*)，尼尔·盖曼(Neil Gaiman)

YA《魔灵禁地》(*Fablehaven*)，著/布兰登·马尔(Brandon Mull)、绘/布兰登·多尔曼(Brandon Dorman)

十佳足球主题故事书

ER《伟大的扑救！》(*Great Save!*)，著/罗伯·蔡尔兹(Rob Childs)、绘/迈克尔·雷德(Michael Reid)

M

ER《兄弟们，联合起来》（足球学校系列）[*Boys United*（Football Academy）]，汤姆·帕尔默（Tom Palmer）

CB《转会》（*The Transfer*），特伦斯·布莱克尔（Terence Blacker）

CB《汉娜的秘密》（*Hannah's Secret*），纳琳德·迷米（Narinder Dhami）

CB《利厄和龙之队》（*Leah and the Football Dragons*），保罗·穆林斯（Paul Mullins）

CB《犯规》（*Foul Play*），汤姆·帕尔默（Tom Palmer）

CB《守门员》（*Keeper*），马尔·皮特（Mal Peet）

CB《守门员戴头饰吗？》（*Do Goalkeepers Wear Tiaras?*），海伦娜·皮丽查蒂（Helena Pielichaty）

YA《警告》（*Booked*），夸梅·亚历山大（Kwame Alexander）

YA《我爱贝克汉姆》（*Bend It Like Beckham*），纳琳德·迷米（Narinder Dhami）

十佳希腊神话故事书

ER《奥德赛的故事》（*Tales from the Odyssey*），著 / 玛丽·波·奥斯本（Mary Pope Osborne）、绘 / 特洛伊·霍威尔（Troy Howell）

CB《阿提克斯的 100 个希腊神话》（*Atticus the Storyteller's 100 Greek Myths*），著 / 露西·科茨（Lucycoats）、绘 / 安东尼·刘易斯（Anthony Lewis）

CB《海下之神》（*The God Beneath the Sea*），著 / 利昂·加菲尔德（Leon Garfield）& 爱德华·毕升（Edward Bishen）、绘 / 查尔斯·季平（Charles Keeping）

CB《波西·杰克逊与神火之盗》（波西·杰克逊系列）[*The Lightning Thief*（Percy Jackson and the Olympians）]，雷克·莱尔顿（Rick Riordan）

CB《失落的英雄》（奥林匹斯英雄系列）[*The Lost Hero*（Heroes of Olympus）]，雷克·莱尔顿（Rick Riordan）

CB《特洛伊前的黑船》（*Black Ships Before Troy*），罗斯玛丽·萨特克利夫（Rosemary Sutcliff）

CB《希腊神话精粹》(*The Orchard Book of Greek Myths*)，著／杰拉尔丁·麦考琳（Geraldine McCaughrean）、绘／艾玛·奇切斯特·克拉克（Emma Chichester Clark）

YA《献给艾拉·格雷的歌》(*A Song for Ella Grey*)，大卫·阿尔蒙德（David Almond）

YA《特洛伊》(*Troy*)，阿黛尔·格拉丝（Adèle Geras）

YA《国王必须死》(*The King Must Die*)，玛丽·瑞瑙特（Mary Renault）

十佳亚瑟王和圆桌骑士主题故事书

CB《梅林失落的岁月》(*The Lost Years Of Merlin*)，T.A. 巴伦（T.A. Barron）

CB《树中剑》(*The Sword in the Tree*)，克莱德·罗伯特·布拉（Clyde Robert Bulla）

CB《大海之上，巨石之下》（黑暗蔓延系列）[*Over Sea, Under Stone* (The Dark Is Rising)]，苏珊·库珀（Susan Cooper）

CB《亚瑟王和他的圆桌骑士》(*King Arthur and His Knights of the Round Table*)，罗杰·兰斯林·格林（Roger Lancelyn Green）

CB《石中剑》(*The Sword in the Stone*)，T.H. 怀特（T.H. White）

PB《亚瑟王和圆桌骑士》(*King Arthur and the Knights of the Round Table*)，马西娅·威廉姆斯（Marcia Williams）

YA《看得见的石头》（亚瑟王系列）[*The Seeing Stone* (Arthur)]，凯文·克罗斯利－霍兰德（Kevin Crossley-Holland）

YA《戈比尼克城堡》(*Corbenic*)，凯瑟琳·费舍尔（Catherine Fisher）

YA《剑和圈》（亚瑟王系列）[*The Sword and the Circle* (King Arthur)]，罗斯玛丽·萨特克利夫（Rosemary Sutcliff）

YA《正义王者之剑》(*Sword of the Rightful King*)，简·约伦（Jane Yolen）

十佳武术主题故事书

PB《美丽的勇士》(*Beautiful Warrior: The Legend of the Nun's Kung Fu*)，埃米丽·阿诺德·麦卡利（Emily Arnold McCully）

M

PB《忍者！》（*Ninja!*），Arree Chung

PB《乔乔的飞踢》（*Jojo's Flying Side Kick*），布莱恩·平克尼（Brian Pinkney）

CB《武士道》（小武士系列）[*The Way of the Warrior*（Young Samurai）]，克里斯·布拉德福德（Chris Bradford）

CB《白鹤》（武士小子系列）[*White Crane*（Samurai Kids）]，著 / 桑迪·福塞尔（Sandy Fussell）、绘 / 里安·内斯特·詹姆斯（Rhian Nest James）

CB《月影》（*Moonshadow*），西蒙·希金斯（Simon Higgins）

YA《女孩反击》（艾米丽·凯恩的冒险系列）[*Girl Fights Back*（Emily Kane Adventure）]，雅克·安托尼（Jacques Antoine）

YA《穿过夜莺地板》（风凰传说系列）[*Across the Nightingale Floor*（Tales of the Otori）]，李安·赫恩（Lian Hearn）

YA《忍者黑玉》（*Jet Black and the Ninja Wind*），莱扎·洛维茨（Leza Lowitz）& 桶谷省吾（Shogo Oketani）

YA《虎》（五祖系列）[*Tiger*（The Five Ancestors）]，杰夫·斯通（Jeff Stone）

十佳太空主题故事书

PB《登月！》（*Man on the Moon!*），西蒙·巴特拉姆（Simon Bartram）

PB《杜戈尔和太空火箭》（*Dougal and the Space Rocket*），简·卡鲁斯（Jane Carruth）& 瑟奇·达诺（Serge Danot）[1]

PB《如果你非要去月球不可》（*If You Decide to Go to the Moon*），著 / 费丝·麦克纳尔蒂（Faith McNulty）、绘 / 斯蒂芬·凯洛格（Steven Kellogg）

PB《不得了》（*Whatever Next*），吉尔·墨菲（Jill Murphy）

ER《爸爸去哪儿了？》（*Fortunately, the Milk*），尼尔·盖曼（Neil Gaiman）、绘 / 克里斯·里德尔（Chris Riddell）

[1] 原则上，我们不推荐绝版书，此处为了怀旧破例。如果你们非要不可，艾拉·伯绍德（本书作者之一）有一本。

CB《格洛丽亚飞天》（*Gloria Rising*），安·卡梅伦（Ann Cameron）

CB《查理和大玻璃升降机》（*Charlie and the Great Glass Elevator*），著/罗尔德·达尔（Roald Dahl）、绘/昆廷·布莱克（Quentin Blake）

CB《时间的折皱》（*A Wrinkle in Time*），马德琳·英格（Madeleine L' Engle）

YA《火星编年史》（*The Martian Chronicles*），雷·布拉德伯里（Ray Bradbury）

YA《月球上172个小时》（*172 Hours on the Moon*），约翰·哈尔斯塔（Johan Harstad）

十本关于吸血鬼的故事书

CB《吸血鬼之牙》（尖叫街系列）[*Fang of the Vampire*（Scream Street）]，汤米·唐巴万（Tommy Donbavand）

CB《吸血鬼之岛》（*Vampire Island*），阿黛尔·格里芬（Adele Griffin）

CB《血的滋味》（*A Taste for Red*），刘易斯·哈里斯（Lewis Harris）

CB《邦尼古拉》（*Bunnicula*），黛博拉·霍伊和詹姆斯·霍伊（Deborah and James Howe）

YA《血色童话》（*Let the Right One In*），约翰·杰维德·伦德维斯特（John Ajvide Lindqvist）

YA《蹩脚吸血鬼的日记》（*Notes from a Totally Lame Vampire*），著/蒂姆·柯林斯（Tim Collins）、绘/安德鲁·平德（Andrew Pinder）

YA《拉德利一家子》（*The Radleys*），马特·海格（Matt Haig）

YA《吸血鬼学院》（*Vampire Academy*），蕾切尔·米德（Richelle Mead）

YA《暮光之城》（*Twilight*），斯蒂芬妮·梅尔（Stephenie Meyer）

YA《德古拉》（*Dracula*），布莱姆·斯托克（Bram Stoker）

十本关于狼人的故事书

CB《小狼人》（*Young Werewolf*），柯奈莉亚·芳珂（Cornelia Funke）

CB《哈利·波特与阿兹卡班的囚徒》（*Harry Potter and the Prisoner Of Azkaban*），J.k. 罗琳（J.k. Rowling）

CB《狼人皮》（鸡皮疙瘩系列）[*Werewolf Skin*（Goosebumps）]，R. L. 斯坦（R. L. Stine）

YA《银狼》（*The Silver Wolf*），爱丽丝 · 博哈特（Alice Borchardt）

YA《巴黎狼人》（*The Werewolf of Paris*），盖伊 · 恩多尔（Guy Endore）

YA《银色子弹》（*Cycle of the Werewolf*），斯蒂芬 · 金（Stephen King）

YA《狼人时光》（*The Wolf's Hour*），罗伯特 · R. 麦卡蒙（Robert R. McCammon）

YA《破晓》（暮光之城系列）[*Breaking Dawn*（Twilight）]，斯蒂芬妮 · 梅尔（Stephenie Meyer）

YA《狼人》（*The Wolfman*），尼古拉斯 · 佩基罗（Nicholas Pekearo）

YA《狼的恩赐》（*The Wolf Gift*），安妮 · 莱斯（Anne Rice）

十本小小历史学家必读故事书

ER《恐龙谷历险记》（神奇树屋系列）[*Dinosaurs Before Dark*（The Magic Tree House）]，玛丽 · 波 · 奥斯本（Mary Pope Osborne）

CB《可怕的都铎王朝》（可怕的历史系列）[*The Terrible Tudors*（Horrible Histories）]，著 / 特里 · 狄利（Terry Deary）& 尼尔 · 汤奇（Neil Tonge）、绘 / 马丁 · 布朗（Martin Brown）

CB《瀚海苍狼》（征服者成吉思汗系列）[*Wolf of the Plains*（Conquerer）]，康恩 · 伊古尔登（Conn Iggulden）

CB《奥斯蒂亚的窃贼》（神秘的罗马系列）[*The Thieves of Ostia*（Roman Mysteries）]，卡罗琳 · 劳伦斯（Caroline Lawrence）

CB《逃难》（亨德森的男孩系列）[*The Escape*（Henderson's Boys）]，罗伯特 · 马奇莫尔（Robert Muchamore）

CB《狼兄弟》（远古黑暗传说系列）[*Wolf Brother*（Chronicles of Ancient Darkness）]，米雪儿 · 佩弗（Michelle Paver）

CB《泰坦尼克号的沉没，1912》（大难不死系列）[*I Survived the Sinking of the Titanic, 1912*（I Survived）]，著 / 劳伦 · 塔希斯（Lauren Tarshis）、绘 / 斯科特 · 道森（Scott Dawson）

CB《洛蒂计划》(*The Lottie Project*)，著 / 杰奎琳 · 威尔逊(Jacqueline Wilson)、绘 / 尼克 · 沙拉特(Nick Sharratt)

YA《史奇匹之死》(*Skippy Dies*)，保罗 · 穆雷(Paul Murray)

YA《第九鹰团》(*The Eagle of the Ninth*)，罗斯玛丽 · 苏特克里夫(Rosemary Sutcliff)

十佳侦探故事书

PB《侦探鼠赫梅林》(*Hermelin, the Detective Mouse*)，米妮 · 格雷(Mini Grey)

CB《看着我的眼睛》(鲁比 · 雷德福特侦探系列)[*Look into My Eyes*(Ruby Redfort)]，罗伦 · 乔尔德(Lauren Child)

CB《巴斯克维尔的猎犬》(*The Hound of the Baskervilles*)，阿瑟 · 柯南 · 道尔(Sir Arthur Conan Doyle)

CB《兔子行动》(*Operation Bunny*)，萨莉 · 加德纳(Sally Gardner)

CB《骷髅侦探》(*Skulduggery Pleasant*)，德雷克 · 兰迪(Derek Landy)

CB《死亡云》(*Death Cloud*)，安德鲁 · 莱恩(Andrew Lane)

CB《野孩子》(*Wild Boy*)，罗伯 · 劳埃德 · 琼斯(Rob Lloyd Jones)

CB《普雷舍丝和猴子》(*Precious and the Monkeys*)，亚历山大 · 麦卡尔 · 史密斯(Alexander McCall Smith)

CB《五年级神探小布朗》(*Encyclopedia Brown*)，唐纳 · J. 索博尔(Donald J. Sobol)

CB《最不淑女的谋杀》(*Murder Most Unladylike*)，罗宾 · 史蒂文斯(Robin Stevens)

十佳奇幻故事书

CB《爱丽丝漫游奇境》(*Alice's Adventures in Wonderland*)，刘易斯 · 卡罗尔(Lewis Carroll)

CB《石头心》(*Stoneheart*)，查理 · 弗莱彻(Charlie Fletcher)

CB《最后的学徒》(*The Spook's Apprentice*),约瑟夫·德拉尼(Joseph Delaney)

CB《冰痕的呐喊》(*The Cry of the Icemark*),斯图尔特·希尔(Stuart Hill)

CB《13 号站台的秘密》(*The Secret of Platform 13*),伊娃·伊博森(Eva Ibbotson)

CB《森林深处》(*The Tree that Sat Down*),贝弗利·尼科尔斯(Beverley Nichols)

CB《飞龙圣战》(龙骑士系列)[*Eragon*(Inheritance Cycle)],克里斯托弗·鲍里尼(Christopher Paolini)

CB《零魔法巫师》(碟形世界系列)[*The Colour of Magic*(Discworld)],特里·普拉切特(Terry Pratchett)

CB《魔法生活》(克雷斯托曼奇世界传奇系列)[*Charmed Life*(Chrestomanci)],戴安娜·温尼·琼斯(Diana Wynne Jones)

YA《玻璃王座》(*Throne of Glass*),莎拉·J. 玛斯(Sarah J. Maas)

十佳图像小说

ER《太空女孩齐塔》(*Zita the Spacegirl*),本·哈克(Ben Hatke)

CB《大耳朵超人》(*El Deafo*),茜茜·贝尔(Cece Bell)

CB《微笑》(*Smile*),蕾娜·塔吉迈尔(Raina Telgemeier)

CB《美生中国人》(*American Born Chinese*),杨谨伦(Gene Luen Yang)、上色/拉克·皮恩(Lark Pien)

YA《早期地球百科全书》(*The Encyclopedia of Early Earth*),伊莎贝尔·格林伯格(Isabel Greenberg)

YA《雷·布拉德伯里的华氏 451》(*Ray Bradbury's Fahrenheit 451*),蒂姆·汉密尔顿(Tim Hamilton)

YA《雕塑家》(*The Sculptor*),斯科特·麦克劳德(Scott McCloud)

YA《洛夫莱斯和巴贝奇的刺激冒险》(*The Thrilling Adventures of Lovelace and Babbage*),西德尼·帕杜阿(Sydney Padua)

YA《失踪的男孩》(*The Lost Boy*),格雷格·鲁斯(Greg Ruth)

YA《这个夏天》（*This One Summer*），玉城真理子（Mariko Tamaki）& 玉城吉莉安（Jillian Tamaki）

十佳马儿主题故事书

ER《小木马历险记》（*Adventures of the Little Wooden Horse*），厄休拉·莫莉·威廉姆斯（Ursula Moray Williams）

CB《玉女神驹》（*National Velvet*），伊尼德·拜格诺德（Enid Bagnold）

CB《黑神驹》（*The Black Stallion*），沃尔特·法利（Walter Farley）

CB《公主和马驹》（*The Princess and the Foal*），斯塔西·格雷格（Stacy Gregg）[1]

CB《银色的野马》（*The Silver Brumby*），伊莱恩·米切尔（Elyne Mitchell）

CB《战马》（*War Horse*），麦克·莫波格（Michael Morpurgo）

CB《我的朋友弗莉卡》（*My Friend Flicka*），玛丽·奥哈拉（Mary O'Hara）

CB《奥林匹斯之火》（珀加索斯系列）[*The Flame of Olympus*（*Pegasus*）]，凯特·奥赫恩（Kate O'Hearn）

CB《黑骏马》（*Black Beauty*），安娜·塞维尔（Anna Sewell）

YA《天蝎骑赛》（*The Scorpio Races*），玛姬·斯蒂夫特（Maggie Stiefvater）

十佳间谍故事书

CB《无敌特工狗》（*Spy Dog*），安德鲁·寇鲁（Andrew Cope）

CB《小间谍哈瑞特》（*Harriet the Spy*），路易斯·菲茨休（Louise Fitzhugh）

CB《银鳍》（*Silverfin*），查理·希格森（Charlie Higson）

CB《风暴突击者》（少年007系列）[*Stormbreaker*（*Alex Rider*）]，安东尼·赫洛维兹（Anthony Horowitz）

CB《老钟表的秘密》（*The Secret of the Old Clock*），卡罗琳·基恩（Carolyn Keene）

[1] 同时参阅她的“小马俱乐部的秘密”系列（*Pony Club Secrets*）。

CB《新兵》（小天使系列）[*The Recruit*（Cherub）]，罗伯特·马奇莫尔（Robert Muchamore）

CB《窗后的少年》（*Liar and Spy*），丽贝卡·斯戴德（Rebecca Stead）

YA《我可以说爱你，然后我必须杀了你》（加拉格尔女孩系列）[*I'd Tell You I Love You, But Then I'd Have to Kill You*（Gallagher Girls）]，艾丽·卡特（Ally Carter）

YA《圈套》（美杜莎系列）[*The Set-Up*（The Medusa Project）]，苏菲·麦肯齐（Sophie McKenzie）

YA《红宝石烟雾》（*The Ruby in the Smoke*），菲利普·普尔曼（Philip Pullman）

迷恋名望

● 参阅：**想当名人**

迷路

PB《小塞尔采蓝莓》（*Blueberries for Sal*），罗伯特·麦克洛斯基（Robert McCloskey）

CB《银剑》（*The Silver Sword*），伊恩·赛瑞利尔（Ian Serraillier）

不论对小孩，还是对本该照顾好他们的大人来说，迷路都是一件相当骇人的事情。《小塞尔采蓝莓》，以其缓慢的节奏和绚丽细腻的插图，让人过目不忘，也足以吓到读者，给他们打上一剂有效的预防针。用这本书告诫小孩子不要离开大人的视线。

小塞尔跟妈妈一起采蓝莓，不知不觉溜到了蓝莓山的另一侧。那里，一头母熊也在跟她的小崽子为冬天准备食物。小塞尔误以为母熊的呼哧声和折断树枝的声音是妈妈发出来的，不假思索地跟着走，小熊也在另一侧犯了同样的错误。妈妈们首先觉得不对劲。整个过程大体上有惊无险，但小塞尔一度岌岌可危的处境，足以让大人和小孩都心有余悸。妈妈们分别与各自的小孩团聚的结尾，也可以作为丢过小孩（并找到）后的镇静剂之用。

在家门口附近走丢是一回事，在发生战乱的国家流离失所则是另一回事。《银剑》里的三个波兰小孩就是如此。他们的父亲约瑟夫·巴利克基被纳粹抓走后不久，母亲玛格丽特也被捕，十三岁的大女儿露丝、十一岁的儿子埃德克、三岁的小女儿布罗尼娅不得不在饱受战争蹂躏的华沙，与那些邋遢、挨饿、同样与父母亲分离的“失落小孩”为伍。他们在被炸毁建筑的地下室里住了一阵子，露丝开了一所临时学校。夏天，这个小家搬到郊区的树林里，那里有更多的食物。但是当埃德克也身陷囹圄时，露丝和布罗尼娅决定前往瑞士——那是战前父亲叮嘱他们一旦一家子离散后可以去的地方。

情绪化但忠诚的扬——另一个走失儿童，随身带着一把从巴利克基家的瓦砾堆里挖出来的小银剑——加入了他们的旅程。那把剑象征着他们相信父母亲还活着，正在另一头等着他们。提前安排好见面地点是一个很好的主意，不论是在当地还是世界上的其他地方，这一点那些需要照顾小孩的人大可借鉴。但此处真正让人振奋的是小孩子的足智多谋。他们不仅想方设法活了下来——夹带食物、说服一个俄罗斯士兵给他们徒步鞋——而且从不惊慌失措。不幸的是，不是所有走失儿童都能找到，但巴利克基家的孩子沿路碰到了许多好运气和善意。鼓励小孩子即便走失了也要保持头脑冷静，无疑会让他们更有可能找到回家的路。

● 也可参阅：**轻言放弃 · 恐惧**

M 面对身心障碍者

PB《苏珊笑了》(*Susan Laughs*)，著 / 珍妮·威利斯（Jeanne Willis）、绘 / 托尼·罗丝（Tony Ross）

PB《海豹冲浪手》(*Seal Surfer*)，迈克尔·福尔曼（Michael Foreman）

CB《奈芙》(*Knife*)，R. J. 安德森（R. J. Anderson）

YA《大自然的意外》(*Accidents of Nature*)，哈丽特·麦克布莱德·约翰逊（Harriet McBryde Johnson）

儿童文学中对身体和智力有障碍者的描绘既不充分，也有些残忍。如今状况有所改观，身心障碍者开始成为主角，论及人物特质，与我们对正常人的期望其实并无不同。如何与同龄身心障碍者打交道，绘本《苏珊笑了》为小朋友提供了统领一切的指导方针，亦即不论是身体还是智力有障碍，在其他方面与正常人并无不同。跟其他小朋友一样，苏珊也会欢笑、唱歌和游泳，也喜欢骑在爸爸的肩上，有着完全和常人一样的情感。只是到了最后一页我们才发现，原来她离不开轮椅。

迈克尔·福尔曼的《海豹冲浪手》描绘了漂亮的海岸，把焦点集中在残障儿童可以做而不是做不了的事情上。除了离不开轮椅和腋杖，我们从未确切知道他到底有何残疾。但我们知道他在水里比在陆地更自由、更快乐。趴在冲浪板上，小男孩跟他的朋友们可以玩上一整天。

有一天他和爷爷目睹了一只小海豹的诞生。看着它一天天长大，他们之间产生了一种特殊的联结，如果他在水里遇到危险，小海豹就会火速前来救援。最后一个画面——小男孩变成了老爷爷，带着孙子坐在海边——充满了正能量。给残障儿童读这个故事，激励他们找到自己的强项。

花园尽头一棵住着仙女的老橡树，似乎不大可能成为以残障为主题的青少年小说的背景，但是《奈芙》——“反叛仙子”系列的第一部——却用大胆、新鲜的手法处理此一主题。由于被“缄默”病毒感染，“橡树人”在最近几百年里日益耗尽了他们的魔力和活力。他们尽量不与人类打交道，因为觉得人类是对他们生存的威胁，但是当奈芙——一个年轻活泼的猎人仙女——看到一个男孩坐在银色的装着轮子的“王座”上，在花园里四处逛荡时，不禁十分好奇。后来她发现保罗原本拥有大好前程的赛艇运动员，但不幸在事故中失去双腿。当保罗想让自己淹死在池塘里一了百了时，奈芙暂时变回人形，救了他一命。

生无可恋的保罗并没有感激她的救命之恩。但随着他和奈芙的交往日益深入，愉快地谈论艺术和创造，他开始对生命有了新的认识。幻想和现实水乳交融，身心障碍者可能更觉得生活不值一过的陈腐论调也被巧妙驳斥。当面临不能恢复行动力还是失去奈芙的爱的两难选择时，保罗选择了继续残疾。由此向读者传达了如下信息：身体机能健全并非幸福的前提条件，令人信服，又不滥情。

《大自然的意外》通过十七岁少女琼的视角，深入地探索了残障群体的生存状态。琼是一个脑瘫患者，坐着轮椅到了勇气营。父母亲平时尽量让琼觉得一切“正常”，对她的残疾轻描淡写甚至视而不见。但在为期十天的营地生活中，琼认识了萨拉，她以一种截然不同的方式看待这一切。萨拉把这里叫作“残废营”，琼则是“脑瘫怪”。突然间琼犹如大梦初醒：如果她连身有残疾都不敢承认，又如何可以成为真正的自己？

琼和萨拉一起密谋推翻营地的建制，呼吁所有“废人”联合起来“打破常态”。当她们接管了才艺大赛时，营地的工作人员吓坏了，观众席上的“正常人”——她们的爸爸妈妈兄弟姐妹——也都坐立不安。但是对这些女孩来说，她们的“政变”可谓成功。借助这些带有贬义的名称，她们不再回避缺陷。琼首次因为她的“与众不同”而莫名兴奋。

● 也可参阅：**与众不同 · 挫败感 · 不被理解**

阅读相关症状：墨守“书”规

书还是老的好

大人（轻描淡写，一脸无辜）：所以，我们今天晚上读点什么好呢？读一个新故事怎么样？我们今天从图书馆借的那些新书很不错。看，这本怎么样？我们以前从未读过！

小孩：不要，我想读 A。（一个你已经读过一千遍，甚至五千遍的书名。此处以 A 代称）。

大人（假装一脸惊讶）：可是你不想来一个新故事吗？

小孩：不要，我想读 A。

大人（假装没听见）：我的天——难道你忘了我们今天刚从图书馆借的这本书？你不觉得它看起来很刺激，很好玩，很优秀？

小孩（越发坚定）：我就想读 A。

大人（突发奇想）：知道吗，我像你这么大的时候，最喜欢读 B（任何不是 A 的一本书）。

小孩（有点焦虑）：可我就想读 A。

大人（绝望了）：这本怎么样？明天一醒过来我们就读 A。晚上我们读一本新书。你说呢？好不好？（拿了一本不是 A 的书爬到床上。）

小孩（勃然大怒）：可我就想读 A。就想读 A。为什么你不给我读 A？为什么你不喜欢 A？我一直以为你喜欢 A！（此处应有哭声。）

长久的停顿，在此期间大人经历了复杂的情感体验，最主要的是内疚。

大人：这么说你真想读 A？

小孩（一边抽噎一边说）：非 A 不读。

大人（感受到灵魂一小部分的死亡，但也明白这就是爱吧）：好吧，就读 A。

小孩：耶！ A！（停了一下。）可以读两遍吗？

成人药方

PB《喂！等一下，那是我的书》（查理和罗拉系列）[*But Excuse Me That Is My Book*（*Charlie and Lola*）]，罗伦·乔尔德（Lauren Child）

你并不孤单。劳拉和查理去图书馆，想把《甲虫、臭虫和蝴蝶》——她已经连续借了两次了——借出来的时候，惊讶地发现已经被别人借走了。查理向她推荐了其他好看的书——从间谍故事和恐怖故事到有关山脉和怪物的书——但劳拉就是看不上。她只想要那本。最后，在查理的坚持下，她试了一本新书并决定这就是她想要的。这个故事会让你对墨守"书"规的孩子更加宽容。要是你的孩子看到你正在读——脸上还露出若有若无的笑意——没准他们也会被吸引，喜欢上这本书。

MATCHE

N

难为情的自慰

YA《如何培养一个女孩》(*How to Build a Girl*)，凯特琳·莫兰（Caitlin Moran）

YA《做吧》(*Doing It*)，迈尔文·伯格斯（Melvin Burgess）

作为万物生灵之一，探索身体的每个角落可谓天赋人权，对迅速成长、希望未来有满意性生活的青少年来说，这也是非常必要的一件事。为此，我们敦促好奇的青少年毫无悔意地读一些“下流”小说。

没有什么比《如何培养一个女孩》更适合女生了。在这本书里受挫的十四岁女孩约翰娜在我们眼前长成十七岁的“多莉·王尔德”——音乐记者，自称“性冒险家女士”。除了自慰，多莉也经历了很多真枪实弹的性爱，书中描述极其生动。（大人们，请确保你们的孩子已做好了阅读的准备）多莉觉得自己学习性爱经验的过程与管道工人弄清U型管如何不出纰漏的过程相仿，她种种直率热情行为既富有教育意义，又让人感到自由解放，也正是这样的个性让她敢出没于伍尔弗汉普通的卧室甚至更远的地方。最后她发誓“绝不与阴茎长于八英寸的人做爱”，绝不拒绝尝试新东西，绝不勉强做自己不想做的事情。（这些誓言当然自相矛盾，但她不在意）我们期盼在多莉的鼓舞下成长起来的新一代女孩，可以毫不脸红地分享她们的自慰故事。

偷偷手淫以达到高潮的男生一般不会感到不安，但在读过《做吧》之后，即便频繁手淫的男孩也会觉得心里自在一些。乔纳森、迪诺和本都是十七岁，小说以多视角的方式叙述了在他们脑海里，女孩、父母、美女老师，甚至学校，都与性息息相关。帅气的迪诺——“可能是全校最漂亮的帅哥”（他自己的看法，但受到广泛认同）——一直等待着，直到遇见“另一个最漂亮的尤物”杰姬，她确认迪诺不是个蠢蛋并愿意成为他的女朋友。乔纳森与黛博拉互有好感，但他担心她“有点胖乎乎”的样子可能影响他的形象（他很快开心地克服了这一点）。与此同时，本与扬女士的师生恋越发火热无度，扬是一个年轻但有点精神错乱的戏剧教师，在本十四岁的时候开玩笑地对他露出内裤，这让他无限遐想，并在几年后被她骗上了床。

乔纳森迫切想分享自己手淫的细节。他在公园里吻了黛博拉后，阴茎勃起得很不舒服——不得已冲回家用手解决，而且一口气来了三次。这个坦率的故事有助于男生表露他们的情感、欲望和习性——哪怕是对自己而非旁人——而女生则能借此对青春期男生荷尔蒙驱动的意识有所窥伺。就像迪诺班上最理智的休所言：那么多女生“认为男生跟女生没有两样，实际上并非如此”。

● 也可参阅：**尴尬 · 荷尔蒙过剩 · 心怀秘密 · 对性感到好奇 · 失去童贞**

难以入睡

PB《穿红睡衣的拉玛》（*Llama Llama Red Pajama*），安娜 · 杜德尼（Anna Dewdney）

CB《汤姆的午夜花园》（*Tom's Midnight Garden*），菲莉帕 · 皮尔斯（Philippa Pearce）

睡前故事读过了（参阅269页的“十佳幼儿晚安绘本”），晚安吻吻过了，灯关了，商定好门缝要敞开多少，也已经仔细量过了……而且你还有堆积如山的碗碟和衣物要洗，明天早上九点的会议要准备，更别说和伴侣的晚餐以及最近每日必追的电视剧。（等等，我们又在大声嚷嚷这件事了吗？）至少，今天你作为父母的日常事务算是告一段落了。可是别这么早下结论，朋友们！因为小孩子还没有入睡……只要微弱、哀求的叫声“妈妈 / 爸爸 / 舅老爷”从门口传来，你就知道这一晚上够你受的了。

绘本《穿红睡衣的拉玛》可以直抵这令人焦虑的困境。长睫毛充满睡意地垂下来，心满意足地沐浴在爱意里，小拉玛在听完睡前故事后，似乎准备好安睡一晚上了。可是拉玛妈妈一离开房间，小眼睛咻地一下就张开了。小拉玛发现卧室那么黑（参阅：怕黑），妈妈不在身边那么可怕，很快由烦躁变为难过。而当她的叫唤没有让妈妈现身时（震惊！恐惧！），不由得越发难过。很快她就慌得大声尖叫。这当然会让担惊受怕的妈妈冲上楼梯，心跳到嗓子眼，以为会在屋里找到一头尖牙利爪的野虎[1]，然而不过是激动生气的小拉玛。知悉小拉玛的恐惧，并极力安抚，让她明白恐惧毫无必要，所谓增进亲密，就是这样吧，几个拥抱（不管是蜻蜓点水般的，还是令人昏厥的熊抱）也有助于孩子度过这个阶段。然后你可以继续洗衣服。

至于难以入睡的大孩子，应该像成人失眠患者那样对待他们——一个吸引人，但又不会过度刺激，可以让他们昏昏欲睡的故事。本身就像梦境的《汤姆的午夜花园》就很理想。为了与得麻疹的弟弟彼得隔开，汤姆暑假被送到姨妈格温和姨父艾伦那里过。这

[1] 或者任何拉玛害怕的东西。

N

真的很不爽。首先，汤姆和彼得早就计划好了在花园里盖一个树屋，期待着有好几个星期的时间可以在一起玩。其次，姨妈姨父没有孩子，也没有花园，住在不通风的公寓里，无聊透顶。

厌烦、无聊的汤姆试了又试，就是无法入睡，最后索性放弃，开始在公寓里游荡，首先扫荡了食物橱柜（合情合理），然后被楼下门厅的落地式大摆钟吸引，溜出了姨妈姨父的公寓，跑到公寓大楼里。汤姆早就注意到那个老爷钟的时间不对，似乎每次报时都很随意，有一次甚至敲了十三下。于是开始了一整个夏天的夜间冒险，汤姆打开前门，发现了一个漂亮、无垠的花园，有时候是怡人的夏日，有时候是银装素裹的寒冬，有时候是拂晓，有时候是薄暮，有一次是午夜的暴风雨。这个花园堪称奇迹——汤姆激动地发现有树可以爬、有地方可以躲藏、有树枝可以削。而且还找到了一个玩伴，孤零零的小孤儿哈蒂，她同样跟讨厌、古板的姨妈一起住。

总是穿着睡衣的汤姆不会在雪地上留下任何痕迹，他穿过房门，在花园里感受不到任何痛苦——如此种种让这个故事如梦似幻。而且花园的魔力还渗入他白天的生活。他的房间地板下有一双留给他的溜冰鞋，让他可以在 1895 年的大寒流里从卡斯尔福德滑到伊利。我们慢慢发觉，正是因为哈蒂晚上做的梦，汤姆才有可能在花园里见到她。亦即，汤姆进入了“梦中梦”——读完这个故事，估计你的孩子也可以进入。

成人药方

PB《快点滚去睡！》（*Go The F$#K to Sleep*），著 / 亚当 · 曼斯巴赫（Adam Mansbach）、绘 / 里卡多 · 科尔特斯（Ricardo Cortés）

有时候大人需要歇斯底里地一顿狂笑才能入睡。我们第一次瞅见这书，正处于由于小屁孩导致的睡眠剥夺而累得要死、情绪紧张的时候，可是第一页就让我们咯咯笑（在我们大洋彼岸各自的家里），然后迅速捧腹大笑，停不下来。眼泪哗哗直流（或者是大哭？难以确定），沙发上现在还留着含盐的泪渍。书的封面就是一个小孩靠着老虎一家呼呼大睡，一言以蔽之：金发小脑袋枕着毛茸茸的侧腹，虽然目测现在是足够祥和的画面，可是谁知道老虎醒过来了会发生什么？

故事首先以奶声奶气、天真无邪的童语开始：“大猫依偎它们的小猫/小宝贝都躺下来乖乖睡觉了。”然后无法忍受、累得要死的大人隐隐的恶意隔空传来：“宝贝，你在床上又舒服又暖和/行行好，快点滚去睡吧”[1]。最后再讲一个故事、喝口水、上厕所，诸如此类的要求——无一不是似曾相识的花招——必须零容忍：“我知道你一点不渴。胡说八道。你在撒谎。”曾经到处去玩、逍遥度日、任意顶嘴、想睡就睡、想睡多久睡多久的大人——难以置信现在被一个熊孩子玩弄于股掌之间——会从这些天真又错落的胡言乱语中找到必要的解脱。

十佳幼儿晚安绘本

《晚安的感觉》（*A Goodnight Kind of Feeling*），著/托尼·布莱德曼（Tony Bradman）、绘/克莱夫·斯克鲁登（Clive Scruton）

《睡觉前跟我说点开心的》（*Tell Me Something Happy Before I Go to Sleep*），著/乔伊斯·邓巴（Joyce Dunbar）、绘/黛比·葛莉欧利（Debi Gliori）

《晚安，宝贝》（*Time for Bed*），著/梅·福克斯（Mem Fox）、绘/简·戴尔（Jane Dyer）

《苏苏睡自己的床》（*A Bed of Your Own*），麦吉·凯利（Mij Kelly）& 玛丽·麦克奎琳（Mary McQuillan）

《你可以看见小熊吗？》（*Can You See a Little Bear?*），著/詹姆斯·马修（James Mayhew）、绘/杰基·莫里斯（Jackie Morris）

《睡眠之书》（*A Book of Sleep*），伊尔宋娜（Il Sung Na）

---

[1] 最好别说“滚”字。

PB《苏斯博士的睡眠书》(*Dr. Seuss' Sleep Book*)，苏斯博士（Dr. Seuss）

PB《好好睡吧，小小熊》(*Sleep Tight, Little Bear*)，著 / 马丁·韦德尔（Martin Waddell）、绘 / 芭芭拉·弗斯（Barbara Firth）

PB《贝贝熊打呼噜》(*Bear Snores On*)，著 / 卡玛·威尔逊（Karma Wilson）、绘 / 简·查普曼（Jane Chapman）

PB《晚安，月亮》(*Goodnight Moon*)，著 / 玛格丽特·怀兹·布朗（Margaret Wise Brown）、绘 / 克雷门·赫德（Clement Hurdo）

● 也可参阅：**焦虑 · 害怕床底下有东西 · 尿床 · 怕黑 · 做噩梦 · 杞人忧天**

恼怒

● 参阅：**愤怒 · 情绪化 · 使性子**

年少轻狂

● 参阅：**青春期**

尿床

PB《小美人鱼会不会尿床？》(*Do Little Mermaids Wet Their Beds?*)，著 / 珍妮·威利斯（Jeanne Willis）、绘 / 佩内洛普·乔森（Penelope Jossen）

ER《儿童侦探马克斯·阿彻：尿床事件》(*Max Archer, Kid Detective: The Case of the Wet Bed*)，著 / 霍华德·J. 博尼特（Howard J. Bennett）、绘 / 斯派克·格尔雷尔（Spike Gerrell）

CB《晚安，汤姆先生》(*Goodnight, Mister Tom*)，米歇尔·麦格里安（Michelle Magorian）

刚刚摆脱尿布的小屁孩，难免醒来时床单是湿漉漉的。只要家里有一个好脾气的大人，烘衣柜里有一叠备用的床单，烫衣板下有一瓶杜松子酒，一切自可迎刃而解。知道《小美人鱼会不会尿床？》里的小美人鱼晚上也会尿床后，有这个问题的小朋友会安心许多——虽然这个小美人鱼已经可以自己换衣服、写名字，甚至骑两轮自行车。她讨厌妈妈铺在床上的塑料床单。眼看尿床的阴影就要挥之不去时，她突然做了一个梦，让她意识到尿床不是什么大问题，于是，她第一次醒来时没有尿床（但让她妈妈困惑的是，她身上的衣服是湿漉漉的……）。

针对稍微大一点的孩子，我们推荐《儿童侦探马克斯·阿彻：尿床事件》，由一个美国儿科医生的创作。（参阅：肚子疼）马克斯是一个洞察世事、敏感、戴软毡帽的小伙子，跟作家钱德勒创造的名侦探菲利普·马洛简直是一个模子出来的。尿床一直尿到十一岁的马克斯，现在收费帮助其他小朋友克服这一难题。如今他的客户是八岁的比利，马克斯一如既往地滔滔不绝：这些是尿床的原因，这里有一些在你膀胱太满的时候让你醒过来的办法。简洁优雅的文字避开了谈论身体机能时的尴尬，清晰明了的解释和建议可以让小朋友自己承担起尿床的责任。

如果大孩子尿床的问题一直解决不了，那可能是情绪不安、精神创伤或被虐待的迹象——《晚安，汤姆先生》里的威利就是如此。从战区撤离的威利到达小村庄韦尔沃尔德时营养不良，内裤与衬衣缝在一起。虽然八岁了，但他每个晚上都尿床。威利以为会被暴打一顿，但收留他的老人汤姆·奥克利处理尿湿的床单时却很得体。随着威利受到善意和耐心而不是敌意和疑虑的对待，尿床的难题竟然逐步解决了。麦格里安的文字充满希望、正能量和光明，以至于让我们觉得威利完全有可能跟过分热心、虔诚的妈妈一起过上正常生活，甚至有朝一日实现他成为演员的梦想。跟尿床的大孩子分享这个鼓舞人心的故事，可能会让他们敞开心扉，讨论尿床的深层次原因到底是什么。

当然，对那些刚刚发现成长的滋味既甜又苦的大孩子来说，困扰他们的可能已经不是尿床了……（参阅：月经、梦遗）

● 也可参阅：**虐童 · 婴儿期 · 尴尬 · 创伤**

弄坏一幅画

● 参阅：**害怕犯错误**

虐待动物

CB《詹姆斯与大仙桃》（*James and the Giant Peach*），著 / 罗尔德 · 达尔（Roald Dahl）、绘 / 昆廷 · 布莱克（Quentin Blake）

YA《大草原的奇迹》（*Incident at Hawk's Hill*），艾伦 · W. 艾柯特（Allan W. Eckert）

什么原因会让天使般的孩子狠下心来，用脚碾死蚂蚁或是把虫子切成两半？或许这是他们少有的可以高高在上的机会（参阅：熊孩子），或许他们还没有学会对别人的痛苦感同身受（参阅：伤了别人的心）。要是你看到身边的小孩子在虐待昆虫，不妨试试《詹姆斯和大仙桃》。

不幸的小孤儿詹姆斯——顺便说一下，他正是人类兽性的领受者——突然跑到了一个大桃子里，而且惊慌地发现身边全是各式各样的大昆虫，比如蚱蜢、瓢虫、蜘蛛、蜈蚣、蚯蚓和蚕。他确信他们要吃掉他，但他们很快让他放心了。“现在你是我们当中的一员，”他们告诉他，“我们必须同舟共济。”

事实一再证明他们绝非危言耸听：这个大桃子掉到詹姆斯姨妈家的花园后，一路滚下山去，又从英格兰南部的悬崖跌落，在大海上漂浮，真可谓历尽艰险。正如高压环境下经常发生的情形，每个角色的本色开始显露。蚱蜢聪明，蜘蛛勤劳，蚯蚓总是在绝望的边缘徘徊，懒惰的蜈蚣总是要詹姆斯帮它系上或解开四十二[1]只靴子的鞋带，结果它却是出乎大家意料的大害虫，不过它无赖式的幽默感总能让詹姆斯原谅它。总之，这些昆虫跟人类一样奇葩，但确实比詹姆斯的两个坏姨妈“海绵团”和“大头钉”强，谢天谢地，她们一开始就被大仙桃压死了。你的孩子读过这个故事后，你们家花园的蚂蚁也许会松一口气，但你的亲戚朋友可能不会。

《大草原的奇迹》不露声色探讨的话题是动物也可能拥有人类的情感体验。这个故事可能会改变家里每一个人对动物的态度。故事发生在19世纪末的加拿大大草原，六岁的本是四个兄弟姐妹中的老小，也是他们辛勤劳作的移民父亲威廉·麦克唐纳唯一搞不懂的孩子。“你跟他简直没法交流。”威廉向妻子抱怨。本喜欢模仿农场周围的动物和鸟类，他父亲不禁怀疑这孩子是不是有点不正常。

有一天，本在碧绿的草原上游荡，与一只大母獾正面相遇，那是一种凶残的肉食性动物，可以轻而易举杀死一头狼。母獾对着他

[1] 没错，你没看错。蜈蚣喜欢让别人相信它们有一百条腿，正如它们的绰号“百足虫”所示。但是达尔很清楚，大多数蜈蚣实际上没有那么多腿。

发出嘶嘶的声音，露出锋利的牙齿。本既敬畏又惊恐，也回以嘶嘶声，但是当他意识到獾不仅不可怕而且甚是好玩时，就对她发出各种怪响。很快母獾让本靠近她，从他手上接过一只死老鼠，甚至让他摸她。那天本回家吃午饭时，因这次奇遇而心花怒放。

后来本遭遇雷暴，吓得鞋子都丢了，钻到一个地洞里躲了起来。结果这恰好是那只母獾的地洞，她耳朵上的凹痕清晰可辨。于是为时数周、不同寻常的同居岁月开始了，人和獾互相照顾，本的举止越来越像獾，獾对小男孩的保护欲也越来越强。从诚挚的自然主义者的视角出发，这个故事显示出，即便是野兽，它们的忠诚和尊敬也值得人类学习。读过这个故事后，青少年可能不会再以随意的态度对待动物。

● 也可参阅：**熊孩子 · 横行霸道 · 想掌控一切**

虐童

PB《爱打架的一家子》（*A Family That Fights*），著 / 莎伦 · 切斯勒 · 伯恩斯坦（Sharon Chesler Bernstein）、绘 / 凯伦 · 里茨（Karen Ritz）

PB《言语伤人》（*The Words Hurt*），著 / 克里斯 · 罗夫蒂斯（Chris Loftis）、绘 / 凯瑟琳 · 加拉赫（Catherine Gallagher）

YA《学会尖叫》（*Learning to Scream*），贝亚特 · 特里萨 · 哈尼卡（Beate Teresa Hanika）

YA《壁花少年》（*The Perks of Being a Wallflower*），史蒂芬 · 奇博斯基（Stephen Chbosky）

在家里受虐待的孩子——不论肉体还是感情上——往往不会抗

争。小孩子会建立各种应对机制，帮助他们掩饰羞耻感，或是让自己有安全感。一旦怀疑有虐童的迹象，除了积极寻求专业帮助，分享一本反映虐童来龙去脉的绘本，[1]对受到虐待的孩子来说可能是一种慰藉，甚至会开启一扇对话的窗口。使他知道有人关心他，有人值得信赖，有人聆听他的心声并伸出援手，这至关重要，而图书往往是创造一个安全、包容空间的方式之一。

表面上看来，《爱打架的一家子》与别的家庭没有两样，大家一起“看电影、烤饼干、玩游戏、堆雪人”，但家里有一个动不动就“动手打人”的父亲。在这个家里可能发生和确实发生了的事情被细致地展现出来：父亲快回家时母亲的紧张不安，孩子对母亲若无其事的态度异常恼火。黑白铅笔素描极其感性地描绘了压抑的情感状态。

如果是语言暴力，请参阅《言语伤人》，书里一个愤怒的父亲——他从小也被虐待过——动不动就对他的儿子格雷格大吼大叫，百般责骂。格雷格晚上躺在床上想，如果别人家的孩子上学迟到了，他们的父亲是不是也会暴跳如雷，以及打扫自己的房间在别人家是不是也是“铁律”。老爸说的话似乎总是不无道理，以至于格雷格开始怀疑他是不是活该挨骂。直到他最好的朋友乔和乔的父母亲亲历了老爸的一次爆发，格雷格才找到了一个盟友。他的父亲迅速意识到自己的蛮横，承认他需要帮助，这个大团圆结局好得有点让人难以置信，但一家子共同面对虐待以及父子之情悄然回流的事实，总算是乐观积极、充满希望的样板。就虐待而言，小孩子需要得到“求助不会让事情变得更糟”的信心和保证。

---

[1] 如果面对的是严重的精神不安，在跟小孩子分享之前，切记你自己要先从头到尾读完一本书。这里推荐的绘本旨在描绘遭遇家庭暴力的可能情形，除非内容与小朋友的亲身经历有相似之处，否则可能会适得其反。

让人反胃的《学会尖叫》则探讨了与小孩子关系亲密的成年人可能明知虐待的事实却视而不见的情况。从七岁开始，玛尔维娜每个星期五都会去看望爷爷奶奶，并且与爷爷一起洗澡。泡沫之下，爷爷抚摸“他的小玛尔维娜”，也叫她摸他。奶奶作为共犯，则拿着毛巾在外头候着。如今玛尔维娜已经十三岁，习惯了在共浴时逆来顺受，觉得“只要他不碰触我的思想，他爱干吗就干吗”。她试图告诉父亲和兄弟发生了什么事，但就是说不出口。“他吻我。”这是她唯一说得出来的，他们却叫她“别碰我小姐”，仿佛她是在大惊小怪。更恶劣的是，奶奶临终前恳求她千万别把事情捅出来。“爷爷只是忍不住，”老太太说，“答应我你不会让他陷入困境。”

这时候她认识了一个跟她同龄的男孩，开始想要一种正常、健康的情感关系，也逐渐认识到以往发生的事情实在荒谬。她不知道新朋友斯克鲁伊如果知道了真相心里会怎么想，她一遍又一遍练习对他说:“你要帮帮我。”最后是爷爷家的邻居比斯切克夫人发现玛尔维娜有话要说，尽管她不得不在桌子底下踢玛尔维娜，逼她吐露真相。这个故事揭示了一个令人不寒而栗的事实，有时候甚至亲密的家人也会挡在被虐待的孩子和他们急需的救助之间。

《壁花少年》想要阐述的主题是有时候虐待行为要经过数年才能大白于天下。十五岁的查理是那种宁肯站在一边看也不会主动参与的男孩。怀抱作家之梦的他因即将开始的高中生活紧张万分，备感忧愁。当他发现最好的朋友在前一个学年结束时自杀身亡后，他的精神状态也更不言自明了。就在这时他认识了姗，一个他喜欢的女孩。初吻的时候，令人不安的往事却涌上心头。一开始他并没有在意，但它们却越来越强烈地涌现。过去的精神创伤被发现后，所有人大吃一惊，包括读者在内，但作者奇博斯基的手法极其老道，对查理过去的披露收放自如。青少年会发现，随着创伤被揭露，查理的康复也开始了。

● 也可参阅：**遭遇霸凌 · 横行霸道 · 感觉没有人倾听 · 被寄养 · 创伤 · 暴力**

粘人

● 参阅：**缺乏自信 · 不想长大**

P

怕鬼

P

以为自己看到鬼的那种毛骨悚然是一种愉悦的恐惧，可以把小孩子团结起来——尤其是在外过夜的时候——而且很多人压根不想治愈这种恐惧。从随后的与鬼怪有关的故事书单里各取所需吧。坦白说，有的很吓人，有的很家常，但都足以帮你身边的孩子克服对鬼的恐惧。

十本与鬼怪相关的故事书

友善的鬼

PB《玛德琳和巴黎老宅》（*Madeline and the Old House in Paris*），约翰·贝梅尔曼斯·马西亚诺（John Bemelmans Marciano）

PB《什么也不怕的小老太太》（*The Little Old Lady Who Was Not Afraid of Anything*），著 / 琳达·威廉姆斯（Linda Williams）、绘 / 梅根·劳埃德（Megan Lloyd）

CB《绿鬼屋的孩子》（*The Children of Green Knowe*），露西·M. 波士顿（Lucy M. Boston）

CB《坟场之书》（*The Graveyard Book*），著 / 尼尔·盖曼（Neil Gaiman）、绘 / 克里斯·里德尔（Chris Riddell）

YA《安雅的鬼魂》（*Anya's Ghost*），维拉·博洛丝戈尔（Vera Brosgol）[1]

不友善的鬼

CB《猫头鹰服务》（*The Owl Service*），艾伦·加纳（Alan Garner）

CB《我的新家是鬼屋》（鸡皮疙瘩系列）[*Welcome to Dead House* （*Goosebumps*）]，R. L. 斯坦（R. L. Stine）

---

[1] 友善的鬼还有很多，比如安东尼娅·巴伯（Antonia Barber）的《鬼》（*The Ghosts*）、戴安娜·温尼·琼斯（Diana Wynne Jones）的《鬼魂的时间》（*The Time of the Ghost*）。但是位置有限，只能在注释里提及，希望它们能放过我们。

YA《见鬼的方式》（*Ways to See a Ghost*），艾米丽·戴蒙德（Emily Diamand）

YA《暗物》（*Dark Matter*），米雪儿·佩弗（Michelle Paver）

YA《稻草人》（*The Scarecrows*），罗伯特·韦斯托尔（Robert Westall）

● 也可参阅：**害怕床底下有东西 · 怕黑 · 不再相信魔法 · 恐惧 · 在外过夜 · 难以入睡**

怕黑

PB《好好睡吧，小小熊》（*Sleep Tight, Little Bear*），著 / 马丁·韦德尔（Martin Waddell）、绘 / 芭芭拉·弗斯（Barbara Firth）

PB《黑暗》（*The Dark*），著 / 雷蒙尼·斯尼科特（Lemony Snicket）、绘 / 琼·克拉森（Jon Klassen）

ER《怕黑的猫头鹰》（*The Owl Who Was Afraid of the Dark*），著 / 吉尔·汤姆林森（Jill Tomlinson）、绘 / 保罗·霍华德（Paul Howard）

大多数小孩子怕黑，不全然是因为心里害怕黑暗这个东西，而经常是他想象力全开的时候，黑暗才乘虚而入。这时候，拿出无往不胜的《好好睡吧，小小熊》。小熊说他睡不着，看书看得兴起的熊爸爸不得不放下书本，[1]看看到底是怎么回事。只见小熊双手抱腿，仰面躺在床上，就像那些不好意思承认难为情的小朋友一样。小熊说他不喜欢黑暗。“哪里黑了？”熊爸爸问。“我们身边全是。”小熊说，你可以看到他在画面上晃来晃去。熊爸爸去找了一个灯笼，它的光亮稍稍驱走了一些黑暗，但山洞的角落还是黑乎乎的。随着熊

[1] 一种同样必须借助故事来疗愈的痛苦体验，虽然这么一来又会延长被打断的时间。

爸爸找来的灯笼越来越大，我们感觉到他的疲惫正在加剧。与此同时，我们发现小熊经历了从焦躁不安到过度疲劳的各个阶段（参阅：过度疲劳），这一切被芭芭拉·弗斯以惊人的精准勾勒出来。不论对大人还是小孩，这本别具一格、催人入眠的绘本会让冗长的睡前时间显得不那么痛苦，还可能书还没翻完，你怀里的小朋友已经安然入睡了。

“黑暗跟拉斯洛住在同一所房子里……”绘本《黑暗》的开头就引人入胜，文字作者是雷蒙尼·斯尼科特（丹尼尔·汉德勒的笔名，以其系列章节书《不幸历险》最为出名[1]）。斯尼科特把黑暗当作某种东西的做法，让黑暗与它可能隐藏的东西泾渭分明，由此告诉我们身处黑暗或黑暗自身并非威胁。书里的小男孩拉斯洛逐渐认清了黑暗。它最喜欢逗留的地方是浴帘后面、壁橱里和地下室。而当他真的与黑暗短兵相接时，拉斯洛发现黑暗与他出乎意料地默契，而且还能助他一臂之力。琼·克拉森漂亮的水粉画以温和的米色和淡蓝色为基调，赋予黑暗以哑光质感。到头来，我们也会把黑暗看作是某种东西，友善的东西。

对于那些几乎可以或已经可以自己阅读的大孩子，不妨介绍他们认识吉尔·汤姆林森迷人的普洛普，就是《怕黑的猫头鹰》里那只膝盖灵活的谷仓小猫头鹰。普洛普觉得自己太怕黑，晚上不敢出来活动。“你怎么可能怕黑，”他妈妈说，“猫头鹰怕黑就像鱼怕水一样不可能。”“这只就是。”普洛普指着自己说。妈妈决定每天派普洛普出去，找一样与黑暗有关的东西。唯有如此他才可以得出结论，妈妈说。于是普洛普每天滚出“窝”门，与形形色色的人类和动物见面，

[1] 也可参阅：希望自己是孤儿。

每一个都从自己的角度告诉他一些黑暗的事情。从期待烟花表演的小男孩那里，他知道黑暗“令人激动”；从想要忘掉皱纹的老奶奶那里，他知道黑暗“无比仁慈”；从盼望圣诞老人到来的小女孩那里，他知道黑暗“不可或缺”。一个个理由叠加起来，结论不言自明。我们准保到了最后，小孩子很难不以乐观积极的心态来看待黑暗。

● 也可参阅：**焦虑 · 害怕床底下有东西 · 做噩梦 · 杞人忧天**

平胸

《上帝，你在吗？我是玛格丽特》（*Are You There, God? It's Me, Margaret*），朱迪 · 布鲁姆（Judy Blume）

当周围人的乳房都在野蛮生长，而你的胸却像薄煎饼一样平坦，这显然令人恼火。十一岁以上的女孩想知道她们的女性特征何时开始显现，尤其是如果她们的朋友已经在更衣室里炫耀合身的胸罩或内裤时。当然，对于未来的乳房，有些女孩乐于漠不关心，有些则厌恶至极。不论何种态度，等待青春期身体特征的发展成形都很折磨人。

美国“青少年小说女王”朱迪 · 布鲁姆是这场等待游戏的理想伴侣，她的《上帝，你在吗？我是玛格丽特》一书出版于 1970 年，一石激起千层浪，为此后很多以青春期隐忧为主题的青少年小说开路。那是对月经、乳房和男孩的终极焦虑，讲述了十二岁女孩玛格丽特的故事，她刚从纽约搬到新泽西郊区，远离最爱的奶奶（相比同样爱她但过度介入的父母，奶奶可以为她提供人生的智慧，但又保持适当的距离)，玛格丽特开始每天晚上给上帝写信，倾诉她的忧虑。她的乳房什么时候开始变大？增大胸部的体育锻炼会有效果吗？她会很快跟男孩接吻吗，以及如何接吻(参阅：初吻)？

玛格丽特的焦虑集中在她应该跟哪个上帝交谈的根本问题上，基督教还是犹太教的上帝。她的父母思想开明，故意让她自己决定宗教信仰，而故事就发生在信仰选择的那一年。与此同时，她参加各种派对，年轻人成双结对，轮流躲在衣柜里接吻两分钟，月经还没来就开始练习使用卫生巾(参阅：月经)，用脱脂棉填充胸罩。就此而言，1970年代的青少年与今天没有两样——这也是《上帝，你在吗？我是玛格丽特》经得住时间考验的原因。有一个场景是二十一个无人管束的青少年开家庭派对，把芥末酱弹到了天花板上，最后以互相亲吻爱抚告终。从童年到青春期的蹒跚趔趄，布鲁姆对此了然于心，绘声绘色，可谓青春期少女的良伴。[1]

● 也可参阅：**青春期 · 身体形象 · 文胸 · 遭遇霸凌 · 尴尬 · 不确定自己是不是同性恋 · 渴望长大 · 感觉自己是跨性别者 · 杞人忧天**

[1] 再过个几年，还可以看布鲁姆描述第一次性行为的《永远》(*Forever*)。

Q

杞人忧天

ER《操心鬼维尔夫拯救世界》(*Wilf the Mighty Worrier Saves the World*)，著 / 乔治娅 · 普里切特（Georgia Pritchett）、绘 / 杰米 · 利特勒（Jamie Littler）

CB《姆咪谷的彗星》(*Comet in Moominland*)，托芙 · 扬松（Tove Jansson）

YA《深夜十点的疑问》(*The 10pm Question*)，凯特 · 德 · 高蒂（Kate de Goldi）

停止杞人忧天的最好办法是直面惨淡的人生，很多人终其一生才学会这个道理。然而，说起来容易做起来难。在以《操心鬼维尔夫拯救世界》(小朋友都很喜欢这一双关）开篇的系列里，乔治娅 · 普里切特为我们创造了一个比谁都爱操心，但敢于直面内心恐惧的角色。

令维尔夫担心的事情不胜枚举，而且名单一直在增加。有些东西很多人也害怕：比如很多条腿的爬虫和电梯。有些东西怕得毫无道理：比如毛绒玩具和粘在上颚的花生酱。但维尔夫自有一套应对担心的系统，先是画出最坏的场景，然后拟定一旦发生了的行动方案。

当一个名叫艾伦的家伙搬到隔壁住，并承认自己是打算毁灭世界的邪恶狂人时，维尔夫还不是特别担心。但是当他和保姆多特在艾伦邪恶的巢穴，发现了“马克三号”——艾伦一手打造、对他言听计从的机器人[1]——以及“那个什么大炮”和不可思议的航空器后维尔夫“内心无限担忧”，顿时有了躲在暗处的冲动。但他把最坏的可能性画了出来，拟定了各种行动方案，并且有多特在他身边、忠

[1] 但实际上并不听他使唤，因为机器人的思维模式被设定在叛逆的青春期。

诚的潮虫宠物在他口袋里，再加上额外的几件小装置，他义无反顾地向邪恶狂人发起挑战。当他发现自己毫发无损并且拯救了世界时，他意识到所有担心都是纸老虎。绝妙、适龄的幽默，加上杰米·利特勒可爱的潦草插画，维尔夫以虚拟的方式证明了直面恐惧真的有用的道理。

托芙·扬松创作的姆咪系列里充满了平静、睿智和奇迹，最爱操心的家伙也可以在里面得到愉悦的喘息。在《姆咪谷的彗星》里，空气里突然出现了不合时令的寒意，当姆咪谷的居民发现森林的地面上突然出现了摆成彗星形状的珍珠时，不安的感觉油然而生。只有聪明绝顶的麝鼠明白这是什么征兆，但信奉一切都毫无意义的麝鼠对此不以为意。小嗅嗅、斯诺尔克小妞和赫木伦忧心忡忡，但姆咪毫不畏惧想找出真相，他带着小嗅嗅来到高山里的天文台，那是教授们观测天空的地方。

经过几次冒险和危险的攀爬，他们得知一颗彗星将在10月7日晚8:42或者晚4秒撞上姆咪谷。姆咪意识到他必须尽快赶回家，虽然他不禁开始担心一旦彗星撞到姆咪谷，所有他爱的人和物都会毁灭——“森林和大海，雨和风，阳光，草叶和苔藓”——但他很快停止担忧，因为“妈妈一定有办法”[1]。当担忧指数升高时，手边有一套姆咪系列，一定有助于你消除忧虑。

《深夜十点的疑问》里也有一个让人安心的妈妈——虽然她也有自己的问题。弗兰基的妈妈在家经营的蛋糕烘焙生意相当成功，但她出于只有自己才知道的理由，就是不愿意走出家门。这让十二岁

[1] 没错，妈妈一定有办法。姆咪系列里的姆咪妈妈一直神通广大，不论面对的是洪水还是塌了的蛋糕。

的弗兰基吃尽了苦头，一个人去杂货店购物，一个人派送蛋糕。弗兰基似乎还嫌负担不够重，他满脑子都是地震、禽流感，晚上躺在床上甚至开始怀疑自己精神有问题。于是，每到晚上十点，他都会去找妈妈倾诉衷肠。

妈妈总是严肃对待他的忧虑——即便当他只是胸口发了疹子，却担心自己是不是得了“正在急速扩散的癌症”时——而且总是对他有所帮助。可是直到他遇见雪莉，一个新来的留着脏辫的女生，他才说出了自己最大的隐忧。只要在雪莉身边，他的忧愁就会减轻——部分因为她无所畏惧，部分因为她对“悲伤的结局”来者不拒，部分因为她的妈妈也是一个怪人。可要是雪莉搬走了怎么办？那个终极的深夜十点的疑问是不是还是要去问妈妈？

不喜欢上弗兰基真的很难。虽然年轻的读者早有预感他命运多舛，但他们也会看到他妈妈毅然决然帮他，即便是在一个她早已不踏足的世界里。与弗兰基一起，积习难改的操心鬼想必会捡到一些缓解焦虑的良药，放在他们的锦囊中。

成人药方

CB《波莉安娜》（*Pollyanna*），埃莉诺·H. 波特（Eleanor H. Porter）

第二个好办法是让你自己相信实际上没有什么好担心的。为此，我们开出《波莉安娜》。十一岁的波莉安娜和爸爸打开救济箱，原本希望找到一个洋娃娃，结果却是一对拐杖，但爸爸并不想让女儿失望。“应该高兴才对啊，因为你用不着它们！”他巧妙回应。于是开始了“快乐游戏”。

不久爸爸去世了，这么悲伤的事，可不好化消极为积极。但波莉安娜还是勇敢尝试了。她可以高兴起来，没准爸爸终于和妈妈、天使们在一起了。当波莉安娜不得不搬去跟波莉姨一起住的时候，波莉姨不想与她多见面，让她住在顶楼的房间里，波莉安娜却以一览高处的美景为乐。当波莉姨惩罚她，给她面包和牛奶，打发她到厨房与女仆南希一起吃饭时，她也很高兴，因为南希人很好。当她暗地里让波莉姨与奇尔顿医生旧情复燃时，波莉姨终于在波莉安娜的感染下明白了“快乐游戏”的意义。以苦为乐的哲学如今看来似乎有点造作，但我们预言最终你们也会这么对待你们的忧愁的。

● 也可参阅：**焦虑 · 缺乏自信 · 自觉渺小 · 不能维护自己的权益**

强奸

YA《不再沉默》（*Speak*），劳里·哈尔斯·安德森（Laurie Halse Anderson）

性侵犯儿童这一恶劣行径简直人神共愤，而受害者因为耻辱、意识混乱，或害怕作恶者的反应，而不敢倾诉，可能加剧这一伤害。《不再沉默》就是如此，十四岁的梅琳达开学第一天到了纽约州锡拉丘兹的中学，却发现同学们都躲着她，包括以前的好朋友雷切尔。大家都不再跟她交往是因为夏天在一次家庭派对上她打电话报警，导致派对突然结束，并让一个朋友失去了工作。只有她自个儿知道为什么非要报警不可，但如今大家都因为她坏了兴致而厌恶她。

不敢说出真相让她舌头发痒发痛。“电视上教你们的那些沟通和表达术都是一派胡言，”她自嘲地说，“没有人真的想听你说话。”于是她咬紧嘴唇直至出血，四处找新朋友出去玩，学习成绩一落千丈。只有艺术老师弗里曼先生怀疑她有苦说不出。当她终于开口，痛苦一下子得到了宣泄，身边的同情和支持立刻纷至沓来。这个故事可以鼓励强奸和其他性虐待的受害者不再沉默，那些需要帮助但不敢开口的青少年将对此感同身受。

● 也可参阅：**虐童 · 无法表达感受 · 感觉没有人倾听**

亲戚

● 参阅：**烦人的亲戚**

青春期

对十来岁的青少年来说，青春期的一切都是变动不居的——他们的身体、他们的信念、他们的自我意识、他们的人际关系。没有一些虚构的盟友在手，恐怕很难安然度过。

十本青春期读物

- CB《雪橇犬之歌》(*Dogsong*)，盖瑞 · 伯森（Gary Paulsen）
- YA《去问爱丽丝》(*Go Ask Alice*)，佚名[1]
- YA《巧克力战争》(*The Chocolate War*)，罗伯特 · 科米尔（Robert Cormier）
- YA《给你的信》(*Dear Nobody*)，贝莉 · 多缇（Berlie Doherty）
- YA《公主新娘》(*The Princess Bride*)，威廉 · 戈德曼（William Goldman）

[1] 这个感人的故事，讲述了一个十几岁的女孩因为在一次派对上误服 LSD（一种致幻剂）而染上毒瘾。一开始故事声称是摘录一本真实的日记，后来作者露出真身，原来是心理学家碧翠斯 · 斯帕克斯（Beatrice Sparks）写的虚构作品。书里含有色情内容，对青春期的焦虑满怀同情，我们把它当作吸毒危害的反面教材来推荐，先确保你的孩子对此话题已做好了准备。

YA《地海彼岸》[1]（*The Farthest Shore*），厄休拉·勒古恩（Ursula K. Le Guin）

YA《致那些美好歌曲》（*All Our Pretty Songs*），莎拉·麦克加利（Sarah McCarry）

YA《混音》（*Remix*），侬·普拉特（Non Pratt）

YA《夏之平方根》（*The Square Root of Summer*），哈丽特·洛伊特·哈普古德（Harriet Reuter Hapgood）

YA《伤疤男孩》（*The Scar Boys*），伦恩·弗拉霍斯（Len Vlahos）

● 也可参阅：**粉刺 · 渴望独处 · 争吵 · 被引入歧途 · 无休止地讨价还价 · 体毛 · 身体形象 · 体味 · 不得不做家务 · 笨手笨脚 · 约会 · 与众不同 · 尴尬 · 考试 · 结识了父母亲不喜欢的朋友 · 沉迷于游戏 · 不确定自己是不是同性恋 · 感觉自己一无是处 · 受够了大团圆结局 · 荷尔蒙过剩 · 失去天真 · 懒惰 · 情绪化 · 固执 · 月经 · 与屏幕如胶似漆 · 生闷气 · 趁父母不在把家里弄得乱七八糟 · 不被理解 · 梦遗 · 痘痘**

轻言放弃

ER《纸片人斯坦利大冒险》（*Flat Stanley*），杰夫·布朗（Jeff Brown）

YA《手斧男孩》（*Hatchet*），盖瑞·伯森（Gary Paulsen）

不论越野跑、缝被子还是学吹大号，一旦进展不顺利，小孩子很容易轻言放弃。这时候故事里足智多谋、不屈不挠的男女主

[1] 读过“地海传奇系列”的前两部，会让你更享受这本书。

人公就可以派上用场——不仅可以让他们知道何谓坚韧，而且还可以向他们展示达成目标的长期收获比轻言放弃的片刻愉悦更令人有成就感。

扁平的斯坦利从不放弃，[1]尽管不乏各种理由。有一天早上他醒过来，被兰姆肖普夫妇送给他们兄弟俩、让他们贴字画和地图的公告牌砸扁了。好在斯坦利没有感觉到痛楚，尽管他现在只有“四英尺高、一英尺宽和半英寸厚”，他非但没有灰心丧气，反而“物尽其用”。让他高兴的是，他现在不用开门，就可以从门缝底下溜过去。妈妈的戒指掉到格栅下，他可以穿过铁栅栏把它捡回来。他甚至可以用英国皇家邮政把自己邮寄到加利福尼亚，伪装成一幅画，并阻止了“全世界最昂贵的画作”被窃。实际上，扁平的斯坦利五十年来走遍千山万水，老师和粉丝把他寄来寄去，鼓励小朋友以他为榜样。甚至有人传言，斯坦利现在还可以用电子邮件的形式旅行……如此一来，面对没完没了的失败，世界各地的小朋友都可以持续受到扁平斯坦利无尽无穷的鼓励。

放弃的冲动其实就是认输的冲动，毕竟，失败有时候貌似更容易（参阅：感觉像个失败者），即便它意味着放弃你对生命的掌控。就像《手斧男孩》里十三岁的布莱恩，身陷一望无际的加拿大荒野，除了一柄小斧头一无所有——失败的诱惑依然存在。开着一架小飞机把布莱恩从纽约送到加拿大看望爸爸——他的父母亲最近刚离婚（参阅：父母即将分开）——的飞行员，飞行途中突发心脏病死亡，差点被吓死的布莱恩头脑还算冷静，通过一系列利害操作让飞机迫

[1] 最早的插画师是汤米·温格尔，生动地传达出了二维小子斯坦利的乐观精神，令人啼笑皆非；后来由乔恩·米切尔重新配图，线条更加圆滑，不像早期那么棱角分明，但一样引人入胜。

降在湖面上。活活被蚊子咬了两天、把胡乱充饥的酸浆果又吐出来以及意识到完全没有办法发出求救信号后，他爬到山洞黑漆漆的角落里，涕泗横流：“这种日子我真的过不下去，过不下去啊。”

后来，他把这一时刻视作转折点。哭出来固然让他好受，但于事无补，更不会提高他活下去的概率。真正可以帮他活下来的只有他的手斧，以及他的身心力量——比如，他的视觉、听觉和思考力，这些可以让他鲜明地感受到生命存在的能力。这个精彩的故事可以鼓励小朋友不要轻言放弃，而是养成随机应变、坚韧不拔和充满希望的习惯。

● 也可参阅：**缺乏自信 · 感觉自己一无是处 · 不得不练习乐器 · 需要一个积极的榜样 · 一切乱了套**

情绪崩溃

● 参阅：**使性子**

情绪化

PB《多姿多彩的日子》（*My Many Coloured Days*），著 / 苏斯博士（Dr. Seuss）、绘 / 史蒂夫 · 约翰逊（Steve Johnson）& 卢 · 范切尔（Lou Fancher）

情绪波动的原因（和后果）不胜枚举，有时候我们不得不接受。《多姿多彩的日子》传达的就是这一信息，文本是苏斯博士去世后在他的档案里发现的一首童谣，下次如果你身边的孩子忧虑恐惧时尽可拿出来一阅。“日子有喜有忧 / 忧伤的时候我就觉得迟缓 / 低落 / 快

活的日子 / 哇！ / 我就是一只忙碌、激动的小蜜蜂。”夫妻档插画家约翰逊和范切尔画风柔和，痛苦的日子是灰色的猫头鹰，悲伤的日子是褐色的熊，高兴的日子是蓝色的小鸟。小朋友借此得以了解和接受他们的情绪，并让大人明白有情绪是件正常的事。但是——随着欢快的黄色日子到来——我们明白情绪总处于变化之中，有时候速度还很快。虽然这本书针对的是从咿呀学语到刚入学的小朋友，但自闭症幼儿和处于极端情绪期的大孩子也同样适用。[1]

● 也可参阅：**愤怒 · 悲伤 · 生闷气 · 使性子 · 无端生气 · 不被理解**

求表扬

PB《永远讲不完的故事》（*The Neverending Story*），米切尔 · 恩德（Michael Ende）

儿童似乎天生被植入了寻求认可的代码，首先从家庭内部，然后从同伴、老师和人生中形形色色的旁观者。那些得不到认同（或者相反，早年得到太多表扬）的人可能余生都会对此孜孜以求。[2]《永远讲不完的故事》里名字古怪的巴斯蒂安 · 巴尔萨泽 · 巴克斯就是如此，这个极度渴望得到赞扬的小男孩如今越发沉迷于此。这个警世故事讲的就是他如何险些因此丧命。

孤独的男孩巴斯蒂安与心不在焉又疏忽大意的父亲一起住。有

[1] 欲了解更多青春期情绪，请参阅：青春期、伤心、感觉没有人倾听、荷尔蒙过剩、暴力、杞人忧天。

[2] 当然，也有一些人还想博得全知神明的认可。（参阅：好奇神是否存在）

一天，他在古董店碰到了一本漂亮的旧书，立刻被迷住了，趁店老板一个转身，拿着书就跑了。之后他就只知道自己与阿特莱尤住在书里了。后者是一个童子军勇士，试图拯救被“虚无”——贪婪和权力欲的象征——一点一点吞噬的幻想王国。巴斯蒂安起初不知道如何帮阿特莱尤，也没想到发挥他讲故事的天赋。但不久凭借与生俱来的创造力，他发现可以一个故事接一个故事地重建幻想王国。他很快成了大家的英雄。

他的英雄主义不是没有代价。幻想王国每恢复一点点，他就会失去真实生活的一点记忆。幻想王国的民众越来越爱他，给他的荣誉越来越多。不久，他开始迷恋讲故事带给他的财富和尊敬，而我们则意识到，他奋力反抗的妄自尊大和权力欲已有将他反噬的危险。他可以保留足够的记忆安然回家——记得他还有一个父亲吗？这个振聋发聩的幻想故事深入探讨了讲故事和为什么作家和读者都渴望故事的心理特征，以及荣誉和才华不再，自我主义或渴望得到关注的欲望如何上位。让巴斯蒂安的困境指引小朋友学会如何享受赞美又不忘乎所以吧。

● 也可参阅：**父母太强势 · 父母太严厉**

缺乏自信

PB《沥青海滩》（*Tar Beach*），费思·林戈尔德（Faith Ringgold）

不论是由于批评的阴影、伤害还是打击，或者并非外力因素，缺乏自信的孩子需要振奋的隐喻帮助他们解脱，也需要让他们自信的鼓励。这两样东西《沥青海滩》里都有，一个以作者的童年记忆——炎热夏夜躺在哈勒姆公寓的屋顶上浮想联翩——为蓝本创作的故事。

父母亲跟邻居打牌的时候，八岁的凯西·路易丝·莱特福特飞了起来。小女孩魔法飞行的唯一见证者是她的小弟弟比比，“静静地躺在床垫上，就像我叮嘱他的那样”。简单、大胆的插画，隐约让人想起夏加尔，吸引我们进入凯西的想象世界，随着她飞越乔治·华盛顿桥和摩天大楼，直达天上的星星。在那里，她觉得凡是她看得见的东西都是她的，包括那座新建的联合大厦。她父亲就在那个工地打工，但这一切都与他没关系，因为他是“有色人种，或言印第安混血儿，就像他们说的”——某种意义上确实如此。在每个页面的底部都有一个个缝缀在一起的方框，这是原来承载这个故事的拼布被，[1] 也是一门从南方祖先传到作者林戈尔德手上的技艺。

由于奴隶制和种族歧视等遗留问题，挣脱束缚自由飞翔的隐喻切中肯綮。凯西告诉比比他也能飞——但是首先他必须要有想去的地方：“我告诉他飞行很简单，所有人都能飞。你只需要有一个想去的地方，而这个地方除了飞行之外，没有别的办法可以到达。”不妨这么鼓励缺乏自信的孩子，只要心有所想，一切皆有可能。第一步是相信自己做得到。一旦他们相信自己可以，那就可以。

● 也可参阅：**身体形象**

[1] 这个绘本来源于林戈尔德创作的“拼布被故事”，文本原来是写在拼布被上的，改编成绘本时，做了风格、文字上的修改。——译注

Q 缺少零花钱

《米莉－茉莉－曼迪故事集》（*The Milly-Molly-Mandy Storybook*），乔伊斯·兰克斯特·布斯利（Joyce Lankester Brisley）

面对现实吧：不管他们得了多少钱，永远没个够。所以与其争辩孩子应该有多少零花钱，不如教他们如何理性地花钱。最有见地的理财方法可见之于背景设定于1920年代的《米莉－茉莉－曼迪故事集》当中的《米莉－茉莉－曼迪花了一便士》。当MMM（我们将这么称呼米莉－茉莉－曼迪）在旧大衣的口袋里找到了一个便士时，第一个想到的就是咨询身边亲友——爷爷、奶奶、父亲、母亲、舅舅和姨妈——的意见。他们给出了不同的建议：存在银行里；买一绞毛线学习编织；买一个面饼锅，烤一块蛋糕；买一些种子，种出“芥菜和水芹”；买一些糖果。她舅舅出的主意最好——存起来直到变成三便士，然后买一只小鸭子。MMM带着所有主意跑到花园一角反复盘算，然后做出了她的决定。

首先她买了芥菜和水芹种子，收获后卖出去，一便士变成了两便士。然后花一便士买毛线，织了一个水壶垫，一便士卖给妈妈。于是她手上还有两个便士。她花一便士买了一个面饼锅，烤了一块蛋糕，一便士卖给一个骑自行车路过的女士。又回到两个便士。她花一便士买糖果——家里所有大人都能分到一颗，留给自己的还有很多。然后把剩下的一便士存起来，直到足够买一只小鸭子。

好吧，那个年代一便士真值钱，但基本道理是一样的。MMM用她的钱做了许多了不起的事情，实现了她的每一桩心愿，靠的就是精打细算，而不是一下子花光。我们怀疑城里的很多投资银行家就是被这些故事喂大的。

● 也可参阅：**周末想打工 · 父母太严厉 · 娇生惯养 · 要这要那**

R

惹人厌

R

● 参阅：**自命不凡**

人生大哉问

PB《星辰》(*You Are Stardust*)，著 / 艾琳·凯尔西（Elin Kelsey）、绘 / 金素妍（Soyeon Kim）

YA《穿条纹睡衣的男孩》(*The Boy in the Striped Pyjamas*)，约翰·伯恩（John Boyne）

对我们当中的某些人来说，这是等待已久的大问题。终于有借口走上临时演讲台，就人生、宇宙和万物的意义滔滔不绝。对另一些人来说，正在做香蕉泥时被人问及我们从何处来又将往何处去的难题时，好则措手不及，坏则引发内心一场存在主义的危机。

那些尝试从科学角度进行解答的人，对融合了生物科学和生命奇迹的《星辰》恐怕会赞不绝口。简简单单的语言，辅以韩国艺术家金素妍朴素的立体感照片，引领我们从恒星爆炸迸射的原子一路走来，直到进化成生机勃勃、细胞不断再生的有机体。重点放在我们是生命大周期的一部分，以及我们与大自然其他生命形态的巨大共性。你知道这些问题吗？比如说，我们身体里的水分跟海水一样咸？打喷嚏的时候，鼻腔排出空气的速度比飞奔的猎豹还要快？蝙蝠和抹香鲸会让他们的朋友帮忙照看幼崽？当然，作为活生生的有机体，跟其他生命一样，总有一天我们都会死，但那也是大周期重新启动的时刻。这本图画书让我们对生命的奇迹惊叹不已，同时也使我们意识到保护这个脆弱星球和珍贵生态系统的必要性，因为这是“我们的星球”。

随着孩子日渐长大，这个大问题基本上会演变成如何拥有美好人生的困惑。《穿条纹睡衣的男孩》讲述了九岁男孩布鲁诺的故事，他随父亲从柏林搬到了一个叫作“Out-With”[1]的地方。后来我们慢慢得知他的父亲就是臭名昭著的奥斯维辛集中营的最高长官。

布鲁诺讨厌他的新家。虽然有一个大花园，但是没有人陪他一起玩。而且为什么铁丝网那一头的人——爸爸、爷爷、孩子（全是男孩，没有女孩）——成天穿着条纹睡衣走来走去呢？布鲁诺满心欢喜地想象这些人过着快活的日子，骑自行车，共享美餐。只有读者明白真相完全相反。

有一天一个穿条纹睡衣的小家伙走了过来，布鲁诺终于结识了一个朋友。他和施穆尔隔着铁丝网交谈，给他带吃的。后来，在被一个到他家做客的纳粹军官盘问时，布鲁诺发现自己竟然否认了施穆尔是他的朋友。我们看到他无意中犯下了串通罪。当他们开始可怕的最后冒险时，天真烂漫的布鲁诺没有理由不与朋友同行。

这本书激励读者扪心自问，何谓对错、何谓人性、何谓自我认知。赶紧把它带回家吧，建立正义、公平和尊重的人类价值观念。

成人药方

PB《尼古拉的三个问题》（*The Three Questions*），琼·穆特（Jon J. Muth）

如果你真的遭遇了存在危机，不妨读一读这本根据列夫·托尔斯泰的短篇小说《三个问题》改编的绘本。里头有一只充满了禅宗智慧的熊猫师父，不论成年人还是小孩子，没准这本书会改变你的人生。

[1] 这个地方实际上就是奥斯维辛（Auschwitz），布鲁诺和他被关在集中营的小朋友听成了Out-With（一起出去）。——译注

● 也可参阅：**害怕死亡 · 好奇神是否存在**

人死后去哪儿

● 参阅：**人生大哉问 · 好奇神是否存在**

认为父母亲的辛苦理所当然

所有小孩都这么想，这无可指摘。不过如果你为此沮丧，可能是因为他们太习惯把你的付出当作理所当然了。不论哪种情况，请参阅下文。

成人药方

PB《朱家故事》（*Piggybook*），安东尼 · 布朗（Anthony Browne）

我们可能比 1950 年代家庭主妇的理想进步了不少，但实际上在许多家庭里还是有这么一个人——可能是女性，也可能是男性——任劳任怨地在幕后忙碌于乏味的家务事，让每个人有的吃、有的穿、有的喝。此一状况在《朱家故事》里得到了令人心寒的清晰表现。封面上，两个面露笑意的小孩和一个咧嘴而笑的父亲骑在一个显然苦哈哈的母亲背上。内文里，母亲或直立或弯腰，不是洗碗就是熨衣，是唯一没有明显面部特征的角色：显然，照顾一家子的重荷让她失去了自我。与此同时，小男孩和他们的父亲坐在餐桌边要这个要那个，或者大腹便便地躺在沙发上看电视。母亲最终不堪重负的那一刻，愤怒地留下一张“你们是猪！”的纸条后离家出走，这一情节想必会在和她一样自觉是家中长工的读者心中激起波澜。结尾讨喜的反转——显示出在性别平等的当今时代家务活的分担也应该是双向的——让这个故事不仅仅只是自怨自艾的发泄之作。

S

PB《道格 - 丹尼斯的弥天大谎》(*Doug-Dennis and the Flyaway Fib*),达伦·法雷尔(Darren Farrell)

CB《谎言》(*The Fib*),乔治·莱顿(George Layton)

YA《谎言树》(*The Lie Tree*),弗朗西斯·哈丁(Frances Hardinge)

小孩子往往分不清撒谎和虚构的区别,究竟是什么让这个好那个坏?《道格 - 丹尼斯的弥天大谎》是厘清此一区别的最好绘本之一,书里道格 - 丹尼斯和本 - 鲍比两个好朋友一起去看马戏团。欣赏杂技表演时,道格 - 丹尼斯忍不住把本 - 鲍比的整桶爆米花都吃光了,然后说是“怪物”干的。突然之间他飞到了天上。随着他编造的关于爆米花为什么不见了的故事越来越难以置信,他在天上越飞越高。最后他意识到回到地面(以及他最想看的马戏团)的唯一方法是以真相戳破谎言。这个故事以视觉隐喻的力量,让不要撒谎的教训深入人心。

对年纪大一点的孩子来说,精彩的短篇小说《谎言》显示出一开始貌似无足轻重的谎言很容易失去控制。故事发生在 1950 年代的英格兰北部,小戈登·班克斯心事重重地醒来:今天又是他最恐惧的足球日。他不仅是前锋,而且还要穿上叔叔破旧的大球衣,被所有人,尤其是巴勒克拉夫嘲笑。灵光一闪,他告诉大家他的叔叔就是伟大的球星博比·查尔顿。

跟道格 - 丹尼斯一样,没人相信戈登的谎言,而且以你所能想象的最满意的方式——被查尔顿自己——戳穿了。好在查尔顿明白在其他小男孩面前丢脸的痛苦。不过读者还是被上了一课。

更为惊悚的教训可以在《谎言树》里习得。费丝一直希望跟随父亲的脚步，成为一个可敬的自然科学家。但是在她生活的时代里，人们觉得女性的智力不如男性，费丝的梦想经常受挫。当她和家人从肯特郡搬到一个遥远的苏格兰小岛时，父亲的科学家同侪对待她的方式让她越发恼火。而当她不苟言笑的父亲离奇死亡时，费丝决定依靠自己查出真相。父亲最近一次探险带回家的植物标本是一棵奇怪的树，而她发现只有谎言才能让这棵树茁壮成长——她的父亲就一直在喂它谎言。不仅主人要小声对它说谎，而且还要把谎言散播开来。扎根下来的谎言越多，树的长势就越喜人，最终还会结果。如果撒谎者这时候吃掉果实，与谎言相反的真相就会显露。

费丝决定利用这棵树揪出杀害她父亲的凶手——为此她首先必须撒谎。她对此还颇为擅长，总能把合适的小话透露给合适的用人。很快，大家都相信她父亲阴魂不散，正在他们的小岛上出没，一个用人吓得晚上跑到教堂里睡觉。谎言树越长越强壮，费丝开始怀疑她的计划是否明智。强烈、伤感的结尾足以让那些喜欢撒谎的人三思而行。

● 也可参阅：**被冤枉 · 万事通 · 调皮捣蛋 · 被惩罚**

撒小谎

● 参阅：**撒谎**

丧亲之痛

● 参阅：**爱的人过世**

扫兴者

S

● 参阅：**输不起**

色情作品

色情网站的泛滥，对什么是正常、可接受的性关系产生了本质影响，由此产生的对青少年的危害愈加难以防范。鼓励青少年阅读描述和谐、互敬的性关系的虚构作品，有助于抵消这些有害的失真。

为青少年准备的十本探索爱和性的书

YA《爱情无限谱》（*Nick And Norah's Infinite Playlist*），蕾切尔·科恩（Rachel Cohn）& 大卫·利维森（David Levithan）

YA《致所有我曾爱过的男孩》（*To All the Boys I've Loved Before*），珍妮·韩（Jenny Han）

YA《初次最难忘》（*The First Part Last*），安吉拉·约翰逊（Angela Johnson）

YA《每，一天》（*Every Day*），大卫·利维森（David Levithan）

YA《混沌青春》（*Sloppy Firsts*），梅根·麦卡弗蒂（Megan McCafferty）

YA《杰利科路》（*Jellicoe Road*），梅丽娜·马奇塔（Melina Marchetta）

YA《这不是告别》（*Eleanor and Park*），蓝波·罗威（Rainbow Rowell）

YA《火之颜色》（*Fire Colour One*），珍妮·瓦伦堤（Jenny Valentine）

YA《如果你轻轻地来》（*If You Come Softly*），杰奎琳·伍德森（Jacqueline Woodson）

YA《一切的一切》（*Everything Everything*），妮古拉·尹（Nicola Yoon）

● 也可参阅：**荷尔蒙过剩 · 对性感到好奇 · 与屏幕如胶似漆**

S　伤了别人的心

PB《雪雁》（*The Snow Goose*），著 / 保罗 · 加利科（Paul Gallico）、绘 / 安吉拉 · 巴雷特（Angela Barrett）

小朋友的言行有时候会让敏感的朋友远离。如果被吓跑的朋友不表达他的感情，冒犯他的人可能永远不会知道发生了什么、为什么他们不再亲近了。论及对隐藏、未言明痛楚的表述，少有故事比《雪雁》更让人动容。那是保罗 · 加利科关于爱与失的难忘故事，发生在荒凉的埃塞克斯郡沼泽地。[1]

由于喜爱“野生和被围猎的动物”（海鸥、水鸭、杓鹬和雪雁，它们每年十月声势浩大地从冰岛飞到这里过冬）艺术家菲利普 · 赖厄德以这片荒凉潮滩上的一个废弃灯塔为家。他在围场里收罗了很多被驯化的鸟类，绘制了大量杰出画作。其实感觉自己是被围猎的对象也是他隐居此处的原因之一。驼背、左手腕像爪子，他知道附近的城里人觉得他是怪胎，与其每次被伤害、朋友日渐稀少，不如离群索居爽快。

有一天，一个“美如天仙”的十二岁小女孩，怀抱一只受伤的雪雁敲开了他的家门。看到这么丑陋畸形的人，小女孩吓得把雪雁递给他后拔腿就跑，但第二天她又来了，看看雪雁的情况如何。一整个冬天她和赖厄德一起照顾雪雁，弗丽莎渐渐克服了她对驼背怪人的恐惧。夏天雪雁飞回去的时候，弗丽莎也跟着离开，但每年冬

[1] 虽然这是一本绘本，但文字比重较大，而且处处让人神伤。如果你觉得应付得来，大声读给孩子们听。

天女孩和雪雁都会回来。弗丽莎慢慢学会了“鸟语”，赖厄德也喜欢有人陪伴，两人的感情越来越深。不过要到几年后，赖厄德听说士兵被困在敦刻尔克的海滩，决定扬帆参与营救时，弗丽莎才真正意识到她对他的真情。没错，这个故事中弗丽莎和赖厄德之间未表白的爱、始终忠诚的雪雁都令人心碎。而我们也将从中明白同情与怜悯的重要性。尽管多年来一直被嫌弃，赖厄德却还是把他人的感受放在第一位。小朋友受此感染，对朋友离弃的情形可能会有更深入的思考：会不会无意中冒犯了朋友？可以做点什么与朋友重归于好？

● 也可参阅：**熊孩子 · 横行霸道**

伤心

PB《德斯蒙德和污言秽语》（*Desmond and the Very Mean Word*），
著 / 阿奇毕晓普 · 德斯蒙德 · 图图（Archbishop Desmond Tutu）&
道格拉斯 · 卡尔顿 · 艾布拉姆斯（Douglas Carlton Abrams）、
绘 /A. G. 福特（A. G. Ford）

论及伤心，恐怕没有人比种族隔离时期南非小镇黑人的感受更强烈。《德斯蒙德和污言秽语》就是作者阿奇毕晓普 · 德斯蒙德 · 图图根据自己的亲身经历创作的。

一群白人小子用了一个极其难听的字眼辱骂德斯蒙德，后者的第一反应就是以其人之道还治其人之身。第二天，他果然这么做了。一吐为快确实很爽，但总觉得有点苦涩。当地的特雷弗神父告诉他对白人小子的反击只会带来更多的报复，而且当我们伤害别人的时候，自己也会受到伤害。此后几天德斯蒙德看到污言秽语满天飞：书页上，甚至有一天晚上当他不想跟特雷弗神父说话的时候，就连月亮上也有。德斯蒙德想不通，明明应该是那些白人小子跟他道歉，为什么非要他主动？

由此而来的答案发人深思。A. G. 福特的动人插画以精妙的现实主义风格，抓住了“可悲往昔”隐匿或半隐匿的紧张，描绘一个小孩如何化解伤心，以及化敌为友的磨炼。

也可参阅：**遭遇霸凌 · 需要加油鼓劲 · 伤了别人的心 · 无法表达感受 · 手足之争 · 生闷气**

身体形象

PB《灰姑娘的屁股》（*Cinderella's Bum*），尼古拉斯 · 艾伦（Nicholas Allan）

YA《男为悦己者重》（*Staying Fat for Sarah Byrnes*），克里斯 · 克拉彻（Chris Crutcher）

大多数小孩子最开始会觉得自己的身体好玩，但只要漫不经心的一句话就会让一切改观。如果孩子的自我意识较早萌生，或者受到其他大哥哥大姐姐的影响，我们向你推荐《灰姑娘的屁股》一书，主角是一个不喜欢自己屁股的姐姐和一个不觉得姐姐的屁股有什么不对的妹妹。“我觉得很可爱啊。”妹妹说，并用赞赏的眼光打量姐姐的屁股，而她的姐姐却怒视镜子里的自己。小妹妹还说肥肥的屁股可以在“紧急迫降”和登上王座时派上用场，而且，为什么不注意你喜欢的其他身体部位呢？在大姐姐拼命要把自己的身体塞进尺码不对的泳衣时，故事出现了有意思的转折。

青少年小说在处理这一敏感话题时必须更加谨慎，尽可能描述身体变化的积极效果，尽量避免无意之中触发什么危机。（参阅：饮食失调）克里斯·克拉彻在有趣的《男为悦己者重》里优雅地做到了。胖乎乎的埃里克和他的朋友萨拉·伯恩斯联手办了一份名为《脆猪肉皮》的地下小报，以报复那些嘲笑他们的家伙。“猪肉”是埃里克，“脆”意指身体和脸上严重烧伤的萨拉，“皮”则是“没人要的东西……没人在意”。他们自一年级起就成好友，自称“最丑”组合，但后来他们逐渐意识到他们有一些更重要的共同之处，比如幽默感和对文字的热忱。当埃里克发觉自己有游泳天赋时，他们的关系开始疏远，尤其是游泳让他的体重大减。出于与萨拉休戚与共的考虑，他试图让自己胖起来，继续与“烧焦女”保持“肥腻”关系。但新陈代谢辜负了他，于是他转而决定今后拒绝任何不邀请萨拉的场合。中学最后一年，他得知萨拉的烧伤并非是她自称的出于意外，而是她的父亲有意为之（参阅：虐童），埃里克意识到禁锢人的并非身体的缺陷，而是我们对待它的态度。这个故事告诉小朋友，重要的是对待身体的态度，而不是身体本身——不论它到底有什么缺陷。

● 也可参阅：**饮食失调 · 超重**

身为长子（女）

● 参阅：**不得不照顾弟弟妹妹**

S

身为独生子女

《时间的针脚》（*A Stitch in Time*），佩内洛普·莱夫利（Penelope Lively）

《魔法师的帽子》（*Finn Family Moomintroll*），托芙·杨松（Tove Jansson）

独生子女有很多好处——父母的全力关注是最主要的一个。可是有时候关爱太多会适得其反（参阅：百无聊赖、感觉没朋友），不论大人还是小孩都会希望有另外的玩伴来分散注意力。《时间的针脚》里十一岁的玛丽亚就是大半时间形单影只的独生女，在不认识的小孩周围会感到害羞尴尬，还有点书呆子气（参阅：只想做个书虫），不会自发活跃地与人交往。所以当她和父母夏天来到多塞特郡莱姆里吉斯的乡村别墅度假时，父母亲希望她可以自己找点事做，她一开始很高兴，不久就厌倦了。

她一向很喜欢跟没有生命的物体说话，去多塞特的路上，玛丽亚跟一个汽油泵交流了一阵子。抵达后，她与住在别墅里的坏脾气猫进行了更长时间的交流。那只猫质疑她不愿意跟邻居家闹腾的小孩一起玩。"你害怕他们不喜欢你。"他说。她当然觉得猫比邻家的小孩更好接近——虽然她忍不住注意到年纪最大的马丁比其他孩子更安静深沉。不久，玛丽亚愈加被马丁吸引，但一个名叫哈丽特的女孩也引起了她的兴趣，这个女孩曾在维多利亚时代住在这间别墅里。玛丽亚在别墅下的沙滩上意外发现一个菊石刺绣品（绣在上面的文字说明它始于十岁的哈丽特·波尔斯特德，由苏珊·波尔斯特德完成于1865年9月30日），她很好奇为什么哈丽特绣到一半就不做了，难道与摇摇欲坠的白垩质悬崖，或是那条有时候她听到在吠叫但别人似乎毫不在意的狗有关系？

这个颇有深意、关注内心的故事反映了独生子女关切的问题：如何融入世界，如何讨人喜欢。玛丽亚与哈丽特惺惺相惜，相信那个女孩在暗示她什么，更重要的是，她开始与马丁交朋友，甚至感觉自己是他闹哄哄一家的一分子。那些在社交方面需要破茧而出的人看到哈丽特建立起自信，相信自己在对的时候说了对的话，而不是像以前一样沉默不语，一定会倍受鼓舞。

年纪小一点的，[1]《魔法师的帽子》——托芙·扬松那些害羞、可爱、住在芬兰森林的矮个子精灵系列故事的第三本——里的姆咪很享受独生子女的所有益处，又没有坏毛病。作为姆咪妈妈（绝对是文学作品里最让人放心、最善解人意、最不偏不倚的母亲形象）和姆咪爸爸（相比之下有点让人失望，但这就是幽默所在）的独子，姆咪有健康的自我认识，毫不怀疑他集万千宠爱于一身，但他从来不缺玩伴——大致要归因于姆咪妈妈的开放政策。任何人，只要带着手提箱出现在姆咪家门口，就会受到他们的热烈欢迎。

结果表明，姆咪的所有朋友都是这么交到的——小嗅嗅、斯诺尔克和斯诺尔克小妞、小美和她的姐姐美宝、赫木伦，以及某甲和某已。就算大部分时间躺在吊床上阅读《论一切皆为虚妄》的麝鼠，也被给予了爱意。这或许可以解释姆咪为什么与独生子女的刻板印象大相径庭，比如总是一意孤行（参阅：想掌控一切）、不知道如何倾听、不知道如何分享（参阅：不愿意分享）。朋友们伤心难过的时候，姆咪总是可敬地恭候他们卸下心灵的重负。当姆咪最好的朋友小嗅嗅决定去独自冒险（参阅：探险的渴望），让姆咪无比难过的时

[1] 虽然，姆咪的故事老少通吃。

候，他还在替小嗅嗅辩解。（“有时候必须孤独一下。”他说，虽然有点高傲。）当飞天魔王让他许一个愿望时，他毫不犹豫地说，他希望妈妈堆满了可口食物的餐桌能飞向小嗅嗅，落在他的前面，“无论他刚才在哪！”

简而言之，没有比姆咪更好的人物。独生子女（和他们的父母）以姆咪（和他的妈妈）为榜样，绝对不是坏事。

● 也可参阅：**孤独 · 早熟 · 不能处变不惊 · 娇生惯养**

身为老小

● 参阅：**渴望长大 · 感觉没有人倾听 · 手足之争 · 娇生惯养**

身为双胞胎之一

CB《天生一对》（*The Parent Trap*），著 / 埃里希 · 凯斯特纳（Erich Kästner）、绘 / 沃尔特 · 特里尔（Walter Trier）

双胞胎的关系之特别众所周知，这点经常让不是双胞胎的人愤愤不平。《丁丁历险记》里的汤姆森和汤普森，就有一个共同的毛病，喜欢把句子的头尾颠倒着说，比如“这个人道歉（侮辱）了我们，我们要求侮辱（道歉）！”威廉 · 戈尔丁的《蝇王》里的双胞胎非常像，没有人分得清谁是谁，两人逐渐在名字和肉体上合二为一，变成了“山姆 & 埃里克”。《哈利 · 波特》里的红头发双胞胎韦斯莱，开玩笑、演双簧天衣无缝，以至于他们在第七本书结尾处的悲惨离别伤透了每一代读者的心。可是，如果你认识的双胞胎厌倦了他们单调乏味的相似性，或者不能像他们预期的那样思考和行动合一的时候，怎么办？

对于面对这一困境的双胞胎，我们开出《天生一对》[1]这粒药丸——自从被改编成好莱坞电影后，这个故事无人不知。两个九岁的小女孩到了夏令营后互相惊讶地发现，她们简直是一个模子出来的。丽莎的朋友对她的不安深表同情。“真丢脸，竟然这么像！”他们这么说洛蒂。可是当她们俩后来发现她们出生在同一天、同一个小镇，一个跟妈妈住、一个跟爸爸住时，她们被迫承认了是双胞胎的事实。

随之而来的情感错综复杂：被各自父母误导的愤怒，对她们尚不认识的另一个父母的好奇——而且这种好奇心越演越烈，最终导致她们实施了虚构作品里最精彩的身份盗窃案。丽莎住到洛蒂的家里，不得不学习打扫做饭、购买日用品，母亲是她从未见过的报纸编辑；洛蒂不得不学会讨论法国人和音乐，不去干涉她的作曲家父亲。她们的努力当然不容易，尤其是她们打算让父母亲破镜重圆的计划，在她们的父亲透露自己与苗条优雅的艾琳有了婚约后，碰到了意外的障碍。可是随着她们假扮对方的成功率越来越高，而且越发被强烈的梦境困扰，她们在梦里被分开，被切成两半再组装在一起——一半是丽莎，一半是洛蒂——她们的身份开始互相融合。当她们的父母开始表示怀疑时，姐妹俩几乎跟他们一样一头雾水。当被问及哪个是哪个时，姐妹俩异口同声地说：“我们互为彼此！”结局如何，此处就不剧透了，但凯斯特纳可比那些好莱坞编剧高明多了……互相失去了联结的双胞胎势必会被洛蒂和丽莎作为密不可分的两半重新水乳交融时所发现的新鲜感打动。

[1] 初版时名为《洛蒂和丽莎》（*Lottie and Lisa*）。

S　生闷气

《古堡里的月亮公主》(*The Little White Horse*)，伊丽莎白·古吉(Elizabeth Goudge)

众所周知，以冷漠的沉默来惩罚别人的做法很诱人——青少年尤其擅长此道。对还在学习明确表达情绪的人来说，一个人生闷气可以理解，但于事无补，反而只会让人越陷越深(参阅：困境)。《古堡里的月亮公主》讲述了一段持续了二十年的超级闷气，不仅给涉事个人也给整个家族带来了巨大痛苦，这个故事有助于我们在闷闷不乐变成习惯前，把它消灭在萌芽阶段。

十三岁的玛丽亚来到月亮坪庄园投奔堂叔本杰明爵士时，一切都很怡人：她在塔楼的卧室每天一早都有看不见的仆人帮她准备衣服；她学会了怎么骑那头带黑斑的小灰马；还有她在月圆之夜惊鸿一瞥的那头小白马，鬃毛飘逸，从林子里跑过，然后中途停下来，"仿佛很高兴见到她"。但是在田园风光的背后也潜伏着不合谐的谜题。为什么教区老牧师漂亮的女管家洛芙迪不想让本杰明爵士知道她的住处？为什么二十年来没有一个女人踏入月亮坪庄园的大门？

玛丽亚渐渐凑齐了拼图：激情、迫在眉睫的婚礼、午夜的争吵——一个女人拂袖而去。"回想起来，我真不明白怎么会搞成这样，"当玛丽亚指出整件事情的荒唐时，洛芙迪回答，"但……吵架就是这样……一开始都是不起眼的小事情，比如粉红色的天竺葵，然后一发不可收，填满了整个世界。"这个迷人的故事可以让小孩子意识到独自生闷气的荒唐，而一旦他们开始寻找和解的方法，就会柳暗花明。

● 也可参阅：**青春期 · 情绪化 · 固执 · 困境**

圣诞老人

● 参阅：**不再相信魔法**

失去天真

《记忆传授人》（*The Giver*），洛伊斯 · 劳里（Lois Lowry）

离开天真无邪的童年，步入完整的成人意识，这一转折如今令人担忧地过早启动——而结束之晚也令人吃惊。这些年，世界变得越来越复杂，充满了新的喜乐，但也有令人苦恼和不安的现实。使人难忘的《记忆传授人》即是一部直面这些难题的儿童文学作品，也是孩子走过这段路的良伴。

十一岁的乔纳斯对迫在眉睫的“十二岁仪式”焦虑不安，在这个仪式上，他和他们封闭社区的朋友一起，将被指派他们余生所要从事的职业。迄今为止，没有什么出人意料或骇人的事情发生在乔纳斯身上，除了一年前一架来路不明的飞机从他们社区上空飞过。这个枯燥乏味的世界没有缤纷的色彩，一切皆被长者控制，每一天都波澜不惊、井井有条，所有规矩都被严格遵守。每个家庭分有两个孩子，晚饭后家庭成员一起分享情感，任何人只要犯规三次就会被“流放”——连同上了年纪的人和体重不达标的新生儿——到隐约被称为“别处”的地方，一去不返。

当乔纳斯被授予“记忆接管人”之责时，除了这是一个莫大的荣誉，而且会给他带来痛苦之外，他对这一职业毫无所知。与前任接管人、一个胡须发白的老头刚开始接触时，他实在找不到害怕的理由。首次把双手放在乔纳斯后背上，老头——如今成了“传授人”——向他传授了“雪的记忆”，乔纳斯猛吸一口寒冷的空气，首次体会到了雪橇滑降的愉悦。很快，他看到了五彩缤纷的世界，明白了什么是“爱”。但是在这些集体记忆的副作用下，传授人会提前衰老——乔纳斯很快明白了为什么会这样。

思想深刻、令人难忘的《记忆传授人》描绘了硬币的正反两面——愉悦和痛苦，以及二者息息相关的缘故。对那些被强大的情感困扰而不堪忍受的青少年，这个故事可谓良伴。

● 也可参阅：**青春期 · 受够了大团圆结局**

失去童贞

YA 《龙虾》（*Lobsters*），汤姆 · 艾伦（Tom Ellen）& 露西 · 艾维森（Lucy Ivison）

有些青少年对初夜的到来安之若素，早来晚来都没关系。有的则为了不落后于同龄人，可以早早夸口说已经做过了而倍感压力。汉娜夹在两者之间。“我只想赶紧做完了事，然后继续生活。”十八岁的汉娜在这个暖心的故事——关于一对异性恋年轻情侣如何度过这最终的成人礼——一开始时说。对备受困扰的青少年来说，《龙虾》可谓佳伴。

在等待大学入学考试成绩出来的夏天，汉娜决定就是在斯特拉的派对上这晚了。她相中共度初夜的男孩是弗雷迪，虽然不是她的

“龙虾”——汉娜和朋友们发明的说法，因为她们相信龙虾可以厮守一生[1]——但英俊帅气颇受欢迎，简直无可挑剔。与此同时，十八岁的山姆苦恼于不知道会不会被剑桥大学录取，同时也觉得还是个处男对他的自尊没有好处，想赶紧迎来初夜。当他在斯特拉家紫红色的洗手间外碰到汉娜，然后发现自己与其陷入了超现实但滑稽的对话中，就被他们的心有灵犀吓坏了。他们双双都喜欢喝热的利宾纳，因楼下花园里笨手笨脚摸索社交接吻套路（每个脸颊一次，还是两次？）的狂欢者傻笑。当弗雷迪终于露面，喝高了，提议他们拟议中的初夜可以在蹦床上进行时，汉娜发觉自己对此——或者说，对他——似乎没有那么强烈的兴趣了。随后弗雷迪在厨房里搞定了这件事，吐了汉娜一身。

从他们在洗手间外的交谈开始，汉娜和山姆彼此知道对方就是自己的“龙虾”，但由于自负或复杂的交好过程，两人直到小说收尾时才在一起——让这个故事更像是相当令人满意的爱情喜剧。对少不更事、宽容大方的汉娜和山姆来说，斯特拉可谓绝妙的陪衬，在他们互相兜圈子的时候，躲在背后纵横捭阖。起初，这个备受期待的时刻让人泄气。“我肯定他的那个不适合我，”汉娜告诉我们，“没准我们会一拍两散，因为我那里太紧了。”“对不起，它太大了。”这句话把山姆乐坏了。再次尝试后，他们终于得手了。那不是天使号角的齐奏，或是纯粹愉悦的宣泄，而是彼此觉得舒服。第二天一早山姆就爬起来做了两杯热的利宾纳。

本书以汉娜和山姆的视角轮流叙述，小说的作者恰好也是两位，

[1] 事实证明这个假设是错的。雄性龙虾在海底炙手可热，雌性龙虾有时候不得不排起长队，才能享受到他们的服务。不过这是题外话。

让这本书更显真实。它对青少年性爱的处理，尴尬、踉跄的现实，各种乱入的笑料，确实很让人喜欢，更别说还有感人的浪漫爱情。《龙虾》告诉我们，失去童贞并非如我们想象的是天塌了，也不必焦虑不安——尤其是和你真正喜欢的人共度良宵。

● 也可参阅：**青春期 · 初吻 · 初恋 · 不确定自己是不是同性恋 · 难为情的自慰 · 同伴压力 · 未成年怀孕 · 对性感到好奇 · 感觉自己是跨性别者 · 梦遗**

失望

PB《禅的故事》（*Zen Shorts*），琼·穆特（Jon J. Muth）

CB《蝴蝶·天堂·探险记》（*Journey to the River Sea*），伊娃·伊博森（Eva Ibbotson）

多数人的童年都不免有些零星的失望：冰激淋店关门了，玩伴不见了，生日礼物不对，或压根没有收到生日礼物（参阅：礼物）。除了吞下失望继续前行，往往也并无他法。《禅的故事》——主讲者是熊猫禅师静水[1]——或许帮得上忙。

静水的隔壁住着三个孩子，年纪最大的迈克尔不敢爬树。他害怕摔下来受伤不无道理。“也许是吧。”静水的回答有些出人意料。熊猫师父用“略带熊猫口音”的腔调[2]，讲了一个农夫的故事。农夫邻

[1] 我们还会在琼·穆特的其他作品里碰到这位熊猫师父，比如《熊猫师父和阿古》。参阅：不喜欢老人家。

[2] 成年读者尽可能再现熊猫口音吧。

居家的马跑了，邻居哀叹运气不好。“也许是吧。”农夫耸耸肩。第二天邻居家的马带着两匹野马回来了，邻居又说运气还不错。“也许是吧。”农夫说。不久，邻居的儿子从野马上摔下来，断了一条腿，农夫还是这么答复。结果这条断腿却间接救了小伙子一命。“我明白了，”迈克尔说，“运气是好是坏实在纠缠不清。你不知道接下来会发生什么事。”如此可爱的顿悟，因为清晰小朋友很容易理解，这不仅会驱散他们的失望，而且保证会立马见效。

遇到挫折后吸取教训，一定是最有价值的人生技能之一。《蝴蝶·天堂·探险记》的女主角玛雅完美地掌握了这一技能。沉浸在丧父丧母之痛的玛雅，被送到巴西的一个橡胶种植园，与远房堂姐妹一起生活。玛雅对异国情调的新家满怀期望，简直等不及要一睹茂盛的丛林、五颜六色的鹦鹉、“茶托般大小”的蝴蝶和会用植物治病的聪明土著。最让她激动的莫过于新家，因为卡特家有两个年纪跟她一般大的双胞胎姐妹碧翠斯和关德琳。

热带雨林没有让她失望。但她对卡特家的想象全然不对，他们是无知的偏执狂，如此害怕被周围的野生动物传染疾病，以至于须臾离不开来消毒液。后来发现他们之所以愿意收养玛雅，只是贪图钱财。“这跟我想的有点不一样，是不是？”玛雅对严厉但真诚的家庭教师明顿小姐说。多么令人心碎的轻描淡写。但玛雅没有让失望变成绝望，而是鼓起勇气，把脑袋探出窗外，听到了熟悉的口哨声……比她预想的更加奇幻的新发现以及突如其来的友情，让读者更加坚信如下信念：实际上，失望可能是伪装的新冒险。

● 也可参阅：**需要加油鼓劲**

S

虱子

《挠挠闹闹》（*Scritch Scratch*），著 / 米里亚姆 · 摩斯（*Miriam Moss*）、绘 / 戴尔芬 · 杜兰（Delphine Durand）

作为教室的祸根以及大人害怕小孩子带回家的唯一东西，虱子易抓难除。对卡吕普索女士课堂上的那只幸运的小虱子来说，不乏稠密、诱人的头发安家，但它挑中的对象尤其让读者大呼过瘾[1]。这本书证明了如果不上心，这种可怕的小生物很快就会卷土重来的道理，同时这也是个结尾处充满了爱的故事。这正是你需要或想要的“虱子文学”。

十万个为什么

《为什么？》（*Why?*），著 / 林赛 · 坎普（Lindsay Camp）、绘 / 托尼 · 罗斯（Tony Ross）

小朋友是什么时候发现只要问一声“为什么……”就能知道想知道的一切的？起初这让人兴奋。但是当你给出他们第一个“为什么？”的答案，却引来更多的“为什么？”，而后续答案又引来更多的“为什么？”时，即便最有耐心的大人也会精神崩溃。这时候另一个《为什么？》就可以用场。（此处提前致歉）这个绘本的巧思转折不论对提问者还是被提问者来说都很讨喜。当故事里的爸爸被红头发的小莉莉无穷尽的“为什么”逼疯了时，不用翻太多

[1] 老师的头发。

页，此前那个温柔的男人已经神志恍惚，不得不祭出撒手锏“不为什么”。托尼·罗斯的彩色铅笔网格画展现了一个令人安心又熟悉的世界——直到有一天在公园玩，世界突然变了……此处不宜剧透，否则会毁掉全书最大的一个惊喜。莉莉见到这一阵势也乖乖闭上了嘴巴。但瞠目结舌之后，当她又可以开口说话时，冒出来的，当然，又是“为什么？”，但这回全地球的人都要心存感激。向你们家问个不停的提问者推荐这个绘本，准保你们都会乐不可支。

成人药方

CB《小王子》(*The Little Prince*)，安托万·德·圣-埃克苏佩里（**Antoine de Saint-Exupéry**）

相比小孩子没完没了的问题，你有更重要的事情要忙，这是我们很容易落入的思维陷阱。重读《小王子》会提醒你你可能搞错了优先级。当叙述者的飞机在沙漠里坠毁，结识了他迄今为止认识的“最不起眼的小人”时，他很快确认小家伙来自另一个星球——而且一个人过活，拔拔猴面包树的幼苗，看看一成不变的落日。但他忙着想把飞机修好，所以当小王子问他一个貌似随意的问题——如果不能阻止羊把她吃掉，花儿为什么还要长刺——时，就被他匆匆打发了。她们长刺是出于恶意，他不耐烦地回答。

当然，飞行员并非真的相信花儿心怀恶意。因为有更要紧的事儿要处理，他才这么说。但是小王子现在想知道什么事情能比花儿为什么长刺更重要。小王子不依不饶地问，如果他恰好知道或喜欢一种独一无二的花，结果会怎样。而且假设有一天早上在无人注意的情况下，羊一口就把花毁了，结果又会怎样。飞行员还会觉得无关痛痒吗？是哪一刻飞行员停下了手头的活，双手抱住小王子，明白了他的破飞机、他的饥渴，甚至他的死亡，与回答这个问题相比无足轻重？便是现在。

● 也可参阅：**话痨**

使性子

PB《古纳什小兔》（*Knuffle Bunny*），莫·威廉斯（Mo Willems）

“使性子：愤怒和失望不可控制地爆发，通常发生在小孩子身上。”（《牛津英语词典》）不论是罕有、频繁、只在有特别大的危机时发生，还是只要有人说个“不”字就会引发，论及治疗方法，陪侍左右的大人和正在发作的熊孩子同样需要。最适合二者共读的绘本当数《古纳什小兔》，一个发生在布鲁克林褐沙石建筑区的都市故事。

翠西正处于使性子的好年纪：说话不利索，但又不屈不挠。所以当爸爸——一个诙谐、戴眼镜的潮人——星期六早上带翠西去自助洗衣房，让妈妈得以在阴暗的小门廊喘息片刻时，父女俩的表情和笑容充满了爱意。翠西一手抓着爸爸，一手揪住古纳什小兔的脖子走在路上，穿过公园，经过学校。在自助洗衣房，翠西“忙得”不亦乐乎，像套索一样挥动胸罩，往投币口塞硬币。很快，爸爸就要吹着口哨原路返回了。但翠西突然停下了脚步——我们在特写画面里看到她瞪大眼睛、噘起小嘴。“阿拉西，巴乐西，肚拉机！”她叫个不停。我们知道她想表达什么，翠西也知道自己想说什么，但爸爸就是不明白……是的，可怜的爸爸毫无头绪。于是他就在路边忍受翠西发脾气，眼泪、哽咽、疯狂的手势以及死活不想回家的肢体语言。好不容易生拉硬拽把她搞回家，我们发现爸爸的脸都绿了，更令他恼火的是，眼尖的妈妈一眼就看出了问题所在。当古纳什小兔最后失而复得时，湿得直滴水，估计它也受惊了，翠西的喜悦也会让读者喜出望外吧。在暴风雨后的宁静里读这本书，会帮助我们明白理解万岁的道理。

● 也可参阅：**争吵 · 感觉没有人倾听 · 过度疲劳 · 娇生惯养 · 不被理解**

视觉障碍

对视障人士和盲童来说，大声朗读、播放有声书、分享图像对比度强烈的图书至关重要，而以视障人士或盲童为主角的故事书同样可以帮助他们。至于婴幼儿，可以参阅我们的“十佳婴幼儿触摸书”书单。

十本为视觉障碍者和盲童准备的故事书

PB《丹和他的柴油狗》（*Dan and Diesel*），著 / 夏洛特 · 哈德森（Charlotte Hudson）、绘 / 林德赛 · 加迪纳（Lindsey Gardiner）

PB《雪树》（*The Snow Tree*），著 / 卡罗琳 · 雷普查克（Caroline Repchuk）、绘 / 约瑟芬 · 马丁（Josephine Martin）

PB《盲猎人》（*The Blind Hunter*），克里斯蒂娜 · 罗达纳斯（Kristina Rodanas）

PB《安迪 · 沃霍尔的色彩》（*Andy Warhol's Colors*），苏珊 · 戈尔曼 · 鲁宾（Susan Goldman Rubin）

PB《鼹鼠的日出》（*Mole's Sunrise*），著 / 珍妮 · 威利斯（Jeanne Willis）、绘 / 莎拉 · 福克斯 – 戴维斯（Sarah Fox-Davies）

PB《魔杖》（*The Seeing Stick*），著 / 简 · 约伦（Jane Yolen）、绘 / 丹妮拉 · 贾伦卡 · 特拉齐尼（Daniela Jaglenka Terrazzini）

PB《盲童和魔眼》（*Peter Nimble and His Fantastic Eyes*），乔纳森·奥克谢（Jonathan Auxier）

CB《盲点》（*Blind Spot*），劳拉·埃伦（Laura Ellen）

YA《苹果泥山之心》（*The Heart of Applebutter Hill*），多娜·W. 希尔（Donna W. Hill）[1]

YA《她并非隐身》（*She Is Not Invisible*）马库斯·塞奇威克（Marcus Sedgwick）[2]

● 也可参阅：**遭遇霸凌 · 与众不同 · 面对身心障碍者 · 不得不戴眼镜**

收养

CB《想飞的母鸡》（*The Hen Who Dreamed She Could Fly*），著 / 黄善美（Sun-Mi Hwang）、绘 /Nomoco

很久很久以前，被收养的孩子随时可能被人叫过来坐下，然后突然遭遇晴空霹雳：“哦，话说，你是我们收养的。”谢天谢地，如今我们总算有点进步，讲究方式方法，会一点一滴地透露这个事实。绘本这时候可以派上大用场，帮我们一再重申我们收养孩子是有计划的，而且是迫切想要的。哪些故事能触动心弦要视收养的具体状况而定，从文末的书单里找寻最适合情景的书。

随着被收养的孩子日益长大，他们常常会问更多关于亲生父母的问题，甚至会试图寻找他们。不论对孩子还是对收养他们的成年人，这都会带来全新、复杂的情感体验。韩国作家黄善美创作的

[1] 也有布莱叶盲文、DAISY 格式和有声书版本。

[2] 也有布莱叶盲文、DAISY 格式和有声书版本，由安娜·康宁斯（Anna Cannings）朗读。

《想飞的母鸡》告诉我们，产生类似的复杂情感很正常。叶芽是一只有梦想、会下蛋的母鸡——实际上她的梦想不是飞翔，而是成为一个母亲。于是，她跟朋友迷鸭逃离了谷仓，在荒野开始了新生活，四处找吃的，还要竭尽所能避开永远饥肠辘辘的黄鼠狼。有一天她在荆棘地里意外发现一个鸭窝，里面有一个“又大又漂亮”，还有温度的鸭蛋，她坐在上面孵了一个晚上。第二天早晨，她感受到了蛋壳里微弱的心跳。

小鸭子破壳而出后，叶芽的喜悦溢于言表。她领着鸭宝宝绿尖在谷仓旁边趾高气扬地走来走去，对其他动物的奚落不以为意。“没错，他是鸭，不是鸡。但这有什么关系？”她告诉自己，“只要他知道我是他妈妈就行了！”当绿尖自个儿学会了游泳、飞行时，他一连几天在水塘上空盘旋扑腾，叶芽同样为他高兴，虽然她飞不起来。有一天，绿尖感觉到什么东西在靠近水塘，一个可以盖住整个天空、聒噪不休的东西……那一刻他开始颤抖，既兴奋不安，又若有所失……

这个故事寓意深刻，它包含为人父母的渴望，也包含孩子成为自己的需要。但叶芽对小鸭子无处不在的爱最令我们难忘。叶芽明白爱儿子的最好方式就是理解他——即便那意味着他会知道他跟妈妈不是同类，有一天可能会离开家寻找自我。当你的养子（女）开始询问关于亲生父母的问题时，给他们讲这个故事，让他们知道你理解他们。

十本描写收养的故事书

《世上最珍贵的礼物》（*The Most Precious Present in the World*），著／贝基·爱德华兹（Becky Edwards）、绘／路易斯·康弗特（Louise Comfort）

PB《迪索夫妇的小兔子》(*The Teazles' Baby Bunny*)，著 / 苏珊·巴格诺尔(Susan Bagnall)、绘 / 托马索·列文特·塔尼(Tommaso Levente Tani)

PB《羊妈妈的宠娃》(*The Nanny Goat's Kid*)，著 / 珍妮·威利斯(Jeanne Willis)、绘 / 托尼·罗丝(Tony Ross)

CB《绿山墙的安妮》(*Anne of Green Gables*)，露西·莫德·蒙哥马利(L. M. Montgomery)

CB《温特尔夫人的小剧团》(*Wintle's Wonders*)，后来改名为《舞鞋》(*Dancing Shoes*)，诺埃尔·斯特里特菲尔德(Noel Streatfeild)

YA《泡菜 & 炸鱿鱼》(*Kimchi & Calamari*)，罗斯·肯特(Rose Kent)

YA《找到一个陌生人，说再见》(*Find a Stranger, Say Goodbye*)，洛伊斯·劳里(Lois Lowry)

YA《失踪的女孩》(*Girl' Missing*)，苏菲·麦肯齐(Sophie McKenzie)

YA《萨菲的天使》(*Saffy's Angel*)，希拉里·麦凯(Hilary McKay)

YA《烟与骨的女儿》(*Daughter of Smoke and Bone*)，莱妮·泰勒(Laini Taylor)

成人药方

PB《霍顿孵蛋》(*Horton Hatches the Egg*)，苏斯博士(Dr. Seuss)

这个故事并非以最仁慈的口吻来描绘那些让别人收养自己亲生孩子的父母，但是当你极度疲惫，或者"反正你不是我真正的母亲 / 父亲"这样的话劈头盖脸向你扑来时，兢兢业业的霍顿的故事多少是一个慰藉。梅吉是那种宁肯在棕榈滩晒太阳也不愿自己孵蛋的懒鸟，大象霍顿答应帮忙，并且信守承诺：保护鸟蛋免受雨雪侵袭，即便在树枝承受不了他的重量即将折断、鼻子上结了冰、偷猎者把枪口对准他的时候，依旧岿然不动。苏斯博士想象力无比丰富的插图，让孵蛋这件苦差事栩栩如生。当小鸟终于破壳而出，厚颜无耻的梅吉竟然声称这是她的孩子时，谁才是合格的父母，我们自然一清二楚。当你或你的孩子需要提醒的时候，不妨把霍顿的口号当作你的真言："言必行，行必果。忠诚的大象，百分百靠谱。”

● 也可参阅：**愤怒** · **与众不同** · **无法表达感受** · **家有父母**

手眼不协调

● 参阅：**笨手笨脚**

手足之争

PB《我的红头发哥哥坏透了》（*My Rotten Redheaded Older Brother*），帕特丽夏·波拉蔻（Patricia Polacco）

CB《1963，沃特森一家去伯明翰》（*The Watsons Go to Birmingham–1963*），克里斯托弗·保罗·柯蒂斯（Christopher Paul Curtis）

YA《萨默和伯德》（*Summer and Bird*），凯瑟琳·卡特莫尔（Katherine Catmull）

不论动口还是动手，抑或兼而有之，手足相残都让人闹心。而当他们各自施展浑身解数要引起你的注意时，千万别火上浇油。从兄弟反目成仇到后来重归于好，描述这一过程的故事有助于让孩子们明白，即便最对立的关系也是可以挽救的。

在《我的红头发哥哥坏透了》里，叙述者对哥哥理查德的怨恨让人震惊。她说他看起来像“戴眼镜的黄鼠狼”，而且总是要证明自己比妹妹强。动作感十足的插画刻画了一个红头发、满脸雀斑的男孩如何奚落他的妹妹，还伸出难看的手指指指点点，而妹妹的脸上则充满了敌意。两个人在奶奶的花园里生吃大黄叶柄，互不相让，决心比一比谁吃得多的场景更是攻击性十足。肚子痛得厉害的妹妹忍不住大声叫骂:“我实在受不了你了，理查德·巴伯……估计我的狗也是！”“绿牙齿”的哥哥则在那冷嘲热讽。后来妹妹磕破了头，哥哥抱她回家，一场突如其来的危机立刻化解了他们的宿怨。“看来你终于干了一件特别的事情！”他打趣说——而他又何尝不是如此呢。两人和好的速度让我们印象深刻。故事结尾，两人靠在满脸皱纹的奶奶身上，小女孩扎着辫子，小男孩穿着睡衣，表情温柔。

《1963，沃特森一家去伯明翰》里十岁肯尼的哥哥拜伦最终被这个巨大而糟糕的世界改变了。拜伦可是比“黄鼠狼”还难处的哥哥，极其挑战人。他和一个朋友联手欺负肯尼，几乎到了残忍的地步，导致他的弟弟终日焦虑不安，不知道如何行事说话，才不会再次被修理。当一家人决定开着“屎黄色”的普利茅斯车到美国南方腹地旅行时，曾想过把拜伦留给强硬的奶奶收拾，这回轮到哥哥紧张了。但奶奶实在上了岁数，威胁不了任何人。拜伦则现出英雄本色，从水里救了肯尼一命，事情开始有了改观。当他们的妹妹险些在当地教堂发生的种族主义袭击中丧命时，拜伦一夜之间成熟了。没有人希望这些不幸发生在别人身上，但这个故事表明在面对家庭之外的更大威胁时，兄弟姐妹最终会互相看顾。

姐妹间的争斗可能会更激烈。透过《萨默和伯德》，我们看到让自己成为与众不同的独立个体的需要如何导致姐妹俩冲突不断。十二岁的萨默和九岁的伯德有一天早上醒来发现父母亲都不见了。一张难懂的纸条催促她们赶紧去森林找人，由于父母亲总是鼓励她们自力更生，她们不假思索就出发了。任性的伯德利用她的强大直觉带路，通过长笛与自己交流；姐姐萨默尽力搜寻食物和水。她们在森林里越走越深，伯德的魔力越发显著，姐妹间的嫌隙越来越大。当一个神秘的“木偶女王”出现在梦境里，以王位的幻象加以引诱时，伯德受其魅惑，离开了姐姐。她被带到一个神秘、天鹅形状的城堡，一只巨大的雌天鹅被残忍地拴在地下室里。

原来她就是她们的母亲——天鹅女王，离开十三年把孩子抚养成人后回来了。姐妹俩最终合力解救了母亲。更像鸟类而不是人类的伯德以为她会继承母亲的王位，而当结果表明萨默才是合适的人选时，妹妹只得吞下苦果。姐妹俩两种迥然不同的性格在努力寻找自我的过程中慢慢显露出来，这个故事也为复杂的姐妹情提供了极具启发的参照。

● 也可参阅：**争吵 · 遭遇霸凌 · 横行霸道 · 不愿意分享**

阅读相关症状：受够了大团圆结局

翻转童话故事的情节

有时候可预测的结局不能让人满足。参阅如下书单，享受一些妙趣横生的经典童话改写之作。

十佳改写童话

PB《当心熊！》（*Beware of the Bears!*），著 / 艾伦 · 麦克唐纳（Alan MacDonald）、绘 / 格温妮丝 · 威廉姆森（Gwyneth Williamson）

CB《花衣魔笛手》（*The Pied Piper of Hamelin*），著 / 拉塞尔 · 布兰德（Russell Brand）、绘 / 克里斯 · 里德尔（Chris Riddell）

CB《善恶学校》（*The School for Good and Evil*），索曼 · 夏纳尼（Soman Chainani）

CB《睡美人与魔纺锤》（*The Sleeper and the Spindle*），著 / 尼尔 · 盖曼（Neil Gaiman）、绘 / 克里斯 · 里德尔（Chris Riddell）

CB《牧鹅姑娘》（*The Goose Girl*），香农 · 黑尔（Shannon Hale）

CB《可怕的格林童话故事》(*A Tale Dark and Grimm*)，亚当·吉德维茨(Adam Gidwitz)

CB《聪明波莉和大傻狼》(*Clever Polly and the Stupid Wolf*)，著/凯瑟琳·斯托尔(Catherine Storr)、绘/马乔丽-安·沃茨(Majorie-Ann Watts)

CB《面包屑》(*Breadcrumbs*)，安妮·乌尔苏(Anne Ursu)

YA《野兽男孩》(*Beastly*)，亚历克斯·弗林(Alex Flinn)

YA《美女》(*Beauty*)，罗宾·麦金利(Robin McKinley)

受惊吓

参阅：**恐惧**

输不起

PB《输不起的萨莉》(*Sally Soro Losor*)，著/弗兰克·J. 希利奥(Frank J. Sileo)、绘/卡里·派罗(Cary Pillo)

PB《我想要赢！》(顽皮小公主系列)[*I Want to Win!*(Little Princess)]，托尼·罗斯(Tony Ross)

CB《银鳍》(*Silverfin*)，查理·希格森(Charlie Higson)

没有人喜欢跟输不起的人玩游戏。用《输不起的萨莉》把这一倾向消灭在萌芽阶段。萨莉是个稍有不顺心就发脾气的小女孩，但最终她的朋友委婉地教会她为了好玩而玩，而不是为了取胜而玩。那些在家里被故意输掉游戏的大人惯坏了的小孩，那些习惯了一直赢所以输不起的小孩，不妨看看《我想要赢！》。光天化日之下，即便是公主也要给别人机会。

除了小詹姆斯·邦德，谁可以更好地引导大孩子变成得体的英伦绅士？在《银鳍》里，我们看到首次入学的詹姆斯——年仅十二岁，刚刚成为孤儿，跟其他人一样，对伊顿公学充满了不安。几乎马上，在为“赫利伯杯”[1]（对力量和耐力的考验，参赛项目包括射击、游泳和跑步）进行训练时，他发现自己陷入了与美国军火商的儿子乔治·赫利伯的竞争。詹姆斯的全套看家本领——社交、运动或间谍——还未成形，当小赫利伯在校园里追着詹姆斯到处跑，想把他泡在冰凉刺骨的河水里，享受施虐的快感时，詹姆斯开始明白对手的实力了。赫利伯很擅长游泳，射击也是全校最佳，但是说到长跑，詹姆斯更强。只要比赛公平，他可以轻松击败赫利伯。

问题就在这里。赫利伯为了第一不惜一切手段，包括欺诈，詹姆斯则不愿用任何不得体的举止玷污他的良心或名誉。赛场转移到苏格兰，跟詹姆斯即将继承的阿斯顿·马丁一样快，但与詹姆斯高尚的道德品质相比，赫利伯和他们使用的血清兴奋剂占不到丝毫便宜。忠于伊恩·弗莱明的精神，希格森的少年英雄是孩子们可以效仿的伟大导师，而且没有邦德那些习以为常的调情[2]。

● 也可参阅：**愤愤不平 · 求表扬 · 生闷气**

暑假

不论是随便驾船出游，还是破解古藏宝图的谜团，没有暑假冒险故事以激发想象力或激励小朋友胡作非为的七、八月总是不完整的。

[1] 以老赫利伯的名字命名，他正急于在这所英国精英学校留下自己的印记。

[2] 那时候还不会。

十佳暑假冒险故事书

PB《美好时光》（*Time of Wonder*），罗伯特·麦克洛斯基（Robert McCloskey）

ER《死人湾》（劳拉·马琳探案系列）[*Dead Man's Cove*（Laura Marlin Mysteries）]，劳伦·圣·约翰（Lauren St John）

CB《夏天的故事》（*The Penderwicks*），珍·柏雪（Jeanne Birdsall）

CB《大海之上，巨石之下》（黑暗蔓延系列）[*Over Sea, Under Stone*（The Dark is Rising）]，苏珊·库珀（Susan Cooper）

CB《小岛惊情》（*Eating Things on Sticks*），安妮·范恩（Anne Fine）

CB《姆咪谷的夏天》（*Moominsummer Madness*），托芙·杨松（Tove Jansson）

CB《塞河小舟》（*Minnow on the Say*），菲莉帕·皮尔斯（Philippa Pearce）

CB《燕子号与亚马孙号》（*Swallows and Amazons*），阿瑟·兰塞姆（Arthur Ransome）

CB《捕鲸记》（*Mighty Fizz Chilla*），菲利普·里德利（Philip Ridley）

YA《这个夏天》（*This One Summer*），玉城真理子（Mariko Tamaki）& 玉城吉莉安（Jillian Tamaki）

● 也可参阅：**探险的渴望 · 百无聊赖 · 驾车出游 · 懒惰 · 下雨天 · 手足之争**

水痘

PB《戈尔迪·洛克斯长水痘》（*Goldie Locks Has Chicken Pox*），著 / 伊尔琳·迪利（Erin Dealy）、绘 / 花子胁山（Hanako Wakiyama）

有时候一个作家碰到好的韵脚，[1] 很难让他 / 她舍弃不用——《戈尔迪 · 洛克斯长水痘》可能就是如此。这本讨喜的绘本请来了好些个经典童话故事的主角，加上 1950 年代风格的插画——以洛克斯家的圆点墙纸映衬戈尔迪的水痘，描述了水痘发病的若干个阶段，从戈尔迪可能从哪里感染病毒（打给熊妈妈的电话可资为证）到千万别抓痒痒再到小弟弟的嘲笑奚落，万岁，他最后也感染了水痘。全书充满了有趣的视觉效果（注意爸爸穿的牛仔衬衣），建议跟炉甘石洗剂搭配使用。

● 也可参阅：**卧床不起 · 百无聊赖**

说不

● 参阅：**遭遇霸凌 · 不能维护自己的权益 · 绝对不服从**

私人空间被侵犯

● 参阅：**渴望独处**

[1] 英文书名为 *Goldie Locks Has Chicken Pox*。Locks、Pox 押韵。——译注

T

📖《秘密花园》(*The Secret Garden*)，弗朗西斯·霍奇森·伯内特(Frances Hodgson Burnett)

说到文学人物当中谁在室内待的时间最长，非《秘密花园》里的科林·克雷文莫属。想象自己遗传了父亲的驼背——这是家里的大人串通好的主意——大部分时间他都躺在床上，被一种不舒服的护背固定住。如今他已十岁，烦躁不安、娇生惯养，除了医生和仆人的小圈子——以及环球旅行偶尔来看望他的父亲——不想见任何人，对早逝的可能性逆来顺受。直到玛丽·伦诺克斯——一个父母在印度死于霍乱的表亲，跟他一样被宠坏了和执拗——跑来住在他在约克郡的家里。

玛丽刚到的时候也是病恹恹的，脸色苍白泛黄，同样不愿去冬天的花园，但无聊透顶很快让她迈出了脚步。她在室外发现了跳绳以及和迪肯相处的乐趣，后者成天在荒郊野外厮混，可以根据歌声叫出所有小鸟的名字。最重要的是，她找到了杂草丛生、通向高墙耸立的秘密花园的大门的钥匙。

一天晚上，抽泣声让她找到了科林。根据玛丽的描述，科林被禁锢在美丽的花园里，他出生后不久母亲就死在那里，此后科林就被锁在里面，无人理会。花园里黄水仙和雪花莲盛开。他们一起出谋划策，让花园恢复生机。玛丽和迪肯清理杂草、培育玫瑰，科林最终也参与进来。在秘密花园里待的时间越长，科林憔悴的身体就越舒展。让你身边缺少阳光的孩子接触这个花园，用迪肯的话来说，那里“天空那么高，蜜蜂和云雀的嗡嗡声和歌声那么悦耳”，让花园的魔力也在他们身上起作用。

● 也可参阅：**懒惰 · 不想去散步**

探险的渴望

如果你的孩子在自家后门已找不到探险之地，那就送他一个书里的探险故事吧。

~~十个~~[1] 三十九个带你去冒险的故事

PB《小海螺和大鲸鱼》（*The Snail and the Whale*），著 / 朱莉娅 · 唐纳森（Julia Donaldson）、绘 / 阿克塞尔 · 舍夫勒（Axel Scheffler）

PB《母鸡萝丝去散步》（*Rosie's Walk*），帕特 · 哈钦斯（Pat Hutchins）

PB《然后，会发生什么呢？》（*The Book about Moomin, Mymble and Little*），托芙 · 杨松（Tove Jansson）

PB《不是箱子》（*Not a Box*），安托瓦内特 · 波蒂斯（Antoinette Portis）

PB《我们要去捉狗熊》（*We're Going On a Bear Hunt*），著 / 迈克尔 · 罗森（Michael Rosen）、绘 / 海伦 · 奥克森伯里（Helen Oxenbury）

CB《顺流而下》（*Down the Bright Stream*），B. B.

CB《绿野仙踪》（*The Wonderful Wizard of Oz*），弗兰克 · 鲍姆（L. Frank Baum）

CB《远方的魔法树》（*The Magic Faraway Tree*），伊妮德 · 布莱顿（Enid Blyton）

CB《神象奇缘》（*The Child's Elephant*），蕾切尔 · 坎贝尔 – 约翰斯顿（Rachel Campbell-Johnston）

---

[1] 冒险主题之于章节书，就像杜松子酒之于奎宁水。我们怎么可以委屈自己？

《神奇马戏团》（*Circus Mirandus*），凯西·比斯利（Cassie Beasley）

《老鼠和摩托车》（*The Mouse and the Motorcycle*），贝弗丽·克利里（Beverly Cleary）

《四姐弟的星期六》（梅伦迪四姐弟系列）[*The Saturdays*（*Melendy Quartet*）]，伊丽莎白·恩赖特（Elizabeth Enright）

《白雪商人》（*The Snow Merchant*），著/萨姆·盖顿（Sam Gayton）、绘/克里斯·里德尔（Chris Riddell）

《老鼠父子历险记》（*The Mouse and His Child*），罗素·霍本（Russell Hoban）

《比格斯从军》（*Biggles Goes to War*），W. E. 约翰斯（W. E. Johns）

《神奇的收费亭》（*The Phantom Tollbooth*），诺顿·贾斯特（Norton Juster）

《火花》（*Sparks*），艾丽·凯南（Ally Kennen）

《垃圾大王斯蒂格》（*Stig of the Dump*），著/克莱夫·金（Clive King）、绘/爱德华·阿迪卓恩（Edward Ardizzone）

《贼岛》（*Island of Thieves*），乔希·莱西（Josh Lacey）

《月夜仙踪》（和《星河》）[*Where the Mountain Meets the Moon*（*and Starry River of the Sky*）]，林佩思（Grace Lin）

《杜利特医生的故事》（*The Story of Doctor Dolittle*），休·洛夫廷（Hugh Lofting）

《新森林的孩子们》（*The Children of the New Forest*），弗雷德里克·马里亚特（Frederick Marryat）

《药剂师》（*The Apothecary*），梅尔·梅洛伊（Maile Meloy）

《里布尔斯特罗普学校》（*Ribblestrop*），安迪·马利根（Andy Mulligan）

《五个孩子和沙精》（*Five Children and It*），伊迪丝·内斯比特（Edith Nesbit）

《亚马孙探险》（*Amazon Adventure*），威勒德·普赖斯（Willard Price）

《烟花商的女儿》（*The Firework Maker's Daughter*），菲利普·普尔曼（Philip Pullman）

T

CB《致命引擎》(*Mortal Engines*)，菲利普·瑞弗（Philip Reeve）

CB《佩小姐的奇幻城堡》(*Miss Peregrine's Home for Peculiar Children*)，兰萨姆·里格斯（Ransom Riggs）

CB《哈伦与故事海》(*Haroun and the Sea of Stories*)，萨尔曼·鲁西迪（Salman Rushdie）

CB《造梦的雨果》(*The Invention of Hugo Cabret*)，布莱恩·塞尔兹尼克（Brian Selznick）

CB《亚马孙之夏》（艾米·怀尔德系列）[*Amazon Summer*(*Amy Wild*)]，海伦·斯凯尔顿（Helen Skelton）

CB《埃及游戏》(*The Egypt Game*)，吉尔法·基特利·斯奈德（Zilpha Keatley Snyder）

CB《诱拐》(*Kidnapped*)，罗伯特·路易斯·史蒂文斯（Robert Louis Stevenson）

CB《金银岛》(*Treasure Island*)，罗伯特·路易斯·史蒂文斯（Robert Louis Stevenson）

CB《精灵鼠小弟》(*Stuart Little*)，E. B. 怀特（E. B. White）

CB《海角一乐园》(*The Swiss Family Robinson*)，约翰·大卫·怀斯（Johann David Wyss）

YA《最后的独角兽》(*The Last Unicorn*)，彼得·S. 毕格（Peter S. Beagle）

YA《威斯汀游戏》(*The Westing Game*)，艾兰·拉斯金（Ellen Raskin）

● 也可参阅：**百无聊赖 · 家庭出游 · 暑假**

逃学

● 参阅：**不想上学**

讨厌自己的名字

FB《我的名字克丽桑丝美美菊花》(*Chrysanthemum*)，凯文·亨克斯(Kevin Henkes)

CB《呼唤野性》(*Into the Wild*)，艾琳·亨特(Erin Hunter)

不论出于什么缘故，当小孩子不喜欢自己的名字时，那些别出心裁给他们取名字的大人和被名字拖累的小孩一样痛苦。在《我的名字克丽桑丝美美菊花》里，同名小老鼠的父母之所以给她取这个名字，是因为这表现了她的完美。克丽桑丝美美起初也喜欢这个名字。但是在她入学后(参阅：开学)，“你的名字太长了。”维多利亚、乔和丽塔——名字中规中矩的同班同学——抱怨，“胸牌上写不下”而且“你是以菊花为名的。”克丽桑丝美美很沮丧，虽然父母亲试图说服她，跟别人相比，她的名字更迷人、更与众不同，但克丽桑丝美美不为所动。然而，当魅力非凡的新音乐老师德尔芬尼尔梅·廷柯[1]提出以花来取名很有派头，而且透露了她打算给即将出生的宝宝取的名字时，一切都改变了。这个可爱的故事表明，只要你自己认同，再滑稽古怪的名字也没关系。

日渐长大的小孩子可能会觉得他们的名字配不上他，“猫武士”系列的第一本《呼唤野性》可能会让他们乐在其中。小斑猫拉斯蒂和他的人类主人过着温暖舒适的生活。但不知道为什么，花园尽头的森林里，一股平静、怪异的气味吸引了他，一天晚上他终于鼓起勇气进入森林。不一会儿，不知道从哪里冒出来一只动物，凶狠地扑向他的背，

[1] 德尔芬尼尔梅，Delphinium，亦即飞燕草。——译注

尖尖的爪子刺入他的皮肤。拉斯蒂打了一个滚，摆脱了袭击者，并吓了对方一跳，从此他和自由生活在森林里的见习野猫灰爪交上了朋友。

后来的情况表明，摔跤比赛是一次测验。“就家猫来说，你打起架来很有两下子。”一只灰色的大母猫从灌木丛中现身，敏锐的蓝眼睛盯着拉斯蒂。很快拉斯蒂抛弃了他的主人，勇敢地追随这些野猫到了树林深处的营地，结识了雷族的每一个成员，他们个个都有别具一格的名字——狮心、黄牙、小耳以及帅气的“药猫”斑叶。拉斯蒂也了解了其他猫族的存在，不同猫族经常为了狩猎区大打出手。拉斯蒂在一场战斗中大获全胜，在阳光下威风凛凛，橘黄色的毛皮犹如炽热的火焰，由此获得了勇士“火爪”的新头衔。当然，拉斯蒂再也不是以前的拉斯蒂了。如果你的名字跟你的个性不搭，找几个了解你的朋友，你的诨名就呼之欲出了。

体毛

PB《身体里的荷先生和荷太太》(*Hair in Funny Places*)，芭贝·柯尔(Babette Cole)

YA《“我眼前看到的是我的胸吗？”》(乔治亚·尼科尔森的自白系列)[*'Are These My Basoomas I See Before Me?'*(*Confessions of Georgia Nicolson*)]，露易斯·任尼森(Louise Rennison)

YA《泡菜 & 炸鱿鱼》(*Kimchi & Calamari*)，罗斯·肯特(Rose Kent)

如果要向小弟弟小妹妹解释大哥哥大姐姐身上突然冒出来的体毛，我们推荐值得信赖的芭贝·柯尔。她从不拐弯抹角[1]，知无不言言

[1] 或一语双关。

无不尽，又不会让人觉得尴尬。

大一点的小女生可以放心交给露易斯·任尼森，关于身体变化带来的愉悦和恐惧，她是此一领域的方家。小男生则可以在《泡菜&炸鱿鱼》里十四岁约瑟夫·卡尔德拉罗直率感人的日记中得到慰藉。约瑟夫因学校布置的任务而开始研究他的祖先，他想知道自己身上哪种基因占主导，是皮肤光滑的韩国人基因，还是多体毛的意大利人基因?

● 也可参阅：**青春期** · **体味** · **荷尔蒙过剩**

体味

PB《臭味之书》(*The Smelly Book*)，芭贝·柯尔（Babette Cole）

被人抱怨臭烘烘的总会很让人尴尬。《臭味之书》用讨喜的文字游戏和插画罗列了几乎一切腐烂、变质和难闻的东西，从臭鱼、臭脚、臭奶酪到垃圾堆，建立了好味道和坏味道的一般标准。让它成为小朋友的藏书之一，以后就可以为你调侃他们创造有效的语境。你可以（捏住鼻子）对他说："这些臭袜子是从《臭味之书》跑出来的吗……"芭贝·柯尔极具活力的水墨插画给这个臭烘烘的主题带来了一种轻巧的触感。

替罪羊

● 参阅：**愤愤不平**

天才

参阅：**早熟**

挑食

《世界第一少年侦探团：曾曾曾祖父的宝藏》（*Five on a Treasure Island*），伊妮德·布莱顿（Enid Blyton）

《族人》（*The Kin*），彼得·迪金森（Peter Dickinson）

最让大人生气的莫过于他们辛辛苦苦准备的食物被百般挑剔，然后一口未吃被冷落在餐盘上。这时候不妨在饭桌上摆一些轻松的绘本（参阅随后的书单），或许可以挽回一点局面。这不仅会避免与你爱挑食的熊孩子发生冲突（参阅：争吵），幸运的话，还会诱使他们大快朵颐。如果你对此不屑一顾，那可能就只剩无穷无尽的胁迫了……（参阅：无休止地讨价还价）。

不幸的是，就在你暗自庆幸已经迈过难关的时候，你的孩子上学了，发现了另一个全新的爱挑食的世界。果真如此，求助于伊妮德·布莱顿[1]吧，向孩子推荐她的老派佳作。布莱顿的作品里充满了对食物的描述：自制，通常由某个“大厨”快速炮制，可以津津有味狼吞虎咽的食物。“世界第一少年侦探团”系列里出现的菜单我们最

---

[1] 因为她对“女孩、非白种人和上不起寄宿学校的孩子”的错误态度，布莱顿的作品一度被冷落了二十多年，但最近几年大有卷土重来的势头。如果你大声把它们读出来，还是会因某些用字或内容而感到尴尬——就像其他 1990 年代前出版的童书一样。朗读前不妨先浏览一遍，对内容做一些删改。或者，以它们为材料，以态度和观念的变迁为主题，挑起一些启迪心智的讨论（比如，简说：“我只是一个女孩子。”就此展开讨论）。

喜欢，这是讲述朱利安、迪克、乔治、安妮和小狗蒂米在英格兰乡间到处冒险的精彩故事，而且每次都发生在吃饭时间。不吃上一顿大餐，四个小朋友和他们的狗绝对扛不了几个小时，他们对一小块自制鸡蛋馅饼或一个新摘苹果狂热的赞赏，一定会让我们现代读者大跌眼镜。当他们被一群黄金劫匪困在麒麟岛的一个山洞——这个岛是乔治从她父母亲那里继承的——竟然煞有介事地搞了一个野餐派对，从他们的背包里掏出火腿三明治和多汁西红柿，放开手脚吃喝，以解思乡之苦。填饱肚皮之后，他们飞快想出了一个绝妙的逃跑计划，让那些愚蠢的劫匪陷入了他们自己的陷阱之中。

如果"世界第一少年侦探团"系列还不够有说服力，试试四个化石人。以萨瑟兰、诺利、柯和马娜为主角的《族人》，故事背景设在人类诞生之初的洪荒世界。他们是月鹰族仅剩的四人，其他族人都被凶残的陌生人杀死了。习惯了游牧生活的他们在沙漠里游荡，寻找食物、水源和安全无虞的"好地方"。这其中的大部分责任落在萨瑟兰头上，虽然他还未成年。每天最重要的事情就是寻找食物，任何可以吃的东西，不论白蚁、蛆虫还是毛虫（当然，最好把苦涩的头部先捏掉），都来者不拒。点心的话，他们咀嚼用木棍从干硬的土地上挖出来的草籽和块茎。实在运气好的话，他们可以碰到像皮革般嚼不动的、被阳光风干了的狐狸腿。读过一套四本的《族人》后，如果餐盘上没有蜿蜒扭动的小玩意儿，小朋友恐怕会大失所望的。

成人药方

PB《吃掉你的豌豆》（*Eat Your Peas*），著 / 凯斯·格雷（Kes Gray）、绘 / 尼克·沙拉特（Nick Sharratt）

坦白说，为了让女儿黛西吃掉豌豆，妈妈不惜开出任何条件的做法

T

实在难堪。一开始她提出来的是冰激淋，一直到新自行车、大象，以及最糟的是妈妈主动提议帮黛西洗澡、陪她睡觉。贿赂从来不是最好的选项。但如果你每天都要为了空餐盘而斗争，我们推荐不妨以这本荒谬幽默的绘本为武器。如果你可以让熊孩子乐不可支，他们还是会把几乎所有东西都塞到嘴里的，多次实践，定好目标，你甚至可以在他们哈哈大笑的时候，让他们额外多吃点蔬菜。

为挑食儿童准备的十本绘本

PB《逃跑的晚餐》（*The Runaway Dinner*），著 / 艾伦·阿尔伯格（Allan Ahlberg）、绘 / 布鲁斯·英格曼（Bruce Ingman）

PB《蔬菜胶水》（*Vegetable Glue*），著 / 苏珊·钱德勒（Susan Chandler）、绘 / 埃琳娜·奥德里奥佐拉（Elena Odriozola）

PB《谁来吃午餐》（*Lunchtime*），丽贝卡·科布（Rebecca Cobb）

PB《我想吃一个小孩》（*I Really Want to Eat a Child*），著 / 西尔维娅·多尼奥（Sylviane Donnio）、绘 / 多萝蒂·德·蒙弗里（Dorothée de Monfreid）

PB《怪物不吃西兰花》（*Monsters Don't Eat Broccoli*），著 / 芭芭拉·琼·希克斯（Barbara Jean Hicks）、绘 / 苏·亨德拉（Sue Hendra）

PB《挑食鬼弗雷娅》（*Fussy Freya*），著 / 凯瑟琳·考尔姆比（Katharine Quarmby）、绘 / 皮耶·葛罗博勒（Piet Grobler）

PB《小豌豆》（*Little Pea*），艾米·克劳斯·罗森塔尔（Amy Krouse Rosenthal）

ER《乔迪的豆子》（*Jody's Beans*），著 / 马拉基·道尔（Malachy Doyle）、绘 / 朱迪思·阿里伯恩（Judith Allibone）

ER《弗朗西丝爱吃面包和果酱》（*Bread and Jam for Frances*），著 / 拉塞尔·霍本（Russell Hoban）、绘 / 莉莲·霍本（Lillian Hoban）

ER《绿鸡蛋和火腿》（*Green Eggs and Ham*），苏斯博士（Dr. Seuss）

● 也可参阅：**对着干 · 不愿意学做菜 · 不能处变不惊 · 不爱喝汤 · 绝对不服从**

调皮捣蛋

T

FB《野兽国》(*Where the Wild Things Are*), 莫里斯·桑达克（Maurice Sendak）

ER《内裤超人历险记》(*The Adventures of Captain Underpants*), 戴夫·皮尔奇（Dav Pilkey）

所有小朋友都天生野性难驯，但有的比别人更野。当小孩子的天赋才能超过了家里人可以接受的程度，他或她就会被轻易贴上"调皮捣蛋"的标签——并难以摆脱。为了避免这种情况，请出《野兽国》里的迈克斯吧。

迈克斯喜欢穿尖耳朵的怪兽服，为了追一条狗，可以手拿餐叉，从楼梯上冲下来。当他为此被关在房间里时，迈克斯看上去真的很生气。但只要翻过两页，他的怒气就变成了顽皮的窃笑。很快迈克斯就乘着自己的小舟漂洋过海，一副志得意满的模样。当他被封为野兽国——那里有一大群毛茸茸，大眼睛，有犄角、爪子、牙齿和大肚子的怪兽，在桑达克的画笔下栩栩如生——之王时，号令天下的感觉让他不可一世。接下来发生的荒唐闹剧，让大多数成年人也沉溺其中，比如对着月亮跺脚、叫喊、嗥叫。当胡作非为的情绪发泄干净了，迈克斯跟其他疲惫不堪的小孩没有两样，一心只要大人、食物和睡床。迈克斯对野兽——不论内在的还是外在的——毫不畏惧。桑达克的书则愉快地表明，容忍小孩子的一些野蛮行为可能会对大人构成暂时的挑战，但这并不意味着孩子是恶的。再荒唐的闹剧都有收场的时候。

换个角度思考，其实每个捣蛋鬼内心都藏着一个才华横溢、聪明过人、喜欢玩乐，实在不理解为什么生活非得这么严肃的灵魂……这可能对你有好处。在戴夫·皮尔奇令人拍案叫绝的《内裤超人历险记》里，两个捣蛋鬼乔治和阿罗就是如此。乔治和阿罗[1]最不缺的就是鬼点子——比如调换提示牌上的字母顺序（把"自行挑选玫瑰"[2]篡改成"抠鼻子"[3]）、把泡沫剂倒入军乐队的铜管号——让他们的校长克鲁普先生暴跳如雷。他们还自己创作漫画，以一个身穿内裤、在天上飞来飞去、唱着"特啦啦——啦啦——"[4]的超级英雄为主角。[5]书中让人忍俊不禁的老师名字（咕噜·细母鸡、屁屁·史屁多——大声读出来）、儿童奇思妙想的坏蛋（会咬人的马桶盖、僵尸怪）以及虽然粗糙但有趣的手动翻页动画，让《内裤超人历险记》足以成为鼓励调皮捣蛋的孩子在迷失的童年中深挖自己天赋的入场券。

成人药方

《永远爱你》（*Love You Forever*），著 / 罗伯特·蒙茨（Robert Munsch）、绘 / 希拉·麦格劳（Sheila McGraw）

如果过于调皮的孩子让你失去了耐性，这本书会帮你重新振作起来。白天，母亲差点没被儿子的调皮捣蛋逼疯，可是到了晚上，她偷偷走进他的卧室看他睡觉，脸上洋溢着爱。不同寻常的视角——比如在儿子爬楼梯的时候俯视他的脑袋——让这本书动人心扉，并非一味多愁善感，它提醒我们疼爱孩子的深刻和复杂，不应受他们的行为影响。它还有助于你深入挖掘自己的耐心矿藏。在孩子最让人恼火的时候如何待

[1] 皮尔奇以小时候喜爱的两个童书角色命名：《好奇猴乔治》和《阿罗有支彩色笔》。

[2] 原文为：Pick Your Own Roses. ——译注

[3] 原文为：Pick Our Noses. ——译注

[4] Tra-la-laaaa，表示唱歌时使用的叠句。——译注

[5] 戴夫·皮尔奇八岁时因为调皮捣蛋经常被请出教室，被罚留堂的时候想出了内裤队长这个角色的事实，跟《内裤超人历险记》为何如此真实当然有关系。

他，将来当你老了，同样让人恼火时，他们也会如何对你。

也可参阅：**探险的渴望 · 虐待动物 · 不想洗澡 · 熊孩子 · 绝对不服从**

听力障碍

那些配有强烈醒目的插画、人物面部表情极具表现力的早期绘本——意在让小孩“看到”而不是听到——具有一种不容置疑的权威感。能自主阅读的小孩也需要有人陪伴在侧，告诉他们如何看待歧视、助听器，以及如何通过唇语来解读电视上面无表情的斯波克先生[1]。

十本适合失聪儿童的书

PB《公园里的声音》（*Voices in the Park*），安东尼·布朗（Anthony Browne）

PB《南瓜汤》（*Pumpkin Soup*），海伦·库柏（Helen Cooper）

PB《弗雷迪与仙女》（*Freddie and the Fairy*），著/朱莉娅·唐纳森（Julia Donaldson）、绘/卡伦·乔治（Karen George）

PB《聋人音乐家》（*The Deaf Musicians*），著/皮特·西格（Pete Seeger）& 保罗·杜布瓦·雅各布（Paul Dubois Jacobs）、绘/R. 格雷戈里·克里斯蒂（R. Gregory Christie）

PB《磨蹭的汤姆》（*The Time It Took Tom*），著/斯蒂芬·塔克（Stephen Tucker）、绘/尼克·沙拉特（Nick Sharratt）

CB《大耳朵超人》（*El Deafo*），茜茜·贝尔（Cece Bell）

CB《聋孩埃德蒙的幻想世界》（*Mundo and the Weather-child*），乔伊斯·邓巴（Joyce Dunbar）

[1] 读一读《大耳朵超人》，你就会明白怎么回事了。

CB《低语》(*Whisper*),克里西·吉格里(Chrissie Keighery)

CB《羽毛》(*Feathers*),杰奎琳·伍德森(Jacqueline Woodson)

YA《急性子女老师》(*Miss Spitfire*),莎拉·米勒(Sarah Miller)

● 也可参阅:**与众不同 · 交不到朋友 · 感觉没有人倾听 · 不被理解**

同伴压力

ER《受人冷落》(贝贝熊系列)(*The Berenstain Bears and the In-Crowd*),斯坦·博丹 & 简·博丹(Stan and Jan Berenstain)

YA《叫我星星女孩》(*Stargirl*),杰瑞·斯皮内利(Jerry Spinelli)

衣服要够潮,手机要够好,说话、走路要够酷是童年和青少年期要面对的主要压力。当你害怕自己不受同伴欢迎时,想真正认识何谓同伴压力——武断规则下的从众心理——很不容易。这时候一两个及时的故事可以帮上忙。对小朋友来说,《受人冷落》是一个好的开始。

熊妹妹和她的朋友觉得新来的奎尼·麦克熊是他们所见过的最“刺眼”的熊:她不仅身穿紫色的弹力裤,头戴黄色的束发带(毕竟,这是在 1980 年代),而且还有一辆十段变速自行车和耳洞。熊妹妹简单利落地介绍了自己,对方的答复却一下子把她噎住了,吓了她一跳。“熊妹妹?这算什么名字?而且你们的衣服也太搞笑了。粉红色的花边套头衫和蝴蝶结发饰?”就算读者也忍不住觉得受到了伤害。熊妈妈冲出去给熊妹妹买了一条酷酷的牛仔裤和名牌上衣,但我们知道这么做并不是很合适,熊妹妹也知道。我们要为这本书中毫无顾忌地认同1980年代的时尚误区及鼓励孩子保持自我的做法而喝彩。

《叫我星星女孩》生动地描述了对同伴压力的不管不顾和我行我素。亚利桑那州的迈卡地区中学新来了一个女生，（参阅：新生）大家都不知道她是怎么回事。今天她穿着1920年代的直筒低腰连衣裙上学，明天可能是和服，后天可能是拓荒者的鹿皮装。星星女孩似乎毫不在意别人怎么看她。她还有个可爱的习惯，如果有人过生日，她就会在那天的午餐时间弹尤克里里，并且故意把零钱丢到地上，好让别人体验到捡钱快感。

传统的大多数都觉得星星女孩异乎寻常，但我们的叙述者，十六岁的利奥不怕非议地被她吸引住了。他出于好意，想把星星女孩变成普通的女生，这起初让他很快乐，但星星女孩无法再继续假装“正常人”，而利奥也因与她的交往被永远地改变了。这个故事鼓励我们欣赏那些敢于异乎寻常、表达自我的人。

● 也可参阅：**被引入歧途 · 毒品 · 结识了父母亲不喜欢的朋友**

同性父母

PB《三口之家》（*And Tango Makes Three*），著 / 贾斯汀 · 理查德森（Justin Richardson）& 彼得 · 帕内尔（Peter Parnell）、绘 / 亨利 · 科尔（Henry Cole）

YA《管道的益处》（*The Benefit of Ductwork*），基拉 · 哈普（Kira Harp）

YA《颠倒生活》（*Living Upside Down*），凯特 · 特姆（Kate Tym）

不论你的目的是为了在自己家里如实反思同性父母的话题，还是在家庭可以是什么样子的问题上让小孩子脑洞大开，以《三口之家》这个描绘中央公园动物园两只雄企鹅的绘本为切入口吧。罗伊和西洛渴望有自己的企鹅宝宝，但他们不是异性伴侣，不能下蛋。当他们看着可爱、毛茸茸的小企鹅在身边接二连三被孵化出来时，越发绝望了，甚至试过坐在蛋型石头上。幸运的是，管理员格拉姆齐发现了他们的困境，当一对异性企鹅伴侣下了两个蛋后，格拉姆齐偷偷把其中一只塞进罗伊和西洛的窝里。企鹅宝宝找不到比这哥俩更专注的爸爸了。亨利·科尔的画作也堪称完美。以真实故事为基础，这个绘本引发了很多争议。

大一点的孩子如果要找寻两个爸爸的样板，估计会喜欢标题吸引人的《管道的益处》。故事开始时，十七岁的养子安迪与两个爸爸罗伯和杰夫的生活平静如水。可是当他们把凯尔——一个因性取向问题被扔出家门的敏感的十三岁小男孩——领回家后，安迪的生活发生了巨变。罗伯和杰夫迫切地想让凯尔知道，一个有爱心的家庭不会以“性取向”取人，但安迪觉得受到了威胁，以为他的爸爸们一定会更喜欢有魅力的小男孩。于是当凯尔穿上粉红色的T恤上学，被唤作“仙女男”时，安迪没有挺身而出。他觉得那是凯尔自己的错，并且想到他小时候如何因为有两个爸爸而被同学奚落。

安迪没有做哥哥的样子，罗伯和杰夫很失望，但是那天晚上，当安迪无意中通过暖气管道听到爸爸们的谈话时，他明白了他们急于解决的事是什么，以及如果他可以帮助凯尔度过人生的这道难关，自己会多开心。一个振奋人心、发人深省的故事，显示出同性父母面对所有父母都会遇到的难题时，如何竭尽全力去解决。

两个妈妈的故事可以参阅《颠倒生活》。十六岁的克洛伊的妈妈离开了她的爸爸，跑去跟一个女人同居，克洛伊内心的平衡一下子被打破了。起初她尽量让妈妈的新生活不被别人知道，不想让别人在自己背后指手画脚。私底下，她则假装自己活在纪录片里。“好吧，苏，我对整件事情很达观。爸爸还是爸爸，妈妈还是妈妈。我真觉得不能以‘性取向’取人。”有时候，她假装自己在参加瑞奇·雷克的电视脱口秀，攻击妈妈的同性情人格蕾丝，让妈妈绝望地哭泣。而在现实生活中，与妈妈见面也越发困难。格蕾丝似乎很专横，没有爱心，而妈妈似乎被吓到了。当幻想的场景从脱口秀节目转移到精神科诊所、法庭和少年犯监狱的时候，我们开始意识到她妈妈的性取向不是问题，而克洛伊卷入的特殊关系才是问题。这种细腻又高明的谋篇布局也让读者得以更好地探索克洛伊的情感世界。不论他们的父母如何离经叛道，所有青少年都会认同克洛伊想被同学接受的需要，并从如下观念获益良多：重要的是父母是否幸福和坚强，而不是他们伴侣的性别。

● 也可参阅：**与众不同**

痛苦

CB《往事》（*Once*），莫里斯·葛雷兹曼（Morris Gleitzman）

治愈痛苦的最好方式之一是分心，而分心的最好方式之一当然是好故事。因此，本书推荐的任何故事都有疗伤之效，但没有一个比得上《往事》，它的男主人公很善于用故事来麻醉。

菲利克斯一生都在对自己讲故事，但他发现最近尤为迫切。当纳粹在波兰全境捕杀犹太人时，他躲在一个天主教的孤儿院里，安慰自己有朝一日父母亲会来接他，由此让自己存有一丝希望。当他发现汤里出现了一整根胡萝卜（在那个艰难时世很少见），惯于赋予世界意义的菲利克斯告诉自己这是父母传递的信息，要他去找他们。于是，他离开安全的孤儿院，徒步前往故乡，到了那里才发现家里住着另一户人家。枪声在周围响个不停，他给自己讲了一个农夫打兔子的故事。直到一个满满的死人坑对他敞开血盆大口时，他才暂时缄默。

尸体堆里有一个名叫塞尔达的小女孩尚存一息，菲利克斯带她脱离了险境——以及她父母遇害的事实——再度开始自说自话，比如看到一卡车消瘦的男女经过时，菲利克斯就解释说："他们在去乡间度假的路上！"当他们险些也被赶上卡车时，一个名叫巴尼的好心犹太牙医救了他们，巴尼靠为纳粹当牙医保住了自己的性命以及满满一地下室犹太小孩的性命。巴尼发现菲利克斯一直用故事逃避痛苦，因为手边经常没有麻醉药，他便说服菲利克斯在他医治病人时，讲故事给他们听。菲利克斯奇妙又乐观的故事很成功，里面的角色有及时到来的蛋糕，也有在波兰丛林漫步的野兽。

由始至终，支撑着菲利克斯的，是一个名叫里奇马尔·康普顿的讲故事的人，亦即现实中"捣蛋鬼威廉"系列的作者[1]。他晚上向康普顿祈祷，仿佛她是女神一般。没有康普顿在身后，我们发现菲利克斯就不会讲故事，任何讲故事的人都要一个前辈。下回你认识的小孩痛苦不堪的时候——不论精神还是肉体——向他们推荐这个可以麻醉、分心和镇痛的故事。

◆ 参阅：**困境**

[1] 里奇马尔·康普顿的故事也是我们的药丸之一，参阅：周末想打工。

W

完美主义者

● 参阅：**害怕犯错误**

玩火

● 参阅：**纵火狂**

万事通

PB《爱打岔的小鸡》(*Interrupting Chicken*)，大卫·埃兹拉·斯坦(David Ezra Stein)

CB《粉灵豆》(*Frindle*)，著 / 安德鲁·克莱门茨(Andrew Clements)、绘 / 布莱恩·塞尔兹尼克(Brian Selznick)

自以为无所不知的小孩总是忍不住跳出来，卖弄他们刚刚习得的知识——也许是因为不久前他们还近乎一无所知的意识在作祟。这个习惯实在惹人厌，由《爱打岔的小鸡》可一览无遗。大红鸡想给他的小红鸡读一个睡前故事，但他刚说完“很久很久以前”，小红鸡就忍不住插嘴，含混不清地总结陈词。作家 / 插画家大卫·埃兹拉·斯坦巧妙地让鸡爸爸读一本大家都熟悉的童话书，所以我们也知道故事的文本和发展，但即便如此我们也想听完整个故事。所以当鸡爸爸心灰意冷的时候，我们完全站在他那一边。当栩栩如生的蜡笔画刻画出小红鸡跳进（是真的跳进）他最喜欢的童话故事里，应该足以教会那些小嘴、小喙在听故事的时候应该闭上。

教室当然是万事通、百晓生的理想剧场，既有被当作智取对象的老师，又有一群不会错过好戏的学生。《粉灵豆》里十一岁的尼古拉斯·艾伦由于在课堂上的最后三分钟里发难，让老师们穷于应对而颇有几分名气——恰好消耗了老师用来布置家庭作业的时间（参阅：不愿意做家庭作业）。他把这一招用在了新来的老师格兰杰太太身上，后者以对词典的喜爱而闻名。“单词都是怎么来的？”他问道。但格兰杰太太快他一步。“为什么你不自己弄明白呢？”她反问，额外给他布置了一个作业，让他忙活了一个通宵。

尼克按时完成了作业，第二天就单词的来历、词典的工作原理、第一本词典的编纂者[1]以及单词“take”有多少种不同的用法[2]发表了四十分钟的演讲。格兰杰太太高兴极了，直到她意识到尼克紧接着大声读起了他的词典里一篇冗长乏味的序言。战斗还在继续。

尼克的高招是发明了一个新单词——“frindle”（粉灵豆），“钢笔”的意思——并让它流行起来，先跟街角小店说要买粉灵豆，然后鼓励学校同学也这么干。很快，粉灵豆就流传开来，用的人越来越多，甚至造成了改变人生的惊人效果。这个发人深省、探究语言实质的故事——以及布莱恩·塞尔兹尼克漂亮的铅笔画——想必会让所有百晓生暗自发笑，但它的结语又不乏警示意义。也许，当你们家的小小百晓生自以为答案在手时，他们可能更愿意写下来而不是大声地喋喋不休——用粉灵豆而不是寻常的钢笔。

● 也可参阅：**自命不凡 · 专横跋扈 · 想掌控一切 · 早熟 · 手足之争**

[1] 塞缪尔·约翰逊，1755 年。

[2] 113 种。

网络霸凌

- 参阅：**遭遇霸凌**

为恐龙而疯狂

- 参阅：**迷恋**

为战争而焦虑

就像以前的孩子被冷战的阴云笼罩，令今天的孩子焦虑的是恐怖主义袭击和第三次世界大战。通过探讨战争爆发的原因、战争结束的可能方式以及以谈判化解冲突为什么总是比破釜沉舟一战更好的原因，让你的孩子不再一个人为战争而焦虑。

十本帮助孩子了解战争的读物

PB《敌人》（*The Enemy*），著 / 大卫·卡利（Davide Cali）、绘 / 塞尔日·布洛克（Serge Bloch）

PB《罂粟生长的地方》（*Where the Poppies Now Grow*），著 / 希拉里·罗宾逊（Hilary Robinson）、绘 / 马丁·英庇（Martin Impey）

CB《我与德国士兵的夏天》（*The Summer of My German Soldier*），贝特·格林（Bette Greene）

CB《数星星》（*Number the Stars*），洛伊斯·劳里（Lois Lowry）

ER《战马》（*War Horse*），麦克·莫波格（Michael Morpurgo）

CB《五个孩子在西部前线》（*Five Children on the Western Front*），凯特·桑德斯（Kate Saunders）

CB《我不叫星期五》（*My Name's Not Friday*），乔恩·沃尔特（Jon Walter）

YA《鼠族》（*The Complete Maus*），阿尔特·斯皮格尔曼（Art Spiegelman）

YA《混沌行走 2：问与答》（*The Ask and the Answer*）和《混沌行走 3：兽与人》（*Monsters of Men*），派崔克·奈斯（Patrick Ness）

YA《偷书贼》（*The Book Thief*），马克斯·苏萨克（Markus Zusak）

也可参阅：**焦虑 · 担心地球的未来 · 创伤 · 暴力 · 杞人忧天**

未成年爸爸

参阅：**未成年怀孕**

未成年怀孕

YA《梅根》（*Megan*），玛丽·胡珀（Mary Hooper）

YA《男孩不哭》（*Boys Don't Cry*），玛洛莉·布莱克曼（Malorie Blackman）

青春期怀孕可不是闹着玩的，一旦发生，双方家长必须帮助两个孩子善后。对怀孕的女孩而言，玛丽·胡珀的《梅根》三部曲对此话题进行了细腻、有趣和明智的探讨——从发现怀孕的那一刻到几年后抚养趔趄学步儿童，有助于让读者弄清怀孕的真实情况。

梅根认为她和临时男友卢克的性行为是安全的，毕竟，他“没有在体内射精”。但在个人发展课上，她听到的一番话让她如坐针毡。“当然，怀孕了还来月经，这并非不可能……”她的老师说。慌乱之下，她数了数日子，很快检测结果证实了她的恐惧。

闺密克莱尔深表同情，但忍不住跟她的其他朋友分享了这个大八卦，很快一传十十传百。妈妈的反应很不理想（“你怎么敢做出这样的事？”然后威胁把她打包送到澳大利亚，跟她老爸一起住）。梅根在流言蜚语中乱作一团，但最终还是要逐一面对每个决定——究竟要不要孩子、孩子生下来后要不要自己养、她和孩子住哪儿，显然都难以轻易作答。动荡不安的时候，梅根的亲密关系和浪漫爱情也是千折百转，让青少年读者难以割舍。而未成年妈妈的艰难生活图景，也会让他们望而却步。

未成年爸爸的作用则比较消极，不论是决策过程还是之后——而且不一定出自他们的选择。感人的《男孩不哭》刻画了一个不能自己拿主意，但此后勇于迎接为人之父挑战的年轻人，让人大开眼界。刻苦用功的丹迪正在等待大学入学考试的成绩，前女友突然跑来敲门，怀里抱着一个婴儿。很快我们得知，他不仅是父亲，而且还要独自抚养。丹迪吓坏了。他原本希望拿个好成绩，上大学，当记者。但他的父亲——一个道德感爆棚、立场坚定的人——坚持让丹迪担起他的责任。

一夜之间，丹迪的生活被公园遛弯、准备菜泥和换尿布占满。布莱克曼生动地描绘了日常育儿单调乏味的图景。但我们也看到感人的蜕变正在发生，父爱开始在这个年轻人的心里萌芽。本就积极、实际的丹迪与父亲和弟弟亚当的关系很好，这也是他最终成为称职父亲的基础。读过丹迪的故事后，已知晓避孕之重要性的读者自会额外小心使用避孕套，而那些与丹迪同病相怜的人则会受到鼓舞振作起来。

● 也可参阅：**无法表达感受 · 月经 · 恐惧 · 对性感到好奇 · 失去童贞**

文胸

YA《文胸、男孩和愚蠢错误》（*Bras, Boys and Blunders in Bahrain*），维迪亚·萨姆森（Vidya Samson）

获得人生中的第一件胸罩让很多青春期（前）的少女忧心忡忡。太早得到，她们可能会被嘲笑；太晚得到，她们可能更会被嘲笑。维迪亚·萨姆森就此主题讲述的滑稽故事是很好的减负剂。

十五岁的印度女孩维娜住在巴林，她的妈妈一听到胸罩这个词就会崩溃。维娜如此不谙世事，以至于她迄今尚未跟男孩子说过话——虽然下课的时候她曾浮想联翩地凝视帅气的拉希德。在性教育课上，维娜是绝无仅有的几个对此毫无所知的女孩。

尽管维娜天资聪颖，但无奈母亲的忌讳使她不解世事，她决定只能由自己来解决平胸的问题——请闺密尤妮塔一起去购物。当她们终于找到答案——一个价格可以接受的定型胸罩，还有什么时候穿戴的问题需要解决。如何从“平坦得像薄煎饼一样”一夜之间发展到需要胸罩？维娜在学校厕所隔间穿胸罩的首次尝试简直让人乐不可支，最后想出了一个如何从背后扣上搭扣的数学方程式。当她身上突然长出可怕的水泡时，她自以为是她填到胸罩里的袜子引发过敏或胸罩本身引起的，不得不一五一十跟妈妈说了事情的经过。但结果其实是出了水痘（参阅：水痘）。

除了胸罩引起的痛苦，维娜也渐渐领悟除了拉希德还会有别的男孩爱慕她，而且不仅仅是因为袜子所赐的优美曲线。这个故事可以帮助少女放松地面对到底要不要穿胸罩的问题。

● 也可参阅：**尴尬 · 平胸**

我为足球狂

● 参阅：**迷恋**

《玛丽安的梦》(*Marianne Dreams*),凯瑟琳·斯托尔(Catherine Storr)

每个卧病在床的小孩子都需要一本《玛丽安的梦》,它完美地描绘了独自一人待在一个不真实的彼世、与家庭生活隔绝的孤独感。我们不知道玛丽安到底怎么了,十岁生日那天,她突然发高烧,不得不卧病在床。当卧床的日子从几天变成几周,她的心情真是“又害怕又期待”。家庭女教师切斯特菲尔德小姐每天都来看她,告诉她家里其他小孩的情况,包括得了小儿麻痹症的马克。但她在曾祖母的老针线盒里找到的粗短铅笔,才是可以真正帮她打发时间的东西,不论她画的是什么,都会在梦里复活。

第一次发生的时候,玛丽安梦到自己步行穿过荒凉的大草原,前面那座房子正是她早先用铅笔画的。简简单单的房子,四四方方的正立面,有四个窗户和一扇门。她试图进屋,可是既没有把手也没有门环。两天后,她又开始作画。这回添了一个门环,以及窗边一个小男孩的脸。后来她又在梦里造访这座房子,果然碰到了那个小男孩。

此后发生的故事感觉像是一个人在发烧和退烧间隙产生的幻觉。房子里的小男孩也得了小儿麻痹症,名字也叫马克,好像也是切斯特菲尔德小姐的学生。跟玛丽安一样,身陷病榻也让他不爽和易怒。玛丽安很快专注于如何让马克重新站起来,反倒不再抱怨自己还要过多久才可以康复。这个故事告诉小朋友,即便身体受限,心灵也可以遨游到玄妙的地方。专注于其他人或其他事情,而不是一心只想着自己，这没准是康复的方式之一。

● 也可参阅：**百无聊赖 · 需要加油鼓劲 · 孤独 · 下雨天**

无端生气

《爱德华的奇妙之旅》（*The Miraculous Journey of Edward Tulane*），著／凯特·迪卡米洛（Kate Dicamillo）、绘／马格拉姆·伊巴图林（Bagram Ibatoulline）

位居全宇宙的中心、集万千宠爱于一身，这是被小孩子视作理所当然的自我定位。听上去似乎没有错，但是如果小孩子过于高估了自己的重要性，以至于总迁就他们的大人稍有过错就心生不快，《爱德华的奇妙之旅》便派得上用场了。容易心生不快的小孩子或许知道被人深爱的感觉，但不知道如何以爱回报他人。

瓷兔子爱德华·图雷恩有一条真实的毛尾巴、可以活动的四肢和极富表现力的大耳朵，是十岁女孩阿比林的心爱之物。阿比林如此喜欢他，每天都给他换衣服穿，餐桌上也有他的位置。只有一个人比阿比林还高看爱德华——那就是爱德华自己。

在一次搭乘玛丽皇后号穿越大西洋的旅程中，爱德华（顺带一提，他头戴帅气的硬草帽，脖子上的丝巾迎风飘扬）乐极生悲，被人撞入海里，沉到了大洋底部，远洋游轮继续往前开。他简直不敢相信这么可怕的意外会发生在他这么好的人身上。脸朝下趴在海底的烂泥上，他第一次体会到了真实的情感。如果阿比林不来找他怎么办？而这只不过是后来许多羞辱经历的开头——这番波折最终让小兔子学会了如何表达谢意和爱意。他的瓷心裂了又补，补了又裂，让爱德华最终成为一只真正值得拥有的小兔子，理解了深笃的情谊重于微小的过错。

● 也可参阅：**伤心 · 不肯宽恕 · 娇生惯养 · 生闷气**

无法表达感受

PB《伤害》（*The Hurt*），特迪·多尔斯基（Teddi Doleski）

CB《薄荷猪》（*The Peppermint Pig*），尼娜·鲍登（Nina Bawden）

对那些习惯默不作声，自个儿承受伤害的小朋友，我们推荐小巧但有效的绘本《伤害》，沉默寡言的大人或许也可以从中受益（参阅：不能与父母交流）。贾斯汀被朋友加布里埃尔辱骂后，既不反击，也不告诉对方自己的感受，而是默默带着伤口回家。他受到的“伤害”就像“一块大圆石头，又冷又硬”，可以握在手里。他把“伤害”留在他的房间里，又往上叠加了别的伤害。透过简洁的黑白插画，我们看到“伤害”越变越大，像弹跳球一样长出了眼睛和嘴巴。很快贾斯汀的“伤害”几乎占满了整个房间，几乎要把他挤出去，直到此时他才把事情的原委告诉爸爸。对那些还没发现处理“伤害”的最好方式就是把它说出来的小朋友，这个故事或许有犹如地震般强烈的奇效。

完整地表达个人的感受，不仅需要勇气，还需要靠谱的听众。《薄荷猪》里九岁的波尔恰好拥有爱憎分明的感情和自由表达的勇气，以及一个善于倾听的妈妈。当他们的爸爸决定跑到美国淘金时，波尔、三个年纪比她大的哥哥姐姐和他们的妈妈以及两个阿姨搬到了诺福克村住。他们在那里必须应付一大堆新挑战，包括一只令人捧腹大笑的小猪，那是他们廉价买来做宠物的，成天在屋子里疯跑。

波尔直言不讳、不吐不快的性格一开始就展现出强势。当哥哥乔治和姐姐莉莉鬼鬼祟祟打量她的时候，她立刻问他们有什么事情瞒着她。当另一个哥哥西奥被欺负时，她拉下脸来，像一头愤怒的公牛追得那个坏小子满街跑。当他们的宠物猪约翰尼偷吃了一盘家里自己做的十字面包，被妈妈用一把扫帚赶到鸡舍时，波尔对妈妈的残酷大发雷霆。“我恨你”她大声嚷嚷，真的恨，瞧她那架势估计要气炸了。她的妈妈则气定神闲，波尔的性急和胆量还不是跟她学的？

当她妈妈由于欠了肉贩一笔钱不得不做出艰难决定时，哈丽特阿姨知道波尔一定接受不了。“你怎么说我不管，埃米莉，有的小孩子生性更敏感……”波尔无意中听到阿姨这么说。波尔确实或并非比别人更敏感，但她一定是更会表达的那个。由于这种自由表达愤怒、挫败或快乐的健康能力，对那些无法表达感受的闷葫芦来说，波尔是一个令人兴奋的榜样。

● 也可参阅：**感觉没有人倾听 · 害羞 · 自觉渺小 · 不能维护自己的权益 · 生闷气 · 不被理解**

无法专心

● 参阅：**坐立不安 · 爱走神**

无休止地讨价还价

PB《别让鸽子开巴士！》(*Don't Let the Pigeon Drive the Bus!*)，莫·威廉斯（Mo Willems）

对某些大人来说，“不行”就是“不行”，绝无商量的余地。但另外一些大人的“不行”却带有一丝犹豫不决，心思敏捷的小孩子（他们一贯如此）会抓住这一弱点不放，插入一根凿子，开始晃动，直到“不行”败下阵来。如果这听起来似曾相识，快翻开沉浸式故事书开创者之一的《别让鸽子开巴士！》，培养他们成为一个有责任感的人。此番经历会永远改变他们。

当巴士司机要求读者帮忙留心他的车，直到他回来，尤其是绝对不能让鸽子开巴士的时候，没有一个小孩子会拒绝，尤其当他们处在自我中心意识膨胀的阶段。鸽子直奔主题，“嗨，我可以开那辆巴士吗？”他一脸无辜、可怜巴巴地问。当小朋友说“不行”，狡猾的鸽子为了得到允许，恨不得把《儿童操控大人手册》[1]里的伎俩全用上，从分散注意力的忽悠（“嗨，我有一个主意。让我们玩开巴士的游戏吧！”），到贿赂（“我会成为你最好的朋友！”），到情感勒索（“你们知道，鸽子也有梦想！”）。寥寥几笔勾勒出来的小鸽子虽然简单（圆圆的脑袋、圆圆的眼睛、两条小细腿），却栩栩如生，尤其是威廉斯让鸽子垂下眼皮，斩钉截铁地说出“好吧”的时候。觉得这本书滑稽至极的小朋友，以后在讨价还价的时候，潜意识里就会

[1]仅 18 岁以下者可阅读。

模仿这只鸽子，从而变成一个可爱快乐的蹒跚学步者。

● 也可参阅：**青春期**

物质主义

● 参阅：**要这要那**

X

希望自己是孤儿 X

CB《悲惨的开始》(*The Bad Beginning*)，雷蒙尼·斯尼科特（Lemony Snicket）

成为寄人篱下的孤儿在现实中并不像童书里吹捧的那么好玩。如果你的孩子有这种错误的印象，并且希望他们的家人（也就是你）适时消失，留下他们自生自灭，你就得向他们介绍雷蒙尼·斯尼科特吓人但有趣的哥特故事“波特莱尔大冒险”系列。在该系列的第一本《悲惨的开始》里，从波特莱尔家命运多舛的三个小孩子——奥薇特、克劳斯和桑妮——因家里着火失去双亲，他们开始被一系列可怕事件困扰，我们甚至不愿意这些事发生在最坏的敌人身上。如同叙述者在开头就警告的，如果你们只对快乐的结局感兴趣，那还是趁早读点别的吧。[1]

受托监管他们以及他们家可观财产的老银行家坡先生宣布了一个坏消息。当奥薇特（正在成长中的发明家，有了什么主意就会用丝带把头发绑起来）四年后年满十八岁时，就会继承父母的遗产。可是如今她、书呆子克劳斯和小女婴桑妮（喜欢用她的四个尖牙咬东西）要跟远房亲戚欧拉夫伯爵一起住。小孩子觉得很奇怪，因为他们从未听说过欧拉夫这个人，尽管他就住在同一个镇子上，但他们还是保持乐观。然而抵达欧拉夫伯爵阴暗、破败、成天拉着窗帘的家时，他们开始绝望了。更别说只消看上欧拉夫伯爵一眼，那一字眉下凶巴巴的眼神、脚踝上让人发毛的文身，就足以明白他们的

[1] 本书推荐的其他故事都很合适。

生活会每况愈下。很快他们就陷入伯爵的诡计，伯爵逼迫奥薇特嫁给他，想把他们的钱财据为己有。

这本书不仅没有快乐的结局，也没有快乐的开头，只在中间有寥寥几件乐事。其实，就孤儿这个主题而言，这个系列几乎不提供正能量。读完第十三本的时候，如果你们家的孩子还是巴不得你消失，那他们可能是有了足够充分的理由。为了他们着想，你应该立即打发他们去寄宿学校。

● 也可参阅：**令人尴尬的父母 · 父母太强势 · 父母太严厉**

下雨天

水，到处是水……给了我们关上房门，用一本好书亲近某人的好借口。下面这些书会让大家觉得，身上没有被淋湿，温暖地待在家里真好。

十本最适合雨天的故事书

- PB《暴风雨》（*Rainstorm*），芭芭拉·莱曼（Barbara Lehman）
- PB《破铜烂铁森林》（*The Tin Forest*），著 / 海伦·沃德（Helen Ward）、绘 / 韦恩·安德森（Wayne Anderson）
- ER《半面人》（*Half a Man*），著 / 麦克·莫波格（Michael Morpurgo）、绘 / 赫玛·奥卡拉汉（Gemma O'Callaghan）
- ER《咕噜一家：海上冒险》（*The Grunts All At Sea*），著 / 菲利普·阿德（Philip Ardagh）、绘 / 阿克塞尔·舍夫勒（Axel Scheffler）
- CB《101 只斑点狗》（*One Hundred and One Dalmatians*），多迪·史密斯（Dodie Smith）

CB《蓝色的海豚岛》（*Island of the Blue Dolphins*），斯科特·奥台尔（Scott O'Dell）

CB《牙买加飓风》（*A High Wind In Jamaica*），理查德·休斯（Richard Hughes）

CB《鲸武士》（*Heart of a Samurai*），玛吉·普罗伊斯（Margi Preus）

CB《雾海迷航》（*We Didn't Mean to Go to Sea*），阿瑟·兰塞姆（Arthur Ransome）

YA《风暴之书》（*The Book of Storms*），鲁斯·哈特菲尔德（Ruth Hatfield）

● 也可参阅：**探险的渴望 · 百无聊赖 · 失望 · 太宅 · 暑假**

想成为双胞胎之一

● 参阅：**孤独**

想当公主

PB《顽皮小公主》（*The Little Princess*），托尼·罗斯（Tony Ross）

YA《公主日记》（*The Princess Diaries*），梅格·卡伯特（Meg Cabot）

想当公主的念头可能会在三岁左右突然出现，然后赖着不走一直到十来岁，那时可能会更多地体现在态度而不是服饰上。王冠从不会轻易跌落，许多成年人被家里霸道小公主喜爱的蛋糕裙、荷叶边和华服逼得加入了反君主制示威。谢天谢地，很多作家以故事的方式出手干预，用故事告诉孩子抛开那些虚饰和铺张，“真正”的公主可能更像普通人。

托尼·罗斯的“顽皮小公主”系列约有五十本，里面的小公主顽皮却迷人。赤足、放肆的小公主常穿着白色睡衣，头戴不分性别的王冠，从各方面说来她都是少女杂志里的粉红公主的对立面。她的父母看上去与街边的寻常夫妇没有两样，抛开他们的王冠——哦，还有城堡、御厨、侍女和海军上将（他的中指总是戴着橡胶戒指，原因不明）——不论。罗斯说公主跟你我凡人没有两样，巧妙地挫伤了那些行为的锐气。此外，他还讲述了小公主容易陷入的困境，她们的成长跟其他人一样需要帮助。

对那些十来岁还有公主情结的女孩（只对外貌和美物感兴趣、习惯把家人当作仆人），我们开出《公主日记》这粒药丸。十四岁的米娅在曼哈顿的中学读书，绝对不是你所想的那种公主。“我可不是什么公主，”她告诉我们，“你从未见过有人比我更不像公主的。我是说，我的头发一团糟……而且……嘴巴真的很大，没胸，两只脚看起来像滑雪板。”然而，她的确是公主，而且马上就要加冕成为热那维亚——一个“位于法国和意大利之间”的虚构国家——的下一任女王。这意味着她要把马丁靴和她对动物、少数族群权利的关注抛在身后，寡居的祖母克拉莉斯·雷纳尔多王妃，还担心不吃肉的米娅可能会挑起国际争端。好在米娅头脑清醒，被母亲以纯正的纽约波希米亚方式抚养长大，她清楚知道生活里真正重要的是朋友、绿色和平运动和拯救鲸鱼。这个系列易于阅读，但它确实需要女孩有些政治素养。用它推动你的孩子多担心如何坚守原则，而不是只关心指甲的长度。

● 也可阅读：**想当名人 · 需要一个积极的榜样**

想当间谍

● 参阅：**迷恋**

想当老大

● 参阅：**想掌控一切**

想当名人

CB《世界上最强壮的女孩》（神奇儿童系列）[*The Strongest Girl in the World*（Magical Children）]，萨莉·加德纳（Sally Gardner）

YA《摇滚狂》（*Rockoholic*），C. J. 斯库斯（C. J. Skuse）

随着电视选秀节目及由小孩子主持的YouTube频道风起云涌，点赞和粉丝数量成为衡量红不红的标准，现在的小孩子有想当名人的欲望不足为怪。《世界上最强壮的女孩》则阐明成名未必会带来满足。当一个朋友的脑袋夹在学校的铁栏杆之间时（参阅：困境），八岁的乔西意外发现她可以让金属弯曲。她开始实验自己新发现的超能力，她还可以举起桌子、大人，甚至一辆双层巴士。马上有人发现可以用她来挣大钱，她和家人为了出名和挣钱被龌龊的“两件套”先生骗到纽约。名利双收的繁华之后，懂事的乔茜决定宁愿过一种安静、快乐的生活。读者想必会喜欢乔西的冒险精神以及她的最终选择。

《摇滚狂》从偶像和粉丝的角度对名声的探讨让人大开眼界。少女乔迪对虚拟乐队“管制者”的成员、摇滚偶像杰克逊极其着迷，甚至在爷爷的葬礼上还用耳机听他歌。当她意外绑架了杰克逊时——后者在吸毒的幻觉中误以为她的巧克力棒是凶器——索性就和闺密一起开车把他带回家。之后她的头号幻想对象在她的床上不省人事，一丝不挂，而她正在用婴儿湿巾帮他擦身体。

后来她发现杰克逊讨厌他的歌迷，认为他们很可怜，用辛苦挣来的钱买他的演唱会门票。实际上，他对乔迪的梦想冷嘲热讽，以至于她一时冲动，把他从桥上推了下去。与此同时，她突然开悟——虽然有点可疑——如果她可以帮杰克逊摆脱令他上瘾的"黑毒"，没准他真的可以变成她心目中的神……于是开始了杰克逊从"偶像"变成"呕吐对象"的滑稽历程。我们看着他坐在带轮子的垃圾桶里被运到爷爷的改装车库，由乔迪从猫洞给他喂食，以"冷火鸡"疗法戒毒。确实，这本书是部主题严肃、意味深长的高级喜剧，但也感人地折射出一个粉丝乱七八糟的生活，偶像对他们来说意味着什么，以及有时候确实需要生死的严峻考验，才足以让他们明白人生的真相。

● 也可参阅：**早熟 · 想当公主 · 娇生惯养**

想家

PB《魔法亲亲》(*A Kissing Hand for Chester Raccoon*)，著 / 奥黛莉 · 潘恩 (Audrey Penn)、绘 / 芭芭拉 · 吉布森 (Barbara L Gibson)

CB《岛王》(*Kensuke's Kingdom*)，麦克 · 莫波格 (Michael Morpurgo)

我们最爱的《魔法亲亲》很适合推荐给小小年纪因不得不离开父母独自生活，而痛苦挣扎的小朋友。小浣熊切斯特一想到要去猫头鹰的夜校上课就泪流满面，因为他压根不想离开妈妈。浣熊妈妈向他保证，他一定会结交很多新朋友，玩得很开心。她还有一个绝妙的主意，可以帮助切斯特排遣妈妈不在身边的痛苦。把这本书放进你们家的小图书馆，浣熊妈妈睿智的治愈之术，绝对会让他们受益终身。钢笔淡彩插画恰到好处，既可爱又令人欣慰。

导致小孩子想家的原因之一是离开了熟悉的环境——味道、声音、日常琐事，诸如此类。提醒孩子们牢记，分离只是暂时的。在动人心魄的《岛王》里，小麦克就没有得到这样的关切。十二岁的小男孩与双亲驾船环游世界，不慎失足落水，求救声无人听到。醒来后，他发现自己一个人躺在沙滩上，与他作伴的只有小狗史特拉，身边还有一群嗷嗷叫的猴子和数不清的蚊子。

小麦克知道自己一息尚存实属幸运，也明白他们家的小船“佩姬苏”此刻已远在天边，父母亲醒来一定会手足无措，弄不清他身在何处、是死是活。当他意识到，岛上除他之外，还有一个神秘的恩人——一个只会说几个英语单词的日本老头，他的孤独感反而与日俱增。老头每天给他一份口粮——新捕到的鱼、水果和淡水，但明确表示不想与他有任何关联，甚至在沙地上与他划清界线，互相不可越雷池一步。想家的小麦克几乎丧失了活下去的意志。

直到有一天，他被水母咬了一口，醒来后发现自己躺在健介（日本老头）的洞穴里，无法动弹，鼻子里满是醋的臭味，恍惚之间，他以为自己回家了，闻到了父亲经常在周五带回家的炸鱼薯条的味道。这意味着小麦克开始在岛上找到了家的感觉。他的勇气将会激励想家的小孩振作起来，好好享受他们的冒险之旅。他们不会永远无家可归，相反，如果他们对新环境保有兴趣，没准离开的时候反而会恋恋不舍。

● 也可参阅：**寄宿学校 · 烦人的亲戚**

X 想看限制级电影

还是让他们看一些“不雅”的图书吧。在探讨性、毒品和人性的阴暗面方面，图书提供的空间似乎更加安全。

十本“不雅”读物

- YA《悉尼大桥倒了》(*Sydney Bridge Upside Down*)，大卫·巴伦坦(David Ballantyne)
- YA《糖果》(*Candy*)，凯文·布鲁克斯(Kevin Brooks)
- YA《暴乱在即》(*I Predict a Riot*)，凯瑟琳·布鲁顿(Catherine Bruton)
- YA《倒霉季节》(*The Accident Season*)，莫伊拉·弗利－道尔(Moïra Fowley-Doyle)
- YA《斗鱼》(*Rumble Fish*)，S. E. 辛顿(S. E. Hinton)
- YA《丑女孩》(*Ugly Girls*)，林德赛·亨特(Lindsay Hunter)
- YA《夏日王子》(*The Summer Prince*)，阿拉亚·道恩·约翰逊(Alaya Dawn Johnson)
- YA《好景当前》(*The Spectacular Now*)，蒂姆·撒普(Tim Tharp)
- YA《门诺斯岛奇幻之光》(红色修道院编年史系列)(*The Red Abbey Chronicles: Maresi*)，玛丽亚·图特查妮诺夫(Maria Turtschaninoff)
- YA《小不点》(*Liccle Bit*)，阿莱克斯·惠特尔(Alex Wheatle)

也可参阅：**同伴压力 · 色情作品**

想了解性知识

参阅：**对性感到好奇**

想让人大吃一惊

参阅：**想要一个文身 · 脏话**

阅读相关症状：想先看电影

坚持原著第一的原则

态度一定要强硬。先看原著，然后——唯有如此——才可以看由原著改编的电影。如果他们真的读了原著，精心为他们打造一个电影之夜吧——爆米花（咸的甜的）、热巧克力（上面浮着奶油、巧克力屑和棉花糖）以及一同观影的朋友[1]。为了进入电影院，他们必须提供已经读完整本书的证据（回答与角色 / 事件相关的随机问题）[2]。

如果搞到很晚，参阅：在外过夜。

想养宠物

PB《玛德琳卡的狗》（*Madlenka's Dog*），彼得·西斯（Peter Sís）

CB《独来独往的猫》（*The Cat Who Walked by Himself*），鲁德亚德·吉卜林（Rudyard Kipling）

小朋友大多喜欢动物，在某个阶段，不可避免地他们会想养宠物。用《玛德琳卡的狗》预做准备，这至少会给你争取到一点时间。镜头从外太空拉近到纽约，再拉近到玛德琳卡的公寓。（这已是彼得·西斯的标志性风格）我们看到一个小女孩爱狗如命，卧室墙上贴满了不同形状、不同颜色的狗图片。有一天她听到一声吠叫，突然冒出了一只假想的狗。玛德琳卡用红色的狗绳，牵着这只看不见

[1] 当然，必须是那些已经读过原著的朋友。

[2] 为此你也要先把书读完。

的狗遛了一圈。友善的街坊（其中好几个西斯的读者已经很熟悉了）都很开心，没有人质疑这只狗是否真实存在。等她返回公寓时，身后吸引了一群不同外形、不同颜色的小狗，好像她是花衣魔笛手一般紧跟不舍。问问小朋友，当他们可以拥有无数只假想狗时，是否还想要那么一条真狗。

如果你身边的小朋友开始寻思把蜜袋鼯、鬃狮蜥或玉米蛇带回家，没准你得换一个策略。收录于鲁德亚德·吉卜林《原来如此的故事》（*Just So Stories*）儿童故事集的《独来独往的猫》，解释了何以有些动物被驯化而有些没有。吉卜林用他说书人般抑扬顿挫的腔调，把我们带回到原始蛮荒的时代："狗是野的，马是野的，牛是野的，羊是野的，猪是野的。"即便第一个男人也是野的——实际上"极其狂野"——直到第一个女人出现他才被驯服，搬入干净的山洞，在门口把脚擦干净。起初，每个物种都"在潮湿的原始森林里独自行走"。后来女人有了一个鬼主意。用火光把野兽引到山洞里，一个个与它们讨价还价。最早她跟狗达成交易，要它为人类狩猎以换取食物和火。然后是马，要它为人类劳作以换取温暖和鲜草。然后是牛，一样的条件。最后是猫。女人知道猫的天性，不喜欢交朋友，也不喜欢伺候人，总是我行我素。另外，山洞里挤满了动物，也没有地方再养猫。于是她让猫收拾行李走人，但在这之前也达成了一个不一样的、更诱人的协议。吉卜林的故事解释了为什么宠物的选择范围有限[1]——不过你也尽可以说服自己养一只容易照顾的猫。

[1] 为了保证这一药丸的疗效，小朋友应该避开杰拉尔德·杜瑞尔（Gerald Durrell）的《我的家人和其他动物》（*My Family and Other Animals*）一书。参阅（或索性不要参阅）：害怕动物。

● 也可参阅：**感觉没朋友**

想养一条狗

● 参阅：**迷恋 · 想养宠物**

想养一只仓鼠

● 参阅：**想养宠物**

想要更独立

● 参阅：**渴望长大**

想要一部手机

● 参阅：**与屏幕如胶似漆 · 要这要那**

想要一个文身

YA《分歧者》（*Divergent*），维罗尼卡 · 罗斯（Veronica Roth）

文身是样强而有力又影响深远的东西，不论是藏在手腕内侧，还是以萨摩亚的风格覆盖全身，它在某种程度上界定了我们。以文身人物为主角的故事提醒青少年谨记，一旦你选择了一个文身，它以及它赋予的意义就会终生追随你。

“身份”是《分歧者》以及“罗斯三部曲”其余两部的主题。在一个反乌托邦的美国社区里，所有成员年满十六岁时，必须效忠“无私、无畏、诚实、友好、博学”五个派系之一。我们的女主碧翠丝没有收到明确的指示，应当归属于哪一派，于是就被默认为分歧者。虽然其他家人都隶属无私派，她一时心血来潮决定加入无畏派——一群对浓墨重彩的文身情有独钟的勇士。在跟克里斯蒂娜成为亲密朋友时，特里斯（碧翠丝换了个名字）在锁骨上文了三只渡鸦，代表被她抛在身后的父母和弟弟。后来又在一个肩膀上文了一团烈火，无畏派的象征；另一个肩膀上文了十指交叉的双手，无私派的象征，表示她不忘自己的出身。

特里斯爱慕的对象也是一身文身，意味深长的图像刻画了他的过去和未来。这套三部曲对文身的讨论可谓不厌其烦。读者应该会强烈地意识到身份是一种变动不居的东西。十六岁时你认定的自己，五年之后再看一定会面目全非。

● 也可参阅：**身体形象 · 加入帮派 · 同伴压力**

想要一头小马驹

● 参阅：**迷恋 · 想养宠物**

想掌控一切

YA《蝇王》（*Lord of the Flies*），威廉·戈尔丁（William Golding）

许多小孩只喜欢追随服从，信心十足的小孩就乐于担起老大的角色。但是当后者行为过度，不论何事都要以他的意见为准，对违背命令的人大发雷霆时，领导就开始偏向独裁了。威廉·戈尔丁的杰作《蝇王》，一个荒岛求生的故事，两个小男孩拉尔夫和杰克精彩地论证了领袖和暴君的界限。

当他们的飞机在太平洋上被击落时，幸存下来的小男生异常兴奋地发现他们到了自己的小天堂。很显然他们需要一个“首领”。十二岁的拉尔夫一头金发、英俊帅气，身上有一股异于常人的“宁静”。当散落各处的男孩在丛林中的空地会合时，拉尔夫已经可以对笨手笨脚的猪崽子指手画脚了。每当猪崽子求助这个不可靠的权威人物时，拉尔夫都会轻蔑地叫他“找你的姨妈去！”。尽管备受羞辱，猪崽子还是对拉尔夫亦步亦趋，这给其他年纪更小的男生传递了一个谁才是强者的明确信号。但是只有当拉尔夫把嘴唇贴在海螺上，吹响深沉刺耳、在手掌下轰鸣、“穿透幽深密林”、从树尖上惊起层云般的海鸟、让掉队者从四面八方现身的声音时，他的权力才得以彰显。

这时候头发姜黄的杰克上场了，率领一群唱诗班男童从海滩齐步走来，他们的身体裹着黑色的披风，白色的披风褶边让他们乍看起来像是一只有很多条腿的昆虫。与拉尔夫不一样，杰克喜欢发号施令，要求他的唱诗班男童绝对服从。他立刻与拉尔夫展开竞争，以他在学校里是队长、“可以唱出升 C 音”为由，任命自己为首领。小男生决定投票，唱诗班——他们被杰克吓坏了，不敢有自己的主见——之外的其他人一致选了拉尔夫。

拉尔夫立刻表现出他不仅是果断、雄辩的领袖，还是天生的外交家，把管理唱诗班男童这些“猎人”的权力转授给了杰克。但杰克可不容易被讨好。很快上演了民主与军事恐怖统治的对决。以此作为专横青少年的镜鉴，他们就会明白全心全意以所有人的利益为重的领袖，与强迫其他人唯命是从的霸王之间，有着天壤之别。

● 也可参阅：**自命不凡 · 专横跋扈 · 万事通 · 早熟 · 手足之争**

X 心不在焉

● 参阅：**做白日梦**

心怀秘密

CB《魔柜小奇兵》(*The Indian in the Cupboard*)，琳妮·雷德·班克斯(Lynne Reid Banks)

YA《永远是你的》(*Only Ever Yours*)，路易斯·奥尼尔(Louise O'Neill)

如果你觉得难以抵御吐露秘密的快感，想想吧，对小孩子来说更是如此。为了缓解他们的痛苦，给他们看看有类似困境的虚拟人物是如何应对的。

让玩具活过来是每个孩子的幻想。在《魔柜小奇兵》里，当九岁的奥利把他的塑料“红印第安人”[1]在药柜里放了一整个晚上后，第二天一早打开柜门，蹦出来一个活生生、会呼吸、三英寸的小印第安人，他简直不敢相信自己的眼睛。奥利巴不得赶紧告诉别人这个奇迹，但他立刻明白，如果只有他一个人知道“小公牛”存在的秘密，这将是发生在他身上最不可思议的事情，而一旦秘密泄露，“小公牛”就会被关进笼子，沦为科学家的研究对象。

起初，奥利很开心有一个秘密。亮晶晶、深蓝色的辫子，羊皮裤子，裸露的躯干肌肉发达，“小公牛”简直棒极了，而且一副反叛、凶猛、骄傲的样子。但是不告诉父母和哥哥是一回事，不告诉

---

[1] 英文原文为“Red Indian”，现已不再使用的贬义词。如何处理某一时代的童书中经常出现涉及种族歧视、性别歧视、恐惧厌恶同性恋等贬义用语，请参阅“挑食”词条的注释。

最好的朋友帕特里克就是另一回事了。当读者看到奥利反复权衡利弊，到底要不要把“小公牛”公之于世时，定会开心一笑。

那些为了一时得利不惜泄密的青少年在读过令人不安的《永远是你的》之后，应该会三思而行。我们的女主角弗丽达（freida，没错，就是小写f，在那个歧视女性的社会里，人们认为女孩子的名字里不配有大写字母）是在同一天被孵出来的三十个“夏娃”之一。其中十个未来会成为“伴侣”，十个会成为“小妾”，十个则会成为被剃光头发的“贞女”——负责教导未来的新夏娃。如今弗丽达十六岁，已到最后一年，必须通过竞争成为幸运的“伴侣”之一，这意味着她必须苗条又美丽。为此她们不惜付出一切代价：尽可能绝对少吃，吐掉任何多余的东西，服用“卡路里阻断剂”和轻泻剂，在跑步机上跑个不停直到大小便失禁。

遴选仪式马上就要开始了，夏娃们被介绍给男孩子，或称“继承者”认识，弗丽达被法官的儿子达尔文迷住了，他在所有男孩子里排名最高。她的好感也得到了回报。双方日益亲密，达尔文就告诉了弗丽达一个秘密，而弗丽达也同意保守秘密。不久后，朋友一个个离她而去，弗丽达就把秘密作为筹码。不到二十四个小时，那个秘密就在视频聊天社交媒体上成为热门话题。弗丽达此后发生了什么，我们就不剧透了，总之结局不佳。对21世纪女性歧视的无情解剖，虽然被扭曲和放大，但依然使人感到似曾相识，让本书成为发人深省的警世故事。不论是今天的数字化媒介，还是未来的任何渠道，新闻内幕和流言蜚语的传播总是迅速而失控的。

● 也可参阅：**虐童 · 撒谎**

X 新生

即便最外向的孩子，学年中途转学也是莫大的挑战。描述类似遭遇的故事可以让他们明白焦虑不安很正常，虽然引导起来并不容易，但结果往往很不错。

为学校新生准备的十本书

PB《你会成为我的朋友！》(*You Will Be My Friend!*)，彼得·布朗(Peter Brown)

PB《入学恐惧症》(*First Day Jitters*)，著/朱莉·丹内贝格(Julie Danneberg)、绘/朱迪·洛夫(Judy Love)

PB《我校新生马绍尔·阿姆斯特朗》(*Marshall Armstrong is New to Our School*)，大卫·麦金托什(David Mackintosh)

PB《大象上学记》(*When an Elephant Comes to School*)，简·奥默罗德(Jan Ormerod)

ER《波克特博士的PP粉》(*Doctor Proctor's Fart Powder*)，著/尤·奈斯博(Jo Nesbø)、绘/麦克·洛韦里(Mike Lowery)

CB《恶魔校长》(*The Demon Headmaster*)，吉莲·克洛斯(Gillian Cross)

CB《再见木瓜树》(*Inside Out & Back Again*)，赖曇荷(Thanhha Lai)

YA《男孩女孩》(*Boy 2 girl*)，特伦斯·布莱克尔(Terence Blacker)

YA《寻找阿拉斯加》(*Looking for Alaska*)，约翰·格林(John Green)

YA《人皆分子》(*We Are All Made of Molecules*)，苏辛·尼尔森(Susin Nielsen)

性取向不明确

参阅：**不确定自己是不是同性恋**

找到谁也无法抗拒的故事

论及睡前故事，独生子女就像中了头奖，因为完全可以根据一个人的需求和口味来打造阅读清单。如果是跨越不同年龄阶段的兄弟姐妹，为了效率起见，只能一起共读时，书目的挑选就比较棘手了。如何找到一本可以兼顾的，小的不会觉得太难大的又能满意的书呢？人物角色涵盖不同年龄段的章节书或许派得上用场，那些画面貌似简单，但容易让人产生共鸣、发人深省的绘本也可以。如下是我们的选择。

十本不同年龄段孩子可以一起分享的故事书

PB《勇敢者游戏》（*Jumanji*），克里斯·范·奥尔斯伯格（Chris Van Allsburg）

PB《尼古拉的三个问题》（*The Three Questions*），琼·穆特（Jon J. Muth）

CB《了不起的狐狸爸爸》（*Fantastic Mr. Fox*），罗尔德·达尔（Roald Dahl）

CB《丛林之书》（*The Jungle Book*），鲁德亚德·吉卜林（Rudyard Kipling）

CB《狮子、女巫和魔衣柜》（*The Lion, the Witch and the Wardrobe*），C. S. 刘易斯（C. S. Lewis）

CB《铁路边的孩子们》（*The Railway Children*），伊迪斯·内斯比特（Edith Nesbit）

CB《哈利·波特与魔法石》（*Harry Potter and the Philosopher's Stone*），J.k. 罗琳（J.k. Rowling）

CB《霍比特人》（*The Hobbit*），托尔金（J. R. R. Tolkien）

CB《曼茵尼一家人》（*The Mennyms*），西尔维娅·沃（Sylvia Waugh）

CB《夏洛的网》（*Charlotte's Web*），E. B. 怀特（E. B. White）

X 熊孩子

ER《霍顿与无名氏》(*Horton Hears a Who!*)，苏斯博士(Dr. Seuss)

PB《腐岛》(*Rotten Island*)，威廉·史代格(William Steig)

如果你努力要把一个熊孩子变成可爱的乖孩子，不妨试试霍顿牌良药——苏斯博士那头有同情心的大象[1]。话说霍顿正在凉爽的丛林水塘洗澡，突然听到微弱的求救声，因为声音来源没有别的可能，霍顿认为一定是灰尘微粒上的人发出来的，而大象的裸眼又看不见。于是霍顿抢在灰尘微粒落水之前出手相救，其他丛林动物一致认为他疯了，但对霍顿来说，他对这个小"无名氏"的操心才刚刚开始。原来，无名氏可不止一个，而是有一个"无名镇"，甚至还有一个镇长。只要让烦人的熊孩子看一看复杂的无名镇，看一看粗心大意的小鸟不慎让小镇从天上掉下来，无名氏们不得不拼命工作，修补他们饱受摧残的"星球"，没准熊孩子就会开始担心那些无名氏，并延及其他人。(参阅：杞人忧天)正如霍顿所说："不论个头大小，生命就是生命。"

如果这还不能激起同情，就让你不折不扣的熊孩子跟他的同类到《腐岛》上嬉戏游历一番。这个光怪陆离的家园里常有肢体变异的恶兽出没，令人十分不快。除了恶劣的天气和暴戾的火山，腐岛上啥也没有，这一切都以轮廓迷离、颜色艳丽的插画描绘出来，直到一朵鲜花勇敢地露出它美丽的面孔。这本狂暴横行的书，没准可以满足家中小野兽的需要，或许也可以消耗掉他们的旺盛精力。

---

[1] 就是在苏斯博士的《霍顿孵蛋》出场的那头大象。(参阅：收养)

- 也可参阅：**虐待动物 · 对着干 · 没礼貌 · 调皮捣蛋 · 不愿意分享 · 手足之争 · 使性子 · 绝对不服从**

羞怯

- 参阅：**害羞**

需要加油鼓劲

PB《猜猜我有多爱你》(*Guess How Much I Love You*)，著 / 山姆 · 麦克布雷尼（Sam McBratney）、绘 / 安妮塔 · 婕朗（Anita Jeram）

PB《小熊维尼》(*Winnie-the-Pooh*)，著 /A. A. 米尔恩（A. A. Milne）、绘 /E. H. 谢帕德（E. H. Shepard）

哭过之后，需要安慰。《猜猜我有多爱你》——一本或多或少会让大人哽咽，却可以让小孩子觉得欣慰的绘本——就此而言是我们最喜欢的。正要上床睡觉的小兔子让大兔子猜一猜他有多爱他，然后尽可能大地张开胳膊展示爱意。大兔子当然可以把胳膊张得更开，跳得更高。就在他们互相比试爱意的时候，小兔子颤巍巍的胡须和急切的小尾巴让一切不言自明："'嗯，真的太多了。'小兔子心想。"看到他们又白又软的肚子和纤弱的耳朵，这些兔子正是我们不可抗拒的绘本形象，而文字安静的节奏则让人舒缓平静。小兔子未能知悉大兔子对他的爱之深，会让你的孩子满意地感受到，有时候大人的爱是无法用语言来描述的。

那些心烦意乱的孩子如果知道《小熊维尼》，或许会让自己好受点。尽管——或者正是因为——他又笨又蠢，却深受大家喜爱。维尼卡在兔子洞的入口，全是他咎由自取。早饭时不请自来，在兔子家狼吞虎咽，肚子里塞满了蜂蜜和炼乳，结果腰围比兔子家前门大了不少。虽然他脑袋探到了树林里，屁股却还留在兔子家的厨房。

起初，维尼假装啥事没有，只是“休息一下，思考人生，对自己哼哼”。接着开始发脾气，怪罪别人或别的原因，这回是兔子家的前门不够大。兔子明智地不与他争辩，而是找来克里斯托弗·罗宾——在这些故事里相当于大人的角色。罗宾轻轻斥责维尼是“老笨熊”，但口气里“充满爱意”，对朋友的愚行毫无保留地接受，让所有人都觉得“又充满了希望”。

兔子建议在维尼的肚子瘪掉之前，大声读书给他听。（虽然作为机会主义者，他也建议不妨先把维尼的后腿当作毛巾架来用）他的提议无可指摘，但隐约让维尼觉得可能一个礼拜都吃不了东西，心里一酸，泪水夺眶而出，要求给他读“鼓励书，可以帮助和安慰一头紧紧被卡住的熊的书”。[1] 如果你像克里斯托弗·罗宾那样应对小孩子的过失——轻轻斥责，但充满爱意，显示出你一如既往地爱他们——就是好的加油和鼓劲。然后把这个故事，或者是如下让我们笑破肚皮的任何一本列入“鼓励书书单”吧。

十本让你开怀大笑的故事书

ER《我的朋友可以大变身》（*My Friend's a Gris-Kwok*），著 / 玛洛莉·布莱克曼（Malorie Blackman）、绘 / 安迪·罗兰（Andy Rowland）

---

[1] 如果我们在儿童文学里计数采信“阅读疗法”的虚拟榜样，这将是第二个，而本书目前只写到字母C而已。话已至此，以后我们就不数了。（本条目在英文原版中为“needing a **cheering up**”，收录于字母C部分。第一个虚拟榜样出现在原书B部分的“being **bullied**”，即“遭遇霸凌”中。——译注）

ER《臭蛋、番茄酱和作恶的獾》(*Stinkbomb & Ketchup-Face and the Badness of Badgers*)，著 / 约翰·多赫尔蒂（John Dougherty）、绘 / 大卫·塔奇曼（David Tazzyman）

ER《时速一百英里的狗》(*The Hundred-Mile-an-Hour Dog*)，著 / 杰里米·斯特朗（Jeremy Strong）、绘 / 尼克·沙拉特（Nick Sharratt）

CB《阿拉贝尔的渡鸦》(阿拉贝尔和莫蒂默系列) [*Arabel's Raven* (Arabel and Mortimer)]，著 / 琼·艾肯（Joan Aiken）、绘 / 昆廷·布莱克（Quentin Blake）

CB《斯巴德·墨菲的传奇》(*The Legend of Spud Murphy*)，欧因·科弗（Eoin Colfer）

CB《我爱猫头鹰》(*Hoot*)，卡尔·希亚森（Carl Hiaasen）

CB《大坏蛋甘姆》(*You're a Bad Man, Mr. Gum!*)，著 / 安迪·斯坦顿（Andy Stanton）、绘 / 大卫·塔奇曼（David Tazzyman）

YA《我和厄尔以及将死的女孩》(*Me and Earl and the Dying Girl*)，杰西·安德鲁斯（Jesse Andrews）

YA《"……被他毛茸茸的内裤吓坏了？》(乔治亚·尼科尔森的自白系列) [*'...Startled by his Furry Shorts?'* (Confessions of Georgia Nicolson)]，露易斯·任尼森（Louise Rennison）

YA《少女作家的梦和青春》(*Fangirl*)，蓝波·罗威（Rainbow Rowell）

成人药方

PB《迷路的小企鹅》(*Lost and Found*)，奥利弗·杰夫斯（Oliver Jeffers）

当然，碰到孩子不开心的时候，也需要你去找到事情的根源。说起来容易做起来难。《迷路的小企鹅》里的小男孩在门口发现一头沮丧的企鹅，就想帮忙。但他仓促得出了必须把企鹅送回南极的结论，而企鹅又不懂如何跟他解释有别的原因。等他们到了南极，企鹅反倒比以前更悲伤了。当你面对不开心的小孩时，不妨想想这头默默遭罪的企鹅，千万别着急下结论。

也可参阅：**困境**

X 需要一个积极的榜样

以如下自信活泼、有野心的女生和高情商男生为榜样，反对司空见惯的正面典型。

十佳女孩榜样故事书

PB《顽皮公主不出嫁》(*Princess Smartypants*)，芭贝·柯尔（Babette Cole）

PB《公主骑士》(*The Princess Knight*)，著/柯奈莉亚·芳珂（Cornelia Funke）、绘/克斯廷·梅尔（Kerstin Meyer）

PB《纸袋公主》(*The Paper Bag Princess*)，著/罗伯特·蒙施（Robert Munsch）、绘/迈克尔·马钦科（Michael Martchenko）

PB《小恐龙的飞行医院》(*Zog*)，著/朱莉娅·唐纳森（Julia Donaldson）、绘/阿克塞尔·舍夫勒（Axel Scheffler）

PB《星际灰姑娘》(*Interstellar Cinderella*)，著/狄波拉·安德伍德（Deborah Underwood）、绘/梅格·亨特（Meg Hunt）

CB《达尔文女孩》(*The Curious World of Calpurnia Tate*)，杰奎琳·凯利（Jacqueline Kelly）

CB《长袜子皮皮》(*Pippi Longstocking*)，著/阿斯特丽德·林格伦（Astrid Lindgren）、绘/罗伦·乔尔德（Lauren Child）

CB《胡椒罐大楼的小侦探：大黄猫的秘密》(*Ottoline and the Yellow Cat*)，克里斯·里德尔（Chris Riddell）

CB《艾米丽的头冠烦恼》(不做公主系列)[*Emily's Tiara Trouble* (Anti-Princess Club)]，著/萨曼莎·特恩布尔（Samantha Turnbull）、绘/莎拉·戴维斯（Sarah Davis）

YA《太阳捕手》(*Sun Catcher*)，希拉·兰斯（Sheila Rance）

十佳男孩榜样故事书

PB《哈利巴·杰克逊》(*Halibut Jackson*),大卫·卢卡斯(David Lucas)

PB《拉菲制造》(*Made by Raffi*),著/克雷格·波姆兰兹(Craig Pomranz)、绘/玛格丽特·张伯伦(Margaret Chamberlain)

ER《乔的礼物》(*How to Write Really Badly*),安妮·范恩(Anne Fine)

CB《爱那只狗》(*Love That Dog*),莎伦·克里奇(Sharon Creech)

CB《奔向荒野》(*Running Wild*),麦克·莫波格(Michael Morpurgo)

YA《鬼鹰》(*Ghost Hawk*),苏珊·库珀(Susan Cooper)

YA《两个威尔》(*Will Grayson, Will Grayson*),约翰·格林(John Green)& 大卫·利维森(David Levithan)

YA《走开》(*Scat*),卡尔·希亚森(Carl Hiaasen)

YA《奇迹男孩》(*Wonder*),R. J. 帕拉西奥(R. J. Palacio)

YA《周末图书馆》(*Okay for Now*),加里·施密特(Gary D Schmidt)

选择太多

PB《100 万只猫》(*Millions of Cats*),婉达·盖格(Wanda Gág)

柠檬蛋糕加软心糖,还是巧克力蛋糕加巧克力豆,还是抹茶蛋糕加香草糖霜?在今天这个过于富足的世界,原本简单的美食可以变成痛苦的源泉。这时候,让小朋友认识经典绘本《100 万只猫》里那个举棋不定的老头,或许能缓解疼苦。老头的妻子说她想在家里养只猫,老头就立刻出门寻找。他走了很远的路,越过宛若黑白版画的山丘,头上飘着同样宛若黑白版画的云朵,找到的不是一只,或十只,而是“几百只/几千只/几百万只/几十亿只/几万亿只”猫。他刚挑中一只——漂亮的白猫——又觉得另一只一样好,当然就不奇怪了。于是一只又一只没完没了，每只猫似乎都跟上一只一样漂亮。这个困境以一种略带恶意的方式得以解决——或许对大人比对小孩来说更是如此，但好歹快乐地免除了老俩口非要自己做决定的苦恼。[1]这个故事告诉我们，为你的第一选择开心，比所谓完美的选择更重要——否则，你可能会落入没得选的境地。

也可参阅：**娇生惯养**

炫耀狂

参阅：**自命不凡 · 万事通**

学步儿童

参阅：**大小便训练 · 十万个为什么 · 个头小 · 使性子 · 绝对不服从**

学骑自行车

PB《鸭子骑车记》（*Duck on a Bike*），大卫 · 香农（David Shannon）

人生中第一次学骑自行车确实不易，尤其是还要对付旁观者的担忧和奚落。因此，《鸭子骑车记》值得一读。有一天鸭子心血来潮，决定试一试那辆吸引人的红色小自行车，故事的焦点在于农场里其他动物的反应，而不是鸭子如何学骑自行车。“如果不小心，他

[1] 好吧，如果你非要知道。他把所有猫都带回家，让它们互相吃掉对方，最终只留下一只相貌平平、惊慌失措、肚子满满的猫。

会伤到自己的。”绵羊为他担心。“你还是没我快。”马表示不屑。可是经过一开始的摇摇晃晃后，鸭子兴高采烈地从他们身旁掠过，没让他们毁了自己的兴致。把这个故事读给小朋友听，让他们开开心心地跨过车座。

十本让小孩子学会骑自行车的故事书

PB《骑自行车的小熊》（*Bear on a Bike*），著 / 斯特拉 · 布莱克斯通（Stella Blackstone）、绘 / 黛比 · 哈特（Debbie Harter）

PB《阿米蒂奇夫人骑车去兜风》（*Mrs. Armitage on Wheels*），昆廷 · 布莱克（Quentin Blake）

PB《超级爷爷》（*Super Grandpa*），著 / 大卫 · M. 施瓦兹（David M. Schwarz）、绘 / 伯特 · 多德森（Bert Dodson）

PB《漫漫长路》（*Along a Long Road*），弗兰克 · 维瓦（Frank Viva）

PB《埃里克的大日子》（*Eric's Big Day*），罗德 · 沃特斯（Rod Waters）

ER《朱利安的美好夏天》（*Julian's Glorious Summer*），安 · 卡梅隆（Ann Camoron）

CB《世界第一少年侦探团：去比利科克山》（*Five Go to Billycock Hill*），伊妮德 · 布莱顿（Enid Blyton）

CB《自行车上的英雄》（*Hero on a Bicycle*），雪莉 · 休斯（Shirley Hughes）

CB《绿色自行车》（*The Green Bicycle*），海法 · 阿尔 · 曼苏尔（Haifaa Al Mansour）

YA《燃烧的城市》（*The Burning City*），阿里尔 · 多夫曼 & 杰奎因 · 多夫曼（Ariel and Joaquin Dorfman）

● 也可参阅：**缺乏自信 · 痛苦**

寻求关注

● 参阅：**求表扬**

Y

牙仙子不显灵

《科廷顿女士的压花仙子书》(*Lady Cottington's Pressed Fairy Book*),著 / 特里・琼斯(Terry Jones)、绘 / 布莱恩・弗劳德(Brian Froud)

当小朋友尚未准备好接住的时候,乳牙自有办法掉出去。而在小朋友最热切期盼的时候,牙仙子自有办法不露面。面对此一情况,《科廷顿女士的压花仙子书》可以派上用场,以缓解齿缝洞开的孩子的失望之情,以及由此打击而来的对仙子是否存在的怀疑。

本书据信复刻自维多利亚时期一个在自家庄园长大的少女的童年日记。起首的文字是深褐色的手写字体,别致硕大,饱浸墨水。第一个条目记录于1865年7月6日:"奶奶不相信我。埃蒂不相信我。梅西姨不相信我。但我真的有一个。现在他们非信我不可了。"接下来的页面,我们看到尖耳朵、绿皮肤、被压扁的仙子,体液缓缓渗出,眼珠子似乎要迸裂而出。[1] 年轻的安吉莉卡早年就露出残忍的本性,一有仙女飞得太近,就用书噼噼啪啪把她们压扁。可是等她长大后,小巧玲珑的仙女变聪明了,开始跟她各种嬉戏,不是摆出下流的姿势,就是以赤身裸体为乐。以吊钟海棠的紫红色、苹果绿、风信子的紫蓝色等天然色彩构成的画面,恰与做旧的纸张相映成趣,整体风格在适度的作呕和暗黑的戏谑之间游刃有余。[2] 作为牙仙子未能现身时转移注意力或延长这一神话的宝贵工具,我们建议大人有

[1] 显然,留在页面上的东西不是她们的残躯,而只是"超自然的压痕"。RSPCF(预防虐待仙女皇家协会)通过作者注信誓旦旦地保证,在这本书的制作过程中,没有一个仙女受到伤害。

[2] 毕竟,操刀此书的是巨蟒剧团(Monty Python)的特里・琼斯。

选择地向齿缝洞开的孩子展示仙女的“压痕”，那些少儿不宜的画面可以留待他们长大后。这点开胃小菜，加上将来还有更多大餐的承诺，势必可以为牙仙子增添更多的神秘和刺激。

◉ 也可参阅：**失望 · 不再相信魔法 · 迷恋 · 父母太忙碌**

牙牙学语

◉ 也可参阅：**不想长大 · 自觉渺小**

咽喉痛

◉ 参阅：**卧床不起 · 痛苦**

厌食症

◉ 参阅：**饮食失调**

咬指甲

在淘气鬼的指甲涂上难吃的指甲油，或让他们戴上一次性塑料手套，或贿赂他们一笔小钱[1]。然后再给他们一本能引起咬指甲欲望的书，看他们能不能抵挡诱惑。如果他们做得到，那就得救了。[2]

[1] 关于如何行贿以取得最好的效果，请参阅斯坦 · 博丹和简 · 博丹的作品《坏习惯》（贝贝熊系列）（*The Berenstain Bears and the Bad Habit*）。

[2] 如果你担心这一疗法适得其反，不妨记得“咬指甲”通常与“全神贯注”相关。

让人禁不住想咬指甲的十本书

CB《给国王的信》(*The Letter for the King*), 唐克·德拉格特(Tonke Dragt)

CB《攫梦人》(*The Dreamsnatcher*), 阿比·埃尔芬斯通(Abi Elphinstone)

CB《一只叫吉克的狗》(*A Dog Called Grk*), 乔什·莱西(Josh Lacey)

CB《手斧男孩》(*Hatchet*), 盖瑞·伯森(Gary Paulsen)

CB《哈利·波特与阿兹卡班的囚徒》(*Harry Potter and the Prisoner of Azkaban*), J.k. 罗琳(J.k. Rowling)

YA《死时间》(谋杀笔记本系列)[*Dead Time*(The Murder Notebooks)], 安妮·卡西迪(Anne Cassidy)

YA《绑架》(*Stolen*), 露西·克里斯托弗(Lucy Christopher)

YA《扭曲》(*Twisted*), 劳里·哈尔斯·安德森(Laurie Halse Anderson)

YA《新兵》(利亚姆·斯科特系列)[*The New Recruit*(Liam Scott)], 安迪·麦克纳布(Andy McNab)

YA《分解人》(*Unwind*), 尼尔·舒斯特曼(Neal Shusterman)

● 也可参阅: **焦虑 · 考试 · 杞人忧天**

要这要那

PB《不多不少正好》(*Just Enough and Not Too Much*), 凯斯·泽马赫(Kaethe Zemach)

CB《百万小富翁》(*Millions*), 弗兰克·科特雷尔·博伊斯(Frank Cottrell Boyce)

CB《闪耀》《*Shine*》, 凯特·马里昂(Kate Maryon)

大多数小孩子都是爱收集东西的人——任何耀眼之物都会吸引

他们，让他们产生据而有之的冲动。除非像印度“狼孩”毛格利或人猿泰山那样长大，否则他们无法抗拒最新款的小玩意或任何必备品，必得据而有之而后快。《不多不少正好》讲述了知足常乐的道理。小提琴手西蒙有一个温暖舒适的小房子，家里该有的都有了：可以安坐的椅子、可以休息的床、一顶帽子和一个可爱的玩具，加上衣服和好友，夫复何求？但他有一天心血来潮，想知道再有一把椅子、更多的玩具和帽子可以选择会不会更好，很快他金黄色的小房子塞满了东西，反倒不如以前舒适。当他终于找到了返璞归真的办法，想必读者也会跟他一样如释重负。

《百万小富翁》可以鼓励大一点的孩子明白什么东西值得花钱什么不值得。自从母亲去世、父亲抑郁后（参阅：父母患抑郁症），安东尼和达米安兄弟俩不得不独自揣摩这个世界。对他正在阅读的圣人故事极度痴迷的达米安，像隐士一样住在花园尽头的一个纸箱里。年纪更大、更务实的安东尼一心追求生活的物质财富。当达米安正在祈祷时，一个装满了23万英镑的手提箱突然落在他手上，怎么花这笔钱，兄弟俩争执不下。达米安认为这是上帝的馈赠，应该像圣方济各一样，用来帮助穷人或照顾动物。安东尼认为他们应该买一栋新房子。他们的同学也掺和进来，各有所图。但有一点很明确：不论怎么花，一定要尽快——因为“欧元日”近在眼前，很快英镑就不值钱了。

达米安向圣人祈祷寻求指引（同时好奇他的妈妈莫琳是不是也变成了圣人），什么东西值23万英镑也变成了读者的疑问。书里出现了一系列建议，从房子、手机、电视到非洲的水井和无家可归者的收容所。而意外横财对人际关系有何影响也被刻画得淋漓尽致。这笔钱最后去向如何，此处就不剧透了。只消说圣人们——尤其是圣人莫琳——一定会很骄傲。给孩子一本《百万小富翁》，然后问问他们如果有一天突然飞来横财，他们会怎么做。

《闪耀》这个故事表达了物质的丰盈不一定让人快乐的道理。蒂凡尼十二岁，她的妈妈卡拉购物上瘾。觊觎的东西一定要买到手，从等离子电视到送给蒂凡尼的新笔记本电脑，最近又弄了一只手提袋大小的宠物狗霞多丽，全用信用卡买单。直到有一天晚上，卡拉的“生意伙伴”迈克和他们新买的红色敞篷车都上了罪案新闻。此后蒂凡尼知道妈妈进了监狱，霞多丽进了养狗场，而她很可能要被送到寄养机构。

为了避免这一厄运，蒂凡尼选择到萨克岛跟姨妈卡斯一起住——从小在这里长大的妈妈一直说萨克岛是“全地球最无趣的地方”。萨克岛的生活的确跟伦敦大有不同。这里大家出门不是骑自行车就是骑马，去哪儿都不用担心安全问题。蒂凡尼逐渐被这里朴素的生活方式吸引住了，而她体会到的愉悦远远超过了妈妈买给她的任何好东西。年轻的读者或许会明白，与这样的快乐相比，任何新东西——甚至一大箱子钱——带来的暂时愉悦都会黯然失色。

一切乱了套

PB《亚历山大和他最糟糕的一天》（*Alexander and the Terrible, Horrible, No Good, Very Bad Day*），著 / 朱迪思 · 维奥斯特（Judith Viorst）、绘 / 雷 · 克鲁兹（Ray Cruz）

YA《再一次》（*Seconds*），布莱恩 · 李 · 奥马利（Bryan Lee O'Malley）

有时候一件事出岔子，会导致一切乱了套，这时候唯有上床睡觉，才可以化解灾难般的多米诺骨牌效应。朱迪思 · 维奥斯特笔下头发乱蓬蓬的亚历山大，碰到的坏事情一件接一件，可以让万事不顺的小朋友找到些许慰藉。

那天早上醒来时，亚历山大就觉得不对劲，先是口香糖粘在了头发上，然后被滑板绊倒，毛衣掉到了水龙头下，他的麦片盒里找不到玩具，而兄弟们各有一样。坐车去学校，别人都坐在窗户边，除了他。很快亚历山大开始觉得全世界都在跟他作对。就像现实生活一样，这一天从头到尾糟透了——雷·克鲁兹的黑白插画勾勒出遭遇种种不快的亚历山大，从沮丧到愤怒到不幸地意识到生活不公（参阅：愤愤不平）。不过就像妈妈说的，有些日子“就是那样”，但明天又会是全新的开始。任何一个度过了艰难一天后努力保持镇静的孩子读过这个故事后，都会觉得不再孤独。

从小孩子长成青少年，如果不顺心的事情还是接二连三出现，而且定期发生，这时候可能需要鼓励他们好好反省为何总是如此了。在超现实的图像小说《再一次》里，漂亮但不易的凯蒂属于野心勃勃的类型，穿着笨重的靴子和迷人的紧身牛仔裤。二十九岁的她有自己名为“再临”的餐馆，四年前和一些朋友创办的，还有一家餐馆正在筹备中。她喜欢烹饪，知道她做的食物是镇上最美味的。但她的朋友后来搬走了——包括马克斯，她英俊帅气、留着胡茬的男朋友——而新餐馆的装修迟迟未能竣工，很快耗尽了她的资金。当马克斯带着可爱的新女友再次出现在“再临”，笨手笨脚的新服务生黑兹尔把热油泼在她的胳膊上时，凯蒂脆弱的镇静开始瓦解了。

这时候她想起在梦里见过的“房神”，穿着毛茸茸的黑大衣缩在橱柜里，虽然有点吓人，但给了她“第二次机会”。凯蒂在橱柜抽屉里找到一个盒子，里面有一个蘑菇和一张指南。“1：写下你的错误。2：吞下蘑菇。3：上床睡觉。4：起床就好了。”反正没有什么好担心的，她试了试，把红白色的蘑菇吞了下去。让她惊讶的是，她发现自己正在跟男朋友吃饭，而且他们似乎还在约会。她简直不敢相信自己的好运。

就算有了第二次机会，凯蒂还是搞砸了，而且现实世界越来越复杂（对她也是对我们），她看待自己的方式也日益苛刻。最终她意识到需要改变的不是事态，而是她自己。借助快速发展的剧情和万花筒般的故事之中有故事的结构，这个别出心裁的故事提醒我们，一切皆是咎由自取。跟你们家的大孩子一起阅读，一起讨论。

● 也可参阅：**缺乏自信 · 感觉自己一无是处 · 感觉像个失败者 · 害怕犯错误**

抑郁

PB《绯红树》（*The Red Tree*），陈志勇（Shaun Tan）

PB《驴小弟变石头》（*Sylvester and the Magic Pebble*），威廉·史代格（William Steig）

PB《我的妹妹是只狼》（*Virginia Wolf*），著 / 京·麦克莱尔（Kyo Maclear）、绘 / 伊莎贝拉·阿瑟诺（Isabelle Arsenault）

尽管儿童患抑郁症的话题太过沉重，但这样的事实确实存在。如果你知道哪个小孩子喜欢待在漆黑、封闭的空间里，想用轻松快乐的故事让他们高兴起来只会适得其反，让他们倍感疏离。别以为存在一劳永逸的方法，与他们分享可以反映他们情绪的故事，让他们知道他们并不孤单——并在黑暗中握住他们的手，让他们知道隧道的尽头就是光亮。

《绯红树》讲述了一个小姑娘有一天醒过来觉得生无可恋，没有人理解她的故事。陈志勇的精湛插画以只有图像才能做到的方式抓住了抑郁症的感受：比如，陷在细颈玻璃瓶里动弹不得，被人扔在雨中的卵石滩上；或者站在旷野的椅子上，一堆无人倾听的话语撒了一地。没有一劳永逸的解决方案，但故事以一棵绯红树从小姑娘卧室的地板下破土而出结束，小姑娘的脸也亮了。最后，还是有希望、生命、色彩的微光在闪烁……而她的脸上也露出了一丝笑意。

作家和插画家威廉·史代格相信艺术，包括绘本在内，可以帮助我们以一种“依旧保留事物神秘性”的方式来了解生活。他的作品就是这一信念的最佳实践。我们可以从《驴小弟变石头》得到什么启示并不明晰，但最后会明白那种被困的无助感是我们在某一时刻都曾体会过的。小毛驴西尔维斯特喜欢收集怪石头，有一天他找到一颗红彤彤、圆润的、状似弹珠的石头。更让他高兴的是，这是一颗魔石：只要手里拿着它，他的任何愿望都会实现。他着急回家给爸爸妈妈看，但在路上碰到了一头饥饿的狮子，慌乱之下，他希望自己变成一块石头。

话一出口，他就知道错了。魔石躺在他身边的地上，但他作为一块石头，没办法再把它捡起来，但是碰不到魔石，他又不能把自己变回西尔维斯特。不仅如此，变成石头的他彻底无能为力，不能求救，甚至不能让爸爸妈妈知道他是谁。

小毛驴很快就绝望了。无所事事，西尔维斯特大部分时间都在呼呼大睡，偶尔清醒也只记得他貌似没完没了的困境——这种状态与抑郁症非常相似。画面以简单的亮色呈现出没有小毛驴的世界依旧在运转，晴天阴天自有其节奏。西尔维斯特被整整困了一年。

（参阅：困境）我们感觉到小毛驴，还有他爸爸妈妈的悲伤，但在史代格的画笔下这一切都不露声色。他们没了儿子，没有比这更惨的了，他们忘不掉他的模样，更没有停止爱他。最后，正是他们的爱，找回了儿子。这本绘本告诉我们，不管小朋友遭遇什么挫折，不管他们多讨厌自己，爸爸妈妈还是全心全意爱着他们，一心只求他们更好。

儿童抑郁症患者的兄弟姐妹或朋友可能会发觉前者的行为变化不可理喻，而且难以把握过度介入和放任自流之间的合理界限。《我的妹妹是只狼》受患抑郁症的小说家伍尔夫和她的艺术家姐姐范妮莎的关系启发，为我们展现了抑郁症患者亲属的视角。“有一天我妹妹弗吉尼亚醒来后狂躁不安。”绘本开宗明义，在一个摆满了书的房间里，我们看到被子里冒出了一双狼耳朵。抑郁的弗吉尼亚连鸟叫也觉得太大声，而姐姐最喜欢的衣服的亮黄色更是让她不忍直视。很快，她的低落情绪感染了其他人：“上下不分……情绪化。”范妮莎没有放弃，想方设法帮忙，最终她的艺术才能派上了用场。幸运的是，这个弗吉尼亚的姓里只有一个字母“O”，[1] 而现实生活原型的那个弗吉尼亚的·伍尔夫的结局可没有那么幸运。故事里的弗吉尼亚不仅不再狂躁不安，而且病情日益好转，甚至开始觉得“很不好意思”……伊莎贝拉·阿瑟诺的精美画作，把我们从抑郁症令人窒息的黑暗，带入布卢姆茨伯里一片乐观的花园风光，到处是飘飞的花瓣和叶子，在风里嘘嘘作响，让我们内心安宁，同时也向我们保证：屋子里的阴暗终会消解，患抑郁症的兄弟姐妹或朋

[1] 故事原型是英国著名作家、抑郁症患者弗吉尼亚·伍尔夫（Virginia Woolf），她是伦敦布卢姆茨伯里文化圈的重要成员，1941 年在自己身上装满石头，投河自尽。故事主人公的姓氏为“Wolf”。——译注

友终会回归自我。

● 也可参阅：**焦虑 · 感觉没有人倾听 · 太宅 · 悲伤 · 与屏幕如胶似漆 · 自杀的念头 · 不被理解 · 杞人忧天**

因还未长大而焦躁

● 参阅：**挫败感 · 渴望长大**

因有一个假想的朋友而尴尬

PB《有点隐身》（查理和罗拉系列）［*Slightly Invisible*（Charlie and Lola）］，罗伦 · 乔尔德（Lauren Child）

PB《多蒂》（*Dotty*），著／埃里卡 · S. 佩尔（Erica S. Perl）、绘／朱莉娅 · 德诺斯（Julia Denos）

假想的朋友是真人的好替身，可以随时陪在身边，而且总是和你的日程相一致。但有些孩子不好意思承认有假想的朋友——害怕他们（或是他们假想的朋友）会被嘲笑（参阅：遭遇霸凌）。看到假想的朋友在小说里被认真对待对此有所助益。罗伦 · 乔尔德巧妙地赋予罗拉的假想朋友索伦 · 洛伦森半透明、灰色调的形象，只有她（和读者）能够看见，这尤其让人满意——洛伦森独特的瑞典名字以及他对蘑菇的厌恶也是如此。他以是否有别人吸引了罗拉的注意力为标准淡入淡出，更是凸显了他的真诚。在《有点隐身》里，当查理和他的好朋友马弗玩得不亦乐乎，不想让罗拉介入或打断的时候，也是洛伦森最受欢迎的时候。

假想的朋友通常渺小、低调，但并非总是如此。艾达在《多蒂》里的假想朋友就是长角、红斑、尾巴可爱地向上翘的大怪兽。艾达上小学后（参阅：新生），就用蓝色的长绳子牵着多蒂一起去，欣喜地发现其他小孩也用绳子牵着他们的假想朋友，各种离奇的怪兽在朱莉娅·德诺斯的画笔下栩栩如生，好不快活。但是年复一年，别的假想朋友纷纷消失了——直到春季的某天，艾达的朋友卡蒂亚惊讶地看到她的口袋里悬荡着一条蓝绳子。“你不会还留着她吧？”卡蒂亚吃惊地问。硕大的多蒂得意扬扬地跑了出来，维护她的主人——艾达则找到了她需要的证据，一个人年纪再大也可以有假想的朋友。这个人物角色与各种怪兽一样异彩纷呈的故事生气勃勃，足以鼓励孩子们与他们的假想朋友维持更久的友谊，而不会觉得不妥。

● 也可参阅：**尴尬** · **交不到朋友** · **不想长大** · **身为独生子女**

饮食失调

CB《女孩有压力》（*Girls Under Pressure*），著 / 杰奎琳·威尔逊（**Jacqueline Wilson**）、绘 / 尼克·沙拉特（**Nick Sharratt**）

YA《我将如何生存》（*How I Live Now*），梅格·罗索夫（**Meg Rosoff**）

选择与饮食失调有关的故事时务必小心。那些主人公以自我否定为信念，他们讨论如何及在哪隐藏食物的策略、哪些食物热量最高，以及饭后如何催吐，这些在无意间会成为行动指南。《女孩有压力》冷静阐述了饮食失调如何控制一个人的生活，适合推荐给你认识的对食物持消极态度的青少年，或者是那些可以在安全的小团体内共读，然后就相关话题展开讨论的人。

十三岁的埃莉原本开心无忧，但当她的一个闺密在模特儿比赛上被选中后，她开始不满自己的身材。不幸的是，她的继母碰巧正在节食，虽然她的身材已经很好了。从此，埃莉只有在躲不过去的时候才吃些东西，比如每周五晚全家人一起吃鱼和薯条的时候。很快她就不得不拼命掩饰饿得咕咕叫的肚子，在课堂上也难以集中注意力，同时还狂热地跟朋友佐伊一起游泳健身。直到骨瘦如柴的佐伊圣诞节后不能来学校上课时，埃莉才意识到什么是过犹不及。故事以埃莉的成功结尾，意在鼓励读者自主选择人生，但在此之前作者已充分展示了节食的大量可怕细节。

对年纪稍大的青少年，《我将如何生存》会拨动更隐秘的心弦。不快乐的家庭破裂后，患有神经性厌食症的美国女孩黛西，在第三次世界大战爆发的前夜，跑到英国跟她的表亲一起生活。她既惊讶又高兴地发现十四岁的埃德蒙来到机场接她，叼着烟，开着家里的吉普车。黛西跟这些容易亲近、无视规则的表亲一起住在漂亮的乡村别墅里，周围到处是山羊、绵羊、鸡鸭，母亲全身心扑在反战工作上，这一切让黛西感到自在。尤其是没有人过问她为什么不吃饭，更是让她如释重负。但她很快发现，天赋异禀的表哥埃德蒙可以看穿她的心思，让她无从隐藏。后来她向他解释了自己厌食的缘由：起初之所以不吃东西，是为了不想被她的继母“毒死”，后来她发现自己喜欢上了饥饿以及由此让大人“发狂”的感觉。

很快黛西和埃德蒙见识了什么是真正的饥饿，不知不觉，黛西发现不抢就没东西吃。和平峰会失败后，埃德蒙的妈妈被困在奥斯陆，孩子们进入了失序的田园生活。这时英国军队征用了他们的别墅，孩子们流离失所，黛西真正体会到了饥饿的感觉……

黛西告诉我们，“在一个很多人饿死的世界里，要让自己变得苗条的想法让我觉得我像个笨蛋。”她九岁的表亲派珀瘦骨嶙峋的惨状，更值得同情而不是妒忌。这本浓烈、感人的小说对厌食症的审视发人深省。

● 也可参阅：**身体形象 · 缺乏自信 · 挑食 · 同伴压力**

婴儿期

我们都曾是婴儿，在或近或远的时候。详见如下书单。

十佳婴儿期绘本

PB《幼儿宝典》（*The Baby's Catalogue*），著 / 艾伦 · 阿尔伯格（Allan Ahlberg）、绘 / 珍妮特 · 阿尔伯格（Janet Ahlberg）

PB《桃子、梨子和李子》（*Each Peach Pear Plum*），著 / 艾伦 · 阿尔伯格（Allan Ahlberg）、绘 / 珍妮特 · 阿尔伯格（Janet Ahlberg）

PB《永远》（*Forever*），艾玛 · 多德（Emma Dodd）

PB《十个手指头十个脚趾头》（*Ten Little Fingers and Ten Little Toes*），著 / 梅 · 福克斯（Mem Fox）、绘 / 海伦 · 奥克森伯里（Helen Oxenbury）

PB《鹅妈妈》（*Mother Goose*），凯特 · 格林纳威（Kate Greenaway）

PB《猜猜我是谁？》（*Peek-a-Who?*），尼娜 · 兰登（Nina Laden）

PB《脸》（*Faces*），乔 · 洛奇（Jo Lodge）

PB《棕色的熊，棕色的熊，你在看什么？》（*Brown Bear, Brown Bear, What Do You See?*）著 / 小比尔 · 马丁（Bill Martin Jr）、绘 / 艾瑞 · 卡尔（Eric Carle）

PB《胳肢胳肢》（*Tickle Tickle*），海伦 · 奥克森伯里（Helen Oxenbury）

PB《你出生的那个晚上》（*On the Night You Were Born*），南希 · 蒂尔曼（Nancy Tillman）

Y

十佳童谣绘本

PB《女巫痒痒》（*The Witch with an Itch*），著 / 海伦·鲍（Helen Baugh）、绘 / 黛博拉·奥尔莱特（Deborah Allwright）

PB《光脚丫先生》（*Mister Magnolia*），昆廷·布莱克（Quentin Blake）

PB《五只小猴子床上跳》（*Five Little Monkeys Jumping on the Bed*），艾琳·克里斯特洛（Eileen Christelow）

PB《唐纳森牧场的毛毛狗》（*Hairy Maclary from Donaldson's Dairy*），林莉·多德（Lynley Dodd）

PB《小海螺和大鲸鱼》（*The Snail and the Whale*），著 / 朱莉娅·唐纳森（Julia Donaldson）、绘 / 阿克塞尔·舍夫勒（Axel Scheffler）

PB《哦，不！》（*Oh, No!*），著 / 坎迪斯·弗莱明（Candace Fleming）、绘 / 埃里克·罗曼（Eric Rohmann）

PB《叽喀叽喀蹦蹦》（*Chicka Chicka Boom Boom*），著 / 小比尔·马丁（Bill Martin.Jr）& 约翰·阿尔尚博（John Archambault）、绘 / 洛伊斯·埃勒特（Lois Ehlert）

PB《小兔子福福》（*Little Rabbit Foo Foo*），著 / 迈克尔·罗森（Michael Rosen）、绘 / 亚瑟·罗宾斯（Arthur Robins）

PB《让我们一起唱歌》（*Sing a Song of Bottoms*），珍妮·威利斯（Jeanne Willis）、绘 / 亚当·斯托尔（Adam Stower）

ER《绿鸡蛋和火腿》（*Green Eggs and Ham*），苏斯博士（Dr. Seuss）

十佳婴幼儿触摸书

PB《有个老婆婆吞了一只苍蝇》（*There Was an Old Lady Who Swallowed a Fly*），帕姆·亚当斯（Pam Adams）

PB《毛绒绒！》（*Fuzzy Fuzzy Fuzzy!*），桑德拉·博因顿（Sandra Boynton）

PB《好饿的毛毛虫》（*The Very Hungry Caterpillar*），艾瑞·卡尔（Eric Carle）

PB《在我的树上》（*In My Tree*），萨拉·吉林汉姆（Sara Gillingham）& 洛雷娜·斯米诺维奇（Lorena Siminovich）

PB《摸摸虫子》(*Feely Bugs*)，大卫·A. 卡特(David A. Carter)

PB《我喜欢吃饭》(*I Love to Eat*)，艾米丽·格罗(Amelie Graux)

PB《拍拍小兔子》(*Pat the Bunny*)，多萝西·孔哈特(Dorothy Kunhardt)

PB《亲吻动物》(*Animal Kisses*)，巴尼·萨尔茨堡(Barney Saltzberg)

PB《湿湿的宠物，干干的宠物，你的宠物，我的宠物》(*Wet Pet, Dry Pet, Your Pet, My Pet*)，苏斯博士(Dr. Seuss)

PB《那不是我的小狗》(*That's Not My Puppy*)，著/菲奥娜·瓦特(Fiona Watt)、绘/雷切尔·威尔斯(Rachel Wells)

● 也可参阅：**个头小 · 不被理解**

有一个不一样的家

● 参阅：**收养 · 与众不同 · 被寄养 · 与老人一起住 · 身为独生子女 · 同性父母 · 单亲家庭 · 家有继父(母)**

有一个臭烘烘的朋友

PB《臭臭的比尔》(*Smelly Bill*)，丹尼尔·帕斯盖特(Daniel Postgate)

CB《臭臭先生》(*Mr. Stink*)，著/大卫·威廉姆斯(David Walliams)、绘/昆廷·布莱克(Quentin Blake)

有一个臭烘烘的朋友怎么办？不惜冒犯，直言不讳，还是管住你的舌头捏住你的鼻子？在《臭臭的比尔》里，臭烘烘的是一条狗，所以坦白说不是问题，困难的是如何付诸行动："家里人大喊'臭死了！'总想把它按在水槽里。"好在家里人去海滩度假时，热心的姨妈布里奇愿意留下来与比尔待一天。等他们回来时，比尔焕然一新，身上香得像玫瑰——布里奇却臭烘烘的。逗趣的小诗加上充满活力的插画，不仅读起来而且听起来也笑料十足，为究竟是什么让人（或动物）发臭以及你可以做点什么的话题提供了不同的视角。

跟年纪稍大的孩子讨论体味不佳的朋友时，可以借助精彩的《臭臭先生》。十二岁的克洛伊很可怜社区里的流浪汉。他臭气熏天，想要一个人静静的时候就跑到咖啡馆里把所有人熏跑。克洛伊于是就让他大冬天暂住在花园的棚屋里。这个古怪的家伙，对臭臭先生这个名字倒是欣然接受。他搬了进去，让它变得格外温馨——甚至用粉笔在墙上到处涂鸦，仿佛这是一个小家。克洛伊的父母对此一无所知，这没准反倒是一件令人愉快好事。克洛伊的妈妈是当地政府代表，她重要日常事务之一就是消灭无家可归的现象。

有一天克洛伊掏空流浪汉的外套口袋，打算偷偷把衣服放到洗衣机洗，却发现臭臭先生原来是达林顿勋爵，当地的一个贵族，家中失火妻儿不幸被烧死后流浪街头。获悉了导致他沦落街头的惨剧后，克洛伊更想帮他了，由此发生了克洛伊的妈妈在家里举行新闻发布会时臭臭先生乱入的喜剧性转折……臭臭先生由此名声大噪，甚至惊动了唐宁街 10 号首相官邸，酿成了一波救助流浪汉的舆论声势。臭烘烘的朋友坐在身边可能很不爽，但在小瞧他们之前，小朋友还是应该找出他们为什么不洗澡的原因。

● 也可参阅：**体味 · 尴尬 · 心怀秘密**

有一个淘气的朋友

● 参阅：**被引入歧途**

与老人一起住

他们可能会把牙齿保存在洗脸盆边上的罐子里，但爷爷奶奶、外公外婆的好处取之不竭，如同以下虚构童书所示。

十本关于和（外）祖父母一起住的故事书

PB《小蓝》（*Little Blue*），盖伊·查普曼（Gaye Chapman）

PB《完美旅程》（*The Wonderful Journey*），保罗·杰拉蒂（Paul Geraghty）

PB《凯蒂和两个好奶奶》（*Katie Morag and the Two Grandmothers*），玛丽·海德维克（Mairi Hedderwick）

ER《棚车少年》（*The Boxcar Children*），格特鲁德·钱德勒·华娜（Gertrude Chandler Warner）

CB《吉卜赛孤女》（*The Diddakoi*），鲁默·戈登（Rumer Godden）

CB《小公子》（*Little Lord Fauntleroy*），弗朗西斯·霍奇森·伯内特（Frances Hodgson Burnett）

CB《爱，奥布里》（*Love, Aubrey*），苏姗·拉弗勒（Suzanne Lafleur）

CB《奇幻王国法柏哈温》（*Fablehaven*），布兰登·穆尔（Brandon Mull）

CB《远离芝加哥的地方》（*A Long Way from Chicago*），理查德·佩克（Richard Peck）

CB《海蒂》（*Heidi*），乔安娜·斯比里（Joanna Spyri）

● 也可参阅：**与众不同**

与朋友分离

● 参阅：**搬家**

Y　与屏幕如胶似漆

PB《点点点》(*Press Here*)，埃尔维·杜莱（Hervé Tullet）

ER《谁在看我们？》(*We Are in a Book!*)，莫·威廉斯（Mo Willems）

YA《信息流》(*Feed*)，M.T. 安德森（M. T. Anderson）

当今时代，如果说小孩和图书之间有什么阻隔的话，那就是屏幕了。(参阅：不爱看书。以寻找对付这一现代瘟疫的好方法）或者，囤几本戏谑调侃交互性的绘本。不妨以三言两语介绍触摸屏技术的《点点点》打头阵。读者受邀去按不同颜色的"按钮"（不同基本色的小圆圈），于是获得他们可以让页面发生变化的参与感。这本纸板书的设计旨在吸引三岁左右的小孩，但那些可以自己看得懂操作指南的小孩子可能对这一玩笑理解得更深。当你要为不时髦的纸墨书张目时，不妨用它增加一点笑料。

紧随其后的是《谁在看我们？》，来自莫·威廉斯可爱的"小猪小象"系列。两个好朋友突然发现（甚至有点焦虑）只有当人们看书的时候，他们才会存在，我们难免为他们难过。当他们凑近正在一旁守望的怪物（抑或就是我们读者？）想看个究竟时，他们的脸赫然显现，我们不禁觉得难为情。读者也可以在这本书里扮演一个角色的想法，想必会让小朋友有点小激动。

沉溺于屏幕无法自拔的大孩子，可以用《信息流》给他们一声棒喝。开头一句就足矣把人吸引住了，[1] 青少年将发现他们置身于一个在很多方面似曾相识的未来：年轻人出门到处找乐子并大买特买。泰特

[1]"我们本想去月亮上玩，结果月亮糟糕透顶。"

斯和他的朋友们在月球上（低重力弹跳厅）找到了乐子，而地球上的森林为了给“空气工厂”让路已被夷为平地，就连去一趟海滩也要戴上特制的面具，以抵挡腐烂的恶臭。计算机不再是外部设备，而是被植入人体，随着源源不断的信息流，新闻和广告直接被灌输到大脑。

读者不必花很长时间，就可以明白信息流的弊端。泰特斯和他的朋友经常因为专注于只有他们可以听见的东西而两眼发直。他们习惯了不间断的刺激，很容易厌倦，总是要寻找下一个“百万级”的乐趣，或者购买“天花乱坠”的东西。女孩子更是成为最新潮流的牺牲品——她们割伤身体自残，因为有伤口才有吸引力。后来泰特斯认识了维奥利特，一个穿天然羊毛衣、由父亲在家里施教的新奇女孩，她给泰特斯的感觉似乎更真实、更有人类气息——我们则高兴地看到泰特斯喜欢上了她。但是双方认识不久后，他们的信息流在一家夜店里被黑了，维奥利特的机能开始出现故障。分崩离析的状态下，维奥利特绝望地意识到她从未有过的感官体验，而这些体验原本会让她的生存更真实，比如飞越火山口、探索这个世界上是否还有苔藓、在宾馆和泰特斯共度一夜。但泰特斯此刻正因头脑中的大甩卖消息分心，加上对人的理解也不够透彻，他不知道如何应对她的痛苦，只能当一个疑惑的旁观者。

让未来及其语言串流到我们守旧的大脑，这部引人入胜的青少年小说跟电子屏幕一样让人上瘾。等你的孩子翻过最后一页，一定会对我们仍有幸拥有感知现实性的能力而心怀感激。

● 也可参阅：**沉迷于游戏 · 太宅 · 超重 · 爱走神**

Y　与众不同

PB《长颈鹿不会跳舞》(*Giraffes Can't Dance*)，著 / 吉尔斯·安德烈(Giles Andreae)、绘 / 盖伊·帕克－里斯(Guy Parker-Rees)

PB《花格子大象艾玛》(*Elmer*)，大卫·麦基(David McKee)

YA《奇迹男孩》(*Wonder*)，R. J. 帕拉西奥(R. J. Palacio)

YA《重生》(*The Chrysalids*)，约翰·温德姆(John Wyndham)

或许他们个子比别人高，或许他们是左撇子，或许他们说话口齿不清，或许他们家里没有电视，或许他们住在树屋里，或许他们跟一群长尾小鹦鹉住在一起。如果你认识的小朋友感觉自己跟别人不一样，给他们读一读讨人喜欢的《长颈鹿不会跳舞》。

长颈鹿杰拉德生来就不会跳舞。每年的狂欢节，当其他人扭着屁股蹦跶时，他就觉得尴尬和疏离。(参阅：大高个)如果他试图迈着瘦长、笨拙的双腿加入，就会被其他人嘲笑。他只好独自躲在丛林里赏月，闷闷不乐。(参阅：渴望独处)他在丛林里碰到一只蟋蟀，后者告诉他谁都可以跳舞，只不过“如果你跳得被跟别人不一样，就需要一首不一样的曲子”。对那些因为跟别人不一样而被嘲笑的小朋友(参阅：遭遇霸凌)，晃着大长腿跳起别样舞姿的杰拉德，一定会让他们重新振作。告诉你的孩子，所谓“正常”不过是人们习以为常的东西，“不一样”才会让人耳目一新。

有时候，让一个小朋友与众不同的东西反倒最可贵，他们只需要一点点厚脸皮就可以让别人刮目相看。以《花格子大象艾玛》里的艾玛为例。他的身上有五颜六色的漂亮色块，爱扮小丑逗大家开心，其他大象都很喜欢他。但艾玛不喜欢自己跟别人不一样。有一天他离开象群，在灰色的浆果汁里打了个滚，回去后却发现自己泯然于众。即便最年幼的小朋友也看得出来艾玛的外表使他与众不同——好在最后艾玛也明白了这一点。跟着艾玛一起长大的小朋友会把与众不同与令人愉快联系起来，而不是为此为怪。

论及与众不同的感觉，没有人比《奇迹男孩》里的奥古斯特感触更深。作者从未确切告诉我们奥古斯特的模样，但我们知道他生来唇腭裂，口腔顶部有个洞，耳朵若有若无，眼睛的位置也比别人更靠下。“任你们怎么想。”他开门见山就说，用一种混合了诚实、无畏和幽默的语气——对此我们会越来越熟悉，“结果只会更坏”。

此前，奥古斯特一直由妈妈在家教养，如今他要面对开学第一天的挑战。（参阅：在家自学、新生）看着他步入校门，爸爸妈妈和姐姐维娅紧张得差点心跳骤停。一只“待宰的羔羊”，用他爸爸的话说，读者当然也这么认为。每个人的恐惧都显而易见。其他小朋友要么盯着奥古斯特，要么吓得不敢看，甚至加西亚夫人的脸上也露出了过于“灿烂”的笑容。同班同学朱利安，甚至残忍地提及《星球大战》里畸形的达斯·西迪厄斯。不过，当人缘好又有趣的小男孩杰克走过来坐在他旁边时，我们的心情一下子豁然开朗。杰克直言不讳，问奥古斯特为什么不去做整容手术。“不是吧？”奥古斯特指着自己的脸说，“已经做过了！”杰克用手一拍额头，歇斯底里地笑个不停。“哥们，你应该起诉你的医生！”他说。很快两个人笑得前仰后合，以至于老师不得不要求他们换座位。最后，奥古斯特找到了一个不在意他的不同的同桌。

不过，奥古斯特的麻烦远未结束——我们看到他遭遇了许多考验，从与杰克闹翻（参阅：背叛）到把痛苦发泄在善解人意的妈妈身上。但他抗打击的强大能力以及招之即来的幽默感，最终让他赢得了全校师生的敬意。当塔什曼校长把他挑出来，称赞他“以平静的力量征服了大多数人的心”时，恐怕所有人都会热泪盈眶吧。感觉自己与众不同的小朋友无疑会被奥古斯特的不凡感动和激励，而他们身边的正常小朋友往后也会更加坚定地“以更加仁慈的心态待人”。

强烈地感觉到自己异于常人的青少年会因《重生》欣喜若狂，它的背景设定在人们会因为与众不同而被排斥被驱逐的未来。原子弹爆炸的恶果让变异无处不在，任何长得跟“上帝的旨意”描述的人的定义——“每条腿应该有两个关节和一只脚，每只脚应该有五个脚趾，每个脚趾应该有扁平的趾甲……”——不一样的人都被视作“亵渎”。故事中慢慢长大的十一岁男主人公大卫，越来越觉得自己可以通过心灵感应交流的超能力是一种变异，害怕之下，竭尽所能不让别人知道，尤其是他的父亲。他家里的墙壁上到处是“正常的人有福了”“纯种是我们的救赎”之类的标语。

当大卫遇到有六个脚趾头的女孩索菲时，慢慢地融入了“边缘人”的生活。他的心灵感应天赋在这里可以派上用场，后来也让他觉得其乐无穷。从他被激进分子包围的家到他在梦里见到的闪亮城市和心灵感应的“灵魂之所”的旅程非常艰辛，可是一旦到了那里，他就可以完全拥抱他的独特性。最终他意识到自己是“新人类”之一，注定要给人类带来希望的觉悟，一定会让那些正在寻找自我的青少年感到惺惺相惜。

● 也可参阅：**青春期 · 自闭症 · 遭遇霸凌 · 面对身心障碍者 · 交不到朋友 · 感觉没有人倾听 · 孤独 · 不被理解**

语言障碍

PB《谁谁谁在呼呼呼》(*Who-who-who Goes Hoo-hoo-hoo?*)，著 / 彼得·施耐德（*Peter Schneider*）、绘 / 吉塞拉·施查特曼（Gisela Schartmann）

CB《送报生的夏天》(*The Paperboy*)，文斯·沃特（Vince Vawter）

让小孩学会如何、何时在生活中沟通表达，而不必担心找不到合适的字眼，并不容易。语言障碍治疗专家强调耐心的重要性，尽量多给孩子表达的时间，并鼓励他们别被其他人的目光或不安吓倒。以说话口吃的人为主角的故事让大人和小孩知道他们并不孤单，别人也有说不出话来的窘迫，而善于聆听的技能如果运用得当可以让局面有巨大改观。

在《谁谁谁在呼呼呼》里有一只小刺猬，住在树林里，身边是友好的动物。绚丽的水彩画展现了一群昆虫打牌，以及漂亮的中国灯笼悬挂在树上的动人场景。大半夜的时候，小刺猬被奇怪的“呼呼呼！”声惊醒。“谁谁谁在呼呼呼呢？”他很好奇。刺猬妈妈又把他塞到树叶毯子下，但第二天一早小刺猬就动身，想知道那个“呼呼呼”的家伙是谁，他的声音一直让他念念不忘。随着他一路问过去，我们发现其他动物都有一些有趣的特征——松鼠的尾巴光秃秃，蛇的舌头打结……但这并没有让他们对结巴的小刺猬更有耐心。“好好学说话。”他们喝令，拒绝回答他的问题。后来小刺猬认识了一只同样结巴的老鼠，两个小家伙惺惺相惜，在猫头鹰的帮助下给了其他动物一个教训。这本书对那些说话结巴但坚信别人应该学会倾听，就像他们耐心倾听别人一样的人来说是一个莫大的鼓舞。

年纪稍大、口齿不清的孩子当会对《送报生的夏天》里十一岁的小男孩的经历感同身受。他答应替朋友拉特送报，从自行车上把报纸扔到别人家的门廊上当然简单，但小小人——他的奶奶、妈妈这么叫他——一想到每个周末就要按每户人家的门铃，管他们要钱，就怕得要死。小小人不知道他会说什么，或者更准确地说，不知道他不会说什么，对人们的尴尬或认为他“头脑不正常”的观点早已习以为常。

故事发生在语言障碍矫正刚刚兴起的1959年，小小人用尽各式技巧来“靠近”一个单词：在说困难的词汇前先发出嘶嘶的声音，把铅笔扔到空中分散自己的注意力，或是把某个麻烦的字母换成另一个——但并未总能奏效。真正起到作用的是顾客斯皮罗先生温柔的耐心倾听。“我们的目标是对话，小报童。”他说，拒绝了小小人写的问题清单。“这需要两个人。我有的是时间，所以我想听你提问。”等他的朋友拉特回来时，小小人已开始初见好转，想说什么就说什么，而不是能说什么才说什么。读者也会得到如下坚定、振奋的信念：说什么比怎么说更重要。

● 也可参阅：**焦虑 · 缺乏自信 · 与众不同 · 尴尬 · 无法表达感受 · 害羞 · 不能维护自己的权益 · 杞人忧天**

约会

YA《永恒之光》（*A Ring of Endless Light*），马德琳·英格（Madeleine L'Engle）

论及在约会游戏中保护自己的智慧，可以向青少年推荐马德琳·英格“奥斯丁家族”系列的第四部《永恒之光》[1]。即将年满十六岁的维姬在爷爷的新英格兰小岛度假，同时与三个男孩约会。隔壁邻居利奥多愁善感，会为别人着想，但又有点自负。炫酷、鲁莽的扎卡里，让她感到紧张——飙车、带她无照开飞机。最后一个是研究海豚的亚当。维姬周旋于三个男孩之间，游刃有余，扎卡里让她体会到激情，亚当让她知道什么是智识和心灵的默契，利奥则让她感到亲密（他正在经历丧父之痛）。如今青少年约会的情境当然不一样了，但考验各种不同伴侣——又不会引起冒犯——的需要依然存在。在必要的时候如何说不、应该信任谁、如何确定你真正喜欢的是哪个，诸如此类的议题，年轻读者都可以在这本书里找到答案。

● 也可参阅：**选择太多 · 被分手 · 初吻 · 初恋 · 失去童贞**

月经

CB《豆蔻春心》（*The Greengage Summer*），鲁莫·戈登（Rumer Godden）

让人又担心又激动的月经对即将进入青春期的少女来说是学校操场上广为流行的话题，关于失血、痉挛和月经来了什么能做什么不能做的混乱说法，让女生难以知晓这个成长的重要标志到底意味着什么。妈妈、姐姐和其他女性照料者可以各尽所能澄清事实，几

[1] 虽然我们鼓励青少年读完全套精彩的“奥斯丁家族”系列，但这里仅论及这一本。

本优秀的非虚构指南也有助于此。[1]但论及对随月经而来的情感变化更全面的探讨，还是要求助于小说。

我们知道塞西尔，《豆蔻春心》里十三岁的叙述者，在故事开始时那个又长又热的夏天“变成了女人”。但这是1950年代，谁都没有声张。第二次世界大战已经结束，塞西尔的妈妈决定带五个孩子去法国北部的战场看看，很多男人丧命于此。因妈妈在路上被马蝇咬了（方便地让她退出了这个故事）十六岁的乔丝挺身而出，承担起带一行人入住乱七八糟的莱斯依弗立旅馆的任务。

旅馆被美丽的果园环绕，园子里的青梅咚地一声落到他们手上，五花八门的私情正在酝酿。旅店老板琪琪夫人似乎正在与神秘的英国人艾略特玩一场复杂的爱情游戏。艾略特则对突然在他们眼前盛放女性魅力的乔丝很有好感。在那个命中注定的夜晚举行的派对上，塞西尔第一次喝了香槟，然后突然一切很不对劲，她感受到了伴随着巨大空虚的剧痛。她退到衣柜后，找到了这些知觉的缘由——从乔丝那里学会了需要做什么[2]——并跑到姐姐的抽屉拿到了合适的装备。楼下的派对还在叮当作响，此时她尤其觉得孤独。这时候艾略特先生露面并亲吻了她。对她来说他就像天使，即便她知道他动机不良。

年轻读者或许可以体会此刻塞西尔的复杂情感和知觉，既喜悦又失落、既孤独又充满爱意。用这个故事预先做准备，一旦这件“人生大事”来了，就会感到它额外的浪漫和迷人。

---

[1] 试试琳达·马达拉（Lynda Madaras）所著的《我的身体发生了什么》（女生版）（*What's Happening to My Body*）。该书也有同名男生版。

[2] 关于月经的生理知识，请参阅阿娣提·古普塔（Aditi Gupta）和图辛·保罗（Tuhin Paul）为印度女性创作的在线漫画《月经百科》（*Menstrupedia Comic*），也可在印度亚马逊网站找到平装本。

● 也可参阅：**体毛 · 体味 · 渴望长大 · 不想长大 · 失去天真 · 有一个臭烘烘的朋友**

阅读困难

CB《一条名叫弗洛的狗》（*A Dog Called Flow*），皮帕 · 古德哈特（Pippa Goodhart）、绘 / 安东尼 · 刘易斯（Anthony Lewis）

CB《波西 · 杰克逊与神火之盗》（*Percy Jackson and the Lightning Thief*），雷克 · 莱尔顿（Rick Riordan）

PB《谢谢你，福克先生》（*Thank You, Mr. Falker*），帕特丽夏 · 波拉蔻（Patricia Polacco）

YA《棕色女孩的梦想》（*Brown Girl Dreaming*），杰奎琳 · 伍德森（Jacqueline Woodson）

现在的老师已做好准备，时刻警惕读写障碍以及其他阅读困难的早期症状，刚被确诊的小孩子可以从患有类似病症的虚构朋友那里受益匪浅。《一条名叫弗洛的狗》是一个好的开始，十岁的奥利弗与字母搏斗多年，由此很讨厌上学（参阅：不想上学）。他经常被没有同情心的老师留下来抄写，巴不得早点放暑假。当邻居农夫有小狗要送人时，奥利弗收养了弗洛——一条黑白相间的小狗，走起路来歪七扭八[1]——成天跟它一起在荒山野岭跑来跑去。与此同时，在陶工父亲的帮助下，奥利弗开始在陶土上练习拼写字母。

有一天，六只惊恐的绵羊从他们身边跑过去，奥利弗听说附近有一条狼一般的大狗，心里有了不祥的预感。弗洛越发激动，非让

[1] 后来我们知道这是它一只耳朵聋了一只眼睛瞎了的缘故。

奥利弗跟它进入薄雾不可，结果他们找到了一个从悬崖上摔下来，断了一条腿的小男孩。那天弗洛证明了它的毅力，而奥利弗则在他们找人求助时留给小男孩的纸条里暴露了他的读写障碍。两个功能彼此有点不一样的大脑互相协作的故事颇为感人，也鼓励我们学会接纳他人和求助他人。[1]

稍微大一点的孩子会理解十二岁的男孩波西·杰克逊的处境，虽然是半神半人，却从未在学校里拿过比 C 更好的成绩。波西不仅患有读写障碍症，还有多动症。当他试图读书的时候，字母看上去就像“踩着滑板在做 180 度转弯”，有时候他的大脑似乎“短路”了，仿佛“一块拼图从宇宙中掉落，他则愣愣地盯着那片空白处”。有一天，看着博物馆里的奇怪字母，他有生以来第一次发现自己可以流利阅读。当他的好朋友格罗弗透露自己是森林之神萨蒂尔，可以说古希腊语时，波西听得懂他说的每个字。最后，他明白了自己的“缺陷”所在：他的大脑阅读功能直通古希腊语，而不是 21 世纪的英语；他的身体对“战斗—逃跑”的反应是神话里勇士的必备技能，而不是 21 世纪的小男生。与这个英雄有类似挣扎的读者会受到鼓舞，感觉沉冤昭雪，并且目光高远，追求人生的成功，而不是紧盯着眼前的教科书。[2]

有时候需要一两个样板说服孩子相信，患有读写障碍症并不意味着他们不能发挥潜能。幼儿患者可以借助《谢谢你，福克先生》，讲述作家帕特丽夏·波拉蔻早年阅读困难的自传故事。那时候她叫特丽莎，盼着学会阅读——书籍在她家里地位崇高。可是当她终于

[1] 这条狗为什么叫弗洛（Flow），患有读写障碍的读者无疑会更快想明白。

[2] 也可留意有声书版本，由杰西·伯恩斯坦精彩演绎。

大到可以上学时，她在纸页上见到的只是“扭动的形状”。其他孩子嘲笑她不能准确发音，她的学习远远跟不上别人。此后几年特丽莎专注于画画，寻找安全感。这时福克先生出现了。这本动人的绘本及其独特的水彩插画，是波拉蔻写给老师的感谢信，愿意把时间和耐心给她，以及证明她完全可以读写和画画的老师。

大一点的小孩可以以作家杰奎琳·伍德森为榜样，她与阅读困难的搏斗在自传体小说《棕色女孩的梦想》里有所提及。这本书以晓畅易懂的自由诗体写成，讲述了一个在上世纪六七十年代长大的美国黑人的故事，她由妈妈和祖父母在南卡罗来纳州——一个门廊上有秋千，到处是萤火虫的地方——养大，然后去了纽约的布鲁克林。起初，纽约就像“没有树木的噩梦”。上学后，杰奎琳被故事所蛊惑，认定故事就是“她的人生”。第一本“作文本”让她惊叹不已，空白的纸页闻起来“让我心醉 / 真想住在里面”。可是当她开始学习阅读时，单词却“在纸上扭曲 / 旋转”，“好不容易消停下来 / 为时已晚 / 全班同学已经跑到前面去了”。伍德森并没有给自己贴上阅读困难的标签，姑且不论什么病，这本令人难忘的图书以及她写过的很多作品都切实证明了阅读困难并不能阻止她成为作家的梦想。

● 也可参阅：**遭遇霸凌 · 挫败感 · 感觉自己一无是处 · 不被理解**

Z

在家自学

Z

《我的名字叫米娜》(*My Name Is Mina*)，大卫·阿尔蒙德（David Almond）

九岁女孩米娜，曾在大卫·阿尔蒙德精彩的《怪天使斯凯力》中首次赢得我们的喜爱，[1]并由此激发了这本前传的产生，可谓在家接受教育的绝佳广告。对周遭世界满怀热忱的米娜，由于母亲担心她的天然好奇心和创造力会被学校扼杀而退学。米娜最反感的莫过于有人告诉她写故事要打草稿——而本书作为她的日志的呈现，当然淋漓尽致地体现了她的喜恶，天马行空，想到什么就写什么。全书使用手写字体样式，她的信手涂鸦随处可见，内容包括她对某些爱词的深思：荒谬！多好的词！喔！以及悖论！好词！还有对她喜欢干的“非凡事迹”的描述，比如用手指缠一个戒指，透过戒指冥想天空的“无尽空虚”。有时候她写个不停，直到词语失去了意义。她知道以前学校的小孩认为她是“怪胎”，但她不在乎。“他们对我啥也不是。我甚至不看他们一眼。他们！哈！哈！啥也不是！”所以，当芸芸众生呼呼大睡时，米娜精神得很，坐在树上画小乌鸫，好奇天堂得有多大，才容得下亘古至今的人来人往——她的生父也在其中——同时觉得自己无所不能。与如此堂吉诃德式的人物相处一阵子后，在家接受教育的小孩才会明白父母亲让他们避开传统教育这条路的苦心。

[1] 参阅：搬家。

● 也可参阅：**寄宿学校 · 烦人的亲戚**

阅读相关症状：在没有书籍的家里长大

善用当地的图书馆

如果你认识的小孩子家里没有一本书，不妨向他们推荐罗尔德·达尔的《马蒂尔达》(*Matilda*)，或者介绍他们认识一个友善的图书管理员。马蒂尔达是一个早慧的天才，十八个月大就可以说完整的句子，三岁就可以读报（参阅：早熟）。四岁就对图书有浓厚的兴趣，但家里头只有一本《烹饪入门》。她的父母实在不理解，当她可以在电视机前休息或跟他们一样玩宾果游戏时，为什么她想读书。好在附近有一个公共图书馆——图书管理员菲尔普斯先生也很友善——于是四岁三个月大的马蒂尔达已经把儿童书架上的书啃了个精光，继而开始阅读狄更斯、奥斯丁和海明威。有时候小孩子需要家门之外的导师，引导他们找到合适的书籍。图书馆和学校是找到这种导师的好去处，或者依靠你自己，从你手上正捧着的这本书里寻找灵感。

在外过夜

CB《在外过夜》(*Sleepovers*)，著 / 杰奎琳·威尔逊（Jacqueline Wilson）、绘 / 尼克·沙拉特（Nick Sharratt）

PB《斯莫尔》(*Small*)，克拉拉·乌里亚米（Clara Vulliamy）

许多前青春期的孩子把在外过夜当作人生的巅峰时刻，它确认和巩固朋友关系、挑战大人和孩子之间的边界，也提供分享小秘密的机会。但对那些负责张罗的大人来说，它却是一场挥之不去的噩梦，他们要设定和强迫执行入睡时间、排解对黑夜的恐惧、防止友谊的小船搁浅、应对黎明前的莫名兴奋，甚至选择欣赏什么电影对最处变不惊的父母来说都是挑战。所谓“有备无患”，为了帮助你们应对最坏的意外，我们推荐精彩的《在外过夜》。

八岁的学校新生黛西激动地发现自己成了一个女生小帮派的一员，她们的名字恰好按照字母表的顺序彼此跟随。在外过夜像带状疱疹一样在几个女孩间流行开来，每隔几个星期艾米（Amy）、贝拉（Bella）、克洛伊（Chloe）、黛西（Daisy）和艾米丽（Emily）——又名“字母表俱乐部”——就会轮流在彼此家过夜。虽然黛西很想让别人来家里过夜，但又很担心十一岁的姐姐不会被同学接受。（参阅：焦虑、杞人忧天）黛西的姐姐莉莉需要特殊照顾，不会恰当表达自己，经常直哼哼和流口水，让陌生人很不舒服。刻薄和自私的克洛伊尤其让她紧张。

果然，克洛伊一到黛西家里，就变成了有毒的小蟾蜍，对大家颐指气使。（参阅：想掌控一切）她夸耀父母亲任她为所欲为，故意带了一部不合宜的恐怖片——还刻意装在一看似无害的光盘盒里——让大家欣赏，然后嘲笑那些没有胆量看的女孩。她抱怨黛西巧妙发明的字母游戏无聊透顶。但黛西的爸爸一眼看穿了克洛伊的底细，暗地里帮黛西让她威风扫地。莉莉并非存心地哼个不停，装神扮鬼，却在不经意间帮了忙。最后皆大欢喜：克洛伊跑去别的女生帮混了，黛西因为莉莉把她的坏朋友吓跑了而更爱她了。诸如此类的外宿恶作剧，大人一笑置之，前青春期的小孩则会意识到友谊的错综复杂，不能总是如人所愿。

小小年纪就在外过夜——比如在亲戚家——的幼儿，提前为他们准备好《斯莫尔》。汤姆第一次在外婆家过夜，忘了带一件最重要的东西——玩具老鼠斯莫尔。但他没料到斯莫尔也非常想他。失落的斯莫尔勇敢地穿过排水管，横跨了整个镇子，湿漉漉地到达了外婆家的信箱下。哦！这个暖心的小故事，加上怀旧的、蓝褐色调的水彩插画，足以让你的孩子在收拾行李时不会犯同样的错误。

● 也可参阅：**跟最好的朋友闹翻 · 过度疲劳 · 同伴压力 · 不能处变不惊 · 不愿意分享**

长青春痘

● 参阅：**粉刺 · 痘痘**

脏话

PB《便便，屁股》（*Poo Bum*），斯蒂芬妮 · 布莱克（Stephanie Blake）

CB《好心眼儿巨人》（*The BFG*），著 / 罗尔德 · 达尔（Roald Dahl）、绘 / 昆廷 · 布莱克（Quentin Blake）

YA《移动迷宫》（*The Maze Runner*），詹姆斯 · 达什纳（James Dashner）

脏话对小孩子有特别的吸引力，尤其是当它们可能在大人身上产生戏剧性效果时。小孩子到了六岁左右，对包含身体部位的脏话蠢蠢欲动，往往脱口而出。《便便，屁股》——主角是一只以这两个单词为口头禅的兔子——会让孩子乐翻天，让大人嗷嗷叫。但有一点可以保证，随着这两个字眼的过度使用，慢慢就没有新鲜感了。

到了七岁左右（或者更晚，如果你运气好），大人往往还可以哄骗孩子说些他们新造的貌似响亮实则无意义的词语，由此满足孩子想与众不同的欲望。你则可以假装眉头紧锁（同时心里暗自窃笑）。如果需要灵感可以向《好心眼儿巨人》求助，那个友善又可爱的巨人像个“英语切碎机”，因为从未上过学，所以说着“最糟糕的蹩脚英语”。他向索菲——有一天晚上他从孤儿院宿舍偷走的小女孩——解释的时候，心里明明知道想说什么，但话一出口就“变形走样”。首先对你自己生编硬造的口头禅装作不以为意，等孩子明白了你的诡计，用这个精彩的故事——我们自己最喜欢的罗尔德·达尔的作品之一——鼓励他们编造自己的口头禅，就像达尔发明的新词“gobblefunk”一样。

不让青少年说脏话也不大可能，只是轻重多寡的区别。此处的关键还是创造力。如果可以鼓励孩子对一些司空见惯的脏话加以创造性的发挥改造，它们的效果可能会让人发笑而不是尴尬。《移动迷宫》（故事讲的是一个小男孩和他的朋友每天晚上都会受到巨型甲虫攻击）里独一无二的脏话，恰到好处地接近那些我们知道并回避的污言秽语🗣，又不会让人觉得被冒犯。把这本书随处一扔，看看你们家的熊孩子会如何学习发挥。

🗣 成人药方

CB《尼伯斯威克的教区牧师》（*The Vicar of Nibbleswicke*），
著 / 罗尔德·达尔（Roald Dahl）、绘 / 昆廷·布莱克（Quentin Blake）

时刻记得你也未能免于说脏话，这一点很重要。确实，很有可能孩子就是从你那里学会了说脏话。可怜的尼伯斯威克教区牧师由于患有不幸的语言障碍症，往往把一个单词倒过来说，于是当他情急之下，把“park”说成了“krap”时，[1] 谁都会忍俊不禁。达尔当初写本书就是

[1] park，意为“公园、泊车”；krap，音同 crap，意为“废物、拉屎”。——译注

为了给伦敦的阅读障碍研究所募集善款，[1]虽然该牧师的怪病其实与阅读障碍没什么关系，对加深公众对阅读障碍的理解也没有特别大的促进。[2]不论如何，这本书很有趣，如果它能令你发笑，或许你应该收敛一下出言不逊的坏毛病，至少当你身边有天真无邪、不说脏话的小朋友在场的时候。

● 也可参阅：**横行霸道 · 没礼貌**

遭遇霸凌

PB《一》(*One*)，凯瑟琳·奥托什（Kathryn Otoshi）

ER《那夜狂风暴雨》(*It Was a Dark and Stormy Night*)，著 / 艾伦·阿尔伯格（Allan Ahlberg）、绘 / 珍妮特·阿尔伯格（Janet Ahlberg）

CB《简，狐狸和我》(*Jane, the Fox and Me*)，著 / 芬妮·布莉特（Fanny Britt）、绘 / 伊莎贝尔·阿瑟诺（Isabelle Arsenault）

遭遇霸凌是可怕的体验，任何成年人都不希望他们的孩子遭遇霸凌。如果真的发生了，手头上有几个可以提供实际解决方案和安慰的故事很有帮助。绘本《一》以一个个铺在白纸上的小色块为主角，清晰地展现了霸凌发生时复杂的群体动力。蓝色很安静，不像橘黄色那么外向，不像紫色那么华丽，也不像黄色那么阳光；急性子的红色，喜欢欺负黄色。奚落蓝色的时候，红色就会变大，虽然其

[1] 也就是现在的“阅读障碍行动组织”。

[2] 达尔特别喜欢前后颠倒词语，以至于在创作《小乌龟》(*Esio Trot*) 时，故意把 tortoise 颠倒过来，作为书名。

他颜色有时候会安慰蓝色，告诉他蓝色是一个好颜色，但没有一个敢在红色面前这么说……单靠一己之力很难击退小恶霸，红色最后如何被群体之力降服是一个励志的范例。不论受到霸凌的、靠边站的还是霸凌者都不妨一读。毕竟，跟其他人一样，红色真正想要的也是朋友。

霸凌经常以“润物细无声”的方式发生。如果教室里发生了霸凌，可以跟他们分享《那夜狂风暴雨》。一群大胡子强盗绑架了八岁的安东尼奥，把他带到一个隐蔽的山洞里。这些强盗就像长不大的孩子，勒令他给他们讲一个故事。勇敢的安东尼奥大大松了一口气，便从“很久很久以前”开始说起，但他很快就被打断，因为这些强盗对故事接下来应该如何发展纷纷发表意见，尤其是想当英雄的强盗头子最为积极，不能如愿时就闹脾气。强盗们知道不能跟老大争论，只能如其所愿。但是当安东尼奥说到强盗们平分宝藏这一点时，暴怒的强盗头目坚持宝藏应该归他一人所有，于是他们又开始吵吵闹闹。从未有人如此直白地提及分赃不均的问题。安东尼奥很快让他们把矛头对准了专横跋扈、横行霸道的强盗头目，现场闹成了一锅粥。局外人，或者一个恰到好处的故事，如何可以推翻一个群体内孤芳自赏的横行霸道者，大可就此讨论一番。

加拿大图像小说《简，狐狸和我》微妙地描绘了被群体排斥的痛苦。十来岁的海琳在蒙特利尔的学校里不受那些时髦女生的待见。“她闻起来就像有狐臭。”她们在洗手间门上写道。在校车上没人敢坐她旁边，虽然妈妈熬夜为她做了一件新衣服（唉，只可惜是去年的款式），海琳还是不能向她吐露真情。学校集体旅行的消息宣布时大家都很兴奋，但海琳一想到自己被“四十个同学……其中没有一个是她朋友”的念头包围时，就觉得这纯粹是折磨。

在营地里，海琳乖乖地自个儿读书。《简·爱》里的主人公跟她一样孤单，但长大后“伶俐、苗条、聪明”。当简找到罗切斯特，（“多么了不起，又多么不可能”的简单浪漫主义，海琳心里想）但又失去他时，海琳绝望得想把书撕烂。但就在这时一个她以前从未留意的黑头发女孩走进她的帐篷——改变了一切。当颜色开始在纸面上泼溅时，我们才意识到在此之前海琳的世界是多么单调，好在喜悦迅速随之而来。这本优秀的图像小说堪称阅读疗法的有效范例，也是遭遇霸凌的青少年弄清真相、重新上路后的良药。

● 也可参阅：**愤怒 · 焦虑 · 感觉自己一无是处 · 感觉没有人倾听 · 孤独 · 感觉像个失败者 · 害怕犯错误 · 做噩梦 · 不能与父母交流 · 需要一个积极的榜样 · 离家出走的冲动 · 悲伤 · 不能维护自己的权益 · 自残 · 恐惧 · 难以入睡 · 困境 · 自杀的念头 · 过于轻信 · 杞人忧天 · 一切乱了套**

早熟

PB《乔伊想当建筑师》（*Iggy Peck, Architect*），著 / 安德里亚·贝蒂（Andrea Beaty）、绘 / 大卫·罗伯茨（David Roberts）

YA《安德的游戏》（*Ender's Game*），奥森·斯科特·卡德（Orson Scott Card）

如果看到你五岁的孩子手里拿着一杯无酒精鸡尾酒，与年纪是他六倍的人侃侃而谈天体物理学的玄妙精微，你会做何感想？可能会心慌意乱。或者相反，把他或她介绍给乔伊吧。乔伊两岁时就显露出设计眼光和建筑天赋。他的早期作品包括尿布（不幸的是，脏尿布）做的塔楼，以及和实物一般大小的狮身人面像。但他二年级的老师莱拉·格里尔女士不欣赏他的热情。当乔伊用粉笔盖了一座城堡时，格里尔勒令他拆掉——我们二年级“不欢迎”建筑。[1]这当然让乔伊备受打击，百无聊赖的他对上学全无兴趣（参阅：不想上学）。这本精妙的绘本由此触及问题的本质：早熟的孩子不是问题，不知道如何应对的大人才是。尽早让你家的神童明白，早慧固然可贺，但他们（或你们）没准也要帮助身边的人尽早适应。

年纪大一点的早熟儿童可能会觉得与同龄人格格不入，如果这时候霸凌跑出来捣乱，这种疏离感会更加严重。（参阅：遭遇霸凌）对这个主题的探讨，少有童书比《安德的游戏》——一个天才男孩被选中拯救人类免遭外星人袭击的故事——更深入。当国际舰队出现在家门口，告诉他的父母亲他们为他而来时，安德年仅六岁。自从他出生后，他们就通过一个植入他脖子的设备，监控他的一举一动，结果发现他拥有智慧、谋略和情感控制力的罕见组合，足以让他成为星际飞船的未来舰长。“我们需要一个拿破仑，一个亚历山大……一个尤利乌斯·恺撒。”战斗学校的校长格拉夫说，安德要在那里一直待到十六岁。

透过安德在战斗学校不论生理还是心理上都很折磨人的经历，我们开始发现他天赋异禀。为了不在晚上哭鼻子，他在脑海里计算数字翻倍，一直到 67108864 才停下。他很快厌倦了其他同伴乐此不疲的二维游戏，更喜欢大孩子爱的浮在空中的全息投影，而且很快

[1] 原来格里尔小姐对建筑的反感源自她的个人创伤。她七岁时，曾在一幢九十五层的摩天大楼里走失，两天后才被人发现和一个法国马戏班挤在一部电梯里。

让那些大孩子蒙羞。他成为国际舰队需要的英雄[1](你很难在青少年小说里找到比这更刺激的阅读体验了),但也陷入绝望的孤独(参阅:孤独),日益痛恨他的天赋。我们希望大家不必像安德,为了开发潜力而牺牲几乎整个童年。但那些由于脑力、成熟或天赋而被区隔的人,想必会激赏同路人的友谊和告诫。

成人药方

PB《天才宝宝》(*Baby Brains*),西蒙·詹姆斯(Simon James)

如果你的孩子聪明绝顶,那也是你自己的错。不知道为什么的话,让你一岁大的孩子读一读《天才宝宝》。没准你在怀孕时曾每天晚上大声读书给胎儿听,戴上耳机听音乐和现代语言,收看电视新闻的时候把音量开大,布兰太太就是如此。在她把天才宝宝从医院抱回家的第二天早上,就发现他坐在沙发上看报纸。他在婴儿期就开始上学,两周后就在当地医院接诊。一直到他作为宇航员被送入太空后,他和他大惑不解的父母才意识到他可能有点太过早熟了。毕竟,情感发展必须跟上。詹姆斯可爱的钢笔水彩插画描绘出对天才宝宝热切的态度和种种保护装备,既暖人心扉又让人汗颜。

也可参阅:**只想做个书虫 · 专横跋扈 · 想掌控一切 · 万事通**

照顾他人

参阅:**父母生病**

[1] 虽然该系列的第二部《死者代言人》(*Speaker for the Dead*)对他的成就提出了全新的看法。继续读下去!

争吵

PB《好一个吵架天》（*The Quarreling Book*），著 / 夏洛特 · 左罗托夫（Charlotte Zolotow）、绘 / 阿诺 · 洛贝尔（Arnold Lobel）

CB《正常人杰克》（*Ordinary Jack*），海伦 · 克雷斯韦尔（Helen Cresswell）

YA《女妖之书》（*The Book of the Banshee*），安妮 · 范恩（Anne Fine）

不是所有争吵都因心情不好而起，但坏情绪无疑容易引起吵架。在精彩的小绘本《好一个吵架天》里，我们看到坏情绪如何像火一样，从一个人烧到下一个。罪魁祸首是布朗先生上班前忘了亲一下布朗太太。布朗太太就把气撒到儿子乔纳森身上，当他下楼吃早餐的时候，乔纳森接着对妹妹莎莉发火，莎莉又对她最好的朋友发火……一个接一个，最后，不知道是哪户人家的狗狗遭了殃。好脾气的狗狗以为这是什么好玩的游戏，发起了一场反方向的好心情传递游戏。阿诺 · 洛贝尔的黑白插画用最细致的线条，抓住了情绪的变化：向下歪到一边的嘴角，睁得大大的受伤的眼睛。吵得正欢的一家子不妨一阅，然后出门给自己买条狗。

如果你的孩子蓄意挑起争斗，至少交待他们架要吵得有幽默感。海伦 · 克雷斯韦尔的大作《正常人杰克》和“巴格索普传奇”（*Bagthorpe Saga*）系列其他故事里的家庭成员堪称积习难改的吵架者的典范，他们一坐下来吃饭就七嘴八舌，一言不合就摔门而去。老奶奶就是元凶，最喜欢冷嘲热讽、煽风点火，一旦未能奏效就大失所望。巴格索普先生和他的小舅子帕克的吵架水准“绝对一流”，以至于杰克怀疑他们对此十分享受，而且他还注意到他们吵架时所说的话，几乎“一字不改”地出现在他爸爸的电视剧本里。幸好老爷爷常在满脑子跑火车后说出惊人之语，这常常让争吵在变得更激烈前就偏离轨道。如果这都没用的话，五岁的小表妹黛西在桌子底下玩火柴的新习惯或许有效。（参阅：纵火狂）

我们敢不敢说青少年往往是造成家庭不睦的根源？（参阅：青春期、荷尔蒙过剩）为了帮助青少年和他们憔悴的父母亲度过这些不安稳的岁月，有请滑稽搞笑的《女妖之书》。由威尔·弗劳尔斯在家庭生活的“火线”上为你撰写，开篇就说他的姐姐埃斯特尔“开窍”了——也就是长大成人了——突然之间他就像跟一个见习女巫同处一个屋檐下。争吵从早上七点开始，围绕学校教育为何毫无意义的话题唾沫横飞，耗费了每个人大量时间和精力，以至于威尔没拿午饭钱就离开了家，匆忙之中只带了一份临时凑合的酸辣泡菜或是色拉三明治什么的。那天在更多的争论声中落幕，争论关于埃斯特尔为什么不能想穿什么就穿什么，以及为什么不能凌晨一点才回家。

与此同时，威尔在一本名叫《最漫长的夏天》的“一战”回忆录中找到一种奇怪的慰藉，那是一个名叫萨费瑞的家伙写的。他在书里发现，他的家庭生活与萨费瑞在法国北部前线的经历颇为相似。当老爸上楼跟埃斯特尔争论，感觉就像勇敢的士兵跳出战壕进攻。当威尔的妹妹玛菲由于害怕埃斯特尔，把脑袋埋在他的睡衣里时，仿佛她是在害怕被从头上飞过的炮弹击中。很快，紧张的军事气氛累积到如此程度，以至于威尔决定他必须积极主动采取行动。在这一过程中，他获得了地位和自尊，但他也知道总有一天，这些抗争会把埃斯特尔——也包括他——塑造成一独立、有趣的成年人。争吵当然难以忍受，但也是重要的成长仪式。

● 也可参阅：**愤怒 · 无休止地讨价还价 · 不想洗澡 · 不想上床睡觉 · 跟最好的朋友闹翻 · 被冤枉 · 父母即将分开 · 生闷气**

阅读相关症状：只想做个书虫

找到类似的虚拟书虫

一分钟前他们只想跟朋友们一起玩，一分钟后他们变了个人，小脸被一本打开的书挡住了。那个爱社交的小朋友一言不发，对真实世界装聋作哑，视而不见。他们走路上学的时候不看脚底下，也不看清楚是什么东西就往嘴里塞，回家后就像枚导弹静静窝在阅读角。你的孩子被“虫”咬了。

但这并不意味着他们与世隔绝。希望他们在书里遇到想法类似的人物，后面的书单不妨提前开给他们。他们会从中找到跟他们一样吞噬书本的角色——不仅是单词和故事，甚至包括纸张。他们会碰到住在书里的人、迷失在书里的人、没有书就活不下去的人、生活被书里的角色侵入的人。就算是书虫也可以有很多知己。有一天他们会羽化成蝶，由于对叙事、心理学和世界的认知而异常充实。

十本关于小书虫的书

PB《小心大野狼》（*Beware of the Storybook Wolves*），罗伦·乔尔德（Lauren Child）

PB《查理·库克最喜欢的书》（*Charlie Cook's Favourite Book*），著/朱莉娅·唐纳森（Julia Donaldson）、绘/阿克塞尔·舍夫勒（Axel Scheffler）

PB《吃书的孩子》（*The Incredible Book Eating Boy*），奥利弗·杰夫斯（Oliver Jeffers）

PB《神奇飞书》(*The Fantastic Flying Books Of Mr. Morris Lessmore*), W. E. 乔伊斯(W. E. Joyce)

PB《喜欢单词的小男孩》(*The Boy Who Loved Words*), 著 / 罗尼·肖特(Roni Schotter)、绘 / 吉塞尔·波特(Giselle Potter)

CB《许愿魔咒》(异世界童话之旅系列)[*The Wishing Spell*(*The Land of Stories*)], 克里斯·柯尔弗(Chris Colfer)

CB《玛蒂尔达》(*Matilda*), 著 / 罗尔德·达尔(Roald Dahl)、绘 / 昆廷·布莱克(Quentin Blake)

CB《墨水心》(*Inkheart*), 柯奈莉亚·芳珂(Cornelia Funke)

CB《偷故事的人》(*Story Thieves*), 詹姆斯·莱利(James Riley)

YA《偷书贼》(*The Book Thief*), 马库斯·苏萨克(Markus Zusak)

种族歧视

PB《让人惊叹的格雷丝》(*Amazing Grace*), 著 / 玛丽·霍夫曼(Mary Hoffman)、绘 / 卡罗琳·宾奇(Caroline Binch)

CB《黑色棉花田》(*Roll of Thunder, Hear My Cry*), 米尔德里德·D. 泰勒(Mildred D. Taylor)

YA《圈与叉》(*Noughts&Crosses*), 玛洛莉·布莱克曼(Malorie Blackman)

不论出身、肤色和语言，人类本质上是一样的，这个放之四海而皆准的观念起初可以通过图书、行为和言语传递给小孩子——如果这一步迈出去了，以后基本上不会再改变。可是如果外部世界的歧视意识乘虚而人，不妨求助于《让人惊叹的格雷丝》。格雷丝是一个自信的女孩，直率的脸，褐色的大眼睛，喜欢乔装打扮表演故事。我们看到她在家里演绎各色人物，从圣女贞德到特洛伊的海伦，再到戴眼罩、装木制假腿的海盗。于是当学校老师宣布他们正在找人演彼得·潘时，她立刻举手自告奋勇。“你不能演彼得·潘，”另一个女孩小声说，“他可不是黑人。”格雷丝向家人解释心情低落的原因时，妈妈和奶奶静静地听着。“你想演谁就演谁，格雷丝，只要你全力以赴。”奶奶说。当然，最终她拿下了这个角色，而且表现极其抢眼——妈妈和奶奶分享胜利时的眼神也说明了她们思想观念的转变。卡罗琳·宾奇现实主义风格的水彩画刻画出精神饱满、魅力非凡的格雷丝，以及妈妈和奶奶知道的、明明可以做却被告知不能做的那种心情。这个动人的故事显示出种族歧视观念如何根深蒂固，甚至连你自己都意识不到——而别让偏见挡道则是我们应该为孩子做的事情。

针对阅读章节书阶段的孩子，我们推荐以九岁黑人小姑娘凯西·罗根视角来展开叙述的《黑色棉花田》，这个故事是让天真孩童认知这个社会议题的明智方式。在美国经济大萧条最严重阶段的穷困中长大，凯西对妈妈和奶奶日常生活中面对的威胁和伤害毫不知情。凯西的父亲大卫在铁路工作，平时难得回家，两个女人担起了抚养四个小孩的重负，以自家地里种的棉花为生。一个黑人被烧死的可怕消息四散传播后，大卫叫弟弟哈默和一个温柔的大个子莫里森先生保护家人的安全。然而，哈默跟凯西一样脾气很坏容易被激怒，来了后反倒让家人更危险。

第一次去镇上的时候，凯西在街上意外撞到了一个白人女孩，女孩要她低声下气地乖乖道歉，那种“事情就是如此”的不公平开始落到她身上。而当妈妈带她去一个被烧伤者的床边时，凯西越发愤怒了。她的恐惧也在与日俱增，但可怕的事实是为了活下去，为了土地不被夺走，她只有压制愤怒，实际上也是压制她的自我意识。在官方早已废除奴隶制的美国，一个有爱的家庭依然生活在可怕的不公正中，这个必备读物打开了一扇门，有助于我们讨论种族歧视在现代世界的存在，以及让孩子领会到以行为，而不是肤色、种族和信仰来判断别人的重要性。

对青少年，我们开出同样是必备读物的《圈与叉》。十三岁的塞菲和从小一起长大的朋友卡勒姆开始意识到他们不只是朋友那么简单——有一些无法言明的事情发生了。卡勒姆一家的生活很不容易，尤其是在他母亲服务十四年后被塞菲的母亲解雇了之后。虽然他很幸运，是四个进入希斯克罗夫特——也是塞菲的学校——就读的“圈”之一，但他知道他们天真的伙伴关系就此结束了：塞菲是“叉”，属于富裕、享有特权的统治阶级；卡勒姆是“圈”，属于无权无势的社会底层，一度是“叉”的奴隶。

这似曾相识的建制在布莱克曼的笔下突然一转，她巧妙地推翻了历史和所有假定。享有特权的“叉”，包括塞菲在内，竟然是黑人；而作为底层的“圈”，包括卡勒姆在内，竟然是白人。于是在我们身处的世界里，一个黑人家庭——实际上是塞菲的父母亲——拥有七个房间的乡村别墅，而新入学的白人幸运儿则在以前全黑人的学校接纳他们时，遭到了无情的嘲笑。在《圈与叉》的世界里，你唯一能买到的创可贴也是深褐色的。

比卡勒姆年轻的塞菲不明白，让她的少数族裔朋友到她的学校读书并非易事。她也不理解为什么卡勒姆说全凭他们的关系他才得以入学时，言语中满是怨气。但是当希斯克罗夫特校外的抗议演变成暴力起义时，我们明白他们的日子会更加难过。作为扣人心弦的“圈与叉”系列的第一本，这个故事打开了我们的眼界和思路，促使读者明白偏见可以在我们毫不知情的情况下根深蒂固。

● 也可参阅：**加入帮派 · 没礼貌 · 敌意**

周末想打工

赚钱不嫌早。但是在小孩子签字画押、出卖自由之前，不妨让他们浏览一下这些虚构的商业冒险。初尝打工的滋味，究竟会是一个挣钱大计，还是被人公然剥削？

十本关于小小打工者的故事书

PB《灰姑娘》(*Cinderella*)，著 / 夏尔·佩罗（Charles Perrault）、绘 / 亚瑟·拉克姆（Arthur Rackham）

CB《就是小威廉》(*Just William*)，著 / 里奇马尔·克朗普顿（Richmal Crompton）、绘 / 克里斯·里德尔（Chris Riddell）

CB《长颈鹿、小鹈儿和我》(*The Giraffe and the Pelly and Me*)，著 / 罗尔德·达尔（Roald Dahl）、绘 / 昆廷·布莱克（Quentin Blake）

CB《史密斯》(*Smith*)，著 / 利昂·加菲尔德（Leon Garfield）、绘 / 肯尼·麦肯德里（Kenny McKendry）

CB《小街上的一大家子》(*The Family from One End Street*)，伊芙·加尼特（Eve Garnett）

CB《水孩子》(*The Water-Babies*)，著 / 查尔斯·金斯利（Charles Kingsley）、绘 / 杰西·威尔考克斯·史密斯（Jessie Willcox Smith）

CB《莱迪》(*Lyddie*)，凯瑟琳·佩特森（Katherine Paterson）

CB《草坪男孩》(*Lawn Boy*)，盖瑞·伯森（Gary Paulsen）

CB《猫和少年魔笛手》（碟形世界系列）[1][The Amazing Maurice and His Educated Rodents（Discworld）]，特里·普拉切特（Terry Pratchett）

YA《垃圾男孩》(*Trash*)，安迪·马利根（Andy Mulligan）

也可参阅：**缺少零花钱·不得不做家务·懒惰·不想上学**

---

[1] 你不用阅读"碟形世界"系列之前的二十七本，也可以享受到这本。

专横跋扈

《威洛比家的孩子们》(*The Willoughbys*),洛伊斯·劳里(Lois Lowry)

最爱发号施令的小孩子在十二岁的蒂姆面前也会变得局促不安。在这个戏仿诸多经典文学作品的诙谐故事中,蒂姆是威洛比这个“老式家庭”中的长子,他老大哥的派头十足,弟弟妹妹——十岁的双胞胎“巴纳比 A”和“巴纳比 B”、六岁的简——的任何决定都要通过他:玩什么游戏、规则是什么,怎么在教堂里守规矩,以及盘子里的食物是否喜欢,都要他点头才算。在蒂姆的规定下,他们每个人每天都有五十分,要是做了什么违背他意愿的事情就会被扣分。其他小孩子被他管得服服帖帖,连问题都不敢问。

蒂姆的做法事出有因。糟糕的父母亲视孩子为包袱,对他们评价很低。他们说蒂姆“难以忍受”,双胞胎“惹人厌”,简——好吧,他们似乎不知道还有第四个孩子。孩子们开始觉得没有父母亲更好,威洛比夫妇也差不多这么觉得,以环球旅行的名义甩手不干,雇了一个保姆(参阅:不喜欢你的保姆),打算卖掉房子(参阅:搬家),四个孩子则巴不得马上进入孤儿院(参阅:希望自己是孤儿)。蒂姆于是趁机上位。

好在有一个坚定能干的保姆帮忙,首先废除了蒂姆的积分制,然后想办法让他们与最近的邻居梅拉诺大司令家打成一片。邻居家还收留了被人丢在家门口的弃婴露丝。在梅拉诺夫的熏陶下,蒂姆发奋图强,虽然颐指气使的派头偶尔还在(毕竟他后来成了一名律师),但人变得非常好,甚至在弃婴露丝长大后,赢得了她的芳心。

《威洛比家的孩子们》戏仿诸多经典文学，[1] 对此了然于心的人应该会很喜欢，它也是讨论专横跋扈话题的一个好引子。如果父母亲对孩子的生活介入更多，蒂姆还会那么专横跋扈吗？专横跋扈和领导者的区别是什么？你认为真的会有人很享受专横跋扈吗？

● 也可参阅：**自命不凡 · 想掌控一切 · 早熟 · 不愿意分享 · 绝对不服从 · 敌意**

装病

● 参阅：**撒谎 · 不想上学**

追星

● 参阅：**想当名人**

着迷屎尿屁话题

PB《是谁嗯嗯在我的头上》（*The Story of the Little Mole*），著 / 韦尔纳·霍尔茨瓦特（Werner Holzwarth）、绘 / 沃尔夫·埃布鲁赫（Wolf Erlbruch）

长大成人后，我们喜欢假装我们的膀胱和肠胃可以各司其职，不大需要或压根不需要我们操心，这一点在步入老年前大抵没错。但对小朋友而言，他们的排泄，以及由此而来的味道、感觉、形状和声音，每天都会困扰他们（以及他们身边的大人）。《是谁嗯嗯在

[1]《波利安娜》《秘密花园》《海蒂》《绿山墙的安妮》《简·爱》《织工马南》……

我的头上》可以满足他们对屎尿屁的兴趣，里面有迷人、多样的大便展示。有一天小鼹鼠从地下探出脑袋时，发现自己头上顶了一团皇冠状的大便，来源不明。为了追查“真凶”，他走访了形形色色的物种，见识了五花八门的大便。他被冒犯的尊严（以及他施展的报复）会带给小朋友极大的满足。

也可参阅：**婴儿期 · 大小便训练**

自闭症

因为与自闭症相关的行为五花八门，应对方式也是多种多样。用一两个故事鼓励你认识的孩子去同情理解自闭症，而非只是做出判断性反应，让他们体会自闭症大脑对这个世界的感受。你最好也亲自阅读这些故事。

十本了解自闭症的故事书

PB《照顾路易斯》（*Looking After Louis*），著 / 莱斯利 · 伊利（Lesley Ely）、绘 / 波莉 · 邓巴（Polly Dunbar）

PB《我的弟弟查理》（*My Brother Charlie*），著 / 霍利 · 罗宾逊 · 皮特 & 莱恩 · 伊丽莎白 · 皮特（Holly Robinson Peete & Ryan Elizabeth Peete）、绘 / 谢恩 · W. 伊文斯（Shane W. Evans）

CB《伦敦眼之谜》（*The London Eye Mystery*），西沃恩 · 多德（Siobhan Dowd）

CB《大卫的规则》（*Rules*），西西娅 · 洛德（Cynthia Lord）

CB《我的幻影朋友》（*Memoirs of an Imaginary Friend*），马修 · 迪克斯（Matthew Dicks）

CB《智能》(*Smart*)，金·斯莱特（Kim Slater）

CB《失败者》(*Loser*)，杰瑞·斯皮内利（Jerry Spinelli）

YA《知更鸟》(*Mockingbird*)，凯瑟琳·厄斯凯恩（Kathryn Erskine）

YA《真实世界》(*Marcelo in the Real World*)，弗朗西斯科·X. 斯多克（Francisco X. Stork）

YA《深夜小狗神秘习题》(*The Curious Incident of the Dog in the Night-Time*)，马克·海登（Mark Haddon）

参阅：**与众不同·不能处变不惊**

自残

伤害自己的冲动——常见表现为割伤皮肤——是很严重和令人忧虑的行为，必须寻找专业救助。自残通常被认为是一种应对机制，为诸如焦虑、抑郁或自我厌恶（参阅：焦虑、抑郁、感觉自己一无是处）等紧张情绪提供暂时解脱。自残就像饮食失调，可能经由图书或其他媒介触发而养成习惯。[1] 自残现象比你想象的更普遍。[2] 对想了解为什么自残、如何自残以及自残征兆的大人来说，阅读涉及自残主题和人物的小说特别有用。

成人药方

YA《红色的眼泪》(*Red Tears*)，乔安娜·肯里克（Joanna Kenrick）

对青少年的自残心理富有洞见的青少年小说里，扣人心弦的《红

[1] 这也是为什么大人在这段脆弱的年月里必须尽可能关心他们的孩子到底在读什么书的理由。

[2] 研究表明十个青少年里就有一个自残过。虽然不是那么普遍，但儿童也存在自残现象。

色的眼泪》特别有帮助——因为涉事的主人公实在很正常。十五岁的艾米丽在学校里表现很好，但对即将到来的中等教育普通证书考试有点焦虑。而当她有压力的时候，割伤自己是她自控的方式之一。她在浴室里小心藏了一罐剃刀，背着人伤害自己，而且发现这一过程令人上瘾，她的胳膊、大腿和躯干已经没有地方下手了。艾米丽过去从未遭受过心理或生理上的虐待，无法对她的自残提供圆满的解释——而且似乎也看不到康复之路。直到弟弟意外看到她犯愁接下来往哪割时脸上的表情，才让她觉悟到必须收手了。我们建议这本书以及其他同类书籍[1]只跟已被知道是自残者的人一起共读，或者与成人的相关讨论相结合。

● 也可参阅：**虐童 · 焦虑 · 身体形象 · 遭遇霸凌 · 抑郁 · 考试 · 感觉自己一无是处 · 同伴压力 · 杞人忧天**

自觉渺小

PB《大块头先生》(*Mr. Big*)，埃德 · 维尔（Ed Vere）

伟岸或渺小的感觉与你在门框上的最新刻度无关。对此没有人比《大块头先生》里的大猩猩更明白。宽阔的肩膀几乎要把黑色细条纹西装撑爆，同时让他的软毡帽小得很不起眼，大块头先生连坐公交车也要"低头做人"——就像这个绘本的封面所示。别看个头大，实际上他心里觉得自己很渺小。有一天他孤零零走在马路上，

[1] 相关小说还有：菲尔 · 厄尔（Phil Earle）的《救救黛西》(*Saving Daisy*)、劳瑞 · 豪斯 · 安德森（Laurie Halse Aderson）的《纸片少女》(*Wintergirls*)、凯特琳 · 莫兰（Caitlin Moran）的《如何培养一个女孩》(*How to Build a Girl*）以及帕特丽夏 · 麦考密克（Patricia McCormick）的《割伤》(*Cut*)。

路过的行人被吓得四散逃跑，他看到一台正在出售的钢琴，就把它带回家。那天晚上，悲伤凄怆的琴声飞出窗户，越过曼哈顿中区的屋脊。大家都跑到窗户边，想知道谁的琴声这么优美，这其中包括几个即将在蓝音俱乐部演出的乐队成员。“嘿，伙计！那家伙真有两下子！”同样戴一顶软毡帽的猴子说。小孩子会忍不住模仿从不同人嘴里冒出来的对话片段，尤其是在可爱的、穿亮黄色细条纹西装的大猩猩出名后（“帅呆了！”“我们想听大块头演奏！”），以及粉丝在他的更衣室门口排起了长龙（“嗯……真的是你吗？”）的时候。即便大块头也需要赏识他的朋友帮他撑起皮囊，这无疑会让那些自觉渺小的小朋友舒心。

● 也可参阅：**焦虑** · **缺乏自信** · **害羞** · **杞人忧天**

自命不凡

《索拉和狮子》（*Shola and the Lions*），著 / 伯纳德 · 阿恰伽（Bernardo Atxaga）、绘 / 米克尔 · 瓦尔韦德（Mikel Valverde）

自我感觉尤其良好的小朋友让人又敬佩又害怕。自信无疑会让他们走得更远，但我们不得不注意他们的大自我与小个头之间的显著差异。西班牙巴斯克作家伯纳德 · 阿恰伽以内心膨胀的小狗索拉的故事，再度阐述了这一点。一个见多识广的朋友拜访了索拉的主人格罗戈先生，分享了非洲国王和贪婪野兽的故事，并留下了一本书《丛林之王狮子》。索拉一边舔一边看，认为自己就是强大高贵、自己捕食的狮子，不甘心忍受顿顿吃现成碎肉的羞辱（虽然那些碎肉香气扑鼻，极其诱人）。索拉二话不说跑去丛林——嗯，其实是公园——狩猎。不幸的是，她只在垃圾桶里找到了腐烂的食物、一只相当可怕的缅甸猫，以及一只非常不礼貌的鸭子。慢慢地，她明白了事情的真相，回了格罗戈先生的家，好在主人已经为她准备好了碎肉。瓦尔韦德的素描和水彩画幽默逗趣，生动地刻画了自命不凡的索拉和真实的索拉——一头不起眼的小白狗——的差异。那些心里有个索拉的人受此温柔的教训，应该会更好地认识自己吧。

● 也可参阅：**专横跋扈 · 想掌控一切 · 早熟**

自杀的念头

我们都希望孩子永远不会有自杀的念头。但即便最稚嫩的小孩也可能怀有绝望或自毁的念头（参阅：抑郁、自残）。一旦发现有类似可疑的苗头，务必寻找专业救助，而谨慎处理这一主题的故事则有助于我们尽早发现类似预兆，同时鼓励受此困扰的小孩对负有责任的大人敞开心扉。

十本应对自杀倾向的读物

YA《十三个理由》（*Thirteen Reasons Why*），杰·埃舍（Jay Asher）

YA《格罗夫》（*Grover*），维拉·克利弗 & 比尔·克利弗（Vera and Bill Cleaver）

YA《旋转木马》（*Whirligig*），保罗·弗莱施曼（Paul Fleischman）

YA《如果我留下》（*If I Stay*），盖尔·福尔曼（Gayle Forman）

YA《我来过这里》（*I Was Here*），盖尔·福尔曼（Gayle Forman）

YA《寻找阿拉斯加》(*Looking for Alaska*)，约翰·格林（John Green）

YA《所有明亮的地方》(*All the Bright Places*)，詹妮弗·尼文（Jennifer Niven）

YA《救命的歌》(*This Song Will Save Your Life*)，莱拉·塞尔斯（Leila Sales）

YA《说来有点可笑》(*It's Kind of a Funny Story*)，内德·维齐尼（Ned Vizzini）

YA《隐藏于内心深处的那些黑暗》(*My Heart and other Black Holes*)，贾丝明·沃加（Jasmine Warga）

● 也可参阅：**焦虑 · 身体形象 · 抑郁 · 感觉没朋友 · 做噩梦 · 悲伤 · 自残 · 困境 · 杞人忧天**

自我意识

● 参阅：**尴尬**

自行其是

● 参阅：**专横跋扈 · 想掌控一切**

总比别人先犯困

PB《可以说晚安了吗？》(*Goodnight Already!*)，著／乔里·约翰（Jory John）、绘／本吉·戴维斯（Benji Davies）

当你的朋友或家人都急不可耐，巴不得早点去参加派对的时候，只有你犯困是一件很痛苦的事情，不论这个“你”是学步的儿童、青少年还是成年人。没有人想错过好玩的事情，也不想被人当作扫兴者。但也没有人想受折磨，尤其是熬夜的压力大到让某个家人无法忍受的时候，《可以说晚安了吗？》或许可以助你一臂之力。故事的主角是一头困得不行的小熊和他的鸭子邻居。鸭子因为喝了一肚子咖啡而兴奋得睡不着觉，小熊的痛苦可从他的眼袋一览无遗，所以他后来有点生气也就不奇怪了。读者也恨不得掐死这只自私、漠然的鸭子烤了吃，尤其是小熊的脑袋和肩膀不由自主开始下垂的时候。所有这些会说服你身边的瞌睡虫相信，比别人先犯困并立刻去睡觉无可指摘。

⊖ 也可参阅：**渴望独处 · 过度疲劳 · 手足之争 · 不能维护自己的权益**

阅读相关症状：总是要亲子共读

默默融洽地一起读书

有时候小朋友会担心一旦他们学会自主阅读，大人就不会再读书给他们听了。[1] 潜意识里，他们就会抵触学习自主阅读，以免那些安宁、亲密的时刻过早终结。否则，心无旁骛的大人哪有时间搭理他们，而且还一起分享故事？可以自主阅读并不意味着年纪大了睡前故事就没有了，向小孩子确认这一点很关键；相反，只要愿意，任何人的睡前故事都可以持续到中年甚至更老。当然你也需要鼓励小朋友自主阅读，为此我们建议你把大声共读的身体和情感亲密换成一起默读的时光。你读你的，他们读他们的，但是在同一个房间同

[1] 有时候大人也这么想。

时进行，如果可以肢体交错更理想。[1] 默读一定要独自进行的说法毫无道理。你甚至会更喜欢两个人同时读相同的一本书。

阅读相关症状：总是拒绝亲子共读

引入家庭故事时间

相反，如果你的孩子觉得他们真的太大了，不想有人读书给他们听，大人最好靠边站，可能需要重新激发他们的共读兴趣。为此，把大声共读的体验提升为全家参与的仪式，每个家庭成员轮流读一本精挑细选的书——大一点的孩子每次读几页，小一点的每次几行。具体读什么书，请参阅“十本不同年龄段孩子可以一起分享的故事书”（395 页）。挑选一个日子，每周一个晚上、周末或节假日，如此分享一本书势必会增进家庭的亲密关系，增加家人团聚的记忆。毕竟，如果圣诞节不在家里大声读《平安夜》或《圣诞故事集》，那就不是圣诞节了；而在伦敦外环高速公路上一堵就是三个小时，除了对《驯龙高手》声情并茂的演绎，还有什么打发时间的更好方法，而且还能让每个乘客几乎都不会晕车[2]？如果声情并茂不是你们的家庭风格，让职业选手代劳：参阅如下十本适合全家人一起听的有声书。

十本适合全家人一起听的有声书

CB《乔治的宇宙秘密钥匙》（*George's Secret Key to the Universe*），露西·霍金、斯蒂芬·霍金（Lucy and Stephen Hawking）、朗读/休·丹西（Hugh Dancy）

---

[1] 没准还有一两只猫参与进来。

[2] 当然，堵在那里谁也开不了车。

CB《印第安人的麂皮靴》（*Walk Two Moons*），莎伦·克里奇（Sharon Creech）、朗读/霍普·戴维斯（Hope Davis）

CB《傻狗温迪克》（*Because of Winn-Dixie*），凯特·迪卡米洛（Kate Dicamillo）、朗读/彻丽·琼斯（Cherry Jones）

CB《车道尽头的海洋》（*The Ocean at the End of the Lane*），尼尔·盖曼（Neil Gaiman）、朗读/尼尔·盖曼

CB《柳林风声》（*The Wind in the Willows*），肯尼思·格雷厄姆（Kenneth Grahame）、朗读/艾伦·贝内特（Alan Bennett）

CB《铁路边的孩子们》（*The Railway Children*），伊迪斯·内斯比特（E Nesbit）、朗读/约翰娜·沃德（Johanna Ward）

CB《碎瓷片》（*A Single Shard*），琳达·休·帕克（Linda Sue Park）、朗读/格雷姆·马尔科姆（Graeme Malcolm）

YA《金银岛》（*Treasure Island*），罗伯特·路易斯·史蒂文森（Robert Louis Stevenson）、朗读/阿尔弗雷德·莫里纳（Alfred Molina）

YA《夏洛的网》（*Charlotte's Web*），E. B. 怀特（E. B. White）、朗读/E. B. 怀特

YA《基督山伯爵》（*The Count of Monte Cristo*），大仲马（Alexandre Dumas）、朗读/比尔·霍姆伍德（Bill Homewood）

纵火狂

ER《萤火虫弗朗西斯》（*Frances the Firefly*），英国社区及地方政府部（Department for Communities and Local Government）

YA《说谎的人》（*We Were Liars*），埃米莉·洛克哈特（Emily Lockhart）

火的诱惑难以抗拒。幸亏大多数孩子早早就对火心存敬畏，但玩火危险的警告怎么强调都不过分。由政府部门出版的警世故事《萤火虫弗朗西斯》很好地表达了这一警告。在一个诗情画意的昆虫

王国里，所有人为了社区各尽所能，老萤火虫的职责就是用尾“灯”照亮街道。小弗朗西斯也想尽一分力，但她的尾巴不够亮。蟑螂就怂恿她。“只要你划一根火柴，就可以像成年萤火虫那样有自己的尾‘灯’啦。”他说。弗朗西斯经不住诱惑，很快点着火柴飞到高空，越来越亮，却不小心烧着了自己的翅膀，很快漂亮的森林也着火了。幸亏蝶蛹国王使出浑身解数，让一切恢复原样，弗朗西斯则有了一份教小昆虫不要玩火的新工作。读过这个故事的小朋友自会明白，与其受此重创，不如好好从弗朗西斯身上吸取教训。

《说谎的人》对大孩子更有震慑力，故事临近尾声时极具冲击力，让人忍不住想再从头读起，即便他们已经知晓发生了什么。前年夏天发生了可怕的事，导致十七岁的卡登丝患上了偏头痛和失忆症。后来她终于摆脱了抗抑郁药，回到远离科德角、她外公拥有的美丽小岛。小时候，她和亲戚——幸运的、无忧无虑的一撮人——都在那里过暑假。

他们在阳光下闲逛，打情骂俏，缅怀童年，在倒叙中我们逐渐建构起一系列图景：卡登丝与世交好友盖特如火如荼的恋情，大人们为了谁可以在外公去世后继承岛上最重要的大房子而争吵。卡登丝忽然开始怀疑，她和昵称为“说谎者”的亲戚们或许要为某些不可原谅的事负责，尽管确切的情境在她的记忆里已是一片空白。任何玩过火或妄想玩火的人，绝不会忘记这个黑色故事的惊人真相，并从此竭力避开火的诱惑。

● 也可参阅：**被惩罚 · 暴力**

坐不住

● 参阅：**坐立不安 · 爱走神**

阅读相关症状：坐立不安

呼啦圈！

对一些小朋友来说，安安静静坐着读书过于乏味。那就教这些坐立不安的小朋友玩呼啦圈吧。一边玩呼啦圈一边读书，我们就是这么干的，而且效果很好。先挑战半个小时，然后你就会看到他们"呼啦"着把全套"哈利 · 波特"、"淘气包亨利"和"黑暗物质"都读完了。如果呼啦圈在你家里不管用，鼓励你的孩子参与其他"运动阅读"活动：倒立着读书、在马背上读书、[1]一边爬树一边读书、一边划船一边读书。

做白日梦

《穿越时空的夏洛特》(*Charlotte Sometimes*)，佩内洛普 · 法默(*Penelope Farmer*)

从前，凝视窗外做白日梦的人被抓个现行，就会被敲打关节，轻则被斥为幻想家，重则被斥为空想家。好在，心理学家如今视白日梦为一种创造性的追求。实际上，专家认为做白日梦相当于神经系统的存档——爱做白日梦的小孩只不过是需要处理的信息太多了。在令

[1] 最好不是在飞驰的马背上。

人难忘的《穿越时空的夏洛特》里，十三岁的夏洛特喜欢让自己的思绪飘来飘去，当然可以如此解释。在新寄宿学校的第一个晚上，夏洛特醒来发现自己回到了 1918 年。她身处同一所学校里，却成为一个名叫克莱尔的女孩。二十四个小时后，她醒过来又变成了夏洛特。夏洛特和克莱尔——都没有妈妈并有一个妹妹——就这样彼此交替过日子，一开始除了她们自己，没有别人发现。

双重生活的挑战才刚刚开始。克莱尔在 1918 年被布置的家庭作业，却要由夏洛特在第二天上交；而当夏洛特在 1963 年同意成为苏珊娜的闺密时，她也必须想方设法让克莱尔知悉。由于第一次世界大战的惨状侵入了两人的生活，压力与日俱增。很快老师和朋友都在抱怨夏洛特总是心不在焉——对此只有读者知晓原由。书中充满了小朋友才会注意到的小细节，比如夏洛特首次发现室友长满了雀斑的双腿，或者是当她不堪重负时双眼疲惫地“拉伸”。这个故事会告诉你身边的白日梦患者，呆呆地凝视前方的时候才是最快乐的。[1]

成人药方

ER《白日梦先生》(*Mr. Daydream*)，罗杰·哈格里夫斯(Roger Hargreaves)

如果不信，看看杰克如何在云朵形状的白日梦先生的驱赶下周游世界。在杰克被老师唤醒前，他们去了非洲、澳大利亚、北极和美国的狂野西部。与待在教室里相比，谁不愿意来这么一次一日神游呢？

也可参阅：**人生大哉问 · 探险的渴望 · 百无聊赖 · 爱走神**

[1] 同时提醒大人注意，对于爱做白日梦的小孩，可能需要帮他们做一些“归档”的工作。

Z 做噩梦

PB《睡觉前跟我说点开心的》(*Tell Me Something Happy Before I Go to Sleep*)，著 / 乔伊斯·邓巴（Joyce Dunbar）、绘 / 黛比·葛莉欧利（Debi Gliori）

PB《凯特，猫咪和月亮》(*Kate, the Cat and the Moon*)，著 / 大卫·阿尔蒙德、绘 / 斯蒂芬·兰伯特（Stephen Lambert）

CB《织梦人》(*Gossamer*)，洛伊斯·劳里（Lois Lowry）

小孩子首次告诉你因为害怕做噩梦不敢入睡时，向他们介绍《睡觉前跟我说点开心的》里那只可爱的小兔子薇拉。该睡觉了，薇拉骑在哥哥威洛比的肩膀上，在他的引领下，看了一圈让人开心的东西，从床底下等着她穿上的小鸡拖鞋，到第二天等着她醒来的晨曦，一切都沐浴在粉红、蓝色和黄色氛围里。脑子里充满了乐观、安心的念头，薇拉开心地睡着了。尽可采用同样的睡前仪式。

年纪稍大一点的孩子会喜欢《凯特，猫咪和月亮》。凯特——斯蒂芬·兰伯特的插画让人无法抗拒，大大的褐色眼睛、不太整齐的短发——在月色明亮的夜晚被猫的“喵喵声”惊醒，意外发现了自己内在的猫性。她用“粗糙的小舌头”舔自己的“小尖牙”，跟新结交的朋友跳入夜色之中。他们爬上山顶，眼前的世界意外地变成了三连页，天上是家里人的梦境：爸妈在心形湖泊上泛舟，弟弟皮特追逐小狗，爷爷跟奶奶在跳舞。这本书说明了睡觉不仅让人安心，而且充满了奇迹和爱。

被噩梦困扰的大孩子可从《织梦人》找到慰藉。小小是仙女一样的小精灵，工作就是在夜间拜访人类，用美梦填满他们的脑子。迄今为止，小小搜集起“碎片”来不费吹灰之力，足以应付她被指派的老太太的需要，比如，只要小心碰触一下在她床边桌子上那张穿制服男人的照片，就可以带给老太太发笑的美梦。小狗也好对付——小小通常给它与食物有关的梦。但是当那个老太太带来约翰——一个麻烦丛生的孤儿，小小知道她碰上了麻烦事。受过创伤的小男孩很容易受到负责制造噩梦的“阴险马”的袭击，她必须使出全力才能与之抗争。

小男孩没有什么可用的物品，乐观积极的就更少了。但当她意识到愤怒的男孩喜欢老太太的小狗时，一个全新的梦境被开启了。这本温柔的章节书乐观向上的笔调，激励我们继续遵行睡前仪式，从而不让阴险马兴风作浪。

● 也可参阅：**恐惧 · 难以入睡**

致谢

这本书的生命力来源于我们或提及或引用或重述的那些非凡的儿童故事，它本身就是一种致敬。我们要向书中提及的每一位新老作家、插画家表示感谢，感谢他们创作出无价礼物般的作品。尽管他们中的多数人都不知道我们以如此方式引用了他们的故事。

在创作这本书时，我们得到了很多人的帮助。要特别感谢 Martin Berthoud，埃拉的爸爸，他就像《好饿的毛毛虫》里的毛毛虫，吞下递给他的每个故事，无论是武士传奇、各个年代的青春爱情故事，还是海上冒险遭遇。坦白讲，没有他的投入阅读，我们可能才写到字母“M”部分。同样，也特别感谢 Doreen Elderkin，苏珊的妈妈，感谢她跨越大西洋的爱，以及她持之以恒的睡前故事。还要感谢 Bill、Jennie Thomas、SarojaRanpura，感谢他们即刻飞来找寻我们忘记的孩子，并给他们东西吃。

我们由衷感谢 Charlotte Raby，她对儿童文学和儿童阅读相关议题的了解，对我们来说弥足珍贵。

感谢以下优秀的大读者: Becky Adams、Natalie Avella、Andy Bennett、Gael Cassidy、Sarah Cassidy、Chris Berthoud、Clare Berthoud、Coky Giedroyc、Mel Giedroyc、Kevin Harvey、Averil Hudson、Sharen McKay、Anna McNamee、Sam Nixon、Kate Shanahan、Katie Solohub、Selma Staord、Claire Usiskin、Claire Westgate、Rachel Wykes.

感谢以下至关重要的小读者: Ava Berthoud、Charles Berthoud、Eric Berthoud、George Berthoud、Isla Berthoud、Lai Ling Berthoud、

Lois Berthoud、Nick Berthoud、Felix Bes、Catherine Bethell、Iris Bethell、IsidoraBethell、Laurence Bethell、Andreas Bougheas、PetrosBougheas、Rosie Bowyer、Hamish Bromley、Monty Bromley、Rufus Bromley、Sophie Chapman、Toby Chapman、Casper Davidson、Mary Davidson、Daniel Elderkin、Isabelle Elderkin、Ariella Glaser、Noa Glaser、Cal Gorvy、LeelaGuha、Anna Harries、Jess Henshall、Coco Heppner、Daisy Heppner、Sam Heppner、Olivia Horner、Eve James、Finn James、Vita Jones、Esther Lacey、Rosalind Lacey、Evie Lailey、Robin Lailey、Harry Lindfield 、Rowan Macy、Agnes Malin、Evie Malin、Robin Malin、Ava Maralani、Roxana Maralani、Sian Messenger、Flossie Morris、Hannah Morris、Vita Morris、Darcey Nixon、Cyrus Noushin、Lucy Okonkwo、Felix Partridge、Ella Papenfus、James Platt、Olivia Potter、Zac Prosser、Ella Raby、Herb Raby、Lettie Raby、Inigo Serjeant、Otto Serjeant、Theodora Spuord、Nancy Turner、Benji Wells、Lizzie Wells、Noah Wells、Ollie Withers、Leila Wyrtzen、Nora Wyrtzen. 感谢纽黑文市的 Cold Spring 学校、哈索克斯市 Downlands Community 学校、赫斯彼朗特市 St Lawrence 小学的学生们。同样感谢这三所学校知识丰富的教职工们，他们提供图书馆资源，还同我们分享了儿童文学知识。

感谢以下专业人士的指导和建议：儿童和青少年心理 Ethel C. Bullitt、MD，临床社工 Pam Sayre，聋儿英文教师 William Davidson，素未谋面但每月都以电子邮件形式向我们提出建议的安大略省特教老师 Amy Soule，诺福克郡童书中心的 Marilyn Brocklehurst。感谢 Damian Barr 的慷慨支持，Jo Unwin 提供的灵感，以及 Juliet Bromley、Bruce Conffin、Maria Conffin、Sarah Constantinides、Susan

Cunningham、Anne Dearle。我们的 Facebook 好友，Alex Finer、Annie Harper、Mimi Houston、Alison Huntingdon、Josh Lacey、Doug McKee、Vida Maralani、Heather Millar、Bonnie Powell（以及她的 Facebook 好友）、Joanna Quinn、Gael Gorvy Robertson、Dr.KristinaRath（以及她的女儿 Jane）、Anne Watkins、Charmaine Yabsley. Moody Khan 和 JyotiPrajapati 非常慷慨地同我们分享了他们的想法，以及他们对书的热爱。特别感谢哈姆登镇公共图书馆惠特尼维尔分馆的 Maureen McKeon Armstrong 和她的团队，以及康涅狄格州公共图书馆不厌其烦地从州的每个角落调拨图书。感谢“人生学校”（The School of Life）的所有伙伴的宣传。感谢 Simona Lyons，他让阅读治疗服务得以运转，当我们身陷童书之中时，他总会及时救援。

非常感谢 Jamie Byng，以及 Canongate 出版团队，他们总能让所做的每一件事都迸发出独特的火花。特别感谢我们的编辑 Jenny Lord，她统筹我们在 Google 上的文档、Skype 会议，以及 Hendrick（苏珊的经纪人）的杜松子酒。同样感谢我们（即我们的代理）Clare Alexander，我们的保姆（即我们的公关）Jaz Lacey-Campbell，我们的无比耐心的主编 Vicki Rutherford，我们的副编辑 Debs Warner（他在我们眼里就像《小小外星人》里的毕格，额外多一只眼睛），我们的美术编辑 Rafi Romaya 和插画师 Rohan Eason，，他在黑暗与喜悦之间，以惊人的线条创作出的超凡手绘插图。

最后，感谢 Carl 在有声书中演绎埃拉，感谢 Ash 为苏珊演示用双脚跳跃，尤其是怎样从高处跳下，或许首先要动动脑子，那意味着要先放下手里的书。还要感谢我们的孩子 Morgan、Calypso、Harper、Kirin，他们首先带我们回到了“很久很久以前”的时光。

文
景

Horizon

社 科 新 知　文 艺 新 潮

故事药丸

[英] 埃拉·伯绍德　苏珊·埃尔德金 著
李剑敏 译

出 品 人：姚映然
责任编辑：张　晨
营销编辑：杨　朗
装帧设计：周伟伟

出　　品：北京世纪文景文化传播有限责任公司
（北京朝阳区东土城路8号林达大厦A座4A　100013）
出版发行：上海人民出版社
印　　刷：山东临沂新华印刷物流集团有限责任公司
制　　版：北京大观世纪文化传媒有限公司

开 本：850mm × 1168mm　1/32
印 张：15.5　　字 数：288,000　　插 页：2
2019年8月第1版　　2019年8月第1次印刷
定 价：75.00元
ISBN：978-7-208-15905-1 / I · 1827

图书在版编目（CIP）数据

故事药丸/（英）埃拉·伯绍德（Ella Berthoud），（英）苏珊·埃尔德金（Susan Elderkin）著；李剑敏译. —上海：上海人民出版社，2019
书名原文：The Story Cure
ISBN 978-7-208-15905-1

Ⅰ. ①故… Ⅱ. ①埃… ②苏… ③李… Ⅲ. ①儿童故事-文学评论-世界 Ⅳ. ①I106.8

中国版本图书馆CIP数据核字（2019）第122788号

世纪出版

ISBN 978-7-208-15905-1

定价：75.00元

The Story Cure

An A-Z of Books to Keep Kids Happy, Healthy and Wise

日期 ______________________

书名 ______________________ 阅读时长 ______________________

作者 ______________________ 页码 ______________________

调皮捣蛋

《野兽国》

The Story Cure

An A–Z of Books to Keep Kids Happy, Healthy and Wise

日期 ______________________

书名 ______________________ 阅读时长 ______________________

作者 ______________________ 页码 ______________________

不想长大

《彼得·潘》

The Story Cure

An A–Z of Books to Keep Kids Happy, Healthy and Wise

日期 ______________________

书名 ______________________ 阅读时长 ______________________

作者 ______________________ 页码 ______________________

没
礼貌

《小熊帕丁顿》

The Story Cure

An A–Z of Books to Keep Kids Happy, Healthy and Wise

日期 ______________________

书名 ______________________ 阅读时长 ______________________

作者 ______________________ 页码 ______________________

不得不戴 —— 眼一镜 ——

《哈利 · 波特与魔法石》

The Story Cure

An A-Z of Books to Keep Kids Happy, Healthy and Wise

日期 ______________________

书名 ______________________ 阅读时长 ______________________

作者 ______________________ 页码 ______________________

不得不练习乐器

《一只会开枪的狮子》

The Story Cure

An A-Z of Books to Keep Kids Happy, Healthy and Wise

日期 __________

书名 __________ 阅读时长 __________

作者 __________ 页码 __________

身为
独生子女

《魔法师的帽子》（姆咪系列）

The Story Cure

An A–Z of Books to Keep Kids Happy, Healthy and Wise

日期

书名　　　　阅读时长

作者　　　　页码

十万个
为什么

《小王子》

The Story Cure

An A–Z of Books to Keep Kids Happy, Healthy and Wise

日期

书名　　　　　　　　阅读时长

作者　　　　　　　　页码

挑食

《世界第一少年侦探团：曾曾曾祖父的宝藏》

The Story Cure

An A-Z of Books to Keep Kids Happy, Healthy and Wise

日期

书名　　　　阅读时长

作者　　　　页码

需要
加油鼓劲

《猜猜我有多爱你》

The Story Cure

An A–Z of Books to Keep Kids Happy, Healthy and Wise

日期 ____________________

书名 ____________________ 阅读时长 ____________________

作者 ____________________ 页码 ____________________

需要一个
积极榜样

《长袜子皮皮》

The Story Cure

An A–Z of Books to Keep Kids Happy, Healthy and Wise

日期 ______________________

书名 ______________________ 阅读时长 ______________________

作者 ______________________ 页码 ______________________

单 亲 家 庭

《世界冠军丹尼》

The Story Cure

An A–Z of Books to Keep Kids Happy, Healthy and Wise

日期 ______________________

书名 ______________________ 阅读时长 ______________________

作者 ______________________ 页码 ______________________

话
痨

《话痨小姐》（奇先生妙小姐系列）

The Story Cure

An A–Z of Books to Keep Kids Happy, Healthy and Wise

日期 ______________________

书名 ______________________ 阅读时长 ______________________

作者 ______________________ 页码 ______________________

不想上学

《歪歪路小学》

The Story Cure

An A–Z of Books to Keep Kids Happy, Healthy and Wise

日期

书名 阅读时长

作者 页码

无端
生气

《爱德华的奇妙之旅》

The Story Cure

An A–Z of Books to Keep Kids Happy, Healthy and Wise

日期 ______________________

书名 ______________________ 阅读时长 ______________________

作者 ______________________ 页码 ______________________

无休止地
讨价还价

《别让鸽子开巴士！》

The Story Cure

An A–Z of Books to Keep Kids Happy, Healthy and Wise

日期

书名　　　　阅读时长

作者　　　　页码

想掌控一切

《蝇王》

The Story Cure

An A-Z of Books to Keep Kids Happy, Healthy and Wise

日期 ____________________

书名 ____________________ 阅读时长 ____________________

作者 ____________________ 页码 ____________________

感觉没朋友

《柳林风声》

The Story Cure

An A-Z of Books to Keep Kids Happy, Healthy and Wise

日期

书名 阅读时长

作者 页码

爱丢
东　西

《借东西的小人》

The Story Cure

An A–Z of Books to Keep Kids Happy, Healthy and Wise

日期 ______________________

书名 ______________________　　阅读时长 ______________________

作者 ______________________　　页码 ______________________

百无聊赖

《不可思议的旅程》

The Story Cure

An A-Z of Books to Keep Kids Happy, Healthy and Wise

日期 ______________________

书名 ______________________ 阅读时长 ______________________

作者 ______________________ 页码 ______________________

The Story Cure → Book List

An A–Z of Books to Keep Kids Happy, Healthy and Wise